Doy las gracias a
Michael L. Dertouzos, Jerome Kanter y Richard Hawkes, por brindarme generosamente sus conocimientos sobre ordenadores. Y a Jacob Neusner por ayudarme en el hebreo. Algunas ideas de esta novela han sido tomadas, en parte, de libros y artículos de Paul Devies, Robert Jastrow, George Gale, Ann Finkbeiner, Sir John Eccles, Fred Hoyle, Chandra Wickramasinghe, Martin Gardner, P. W. Atkins, James S. Trefil, Alan H. Guth y Paul J. Steinhardt, Gerald Feinberg y Robert Shapiro, Alan MacRobert, Norman Macbeth. A. G. Cairns-Smith, Francis Hitching, y Gordon Rattray Taylor.

También quiero expresar mi agradecimiento a las siguientes personas por haberme dado su autorización para reproducir material ya publicado:
Heroic Music: extracto de *Girls Just Want to Have Fun*, por Robert Hazard © Heroic Music 1979. Permiso para usar la letra otorgado por Heroic Music (ASCAP), por el escritor de canciones Robert Hazard.
65 West Entertainment Company, Inc.: Extracto de *She Bop*, por C. Lauper, S. B. Lunt, G. Corbett y R. Chertoff. © 1983 por Rella Music Corp., Noyb Music Co., Perfect Punch Music (BMI), Hobbler Music (ASCAP), C. Lauper, S. B. Lunt, G. Corbett y R. Chertoff. Usado con autorización.

¿Para qué este derroche?

MATEO, 26-8

Oh infinita majestad, aunque no fueses el amor, aunque fueses frío en tu infinita majestad, yo no podría dejar de amarte, necesito algo majestuoso para poder amarlo.

KIERKEGAARD, *Diarios XI² A 154*

¿Y si el resultado del nuevo himno a la majestad de Dios fuese una nueva confirmación de la inutilidad de toda la actividad humana?

KARL BARTH, *La Humanidad de Dios*

dios el viento tan sin viento como el mundo detrás de una pantalla de ordenador

JANE MILLER, *High Holy Days*

CAPÍTULO PRIMERO

1

Me he sentido feliz en la Escuela de Teología. Las horas son soportables; el entorno, bello; mis colegas, inofensivos e ingeniosos, pues están habituados a las sombras. Dominar algunas lenguas muertas, exponer momentos sucesivos de la simple enigmática Historia primitiva de la cristiandad a unos alumnos esperanzados, ilusionados y dóciles. Hay maneras más fraudulentas de ganarse la vida. Considero mis años de ministerio activo, antes de conocer y casarme con Esther hace catorce, si no exactamente desperdiciados, sí como una especie de preexistencia, cuya idea me deprime.

Sin embargo, cuando aquel joven me telefoneó para pedirme una cita, alegando ser amigo de Verna, la hija de mi medio hermana Edna, y me explicó que, como yo, procedía de la zona de Cleveland, mi curiosidad fue más fuerte que mi deseo de colgar el aparato. Elegí una tarde y una hora, y él acudió puntualmente. Estábamos a finales de octubre, tiempo de hojas doradas y de cielos tumultuosos y luminosos en Nueva Inglaterra.

Cuando apareció en la puerta, vi que era un joven de los que menos me gustan: alto, mucho más alto que yo, pálido e íntimamente apasionado. Su palidez de cera tenía unas manchas de acné, que parecían dos quemaduras, en la parte inferior de la mandíbula; y sus ojos, hundidos en las huesudas cuencas, tenían un azul extraño, tímido, de una frialdad increíble y tan pálido que era casi incoloro. Llevaba un gorro de punto de lana azul marino. Se lo quitó y lo metió en el bolsillo de la guerrera de camuflaje mientras permanecía allí, torpemente plantado, estorbando mientras miraba a su alrededor, pestañeando confuso, observando los estantes llenos de libros y la ventana ojival detrás de mi cabeza. Pude observar que sus sucios cabellos castaños y algo rizados, empezaban a escasear en las sienes.

—Estos edificios son estupendos —dijo—. Nunca había estado en esta parte de la Universidad.

—Queda un poco apartada —le dije, lamentando que no lo estuviese más—. ¿Dónde... reside usted?

—En los laboratorios de Informática, señor. Soy ayudante de investigación en un proyecto gráfico especial del que se ha encargado el *Cubo* por una concesión en la que participan el Gobierno y el sector privado. Lo que de verdad preocupa a los jefazos de allá abajo es la inteligencia artificial. Ya sabe, juntar cientos de minis para modular el problema, tratando de descubrir reglas que impidan que el árbol de la investigación se desarrolle de modo exponencial, empleando la Heurística para generar nuevas heurísticas, y así sucesivamente. Pero mientras tanto, el proceso de datos, la biónica y, ahora, los gráficos, son los que mantienen las ruedas engrasadas, o el pan untado con mantequilla, como usted prefiera decir.

Soy hombre depresivo, y es muy importante para mi bienestar mental mantener las ideas apartadas de zonas de contemplación que podrían enredarme y hacerme caer. Aquel joven, con su jerga de informática, acababa de evocar precisamente una de estas zonas. El *Cubo* es el nombre jocoso que se da al Centro de Investigación de Informática de la Universidad, porque está emplazado en un nuevo edificio cuyos lados tienen la misma longitud. Yo nunca he entrado en él, y espero no tener que hacerlo. Sonreí y dije:

—Todavía no nos hemos presentado. Yo soy Roger Lambert.

—Dale Kohler, señor. Le agradezco de veras que me haya recibido.

Su apretón de manos fue como yo esperaba: óseo, frío como la cera y demasiado firme e insistente. Parecía no querer soltarme.

—Sentémonos. Dijo usted que conocía a Verna, la hija de mi hermana. Me interesa mucho saber cómo le va. Muchísimo. Hubo una serie de sucesos chocantes.

Al sentarse delante de mí, en el sillón oficial de madera que la Universidad suministra a sus centenares de oficinas y habitaciones (cada elemento tallado de una madera diferente, según alardea el folleto acompañante: el asiento de rígido roble, los barrotes de arce de grano fino, los brazos curvos de cerezo rojizo, etcétera), el muchacho se enganchó un bolsillo de su guerrera de camuflaje y tuvo que agitarse y revolverse varias veces, con aire de disculpa, antes de acomodarse. Los nudillos y las muñecas parecían enormes, morbosamente desmesurados. Consideré que estaría cerca de los treinta años. Por consiguiente, no era un estudiante novato. Se ven muchos como él en una ciudad universitaria; personas que adoptan el uniforme temporal y la astuta candidez del joven aprendiz como si fuesen una profesión permanente y remuneradora. A algunos les salen canas y grandes patas de gallo, consecuencia de la mala alimentación, mientras siguen inocentes, persiguiendo el conocimiento.

—¿Qué fue, según usted, lo chocante? —preguntó el joven que, por muy torpe que pareciese, tenía en su actitud algo desafiador, algo descarado e insinuante—. ¿La raza del padre? ¿El hecho de que éste se largase? ¿La manera ruin en que fue ella tratada por sus padres?

Me sentí ofendido. Todos los de la Universidad somos liberales en la cuestión racial.

—La raza, desde luego, era y es excelente, y todo lo demás debería ser igual. Pero, ya que claramente no lo era, *me* sorprendió que la niña siguiese adelante y tuviese el pequeño.

Mi visitante cambió de posición, como si llevara una cartera demasiado llena en el bolsillo trasero del pantalón. Entonces recordé que necesitaba mi pipa.

—Bueno... —empezó a decir.

Los placeres de una pipa: sacudirla, hurgar en ella, limpiarla, encenderla; las primeras chupadas encogiendo las mejillas, y la manera espectacular en que la llama de la cerilla es absorbida dentro del tabaco, salta liberada y es absorbida de nuevo. Y, entonces, aquel perfume que llena la boca, las imponentes nubes de humo. Aunque parezca extraño, las expresiones faciales y el amaneramiento de otros fumadores de pipa me parecen teatrales, remilgados, afectados y ofensivos. Pero desde que, hace unos años, por consejo de Esther no pedido, pero imperioso, renuncié a los cigarrillos, la pipa ha sido mi consuelo, mi cinturón de seguridad, mi asidero en el escarpado acantilado de la vida.

—Cuando supo que estaba embarazada —me confió, mirándome de soslayo—, tomó una decisión religiosa.

Su cara (aquella cara extraña y larga, con sus manchas de acné y una curiosa pelusa en la barba mal afeitada, un vello incipiente que cobraba vida a la luz de la alta ventana de detrás de mi cabeza) expresaba disgusto por el humo de mi pipa. Esta generación, que ha perdido, en su mayoría el primitivo instinto judeocristiano de lo sagrado, ha desplazado buena parte de su religiosidad a la anticontaminación, desde la exigencia de salones para no fumadores en los restaurantes hasta manifestaciones violentas delante de las plantas de energía nuclear.

—¿Religiosa? —dije, pronunciando esta palabra entre húmedas y agresivas bocanadas de humo.

—Sí. La decisión de no matarlo.

—Entonces, ¿es usted de la misma escuela de pensamiento que nuestro presidente?

—No he dicho eso. Lo único que digo es que la decisión de Verna de no abortar se apoyaba en ciertos razonamientos y sentimientos; pero ahora...

—¿Ahora...?

El tabaco ardía sólo en un lado de la cazoleta. Empecé a mirar bizco, otra de esas expresiones habituales que me irritan en mis compañeros fumadores de pipa.

—Ahora la cosa ha empeorado, señor. La niña tiene aproximadamente un año y medio, y supongo que es una edad muy exigente. Al menos, Verna afirma que la pequeña la está volviendo loca, balbuceando y enredando sin parar. Dice que se *aferra* a ella, y yo le digo: «¿Qué quieres que haga? ¿Que busque un empleo?» Procuro pasar por allí una o dos veces a la semana, como mínimo; pero el lugar donde vive... No quisiera parecer racista...

—Continúe.

—No es un buen sitio. No tiene verdaderos amigos.

—Es extraño —dije (por fin funcionaba bien la pipa)— que decidiese venir a vivir *aquí*.

—Bueno... No sé lo que sabe usted.

—Muy poco. Mi padre se divorció y volvió a casarse cuando yo era muy pequeño (por lo visto, estaba ya liado durante el embarazo de mi madre), y tuvo una niña con su segunda esposa, apenas un año después de nacer yo. Solía ver a mi hermana, o medio hermana, diríamos mejor, solamente cuando le visitaba *a él*... A veces, un mes durante las vacaciones de verano. Por tanto Edna y yo no nos hemos criado juntos, en el sentido que se da a esta palabra, y cuando *ella* se casó, apenas si conocía a su familia, pues todos vivían en Cleveland Heights. Su marido y padre de Verna, como tal vez le habrá dicho ya ella, es un rígido filisteo, un bruto insensible de ascendencia noruega llamado Paul Ekelof, que es ingeniero y trabaja ahora como una especie de ejecutivo en una fábrica de acero de la República en los Flats, junto al río... Pero, ¿por qué le estoy contando todo esto?

—Porque me interesa —dijo Dale Kohler.

Su piadosa sonrisa era insoportable.

—Casi he terminado. Edna tuvo a Verna a una edad un poco avanzada, bastante más de treinta años, y yo hacía tiempo que me había ido; para ejercer primero de ministro y después de profesor. Por consiguiente, sí, he visto muy poco a la pequeña, y no sé lo que mi hermana, mi medio hermana, esperaba de mí cuando me escribió hace un año para decirme el disgusto que les había dado Verna al trasladarse... precisamente *aquí.*

—Bueno —dijo Dale—, aquí estamos en el Este, y creo que se imaginó que, teniendo un hijo medio negro y siendo ésta una ciudad universitaria, la gente se mostraría más tolerante con ella. Creo también que Verna pensó que aquí habría muchas cosas que hacer: películas de arte, cursos gratuitos. Por ejemplo, ella y yo nos conocimos en ese simposio sobre Nicaragua que se celebró en una iglesia congregacionalista. Empezamos a hablar de la Ayuda Kool y descubrimos que ambos éramos Buckeyes (1). También creo que ella quería distanciarse de sus padres, pues estaba muy enojada con ellos. Claro que Cleveland ya no se encuentra tan lejos; hay esos vuelos directos que antes hacían escala en Pittsburgh, y si uno se inscribe en la lista de espera, le resultan casi tan baratos como el autobús.

Es difícil valorar el tiempo de uno: buena parte de él se gasta, clara e inevitablemente, sin provecho inmediato, y uno de los consuelos cristianos, según yo los considero, es que el testimonio y la estricta contabilidad del Señor, que nunca duerme, redime la inutilidad de los momentos, de la misma manera que el sacrificio de Su Hijo redimió al Tiempo en un más amplio sentido. Pero, desde luego, yo malgastaba *mi* tiempo al estar sentado allí, escuchando el panegírico del servicio aéreo de Cleveland, la más horrible de todas las metrópolis abandonadas de Dios, a la que no he querido volver en treinta años, salvo para asistir a algún entierro. ¿Por qué parecía sugerir este joven que yo debería volar allí, regresar a aquella tierra bochornosa y sofocante? ¿Y por qué estaba él aquí? ¿Cuál era la causa de que los dos nos viéramos enredados en esta súbita y forzada intimidad?

—¿Qué tal se porta como madre? —le pregunté—. Me refiero a Verna, no a Edna.

Sabía algo del comportamiento maternal de Edna, por haberlo observado a largos intervalos: como casi todo lo que hacía, desde jugar al tenis hasta conducir aquel «Studebaker» a Verna, no a Edna. Sabía algo del comportamiento maternal de Edna, por haberlo observado a largos intervalos: como casi todo lo que hacía, desde jugar al tenis hasta conducir aquel «Studebaker»

(1) Nativos o residentes en Ohio. *(N. del T.)*

descapotable que, al cumplir los dieciocho años, le había comprado mi deplorable padre, era impulsivo y chapucero, caracterizado por una indiferencia distraída y serenamente egoísta, que esperaba que el mundo le perdonase y olvidara por mor de su «calor», de su encanto carnal. Edna había tenido, desde su infancia, un atractivo sensual peculiar, un aroma picante adherido a su carne; cuando era una engreída moza de trece años y yo un retraído muchacho de catorce, condenado a pasar todo el mes de agosto con mi padre y mi insulsa madrastra (cuyo nombre, Veronica, parecía tan desvaído y remilgado como ella, que había trocado la actitud de vampiresa, que arruinó mi vida antes de venir yo al mundo, por una triste respetabilidad doméstica) en Chagrin Falls... Cuando, como iba a decir, empezó Edna a menstruar, tuve la fuerte impresión de que los días de su «período» llenaban la casa con su pegajoso olor de animal triunfalmente herido, incluso los rincones de mi habitación que apestaban a calcetines usados en el deporte y a pegamento de aviones. Edna tenía entonces los cabellos naturalmente rizados y una cara obstinada y mofletuda en la que se formaban hoyuelos cuando se dignaba sonreír.

—Bueno —concedió el muchacho—, no como puede ser de buena una persona cuando sólo tiene diecinueve años, cree que el mundo le da de lado, y no tiene más compañía que la de su pequeña y el cheque de la asistencia social. Dice que lo que más siente es no haberse graduado en el Instituto, pero cuando yo le hablo de los cursos que podría seguir, de las pruebas de equivalencia, etcétera, se sale por la tangente.

—Si no se hubiese salido por la tangente, tal vez no se habría comprometido con aquel joven negro hasta el punto de tener un hijo con él.

—Perdone que le diga esto, señor; pero habla usted como su madre.

Había en esto una censura, y una agresión en su reiterado tratamiento de señor. He resentí de ello. *Resentimiento*: según Nietzsche, el meollo de la moral cristiana. Sé que tengo un lado oscuro, un temperamento hosco, unos accesos de bilis que nublan mi visión y hacen que mi lengua se vuelva dura y mala; es la manifestación externa de mi tendencia a la depresión. He descubierto que esto es más fácil de controlar en mi papel de profesor (tal vez porque es estimulado con menos frecuencia) que en el de clérigo. Lancé otro poco de humo como pesticida contra mi visitante; y, haciendo caso omiso de que me emparejase con la insensata Edna, le pregunté desde detrás de mi armadura de amistoso *tweed*:

—¿Cree usted que puedo hacer algo por Verna?

—Haga lo mismo que yo, señor. Recuérdela en sus oraciones.

Mi nube interior se oscureció. En la actual generación, los seguidores de Jesús no se hallan, como sus predecesores de los años sesenta, fuertemente intoxicados con mezclas tan vertiginosas como el LSD y el NLF, sino que muestran una floja e intermitente benignidad y una invencible inocencia histórica que llegan a enloquecerme. Sonreí.

—Ciertamente, es lo menos que puedo hacer —le dije—. Salúdela de mi parte cuando la vea.

—También podría visitarla usted, si me permite sugerirlo. Hace más de un año que vive cerca de usted y...

—Y ni una sola vez ha tratado de buscarme. Seguramente esto quiere decir algo. Bueno, ¿quería usted hablarme de otra cosa?

—Sí.

Se inclinó melodramáticamente hacia delante. Sus córneas brillaban verticalmente atravesadas por el reflejo de la alta ventana ojival a mi espalda. Dijo:

—De Dios.

—¡Oh! ¿De veras?

—¿Ha seguido usted, señor, alguno de los recientes descubrimientos en física y en astronomía?

—Sólo vagamente. Las imágenes de la Luna y las maravillosas fotografías de Júpiter y de Saturno.

—Discúlpeme, pero todo eso es muy trivial. Incluso toda nuestra galaxia es, relativamente, un caso trivial aunque podríamos decir que sintomático. Profesor Lambert...

Siguió una larga pausa, mientras sus ojos pálidos me miraban afectuosamente.

—¿Y qué ocurre? —me vi obligado a decir, como Lázaro al despertar.

—Está sucediendo algo que no puede ser más milagroso —declaró mi visitante, con una sinceridad dolorosa, que me pareció ensayada con exceso—. Los físicos están llegando al fondo esencial, han reducido las cosas a sus últimos detalles, y está acaeciendo lo que ellos nunca esperaron que ocurriese. Dios se está manifestando. Esto les contraría, pero nada pueden hacer por impedirlo. Los hechos son los hechos. Y no creo que los que intervienen en el negocio religioso, por decirlo así, se den verdadera cuenta de ello; de que, por muy lejano que esto pareciese siempre, su tesis está siendo al fin *demostrada*.

—Pues parece estupendo, Mr...

—Kohler. Como las instalaciones sanitarias.

—Kohler. ¿Qué clase de Dios se manifiesta, exactamente? Pareció que aquello le impresionaba de forma desagradable. Arqueó las tupidas y bastante irregulares cejas.

—Mire *usted* —me dijo—. Sólo hay una clase de Dios, el Dios Creador, Hacedor del Cielo y de la Tierra. Ahora podemos ver que los hizo, en aquel primer instante, con una precisión tan increíble que el mejor reloj suizo no es más que un montoncito de piezas insignificantes en comparación con aquello.

Mientras sacudía mi pipa sobre el cuadrado cenicero de cristal, de bordes descantillados, aproveché la oportunidad de mirar detrás de mí por la ventana. Dentro de su marco neogótico, el cristal artísticamente emplomado, contenía, desde la base hasta la cima, las altas hierbas y los robles rojizos del jardín, y una obra en construcción que levantaba nubes de polvo detrás de una valla (nuestro vecino, el Anexo de Investigación Química de la Universidad, en expansión) y un cielo otoñal cargado de nubes radiantes y barrocas. Las nubes son extrañas; unas veces parecen esculturas gigantescas, formas abultadas tridimensionales, como los musculosos mármoles de Bernini en las paredes de San Pedro; y otras, copias exactas de las mismas nubes, simples manchas de vapor, virtualmente inexistentes. Están con nosotros y, sin embargo, no están.

Mi visitante, antes de preguntar, esperó a que volviese a mirarle.

—¿Qué sabe usted acerca de la teoría del *Big Bang*?

—Muy poco —le dije, supongo que con cierta suficiencia agnóstica—, salvo que es evidentemente correcta.

Mostró satisfacción por mi respuesta, empleando este viejo truco del maestro para animar positivamente al estudiante flojo.

—¡Exacto! Y créame usted, señor, si le digo que esto ha sido muy duro para los científicos, que, desde los tiempos de Lucrecio, habían apostado por la materia eterna e inmutable. Pero han tenido que tragarse la píldora, y lo que están descubriendo ahora es todavía más amargo de lo que pensaban.

Me preguntaba, una y otra vez, cómo me había dejado cautivar, por la timorata desfachatez, por la agresiva seriedad verbal, de aquel joven. Verna, recordé, y detrás de ella, como una nube de olorosos recuerdos, Edna, mi medio hermana, mi sombra de carne y hueso.

—La teoría del *Big Bang* plantea tres problemas principales —me informó mi visitante, esbozando imágenes con sus manazas, como si tuviese en ellas una tiza—: El problema del horizonte, el problema de la igualación y el problema de la lisura. Uniformidad: la radiación de fondo de microondas de tres K, descubierta en 1964, se ha observado que es uniforme en una parte de diez mil; pero aquí tratamos de secciones del cielo separadas por más de noventa veces la distancia del horizonte, la distancia que podía haber viajado la luz en el tiempo en que se emitió la radiación. Entonces,

¿cómo podían estas regiones haber comunicado entre sí para lograr la uniformidad? Parece imposible. Igualación: para que hoy existan las galaxias, tuvo que haber desigualdades en la primigenia bola de fuego; si la igualdad hubiese sido absoluta, no habría habido agrupaciones, y si las desigualdades hubiesen sido mayores, habrían sido excesivas. Hay cifras para todo esto, pero no quiero aburrirle. Lo cierto es que es estadísticamente muy extraño que las galaxias existan en absoluto y que hayan durado miles de millones de años. Lisura: la energía total, es decir, todo lo del universo, y el ritmo de expansión del *Big Bang*, tenían que estar en principio en un equilibrio virtualmente exacto, para que la razón sea la que observamos hoy en día, entre cero coma uno y cero coma dos. Esto puede parecer una expansión muy pequeña, entre una y dos décimas; pero, en realidad, significa que, para que la razón sea hoy tan estrecha, la densidad de energía en el momento del *Big Bang* tenía que ser igual al ritmo de expansión de un décimo elevado a la quincuagésima quinta potencia, es decir, diez, seguido de cincuenta y cinco ceros. Ahora bien, si esto no es un milagro, ¿qué es? Un poco menos, *poquísimo* menos, de impulso hacia fuera, y el universo se habría encogido de nuevo dentro de sí mismo en un par de millones de años, lo cual no es nada en términos cósmicos. Un poquito *más*, y las estrellas y las galaxias no se habrían formado nunca; la materia se alejaría demasiado aprisa, saltaría por la ventana, por decirlo así. Las probabilidades de que esto se haya producido son aproximadamente iguales a las que un tirador de primera tendría de acertar un blanco de dos centímetros situado en el otro lado del universo, a una distancia de veinte mil millones de años luz.

El joven levantó los dedos para indicar la dimensión de dos centímetros. La brecha parecía la mira de un arma de fuego entre nuestros dos pares de ojos.

Pregunté con tono perezoso.

—¿No es esto lo mismo que un universo abierto contra un universo cerrado? ¿No leí hace poco que decidieron que era abierto?

—Tienden a decir esto, pero nadie sabe cuánta materia oscura hay en las galaxias, ni si el neutrino tiene masa. La cuestión es discutible, muy discutible. Pero si lo es ahora, tuvo que serlo muchísimo más entonces, al principio. ¿Por qué? ¿Por qué es así? Las cantidades son arbitrarias, podrían haber sido *cualquier* cosa. Y hay docenas de cantidades que tienen que ser *exactamente* lo que son para dar a la vida tiempo de evolucionar. Tome la enorme fuerza que mantiene unidos los núcleos atómicos. Suponga que fuese un cinco por ciento más débil. En ese caso, no habría podido formarse el deuterón y no existiría el deuterio, lo cual significa que la cadena de reacción nuclear empleada por el sol no habría podido funcionar. Si fuese un dos por ciento *más fuerte*, dos protones podrían mantenerse unidos y la existencia de los di-protones harían que el hidrógeno fuese tan explosivo que el universo actual sólo estaría compuesto de helio. En todo caso, nosotros no estaríamos aquí, ¿verdad? Ni siquiera habría un aquí en el que estar.

—Pero si su Dios...

—O tome la fuerza débil. Sabe usted lo que es la fuerza débil, ¿verdad, señor?

Hacía rato que, en el ardor de su exposición, había olvidado el «señor».

—¿Produce la ruina de los átomos? —aventuré.

—Algo así. Viene a ser de diez veces a una décima de vez más débil que la fuerte, la cual es sumamente débil; pero, si lo fuese sólo un poco más, los neutrinos no podrían ejercer presión suficiente sobre la capa exterior de una estrella moribunda para producir una supernova, y sin las explosiones de las supernovas no habría elementos pesados desparramados en el espacio, y no existirían los planetas como la Tierra, y estructuras como usted y yo, con el carbono, el calcio y el hierro que necesitan nuestros cuerpos, tampoco existirían. O tome la masa del neutrón: si fuese solamente de cero coma nueve nueve ocho de su valor actual, o sea cero coma cero cero dos menos de *este* valor —y mostró con los dedos un espacio tan pequeño que, a través de él, sólo pudo verse una pizca del extraño azul de sus ojos—, los protones libres decaerían en neutrones vía emisión de positrones, ¡y los átomos no existirían!

Sus ágiles y huesudas manos se movieron con tanta rapidez al hacer esta última revelación que pareció, bajo la plomiza pero radiante luz de la tarde que se filtraba en mi despacho, como si hubiese sacado el conejo sagrado del sombrero cósmico. Respiré hondo antes de hacerle algunas objeciones obvias.

Se inclinó hacia delante, acercándose tanto que vi saltar fotones de las burbujas de saliva en las comisuras de sus labios. Él insistió:

—El Sol. Para que las estrellas amarillas como el Sol emitan un calor tan regular durante diez mil millones de años, tienen que estar equilibradas como sobre el filo de una navaja entre la atracción hacia adentro de la gravedad y el empuje hacia fuera de la reacción termonuclear. Si la constante gravitacional fuese más pequeña, se hincharían y convertirían todas en gigantes azules; en caso contrario, se encogerían y convertirían en enanas rojas. Una gigante azul no dura lo bastante para que evolucione en ella la vida, y la enana roja irradia con tanta debilidad que ni siquiera puede empezar. Dondequiera que mire usted —me dijo—, verá esas constantes terriblemente ajustadas para ser exactamente lo que son, o no existiría un mundo al que pudiésemos reconocer, y no hay razón intrínseca que explique que estas constantes sean lo que son, salvo la de que *Dios las hizo de esta manera.* Dios hizo el Cielo y la Tierra. Éste es el punto al que ha llegado la ciencia. Créame.

—No tengo por qué dudar de usted, Mr. Kohler —le dije, viendo que de momento había terminado.

Al retreparse en su sillón, me pareció que, incluso en este arrebato de elocuencia que había coloreado sus enfermizas mejillas (su cara era al mismo tiempo huesuda y fofa, la cara de un hombre mal alimentado) y que hacía su acné más manifiesta, sus ojos flotaban de algún modo sobre su apasionada aseveración. Había dicha en su palidez, pero también frialdad, retraimiento. Ningún ataque mío habría podido conmoverle. Dejé mi pipa y cogí un lápiz que había encima de la mesa (un lápiz verde, hexagonal, con el nombre del colegio privado, «Pilgrim Day», al que asiste mi hijo de doce años, quien, por lo visto, se lo había llevado), le miré la punta con fijeza y dije:

—Me preocupa un poco este concepto de probabilidad. En cierto sentido, todo conjunto de circunstancias es sumamente improbable. Por ejemplo, es improbable que un espermatozoide particular entre los millones que eyaculó mi padre aquel día particular (mi padre, que nos abandonó a mi madre y a mí y saltó de un empleo a otro en los niveles medios del negocio de seguros en el Medio Oeste, cuya idea de una conversación amena era contar un chiste verde que había oído por la mañana en la barbería, que usaba agua de colonia y gemelos, e hizo gala de una frágil y falsa cordialidad de ex atleta hasta el día en que murió de una embolia cerebral; pero, ¿por qué se metía ahora en esta enjundiosa cuestión?) se introdujese en el óvulo materno y realizase mi particular combinación de genes. Sin embargo, *semejante* combinación, dadas su juventud, su actitud ante el control de la natalidad, etcétera, era posible y *tan* probable como cualquier otra, ¿no?

—Eso está bien —tuvo mi visitante la desfachatez de decir—; salvo que, como dice usted, nacen niños todos los días, mientras que sólo hay un Universo, que nosotros sepamos. Esto es lo que tratan de soslayar los científicos, para conservar su viejo materialismo ateo. En vez de admitir lo evidente, que alguna Inteligencia activa ajustase las constantes físicas y las condiciones iniciales, formulan una loca teoría de muchos universos, entre los cuales se encuentra el nuestro, que tiene las condiciones adecuadas para que, en definitiva, surja en él la vida inteligente. Algunos de ellos no *dicen* realmente que existan todos esos universos por ahí fuera, o allá atrás, en alguna parte, derrumbándose o dispersándose o rodando sin que nadie los mire; sólo dicen que, ya que nosotros estamos aquí observando, el Universo tiene que ser como es, con lo cual creen que quitan veneno a la cuestión, como si dijésemos: «Desde luego, el planeta Tierra tiene agua y oxígeno, porque nosotros estamos aquí.» Esto es el principio antrópico, que, al menos en su forma más débil, es simplemente una manera de soslayar el problema. Otra teoría sostiene que existe una clase de ramificación infinita de la indeterminación de la teoría de los cuantos. Mire usted, cuando un electrón choca con un protón, la onda se extiende a la derecha y a la izquierda; si la medición indica que la partícula en cuestión fue hacia la derecha, entonces la parte izquierda de la onda se derrumba. ¿A dónde ha ido? Según esta teoría, ha ido a otro universo, y lo propio ha hecho el observador, un duplicado de él con sólo esta pequeña diferencia, y sus instrumentos, la habitación en que estaba, el edificio, etc. Además (como he dicho, es una locura), no se necesita un observador para la escisión, sino que ésta se produce dondequiera que se realice una transacción de cuantos, en cualquier estrella: el Universo se divide en dos, una y otra vez, en todo momento. No hay manera de comprobarlo, pero allí están todos esos otros universos, un millón de millones cada microsegundo. Quiero decir, *realmente*. Recientemente, otro científico, para eludir estas graves dificultades, graves a menos que se diga simplemente que Dios es el Creador, sugiere que, en una brevísima fracción del primer segundo del *Big Bang*, el Universo, debido a una teórica fuerza antigravitacional que nadie vio nunca en acción, se expandió de modo exponencial, doblando cada diez elevado a menos treinta y cuatro segundos o algo parecido, aumentando así el diámetro del universo, más pequeño que la punta de ese lápiz al principio, por un factor de diez a la quincuagésima, antes de enfriarse para la expansión normal; así, en vez de muchos universos, tenemos un solo universo *gordo* por decirlo así, del cual el universo que vemos, desde aquí hasta los quasars a diez mil millones de años luz y más allá, es una fracción diminuta, realmente diminuta, como una pelota de pimpón en el estadio de Shea. Y piensan que las personas religiosas exageran los hechos. Esos tipos, los que advierten el problema, están *desesperados*. Se *escabullen*.

Parecía demasiado furioso contra esta... posición anticristiana.

—Supongo —me aventuré a decir— que los modernos intentos de relacionar el cosmos observado con la religión tradicional se deben a una cuestión fundamental: la extraña y vertiginosa extravagancia de aquél. Si, como dice el *Génesis* y usted dice ahora,

Dios quiso hacer el mundo como un teatro para el hombre, ¿porqué tenía que hacerlo tan inútilmente vasto, tan horriblemente turbulento y, ¡ay!, tan abrumador al contemplarlo? El sistema solar, con un atractivo telón de fondo salpicado de estrellas, habría sido sin duda suficiente. Tener además la galaxia, y después todas esas otras galaxias...

La punta de mi lápiz lanzaba destellos diminutos, y era muchísimo más grande que el universo original. Observándolo atentamente bajo la luz gris, podía ver los lados del grafito tallado en facetas por el sacapuntas, y gránulos minúsculos de carbono. Desde la edad de ocho años, en que fui encomiado por el oftalmólogo de la familia por descifrar incluso la última línea de su tabla optométrica, siento un orgullo inocente por la agudeza de mi visión, que las gafas para leer, adquiridas hace siete años cuando tenía cuarenta y cinco, amplifican pero no corrigen.

—Lo sé. Es algo pasmoso —convino el muchacho en uno de sus fastidiosos deslizamientos a una serenidad inesperada y a una flexibilidad amable—. Tal vez es como una demostración de lo que es la infinidad. Para que no digamos «Dios es infinito». Pero esto no son más que números, ¿verdad? Mediciones. Y hay cosas que no podemos medir. Por ejemplo, no podemos medirnos nosotros mismos...

—Ni el amor, iba a decir usted.

—¿Iba a decirlo?

—Creo que sí. Mr. Kohler, he estado tratando con gente de su edad desde que me retiré del Ministerio, me doctoré en Teología en Union y encontré aquí una plaza de profesor auxiliar. Todos están locos por el amor, por la palabra si no por su realidad. La realidad, según mi impresión, es un tanto espinosa.

—Creo, señor, que soy mayor que los del grupo con el que trata usted generalmente. Tengo veintiocho años. Procedo de Akron. Me licencié en Informática en Case Western Reserve y después pasé un año sentando la cabeza como vigilante de incendios en las montañas del Salmon River, en Idaho. Después vine al Este y, desde ese momento, he estado estudiando y he intervenido en diversos proyectos de investigación de Informática.

—Entonces, ¿no es usted físico?

—No. En cierto modo, me refugié en la cosmología en relación con mi filosofía personal. Los físicos sólo quieren tratar de números, no desean que salga a relucir esta cuestión, hay que extraerla a viva fuerza. Los mejores cerebros que trabajan en las implicaciones reales, Carter y Hawking y supongo que hay que incluir a Hoyle, están en Inglaterra; lo único que importa a los americanos es la GUT, siglas de Grand Unified Theory, y ésta no es más que números. Números, en realidad, sobre el aire caliente. Quiero decir realmente *caliente,* como diez elevado a veintiséis grados Kelvin, y entonces tiene las fuerzas electrofuertes y electrodébiles combinadas, y campos de simetría que nacen de la congelación, y cadenas unidimensionales que pesarían un millón de toneladas si fuesen lo bastante largas para cruzar un átomo, y qué se yo cuántas otras cosas, ninguna de las cuales pueden probar en absoluto. Según la GUT, los protones tienen que decaer; pero nadie ha encontrado todavía un protón en decadencia, y si la vida del protón fuese de menos de un millón de veces la edad del universo, usted y yo seríamos tan radiactivos en este instante como el núcleo de un reactor nuclear. Como le decía, aire caliente. Pero no debo acalorarme; no quiero ser viperino. Sin embargo, esos ateos están tan *pagados de sí mismos,* que ni siquiera admiten que se pueda *discutir.*

Se estaba relajando y había estirado tanto las piernas que sus pies, calzados con *Hush Puppies,* estaban ahora debajo de mi mesa.

—En realidad —le dije—, veintiocho años es una edad en la que mucha gente suele volver a la religión.

—Yo nunca me aparté de ella —declaró el joven, expresándose con una rotundidad que he observado a menudo en las personas piadosas, y que en otras podría parecer impertinente—. He continuado siendo tal como me criaron. Mis padres tenían tan poco que darme intelectualmente, que no podía renunciar a nada. Las paredes de la casa eran tan delgadas que, a veces, les oía cuando rezaban juntos.

Sentí que se preguntaba: *¿Por qué le estoy contando todo esto?* Empezó a mover las manos, en un ataque defensivo.

—De todos modos —continuó—, lo que ustedes llaman religión es lo que otras personas llamarían sociología. Así es como ustedes lo enseñan, ¿no? Desde los Evangelios hasta *The Golden Bough,* desde Martín Lutero hasta Martin Luther King, todo ha ocurrido, es Historia real, es Antropología, es textos antiguos, es humanamente *interesante,* ¿no? Pero es seguro. ¿Cómo podemos equivocarnos? Ni siquiera los peores ateos del mundo niegan que los pueblos han sido religiosos. Ellos construyeron esos templos, respetaron esos tabúes, crearon esas tradiciones, etc. ¿Y qué? Su natural incredulidad les hace decir del modo más alegre que todo eran tonterías poéticas, patéticas, como otros muchos aspectos de la historia humana, en realidad como *todos* sus aspectos, considerando que todo el mundo muere y que, hasta que muere, gasta la mayor parte de su energía tratando de alimentarse, de permanecer seco y caliente, y de..., ¿cuál es la palabra?

—¿Reproducirse? —le ofrecí.

—Claro —dijo, encogiéndose más—. Observé su programa antes de venir, y estudiar todas aquellas materias no dice *nada*, no *compromete* a nada, no es más que historia cultural humana, perfectamente inofensiva. Yo he venido a hablar de Dios como una *realidad*, una realidad que está a punto de manifestarse, saliendo de la Naturaleza.

—Eso ya lo ha dicho usted antes —le recordé dejando sobre la mesa el lápiz afilado de mi hijo y mirando muy discretamente mi reloj.

A las tres empezaba mi seminario de dos horas sobre las herejías de antes del Concilio de Nicea. Hoy teníamos que tratar de Marción, el primer gran heresiarca, quien arguyó, y es muy plausible, que el Dios del Antiguo Testamento y el del Nuevo eran dos dioses diferentes, un diteísmo que armonizaba con el gnosticismo y anticipaba el maniqueísmo. Menospreciaba al Dios-Creador hebraico, que había creado el mal, que mimaba a bribones licenciosos y traidores como el rey David, y que era responsable, en su ignorancia y sus vacilaciones, de los humillantes y dolorosos procesos de la cópula, el embarazo y el parto, cuya contemplación asqueaba a Marción. Tenía sus motivos.

—Sea de esto lo que fuere —dije con toda deliberación—, ¿qué puedo hacer por usted, Mr. Kohler?

La piel enfermiza de mi visitante se coloreó de nuevo con cierta agitación, y el tono de su voz bajó hasta el punto de que tuve que agudizar el oído.

—Estaba pensando, señor, en la posibilidad de una subvención. En si le gustaría a la Escuela de Teología que continuase, ya sabe, esto de lo que hemos estado hablando. La prueba concluyente de que Dios existe.

—Bueno, supongo que valdría la pena. Pero, tal como ha descrito usted hábilmente nuestro currículo, dudo de que pudiésemos concederle un centavo. Según usted, nos damos por satisfechos afirmando que las llamadas religiones existieron y enseñando etíope y arameo a los muy interesados.

—No se enfade, señor, se lo ruego. Yo no sé lo que cree usted personalmente.

—Pienso que creo en bastantes cosas. Aunque hace catorce años que dejé de servir en mi última parroquia, todavía soy un pastor metodista ordenado que goza de lo que llaman cierto prestigio. Además, permita que le diga que tengo que dar una clase dentro de diecisiete minutos.

—Doctor Lambert, ¿no le conmueve lo que he estado tratando de explicarle? Dios se está *manifestando*. Durante todos estos siglos, se ha estado raspando la realidad física, y la capa que queda de lo poco que no comprendemos es tan fina que la cara de Dios nos está mirando a través de ella.

—Francamente, esto suena bastante fantástico. Como una cara a través del cristal empañado de un cuarto de baño. O como —añadí, sacando de mi subconsciente una imagen que me había turbado durante meses— aquel pobre y joven marinero de la expedición Franklin a quien encontraron el verano pasado en Canadá, perfectamente conservado por el hielo. También él nos miraba fijamente.

Kohler se inclinó hacia mí de una manera alarmante, con la manchada mandíbula inferior torcida por la fuerza de su convicción.

—Si Dios creó realmente el universo —dijo— *tiene* por fuerza que manifestarse al fin. Déjeme que se lo diga de otra manera: Dios no puede seguir ocultándose.

—Si es omnipotente, creo que debe tener poder suficiente para seguir ocultándose. Y no estoy seguro de que no sea un poco herético, por su parte, mezclar la realidad de Dios con un montón de otras realidades. Me parece que ni siquiera Tomás de Aquino consideró un Dios que pudiese ser sacado, chillando y pataleando, de algún armario de laboratorio o de detrás de una pizarra.

El joven dijo:

—Es usted satírico. Pero, ¿sabe por qué?

—A lo primero: ¿Lo soy? Y a lo segundo: No.

—Porque tiene miedo. Usted no *quiere* que Dios se manifieste. La gente, en general, no lo quiere. Sólo quieren ir tirando, siendo humanos y sucios y taimados y divertidos, y pasar bien los fines de semana, y que Dios se quede en las iglesias por si deciden alguna vez dejarse caer en una de ellas, y quizá para sacarles al fin por aquel túnel de luz del que tanto hablan. Éste es otro lugar en que Él se manifiesta: todas esas muertes aparentes, y todos esos bienaventurados que vuelven del otro mundo. Hasta que tuvieron esos modernos equipos médicos no pararon de sacar a gente de la tumba. Pero no quiero hacerle perder sus diecisiete minutos.

—Doce. Digamos diez. Tengo que echar un vistazo a mis notas.

Estaban sobre la mesa. Tiré de ellas y las miré. *Marcion excom. Roma 144,* leí para mí. *Tertulian wr. Adversus Marcionem c. 207.*

Aquel muchacho me obligaba a mostrarme rudo. Insistió:

—Pero, ¿no estoy en lo cierto, señor? A usted le horroriza pensar que Dios puede ser demostrado.

—Si me horrorizo, es por oír semejante blasfemia salir de sus labios con tanta tranquilidad.

—¿Por qué es una blasfemia? ¿Por qué es una blasfemia, en estos tiempos, suscitar la posibilidad de que Dios sea un hecho?

—Un hecho en nuestras vidas, sí; un hecho espiritual...

—Esto es como una partícula virtual. Una porción de aire caliente.

Suspiré y tuve el sincero deseo de que el muchacho se muriese. Esta maraña de suposiciones sobre lo absoluto e incognoscible que había esbozado agitadamente me recordó a mis muertos, los muertos que son mi medio de vida, aquellos turbios y tempranos siglos de apasionados anacoretas y condenatorios prelados cuyas batallas de sutiles distinciones pasaban de Atenas a España, de Hipona a Edesa. *Homoousios* contra *omoiousios*, *logikoi* contra *alogoi*. Montanismo y modalismo y monarquianismo, hipóstasis y patripasianismo. Discriminaciones empapadas en sangre, hoy convertidas en polvo como los huesos de sus autores; grandiosos y devotos esfuerzos por desollar, disecar y anatomizar la sustancia divina.

—La Iglesia cristiana... —empecé a decir, y me interrumpí para preguntar al joven—: ¿Se considera usted cristiano?

—Absolutamente. Cristo es mi Salvador.

Me enojó el tono ferviente y frío en que lo dijo. En mi antiguo hogar, estas rotundas declaraciones se pintaban en los graneros y se bordaban en las almohadas. Le dije:

—Según creo, la Iglesia predica y el Antiguo Testamento describe un Dios que actúa, que *viene a nosotros* en la Revelación y la Redención, no un Dios que pone en marcha el Universo y después se esconde. El Dios de quien tratamos en esta Escuela de Teología es el Dios vivo, que se acerca a nosotros por su voluntad y su amor, y que se ríe de todas las torres de Babel que construimos para Él.

Me di cuenta de que repetía a Barth, aunque la cita exacta vacilaba en el borde de mi mente. ¿Dónde? Llevaba debajo de mi chaqueta un jersey de casimir con cuello en forma de V («camello», según el marbete, cosa que había hecho gracia a Esther cuando lo compró la última Navidad en Trimingham's, en las Bermudas, pues considera que mi especialidad académica es la misma que la de los Padres del Desierto) y de pronto sentí un calor excesivo y empecé a sudar. Me estaba esforzando demasiado. Desenterraba creencias a las que había llegado antaño y enterrado hacía tiempo para tenerlas a salvo.

—Lo sé, lo sé, y esto es magnífico —dijo mi inquisidor, alerta e interesado, aunque no impresionado por mi declaración—. Pero, si Él actúa como usted dice, si Él es dinámico, entonces Él existe de manera que una completa descripción física del universo básico, que es lo que la ciencia no puede tardar más de una década en conseguir, no puede dejar de detectar. Esto es lo que yo le digo. Hemos casi llegado al fin, profesor Lambert; pero la ciencia, que ha sido atea durante tanto tiempo, no quiere reconocerlo; necesitan ustedes alguien como yo, dispuesto a hacer la proclamación, a juntar todas las pruebas y pasarlas por un ordenador. Un ordenador, compréndalo, es un aparato básicamente simple, pero que puede repetir sus simples operaciones con mucha rapidez...

—A propósito —le interrumpí—, seguramente es *demasiado* simple decir que todos los científicos han sido ateos. Eddington no lo era, y Newton, si no recuerdo mal, era un fanático. Pascal, Leibniz. Einstein hablaba de un Dios que no jugaba a los dados.

—Sí, desde luego hubo algunos. Pero, en términos generales, usted no tiene que tratar diariamente como yo con esos tipos. Para ellos, la idea de todo lo que no sea casualidad o materia está en zona absolutamente prohibida. Lo *odian.* ¿Le queda un minuto para una última cuestión? Veo que se está usted impacientando. Hace unos cincuenta años, un físico llamado Paul Dirac se preguntó por qué se repite el número diez elevado a la cuadragésima potencia. El cuadrado de aquel número, diez elevado a la octogésima potencia, es la masa del universo visible medida en términos de la masa de un protón. El propio número diez elevado a la cuadragésima potencia, es la edad actual del Universo, expresada en las unidades de tiempo que tarda la luz en atravesar un protón. Y, fíjese bien, la constante que mide la fuerza de gravedad en términos de la fuerza eléctrica entre dos protones, muestra que la gravedad es diez elevado a cuarenta veces más débil. Además, diez elevado al cuarto de cuarenta, o sea diez elevado a diez, es aproximadamente igual al número de estrellas en una galaxia, al número de galaxias del universo, y la inversa de la constante de la estructura débil. Si usted...

—Tal vez sería mejor que reservase esto para su ordenador.

—Entonces, ¿me da luz verde para mi proyecto?

—De ninguna manera. Yo no soy quién para darle luz de ningún color. Si quiere solicitar una subvención especial de esta escuela, que le diré que es muy pobre, pues los clérigos no son alumnos ricos y necesitan mucho para sus caridades, si quiere solicitar, repito, esa subvención, presente las instancias adecuadas en las oficinas de la planta baja. Puedo decirle que el jefe del Comité de Subvenciones es un hombre muy simpático y afable, llamado Jesse Closson. En cuanto a mí, debo confesar que su idea me parece estética y éticamente repulsiva. Estéticamente, porque describe un Dios que se deja atrapar por cualquier intelectual y éticamente, porque elimina la fe de la religión, nos quita la libertad de creer o dudar. Un Dios al que se puede demostrar, hace que la cuestión pierda casi todo su interés. De cualquier modo, Dios no debe ser conocido de un modo absoluto.

—Pero, señor, piense en el consuelo de todos aquellos que quieren creer y no se atreven, porque han sido víctimas de la intimidación intelectual. Piense en la tranquilidad de todos los que están turbados o afligidos y quisieran rezar.

—Dudo de que la razón —le dije— produzca alguna vez a alguien una desesperación que le impida hacer lo que quiere en este aspecto.

Se sorprendió. Levantó las cejas y los párpados, y sus ojos brillaron como estancias diminutas cuyos postigos se hubiesen abierto ruidosamente.

—Discúlpeme usted; pero no estoy seguro de que eso sea verdad. Creo que la gente trata concienzudamente de estar al día; fíjese, por ejemplo, en todas las noticias científicas que aparecen en los periódicos, y en los programas de televisión sobre los insectos miméticos. Ha mencionado usted la fe, su remoción, etcétera; pero recuerde que no tratamos de demostrar nada sobre la Encarnación o la Trinidad... Estas noticias podrían satisfacer a un hinduista tanto como a un cristiano; en realidad, el brazo derecho de Fred Hoyle es hindú; se llama Chandra Wickramasinghe. Todavía queda mucho sitio para la fe y para modos diferentes de adoración. Quiero decir que lo que tenemos aquí es lo básico absoluto, lo fundamental. El individuo tiene todavía que llenar las cuestiones específicas, todas las cuales serán objeto de la fe. Pero debe usted recordar que la fe no se instauró como una virtud eterna, sino tan sólo como una especie de asidera hasta que llegase Cristo, declarase el Reino y todo se aclarase. Pablo y los otros no esperaban que el mundo durase más que sus vidas.

—Desde luego, ha habido discusiones sobre esto, sobre lo que esperaban exactamente los discípulos. Y también sobre lo que vieron exactamente. Pero ahora debo ir a mi clase, Mr. Kohler. *Diré...*

Dio un salto, como para agarrarse a un rayo de luz.

—¿Qué, señor?

—Probablemente no debería decir nada —concedí, preguntándome por qué buscaba una connivencia, por qué adoptaba un tono adulador y seductor con aquel joven pálido y presuntuoso—; pero *sería* un alivio, en lo que a mí concierne, avalar algo que no fuese estudios sobre los negros o el feminismo. O esos patéticos documentos sobre «religión callejera», equivalente a la buenaventura de las gitanas y a las supersticiones sobre los números de matrícula de los automóviles o de los vagones del Metro. Si decide usted presentar su instancia, puede decir que ha hablado conmigo y que sus ideas me han parecido..., ¿cómo lo diría...?

—¿Enjundiosas?

—Divertidas.

Recogí mis notas y me levanté, mirándolas. *Marción, un Pablo más radical. Los gálatas. La circuncisión. Judaísmo legalista, exclusivista. Cristología docética de Marción: dokein, razonable.* ¿Qué querían decir?, tuve una sensación mareante, como onírica, de ignorancia total, semejante a la del forastero que ha olvidado la lengua local.

—Lo único que pediría sería algo que compensase mi tiempo —dijo el joven, que se había levantado y hablaba apresuradamente—. Emplearía, a escondidas, los ordenadores de los edificios de Ciencias. ¿Cómo puedo expresar esto en mi instancia?

—Diga simplemente que roba la fuerza rica para darla a la fuerza pobre. Y dé mis recuerdos a Verna. Pregúntele si cree que su tío puede hacer algo por ella.

—¡Oh! No espera que haga nada. Por la descripción que hizo de usted, pensé que sería mucho más duro de lo que es.

—¿Duro? ¿Es éste el concepto que tiene de mí? Entonces creo realmente que tendría que verla. No puedo permitir que se imagine que su tío es un malvado.

Nos despedimos sin estrecharnos la mano, aunque el muchacho mantenía el torso inclinado y tenso, de manera que su mano habría podido extenderse rápidamente si la mía hubiese iniciado el correspondiente movimiento. Como no fue así (los apretones de manos son excesivos en la vida norteamericana, lo mismo que esos tontos deseos de buenos días, buen fin de semana, felices vacaciones y buenas noches, a virtuales desconocidos), desvió la mirada hacia las paredes cubiertas de libros: tratados universitarios dignamente encuadernados sobre todos los aspectos de la historia de la Iglesia, diarios amarillentos de estudios medievales y eclesiásticos, gruesos tomos alemanes y atractivos libros galos en rústica; uniformes colecciones teológicas, alineadas como tubos de órgano de los que sobresalían trocitos de papel y marcadores de páginas, a modo de espuma sobre las macizas hileras compactas, bastante a la manera de aquellos arbustos japoneses en los santuarios sintoístas a los que se sujetan tiras de oraciones, o de las más pequeñas peticiones escritas que se introducen en las grietas del Muro de las Lamentaciones. Entre aquellos libros y sus devotos y manoseados marcadores; en aquel alto despacho lleno de la luz gris otoñal, mientras el cielo se agitaba turbulento detrás de las ventanas ojivales, Dale y yo parecíamos almas tal como eran comprendidas por los gnósticos, pedazos de la cabeza de Dios cautivos en la oscuridad de la materia, pasmadas entre aquellos estantes como si hubiesen sido liberadas de nuevo entre las categorías de ángeles, impalpables jerarquías que hace veinte siglos, el gnosticismo popular relacionaba con su sensato dualismo. (¿Hay algo más extraño en el impulso religioso que su pasión por las cosas complicadas, que su afición a una confusión que hace que la mayor parte de las Iglesias sean odiosas y los credos grotescos?) Dale y yo parecíamos flotar en las inmensidades ligeramente esbozadas del espacio.

—Buena suerte —dije.

—Estaremos en contacto.

Parecía improbable y era poco de desear. Mi mente se centró en seguida en mi conferencia y su inevitable conclusión. En la historia de la Iglesia primitiva, Marción es un gigante negativo. Su imagen tiene que ser compuesta partiendo de obras de otros: Tertuliano, Ireneo y Epifanio en sus tratados contra Marción. Las iglesias marcionistas florecieron de un modo alarmante y algunas de ellas se conservaban todavía en la Siria del siglo XVII. La doctrina de Marción no es fácil de comprender. Prohibía el matrimonio. Negaba la resurrección física. Ofreció a sus seguidores, y esto es interesante, la primera Escritura fija, compuesta de diez epístolas paulinas cuidadosamente adaptadas y un Evangelio parecido al de Lucas. Esta compilación indujo a Valentino y Justino Mártir y a Taciano a componer el canon ortodoxo del Nuevo Testamento con su alegre maraña de contradicciones. *Punto principal*: para oponerse a Marción, Roma se abroqueló aún más en la autoridad y el dogma. Aunque no se conserva una palabra de sus escritos, Marción continúa fascinando. Un ejemplo de ello son los dos apasionados volúmenes de Harnack. Y Paul Tillich detecta marcionismo en la severidad revelacionista de Karl Barth, mi propio, debo confesarlo, niño mimado.

El seminario se reiría con disimulo. Barth, en este seminario liberal dominado por elegantes anticuados unitarios y cuáqueros, era como el sexo en un Instituto de segunda enseñanza: cualquier mención acerca de él excitaba a los oyentes. En otoño, los estudiantes son todavía francos y están lo bastante ansiosos para agradecer cualquier coqueteo desde las alturas: el maestro triste y gris levantándose el cilicio para descubrir un trozo de la panza.

Previendo de este modo mi futuro, me desconcertó una extraña e involuntaria visión, y en ella vi también a Dale. En uno de esos pequeños y no deseados milagros que infestan la vida, como la turbia sensación de pesadez que nos aflige cuando nos levantamos después de haber estado sentados largo rato, o los breves y tontos episodios en tecnicolor que resigue el cerebro antes de sumirse en el sueño, mi mente incorpórea sigue por empatía a Dale Kohler por el pasillo, el largo pasillo de la Facultad de Teología, flanqueado por las puertas de cristal esmerilado de las aulas y revestido de una tira de linóleo de color de chocolate. Llega a la ancha escalera de roble tallado, gira en un descansillo al pie de la alta ventana arqueada (casi una rendija) de granito biselado y rombos grises de cristal; y camina a lo largo del pasillo principal de la planta baja, acompañado del frufrú de su guerrera de camuflaje. Detrás de las puertas de las clases, surgen, alternativamente, risas y silencio. Las paredes están salpicadas de pegajosos retazos de viejos carteles, con trozos de cinta adhesiva y de papeles xerografiados. Nuevos carteles competidores llenan los tablones de anuncios, convocando a manifestaciones para protestar contra la contaminación en Maine o la intervención en América Central, y a grupos de discusión sobre «la conciencia del hambre» y la «diosa teología». Momentáneamente aliviado de que su encuentro conmigo, con el monstruo, haya terminado, Dale vuelve a las oficinas de la parte delantera, aquel laberinto de mesas y pequeños compartimentos donde había averiguado antes la ubicación de mi cubil. Habla de nuevo con la recepcionista, menuda y negra, con los cabellos peinados en forma de mazorcas de maíz, ordenados y brillantes como carretes magnéticos. Se llama Noreen Davis. Pero esto lo sé yo, no él. Sus labios gruesos y sonrientes han sido pintados de un rojo eléctrico, chocante y chillón, en contraste con su piel de un moreno purpúreo. Ha completado su maquillaje con un sombreado de los ojos y colorete violeta de libélula. Él está inquieto. (No me lo imagino alegre.) Advierte, pesaroso, que aquella sonrisa no ha sido provocada por él, sino por algún chiste que flota todavía en el aire de la amplia estancia, donde todos los presentes (un hombre calvo junto a la pared, una mujer de cabellos rizados que está clasificando los legajos de una bandeja) sonríen, esperando que él se marche para continuar la broma. Algún día, piensa Dale, la negrita recordará maravillada este momento, evocando su timidez, su desaliño, su acné y su aire confuso. Porque, en años venideros, vivirá en un mundo descubierto y proclamado por él, el mundo del Dios evidente, cuyas facetas nebulosas se habrán puesto justa y debidamente de manifiesto. Plantado delante de ella, tomando los impresos que le ofrece con aquella sonrisa tan burlona y sin embargo invitadora para un tímido mortal, se ve encerrado con ella en esta perspectiva futura, en la transparencia de la revelación que él va a traer, como dos figuritas de yeso dentro de una bola de cristal.

Mi mente invierte el sentido de la marcha: lo veo volver rápidamente sobre sus pasos por el corredor, subir la escalera en dirección a mi despacho y, al abrir él la puerta, me veo como debió verme él, con mis cabellos grises y mi chaqueta gris, mis gafas de media luna reflejando un doble rayo de luz y, detrás de mí, el cielo colmado de cegadoras nubes, plata disuelta en plata. Yo soy el oscuro portal que conduce al dinero y, si sus ideas resultan ciertas, a la inmortalidad.

2

Caminando hacia casa a la luz del crepúsculo, después de haber dejado atrás mi seminario y una conferencia con una molesta estudiante, tuve la sensación de que estaba siguiendo sus pasos. Al salir de Hooker Hall (nombre que se daba en broma a nuestro edificio principal, pues Thomas Hooker era un distinguido teólogo puritano cuyas opiniones relativamente liberales sobre la eficacia del bautismo y la preparación interior para la gracia fueron causa de que le desterrasen de Massachusetts a las tierras salvajes de Connecticut), Dale habría recorrido las mismas calles que yo, las calles de mi barrio. Yo vivo a tres sombreadas manzanas de mi lugar de trabajo, en una pequeña calle residencial, relativamente retirada y cada vez más cara, llamada Malvin Lane. Las aceras son de ladrillo y, en algunos tramos, de pizarra; las losas son alzadas a trechos, con cierta gracia, por las hinchadas raíces de unos árboles que, a esta hora del anochecer, se abren en lo alto como frondosos abanicos alternativamente convertidos en brillantes o cavernosos por los rayos de las farolas, islas de luz en un revuelto océano arbóreo. El barrio se halla compuesto de grandes casas de madera, muchas de ellas detrás de vallas de madera de dos metros y medio de altura; pero ninguna ocupando una fracción más de la superficie que, en un suburbio, habría acompañado a sus pretensiones y dimensiones, a sus buhardillas y chimeneas, a sus pórticos con columnas, a sus ventanas en arco y a sus recargados aleros. Los viejos y domesticados árboles (hayas, arces, algarrobos y robles) invaden los estrechos patios, enredando sus ramas en los cables del teléfono y en las barandas de las galerías altas. En esta época del año, finales de octubre, hojas mojadas y aplanadas cubrían la acera con una riqueza de brocado. La conferencia a que aludí al principio y a la que me había visto obligado por una insistencia inoportuna, habíala celebrado con una excepcionalmente seria y repelente candidata a profesora de Teología, que había introducido en su disertación (*Elena y Mónica. Dos Mujeres de la Iglesia primitiva*) una complicada y desafiadora política sexual que me fatiga discutir con tacto. Esta presunta teóloga, casi cuadrada, testaruda, con una desagradable berruga incolora al lado de una ventanilla de la nariz, y tímidas pero inflexibles palabras de protesta temblando continuamente entre sus labios también incoloros, persistía en mi mente, con insistencia fastidiosa, mientras yo arrastraba los pies bajo el oro de las hayas y la herrumbre de los robles. Advertí a mis plantas, bajo un brillante rayo de luz que atravesaba las sombras de dos árboles, una hoja rosada de arce azucarero que parecía una manita extendida para agarrar la riqueza desparramada de las hojas de las hayas, y tuve el convencimiento de que él, aquel alto y pálido intruso, había observado esta extraña hoja emblemática tres horas antes, al cruzar mi barrio en dirección al suyo, triste y lejano.

La mayor parte de estas casas están ocupadas por miembros de la Facultad, por hijas solteras de difuntos profesores clásicos y por retoños enfermizos de familias cuyas fortunas fueron acumuladas hace tanto tiempo que el dinero se ha convertido en abstracto, en una simple cuestión de números y papel. Hay cierta vaga delicadeza narcótica en estos bloques de casas que sosiegan las vidas, infundiendo la noción de que no hay un sitio mejor a donde ir, y mi joven visitante debió sentirse atraído y calmado por esta cualidad, tratando de imaginar a su paso, partiendo de la visión fugaz de libros, lámparas y chucherías, permitida por las cortinas entreabiertas de las ventanas, la forma y el sabor de nuestras vidas, envidiando nuestros bienes antes de salir del barrio. Tal vez no se dirige Dale a su casa, sino que va a visitar a mi inmoral sobrina, Verna, en esa casa parecida a una cárcel en la que vive con su hija de dieciocho meses. Rejas en las ventanas inferiores. Pintadas en la entrada y en las paredes de la escalera metálica y temblona. Verna abre la puerta y saluda a Dale sin entusiasmo. Lo conoce y sabe lo que puede y lo que no puede hacer (tal vez *es* marica). Pero finge que se alegra de verle. Hablan de mí y de mi reacción a su plan de demostrar la existencia de Dios por ordenador. Oigo que ella dice algo por este estilo: «El tío Roger siempre fue un incordio. Tendrías que oír lo que dice mi madre de él.» Tiene una voz chillona y afectada, una voz casi de niña. Y también la suave carne mate y casi fluida de Edna, una carne con la acre y triste facultad de cambiar la atmósfera de toda una casa. La hijita de Verna, de cutis moreno claro, se tambalea hacia delante sobre sus piernecitas nudosas y señala a Dale, repitiendo la sílaba «Da». Hace esto hasta que Verna chilla: «¡No es Da, maldita seas!» Y agachándose con eficaz brutalidad, le da una zurra a la pequeña. Dale permanece allí como atontado, observando, proyectando su fuga a otra parte de la ciudad, para volver a sus investigaciones.

decía yo, en repetidas reprimendas. Desde luego, lo comprendía en secreto: era la primitiva atracción del hogar. La televisión, con su irresistible encanto, es como un fuego. Al entrar en una habitación vacía, la encendemos, e inmediatamente cobra vida una cara parlante: mejor que la zarza ardiente. Comparado con el calor y el bullicio de la cocina, el resto de la casa debía parecer un lugar solitario a un niño de doce años, un lugar frecuentado, si no por los fantasmas en que se creía casi piadosamente, en mi bendita infancia, sí por ladrones bastante reales, por asaltantes y por intrusos drogados, contra los cuales todos los habitantes del respetable e invitador barrio llevaban un manojo de llaves, tan necesario como un breviario para un cura. Pues ninguna parte de la ciudad estaba a más de una hora de cualquier otra, en autobús o en Metro, y los ideales democráticos, y la actual y pragmática democracia en el vestir, hacían imposible limitar el acceso. Ahora, un hippy y un delincuente visten de manera muy parecida, y en estas calles sombreadas por los árboles, un políglota e idealista estudiante africano y un furioso vengador del ghetto son gatos del mismo pelaje. Ciertamente, hace diez años que la hija de Mrs. Ellicott, de treinta, había sido arrastrada desde la acera hasta un pequeño y lindo parque a menos de dos manzanas de distancia, donde los rododendros estaban prodigiosamente floridos, y había sido violada y estrangulada, mientras los vecinos confundían sus gritos con el ruido del tráfico o los chillidos de la televisión. Después, pusieron su nombre al parque; pero el agresor no fue encontrado jamás.

Entré en el vestíbulo. Los bancos empotrados, destinados a recibir bultos y paquetes, estaban cargados de libros y revistas. Desde el éxito comercial de la reciente investigación de un rabino sobre la teoría de que ocurren cosas buenas a las personas malas (¿o era al revés?), los clérigos parecen producir libros con enorme rapidez. Y muchos me son enviados, lo mismo que el último tratado de cantos dorados, subvencionado oficialmente, sobre Atanasio y los Padres de Capadocia. Colgué mi bufanda y mi gorro de piel (sé que resulta pomposo; pero me ha salvado de muchos resfriados de cabeza desde que lo cogí impulsivamente en el aeropuerto de Shannon un día después de haber echado una inquietante ojeada al Libro de Kells) en el oscuro perchero de roble y, con mi pipa entre los dientes y mi cartera en la mano, entré en la biblioteca, a mi izquierda. He sido feliz en mi biblioteca.

Tal como había supuesto, Esther oyó la puerta al cerrarse y cruzó el vestíbulo para venir a buscarme. ¿Por qué las pisadas de las mujeres suenan siempre más agresivas que las de los hombres? No puede ser simplemente por los tacones altos; debe existir una energía, una agresividad, propias del sexo. Aquella mujer de cuarenta kilos, que conocía tan bien, se acercó a mí; e inmediatamente se disipó aquella impresión de estar con la preciosa esposa de otro hombre. El tedio fluía de ella como un olor a sudor rancio, un tedio tan intenso que se contagiaba a los demás. Me dolieron las articulaciones de las mandíbulas al esforzarme en contener un bostezo de simpatía.

Esther, de treinta años, tiene catorce menos que yo, una diferencia de edad que no se ha encogido, sino que ha aumentado, durante los catorce años transcurridos desde que nos conocimos y emparejamos y, después de mi divorcio, nos casamos. Aunque yo era a la sazón pastor de una parroquia, ella no figuraba entre mis feligresas. Una de las cosas que me atraían de ella era su indiferencia, más allá del desprecio, por las cuestiones religiosas. Estar con ella, con su resuelta incredulidad, era como beber un largo trago de agua tónica después de un exceso de vino agrio. Una amiga de su tía la había traído para reforzar nuestro coro de Navidad. Esther, que a la sazón tenía veinticuatro años y era secretaria de un abogado especializado en derecho fiscal, adoraba el canto, que era para ella como una manera de abrirse al viento, una transformación irreal de su cuerpo en tubo de órgano, en mecanismo con llaves musculares. Sorprendía con una voz fuerte de mezzosoprano, que no guardaba proporción con su cuerpo menudo, y era más cálida que la expresión de su semblante. Cuando estaba en reposo, su boca parecía fruncida y torcida; sin embargo, al cantar, se convertía en un agujero grande y alegre. Durante mi ausencia, había estado llenando la casa con los mugidos y sollozos de Luciano Pavarotti al abrirse paso en los ininteligibles recovecos de un aria. Me lo imaginé con su smoking, su pañuelo blanco colgante, su odiosa barbita moteando la inmensidad de sus mejillas temblorosas. Mis padres, cuando estábamos en South Euclid, conectaban todos los sábados por la tarde la emisora WHK, que transmitía desde el «Metropolitan Opera House» de Nueva York, y yo lo encontraba deprimente. Las voces llenaban el caserón con sus súplicas y sus protestas, e incluso me perseguían hasta el piso de arriba, donde leía yo mi novela de misterio, o hasta el sótano, donde mi avión de aeromodelismo esperaba a ser delicadamente montado; el clímax del tercer acto sacudía el techo y las tuberías sobre mi cabeza, y llovía polvo sobre el pegamento húmedo del aeroplano que, emitiendo aquel olor inolvidable a éter, trataba de endurecerse en las junturas de dos tablillas de balsa. Mi personal gusto musal prefiere los suaves cuartetos de cuerda, las delicadas composiciones del Renacimiento, los casi inaudibles conciertos de oboe y las pequeñas piezas de Mozart para viejos y frágiles instrumentos. *A te, oh cara,* vociferó Pavarotti, haciendo vibrar los cristales de mi librería.

—Hola, querido —dijo Esther con sequedad, ofreciéndome una mejilla para que le diera un beso.

Aunque no soy alto, ella es bastante más baja que yo. Éste no era el caso de mi primera esposa, aunque Lillian llevaba siempre zapatos bajos e incluso se encogía un poco en mi obsequio. Mi impresión de dominio sobre Esther, en los vertiginosos días de nuestra ilícita relación, había sido reforzada por la forma de su cara: su frente ancha y pura y sus grandes ojos verdes confluyendo sobre una naricita pecosa; su boca torcidamente fruncida, y su pequeña barbilla colgante. Incluso cuando se la ve al mismo nivel, parece más bajita. Es inteligente; la presión de su agudeza empuja los ojos hacia fuera, con una mirada casi de alarma que su irónica boca trata de desmentir. Su labio superior parece hinchado, y el inferior se encoge debajo. Su boca es muy compleja; a veces, una nube pasa por ella, una tensión de gozo o de dolor, como un vaho sobre un espejo, e incluso ahora, después de todos estos años de matrimonio, tengo la impresión de que está a punto de expresar algo maravilloso.

—Llegas muy tarde.

El borgoña, mezclado con humo de cigarrillo, agriaba un poco su aliento. Me pregunté cuántos vasos habría bebido, junto con Pavarotti y su *cara.*

—Una conferencia —le dije—. ¡Maldita sea Corliss Henderson con sus Santas heroicas! Hoy ha estado tratando de decirme que Mónica sería famosa aunque no hubiese sido madre de Agustín. Ahora que ha profundizado demasiado en su tesis para volverse atrás, se ha dado cuenta de ello: aquellas dos mujeres se hicieron famosas por sus hijos; si no los hubiesen tenido, nada sabríamos de ellas.

—Siempre ha sido así —dijo la madre de mi hijo.

—¿Cómo está el resfriado de Richie?

—Él dice que le ha bajado al pecho. Y no me extrañaría, con lo que les hacen correr en el campo de fútbol después de la clase.

—¿No podría excusarse?

—No quiere hacerlo. Prefiere estar enfermo. Yo creo —prosiguió en un tono burlón y cantarín— que se tiene por bastante bueno en el fútbol.

—¿Y tú piensas que no lo es?

Su desconfianza de los hombres se extendía a su propio hijo, ahora que se acercaba a la edad viril.

Me miró, mi querida feminista *manquée.* ¡Y qué mirada la suya! Como si un pez blanco de ojos grandes se hubiese acercado a la verde pared de cristal del acuario y soltado un destello de tedio furioso, por dar vueltas y vueltas en él todos los días.

—No, mi querido Roger, no digo eso —declaró con su voz suave y cariñosa de mujer, sólo ligeramente enronquecida por los años y los cigarrillos—. Supongo que es buen futbolista. Pero no sé por qué tiene que serlo. Siempre me han horrorizado los deportes y creo, querido, que tú nunca fuiste un gran campeón.

—Cuando yo iba al colegio no se jugaba al fútbol —le dije—. Sólo al rugby, que es bueno para los brutos. Mi padre me despreciaba por no jugar; aunque tal vez me habría costado la vida. Si hubiese jugado al fútbol, a lo mejor habría sido bueno. ¡Quién sabe!

—¿Quién sabe nada de nada? —preguntó Esther.

—Pareces deprimida.

—Es el otoño —confesó—. Hoy estaba ahí fuera y he pensado que necesitamos algunas ramas de pino para que las hojas muertas no caigan sobre los macizos durante el invierno, a lo largo de los setos. ¿Dónde se pueden comprar ramas de pino en esta ciudad? Todos los años hablamos de esto.

—Si pudieses esperar hasta después de Navidad, podríamos cortar el árbol.

—Dices lo mismo cada año. ¿Y qué digo yo?

Me lo pregunté; miré mis estanterías de libros y recordé que quería consultar algo de Barth.

—Dices que sería demasiado tarde. Las hojas habrían vuelto a llenar todo el jardín.

—Es verdad. Así es, Rog.

—¿Y qué *hacemos* los otros años acerca de las ramas de pino? Esto lo *he* olvidado.

—Vamos en coche al campo y los robamos de los bosques próximos a la parada de los camiones. Pero cada vez desaparecen más arbolitos pequeños; deberíamos llevar aquella sierra de mando largo que se está oxidando debajo del tejado del garaje.

—Creo que Richie la rompió, cuando trataba de hacer una casa de madera.

—Siempre le echas la culpa a Richie.

En realidad, no culpaba a Richie de nada; estaba claro, para mí, que, sin el chico, Esther y yo casi no tendríamos de que hablar, y aumentaría la frialdad entre nosotros. Busqué algo que poder mencionar, un mendrugo para arrojarle mientras me miraba con su tedio bestial.

—Tuve otra conferencia —le dije—. Antes. Con un muchacho realmente chalado, repulsivo en cierto modo, aunque su aspecto físico parecía bastante normal, uno de esos tipos de Informática de la sección de Ciencias de la Universidad. Sólo Dios sabe lo que le trajo a la escuela de Teología. Aunque, en realidad, también yo lo sé. Por lo visto es buen amigo de Verna, la terrible hija de la terrible Edna, ya sabes, la que tuvo un hijo negro ilegítimo y vive en algún tugurio de los barrios bajos...

—Sigue hablando —dijo Esther—. Tengo que ir a ver si la coliflor está hirviendo.

Echó a correr por el pasillo, torció para pasar por debajo del arco del comedor y se metió en la cocina. Yo la observé de la manera que más me gustaba, desde atrás: la cabecita erguida, el firme y redondo trasero, los ágiles tobillos. Esto no había cambiado desde los tiempos en que yo la observaba afanosamente mientras se alejaba contoneándose por el pasillo de la iglesia, después del ensayo del coro, levantando polvo con los pies. En aquellos días, en la primavera de la minifalda, llevaba sueltos sobre la espalda los largos y vivos cabellos rojizos, que parecían igualar en volumen a su cuerpo. Después, con el paso de los años, han aparecido algunas hebras blancas, más espesas en las sienes, y se retuerce y sujeta este crespo adorno de su cráneo en una ilimitada variedad de moños y aladares, en más o menos severos y recatados rizos de Frau-Professorish. Por la noche, cuando se suelta los cabellos, resultan más atrevidos aún que su todavía eficiente desnudez. Esther conserva su delicada figura por un procedimiento muy sencillo: se pesa en la báscula cada mañana, y si pesa más de cuarenta quilos, sólo come zanahorias y apio y bebe agua, hasta que la báscula registra aquel peso ideal. Las matemáticas son su fuerte. Solía ayudar a aquel abogado especialista en derecho fiscal a revisar los números.

En vez de seguirla, aproveché el momento para repasar una cita de Barth. Recordé que contenía una serie de *vías* conducentes a Dios. Estaba casi seguro de que era de *La Palabra de Dios y la Palabra del Hombre*. Tomé mi viejo ejemplar, un libro en rústica casi destrozado por el frecuente uso, desencolado y marcado reiteradamente por el lápiz de un joven que pensaba que había encontrado en él, definitivamente y para siempre, el camino, la voz, el estilo y el método para conservar la fe cristiana y exponerla a los demás. Con sólo hojearlo, sentí la fuerza soberbia de los párrafos de Barth, su magnífica y cabal integridad y su energía en el reino de la prosa, concretamente de la prosa cristiana, que suele caracterizarse por su flojedad intelectual y su falta de sinceridad. «El hombre es un enigma, y su universo, aunque vívidamente visto y sentido, es una pregunta... La solución del enigma y la respuesta a la pregunta, la satisfacción de nuestra necesidad, es el acontecimiento absolutamente *nuevo*... *No* hay camino que conduzca a este acontecimiento.» Aquí radicaba la cosa, pensé, en «La labor del Ministerio»; pero no, el pasaje, aunque elocuente, no tenía el tono que, diez decenios atrás, se había grabado en mi agitado oído interior. Más adelante, en el mismo ensayo, tropecé con una frase, marcada con un asterisco al margen, que parecía confirmar en cierto modo la argumentación de Dale Kohler: «En relación con el reino de Dios, toda pedagogía puede ser buena o puede ser mala. Un taburete tal vez sea demasiado alto y la escalera más larga demasiado corta para tomar por la fuerza el reino de los Cielos.» *Por la fuerza,* desde luego. Yo había llamado su blasfemia precisamente a esto. El muchacho trataba a Dios como un objeto, que no tenía voz en Su propia revelación. Busqué con impaciencia, al azar. Podía sentir el tedio de Esther que tiraba de mí, que me absorbía, que me llamaba a la cocina para que pudiésemos aburrirnos juntos. Y al fin, cuando había abandonado ya toda esperanza, las hojas llenas de garabatos se abrieron por la página donde el joven que era yo entonces había subrayado al margen, con una triple línea en lápiz, indicadora de mi tensión espiritual, en «El problema de la ética hoy en día», y donde uno menos habría pensado encontrarlo:

> *No hay camino que nos conduzca a Dios, ni siquiera una* vía negativa, *ni siquiera una* vía dialéctica *ni* paradójica. *El dios que estuviera al final de algún camino humano, incluso de este camino, no sería Dios.*

Cerré el libro y volví a dejarlo en su sitio. *El dios que estuviere al final de algún camino humano no sería Dios.* Sí. Hay algo que me avergüenza en secreto: siempre me siento mejor, más limpio y revitalizado, después de leer teología, aunque sea teología barata, como si acariciase y sondease todas las grietas de lo incognoscible. Para que no se me tome por un gazmoño, diré que encuentro un consuelo y una inspiración parecidos en la pornografía, la tan lamentada y detallada descripción de partes humanas increíblemente largas y profundas, rígidas y extensibles, que se entrelazan, bombeando y rezumando. Ni siquiera la *Opus Pistorum* del difunto Henry, tan asquerosa que tuvo que ser póstuma, era demasiado para mí, pues, a mi entender, tenía cualidades redentoras al exaltar, como lo hacen las obras de su clase, nuestra cara inferior, la humeda cara inferior de nuestros insomnios ordenados, bajo la cual se arrastran demonios de muchas patas. ¿Y qué sale de ese pozo negro sibilante de nuestro ser, de nuestros sinceros e inexpresables deseos? Catedrales e hijos.

Richie estaba encorvado sobre su mesa de trabajo, mientras trataba de seguir una reposición de *Gilligan's Island.* Revolví los cabellos del chico, de color castaño intenso como los míos antes de que el gris se infiltrase en ellos. Aunque no en las cejas, que siguen siendo espesas, oscuras, largas y severas.

—¿Qué tal el colegio?

—Muy bien.

—¿Y cómo está tu resfriado?

—*Muy bien.*

—Tu madre dice que ha empeorado.

—Papá, estoy haciendo mis deberes. ¿Qué es veintisiete a la base seis?

—No tengo la menor idea. Cuando yo iba al colegio, allí no tenían bases.

En realidad, había tratado de comprenderlas con él, y al prestar atención a su libro de texto, me pareció que lo había conseguido; pero lo escurridizo de la exponencialidad me repelía, y la revelación de que la base diez no era sagrada en modo alguno, abría un agujero innecesario en mi universo. Cuando pienso en las matemáticas, veo curvas que se mueven en el espacio según ciertas leyes misteriosas e insoslayables, generando la belleza de las trayectorias, extendiéndose, llevando la verdad sobre la comba de sus arcos, como querubines que cabalgasen a lomos de delfines y se fueran alejando, sumergiéndose y emergiendo de nuevo. Las jerarquías angélicas y los grados de susceptibilidad humana al pleroma, de los gnósticos, y la «medición del cuerpo de Dios» enunciada con tan laboriosa aritmética alfabética en el misticismo Merkabah, seguramente anticipaban y pretendían representar las arrolladoras fórmulas inmateriales que median entre nosotros y los absolutos de materia y energía.

Después, le dije a Esther:

—Y ese tipo de Ciencias de quien te hablaba en la biblioteca ha tenido la desfachatez de pedirme, más o menos, que le consiguiese una subvención para poder demostrar la existencia de Dios mediante los ordenadores.

—¿Por qué te muestras tan contrario a ello? Tú crees en Dios, o al menos creías.

Percibiendo su estado de ánimo, no estuve seguro de si era prudente que Richie oyese las palabras que iban a salir de sus labios.

Pero estábamos todos en la cocina, donde era ella quien más derecho tenía a estar. Si compartíamos su comida, debíamos compartir también su humor.

—Claro que creo en Él —dije, severamente—. Pero no porque me lo diga un ordenador. Eso es vulgarizar la idea.

—Tal vez ese joven piense que Dios es más que una idea.

—Es curioso; hablas casi como él.

—¿Qué estatura tiene?

Era una pregunta curiosa; pero le respondí:

—Un metro ochenta, por lo menos. Demasiado alto.

—¿Le conseguirás la subvención?

La pequeña Esther estaba ahora encendiendo, lenta, cansada y afectadamente, un cigarrillo en la espiral al rojo de un hornillo de la cocina eléctrica. Bajó la cara hasta dos o tres centímetros del lacerante instrumento. Un movimiento en falso, un simple roce, y quedaría marcada para siempre.

—Me gustaría que dejases de fumar —le dije.

—¿A quién perjudico con ello?

—A ti, querida.

—A todos los de la casa, mamá —observó Richie—. En el colegio dijeron que los que viven con personas que fuman tienen los pulmones tan enfermos como los propios fumadores.

En *Gilligan's Island,* un hombrecillo de voz chillona, vestido con un sarong, trataba de esquivar a un hombrón rubio, con un traje de baño estampado, que le estaba bombardeando, desde un helicóptero, con bolsas de agua.

—Yo no puedo conseguirle una subvención —dije—. No depende de mi departamento.

—Parece un joven bastante interesante —opinó Esther de forma gratuita.

Richie nos interrumpió de nuevo:

—Mamá, ¿qué es veintisiete a la base seis?

—Cuarenta y tres —dijo ella—. Es evidente. Seis cabe cuatro veces en veintisiete, y restan tres para la columna de unidades. Lee tu libro, Richie, por el amor de Dios. Estoy segura de que todo está explicado en él. Para eso os lo dan.

Yo estaba irritado; me daba cuenta de que ella se ponía de parte del joven desconocido sólo para fastidiarme. Consideré si sería prudente servirme un bourbon antes de cenar. Esther se había llenado otro vaso de vino tinto de la jarra verde Gallo, y la manera en que se había aflojado los cabellos y desgreñado sobre las sienes proclamaba que estaba apercibida para el combate. Si me emborrachaba, esto me ayudaría en la lucha; pero me incapacitaría para la lectura que pensaba hacer esta noche; por ejemplo, el libro sobre Atanasio y los Padres de Capadocia, escrito por un ex alumno mío que deseaba con gran ansiedad mi beneplácito y un pequeño impulso en la escalera de Jacob de los ascensos académicos. Transigí en lo de la bebida, privándome del bourbon pero escanciando en mi vaso un poco de Gallo. Era espeso y sabía a rancio. Yo prefiero el vino blanco. En realidad, lo que prefiero es el champaña.

—¿Desde cuándo —pregunté amablemente a mi esposa— eres teóloga?

—No lo soy —dijo ella—. Ya sabes lo que pienso. No pienso nada. Quiero decir que pienso que la Teología no es nada. Es una tontería. Pero me divierte ver con qué energía defiendes tu propio estilo de tontería contra el de otra persona. Todos esos emperadores sin túnica..., todos tenéis un campo propio que defender. Ese muchacho viene y te ofrece demostrar la existencia de Dios, y tú frunces el labio y el entrecejo, y evidentemente deseas verle muerto, desaparecido, expulsado de la Iglesia. Para ti, es un hereje.

—Yo no le dignificaría tanto —dije, con toda la dignidad que me fue posible—. Es muy joven, y me atrevería a decir que, dentro de un mes, tendrá otra idea genial. Está empleando a Dios como un artilugio para conseguir una subvención. Ha surgido una generación que sólo piensa en las subvenciones. Una clase que confía en la beneficencia académica.

El vino estaba agrio. No era sólo el aliento de Esther. Desde luego, la fermentación es una especie de podredumbre, de la misma manera que la vida es, desde el punto de vista de la energía, una forma de decadencia. Sin embargo, había algo bello, como un agradable centelleo de pompas de jabón, en la impresión que me producían los primeros sorbos al mezclarse con la sangre y fluir rápidamente por mis venas, mientras yo seguía con la mirada fija en los fruncidos, dolientes y finos labios de Esther, prestos a continuar la discusión. Ella hablaba de mi labio; pero el suyo era el complicado; pasaba por su boca aquella nube melancólica, aquella especie de niebla dulce y triste, una expresión apenas perceptible de «resentimiento», un atisbo de alguna súbita y tierna canción triste a punto de formar una O redonda. Antes, había empleado mucho conmigo la sexualidad oral. Ciertamente, cuando hacía poco que salíamos juntos y estaba dominada por la pasión del noviazgo, la pasión femenina de vencer a otra mujer y asegurarse un protector, me costaba librarme de sus labios. En el coche, mientras yo conducía, su crespa cabeza chocaba con el volante y hacía difícil su manejo. En el despacho de mi iglesia, cuando me hallaba sentado en el sillón de cuero artificial que solían ocupar los que venían a pedirme consejo en su confusión espiritual, yo ponía los ojos en blanco, a la manera de santa Teresa (que, dicho sea de pasada, ansiaba una comunión con un anfitrión más grande: *¡Más, más, Dios!*) (1). En la cama, cuando estábamos agotados: Esther

(1) En español en el original. *(N. del T.)*

apoyaba su cabecita dulce y adorable sobre mi vientre, y me asía suaventemente con la boca, como para asegurarse de que no iba a escaparme, y yo me excitaba de nuevo en sueños. Ahora, esto era muy raro y ella nunca dejaba de hacerme sentir su disgusto. Francamente, no podía censurarla por ello: nuestras emociones cambian y, con ellas, la química de nuestros impulsos.

—¿Por qué no le invitas a venir un día? —me preguntó con tono inocente.

Y se me ocurrió pensar que sus ojos, como los de mi reciente visitante, estaban como inundados de luz de la ventana, aunque los de ella eran de un azul que se acercaba al verde, mientras que los del joven tendían al gris. Los míos, para completar el cuadro, tienen cierto tono de chocolate desleído, son de un castaño húmedo y oscuro, de oso pardo, que hacen que al espectador le parezcan, según su sensibilidad, enojados o a punto de llorar. Esther añadió con sarcasmo:

—Hace años que no he escuchado una idea genial.

Prescindiendo de nuestro agrio intercambio de palabras, Richie dio rienda suelta a su mal humor.

—Lo único que hace este libro estúpido —dijo— es hablar de conjuntos y armar un lío con esas *equis* que nada tienen que ver con los números.

Con súbita complacencia, Esther se inclinó, como había hecho minutos antes sobre el hornillo, y leyó en el libro de texto por encima del hombro del muchacho.

—Cuando escribimos veintisiete —le dijo—, expresamos taquigráficamente dos conjuntos de diez más siete unidades. Para hacerlo en la base seis, tienes que preguntarte cuántas veces cabe seis en veintisiete. Piensa. Empieza con c.

—¿Cinco? —preguntó el pobre muchacho, hecho un lío.

—Cuatro —aclaró ella, disimulando a duras penas su disgusto. Señaló el libro, rascando la página con la uña, lo que produjo un ruido desagradable—. Cuatro veces seis son veinticuatro. Si añades al cuatro el tres que resta, obtienes cuarenta y tres. ¿Lo ves?

¿Lo ves? En la pantalla, *Gilligan's Island* se había interrumpido para dar paso a un anuncio. De comida para gatos. Un hermoso gato color caramelo, un gato actor con corbata de lazo, olía un bistec crudo y un pescado fresco. Acto seguido, enterraba la cara, hasta el cuello, con verdadera ansia, en una fuente de bolitas de un castaño grisáceo. A lo lejos, Pavarotti se estiraba hacia uno de los estantes más altos de emociones envasadas. Sobre nuestras cabezas, el techo de nuestra anticuada cocina, orientada al servicio doméstico, mostraba grietas y unas preocupantes manchas amarillas, como si las tuberías de la segunda planta goteasen ectoplasma. A través de la gran ventana «de cine» de la cocina (una mejora introducida en los años cincuenta), yo podía ver, al otro lado del jardín y de la verja, el comedor de nuestros vecinos, los Kriegman. Myron enseña Bacteriología en la Facultad de Medicina; Sue escribe libros infantiles, y sus tres hijas adolescentes son una belleza triplicada. Las cinco cabezas estaban alineadas bajo la luz de la lámpara Tiffany, sobre la mesa del comedor, y yo podía ver incluso los movimientos de la boca de Myron (gacha la cabeza, encorvados los robustos hombros, agitando pesadamente la mano que no sostenía el tenedor) y los aureolados peinados de sus mujeres asintiendo rítmicamente, como en un contenido éxtasis de conformidad y adoración. Myron y yo nos encontramos a menudo en las fiestas. Él es un ávido charlista, dispuesto a hablar de todo y sin que le aburra ningún tema, salvo, quizá, los de su especialidad. Aunque hemos intercambiado miles de palabras y pasado horas juntos, con whisky aguado en una mano y resbaladizas tapas en la otra, nunca me ha dicho nada sobre el único tema de verdad: las bacterias. Ni ha tratado de sacarme la menor información sobre las herejías cristianas.

En contraste con la agria y belicosa atmósfera y con el techo deteriorado de nuestra cocina, los Kriegman parecían felices en su comedor, con su lámpara multicolor iluminando con suavidad las oscuras paredes que ellos, a semejanza de la mayoría de las familias académicas, han llenado de numerosos objetos eclécticos (máscaras y tambores africanos, cuernos de pastor de los Cárpatos, cruces etiópicas, balalaikas soviéticas), exhibidos como prueba de sus viajes al extranjero, de la misma manera que una clase social de otros tiempos y en otro imperio, exhibía cabezas disecadas de kudú o de leopardo. Yo envidiaba a los Kriegman su visible beatitud, la absoluta comodidad de su refugio ecológico, cuya tercera planta estaba ocupada por una pareja de inquilinos, útiles para evadir impuestos y como defensa contra los ladrones, y su casa de verano en un islote convenientemente subdesarrollado de Maine. Las hijas tenían pretendientes inadecuados hasta el escándalo, amiguitos derrochadores e inútiles (algunos de los cuales se convirtieron en maridos) que, según supongo, eran a nuestro nivel visible de consumo lo que los yates y los *cottages* de veraneo para los ricos de Veblen. Esther y yo, con nuestro segundo matrimonio y único hijo y con mi relativamente mezquino trabajo en el remanso de la Escuela de Teología, no estábamos tan cómodos en nuestro nido como los Kriegman en el suyo, y ni siquiera nos tomamos la molestia de instalar, como se hacía ahora, un apartamento en la tercera planta, prefiriendo emplear estas viejas habitaciones de la servidumbre como desván. También los usaba Esther como estudio, cuando le daba uno de sus cada vez menos frecuentes ataques de afición a pintar. En los diez años que llevábamos aquí, había plasmado vistas chillonas y bastante abstractas de los tejados que podían verse desde las ventanas de la tercera planta, en todas las direcciones de la brújula, sacando así partido de su mundo. Con los años, su estilo se había hecho cada vez más violento: grandes manchas viscosas realizadas con el pincel, con la espátula, con goteo de trementina y con moscas desgraciadas presas de patas en la tela. Aunque parezca extraño, los libros infantiles de Sue Kriegman describían familias en desorden, destruidas por el divorcio, afligidas por apuros económicos o sumidas en una frenética suciedad, con demasiados gatos y el relleno saliendo de la desgarrada tapicería de los muebles. Algo incomprensible para los que visitábamos su pulcro hogar, al otro lado de la calle, aunque sus ventanas miran a las nuestras.

—¿Por qué no lo haces? —preguntó Esther, tratando todavía de aliviar su tensión, de remediar el tedio del día, con una pelea.

Durante los últimos años, empezando como voluntaria y ascendiendo a ayudante mal pagada, ha estado trabajando en un centro de asistencia diurna en otra parte de la ciudad, cuatro días a la semana. Pero esta actividad parece que no le sirve más que para exacerbar su sentimiento de vitalidad inútil, su convicción de que está malgastando la vida.

—¿Por qué no hago, qué? Estaba observando a los Kriegman y envidiando su felicidad.

—Ellos piensan lo mismo de nosotros. No te preocupes. Todas las familias parecen estupendas a través de la ventana.

—Cora Kriegman es una zorra —afirmó Richie.

—¿Qué es una zorra? —le pregunté.

—Vamos, papá. Lo sabes muy bien.

Volvió a refugiarse en *Gilligan's Island*, donde parecía celebrarse una especie de reconciliación, con abrazos masivos al pie de palmeras portátiles. El sol del Pacífico, hecho de luces de estudio, no proyectaba sombras.

—Invítale a tomar el té —sugirió la mujer—, con tu sobrina.

—¿Por qué habría de traer a mi bendito hogar a ese insoportable as de los ordenadores? Me las apañaré con él en mi oficina, que es donde hago el trabajo desagradable.

—No creo que te las vayas a *apañar* muy bien. Pareces preocupado e inquieto.

—Pues no lo estoy.

—Sus ideas son más divertidas de lo que tú, por alguna razón, estás dispuesto a reconocer.

—Me duele que me pinches acerca de él. También me duele la

manera en que *él* me pinchó respecto a Verna. Daba la impresión de que pensaba que yo tendría que hacer algo más por ella.

—Tal vez deberías hacerlo. ¿No crees que es antinatural que no la hayas llamado una sola vez, llevando más de un año en la ciudad?

—Edna me pidió que no lo hiciera. Habló conmigo por teléfono. Dijo que la muchacha se había deshonrado y había deshonrado a su familia, incluido yo. Y también tú y Richie, desde luego. Casi podríamos decir que incluidos los Kriegman y Mrs. Ellicott.

—No te enfades, Rog. A ti no te importa lo que te dijo Edna. Nunca le has tenido mucha simpatía.

—Para ser exacto, no puedo soportarla. Era liosa, superficial y mandona. Estoy seguro de que su hija es como ella.

—¡Con qué alma tan mezquina me casé! —dijo Esther.

Sus ojos verdes, con síntomas de hipertiroidismo, habían sido empañados por su último trago de vino. Todo un lado de su cabellera se había derrumbado y caía en ondas sobre sus hombros. Concluyó:

—Eres un frío bastardo que siempre quiere ir sobre seguro.

Me apresuré a interrumpirla, como suelo hacer con los estudiantes demasiado parlanchines.

—Desde que he llegado a casa, querida, has estado buscando un pretexto para atacarme y creo que aún no lo has encontrado. Yo no soy tutor de mi sobrina. ¿Dónde diablos está la cena?

Richie, indignado con nuestra discusión (los niños se toman demasiado en serio los altercados amistosos de los adultos), cerró la televisión y dijo:

—Sí, mamá. ¿Dónde está la cena? Estoy muerto de hambre.

En ese mismo momento, Pavarotti, en el lejano cuarto de estar, había agotado su rosario de historias lacrimosas y calló de repente.

Durante catorce años, habíamos usado el mismo reloj despertador, blanco y barato, un regalo de boda que nos hizo una anciana de mi antigua parroquia. Parecía no darse cuenta de que yo me había deshonrado y caído en una oscuridad incompatible con estas cosas tan hogareñas. El aparato tenía una dócil y pequeña esfera con una larga saeta que se hacía girar hasta el minuto requerido, y, una vez transcurrido ese tiempo, producía un sonido grave y fuerte. Con el aire de un personaje travestido de Shakespeare, un muchacho de pecho plano y enmarañada peluca roja, Esther se inclinó ante el reloj como si éste fuese un compañero actor. Extendió dramáticamente una mano, con la palma hacia arriba, y anunció a su público de dos:

—*Voilà. Le meatloof.*

—*Oh mia cara* —dije yo, pensando *más, más*. Me encanta la empanada de carne; es fácil de masticar.

Su muñeca, que sobresalía de la manga del holgado jersey, se veía tan delgada como la pata de un perro. Su un tanto desesperado descaro al representar el papel de ama de casa, despertó en mí aquel viejo hechizo, la impresión que había sentido, a los catorce años de que el espacio que la rodeaba era sagrado, cargado con electrones que agitaban los míos. La catexis, según dice reiteradamente Freud (¿dónde?) nunca se pierde, sólo se extravía, como una muñeca manca que se guarda en el desván, entre raídas alfombras enrolladas y marcos sin cuadros.

3

Entonces, unos días después, me encontré subiendo los peldaños de Dale Kohler, tal como me los había imaginado la tarde en que él salió de mi despacho. Los árboles tenían algunas hojas menos. Por lo demás, el tiempo era parecido, con las nubes flanqueadas de azul retorciéndose y rompiéndose en fragmentos al navegar en su mar de aire, mientras las banderas americanas resplandecían en los soleados intervalos. Mi camino pasaba por delante de parques de bomberos, escuelas y otros edificios entre los que se distribuían los servicios públicos de la comunidad y de la nación. Había buscado a Verna Ekelof en la guía telefónica y me había sorprendido un poco al encontrarla allí, al ver que una muchacha con tan pocos recursos y tan pocas razones para estar en nuestra ciudad había podido procurarse un teléfono.

Nuestra ciudad, hay que explicarlo, es dos ciudades. Más aún, es una masa urbana dividida por el río, cuyas sucias aguas desembocan en el puerto que dio su *raison d'être* a la población colonial. Desde los tiempos en que los pueblos se arracimaron aquí y allá en el país, que los indios habían ya evacuado en parte, surgieron municipios, cada uno de los cuales tenía su propio ayuntamiento y sus propios concejos de administradores ansiosos de poder. Pero, en nuestro siglo, los automóviles y las autopistas unificaron toda la zona. Pasamos tan de prisa frente a los rótulos de los límites que no podemos leerlos. Los puentes, alguno de acero pintado, otros de piedra formando arcos, enlazaban las dos riberas del río. Al pasar, de pronto, de un túnel subterráneo a uno de los puentes (digamos un viejo puente de piedra arenisca montado sobre grandes y toscos bloques que se diría instalados allí por una raza de titanes, con contrafuertes y extrañas torres cónicas y floreadas farolas), los pasajeros del Metro se estremecen ante el esplendor de la vista que se ofrece de repente a su mirada; de los hoteles y los emporios de cristal y metal anodizado que brillan en el centro comercial de la ciudad; de los rascacielos rosados y espolvoreados de azul del distrito financiero, en el que se elevan por encima de la silueta de ladrillos de los viejos barrios residenciales construidos hace un siglo sobre marismas que se rellenaron con escombros; de los almacenes que acaban de ponerse en régimen de condominio y de las iglesias abandonadas. También de la cinta del parque de Olmstead, a lo largo de la orilla del río, con el quiosco de música y el planetárium. Las barcas de alquiler cabecean en la resplandeciente superficie del agua. Todas estas maravillas creadas por el hombre, son realzadas con gran brillantez por los rayos sesgados de nuestra impasible estrella local: el Sol.

La Universidad está ubicada en el lado más triste y lastimoso del río. Después de caminar unas pocas manzanas desde la Escuela de Teología, a través del sombrío enclave de altas casas de principios de siglo, cada una de las cuales, incluida la mía, ha doblado varias veces su valor en el último decenio, llegué a la avenida llamada Sumner Boulevard en honor de aquel fanático abolicionista yanqui que es ahora recordado, sobre todo, por haber sido golpeado en la calva cabeza por un congresista igualmente farisaico, pero de opuestas convicciones. Esta desagradable y ancha vía marca el final de la zona universitaria. Envuelto en un sucio abrigo, un joven corpulento, de cabeza grande, cabellos largos de color de serrín y una barba de estilo mormón afeitada alrededor de la boca, estaba plantado, inmóvil, como señalando una frontera. Igual podía ser un estudiante maduro de Teología que un operario de televisión esperando que su compañero aparcase la furgoneta, o un loco dispuesto a estrangularme para silenciar las voces que oía dentro de su cabeza. La manera que el ambiguo y robusto compañero tenía de estar allí, sin moverse, en el centro de la acera, daba al barrio un matiz amenazador.

Sumner Boulevard discurría a lo largo de kilómetro y medio, y se dirigía en diagonal al río. Un supermercado había cubierto con tablas la parte inferior de sus escaparates, para que fuera más difícil romper los vidrios. Un *drugstore* se anunciaba con un rótulo de neón, apagado. El vinilo sustituía los auténticos revestimientos de madera; las casas adquirían el aspecto de oscilantes embarcaciones de tres cubiertas. Los frondosos robles y hayas de Malvin Lane cedían el paso a árboles urbanos más resistentes, sicómoros de áspera corteza y ginkgos primitivos, espaciados a lo largo de la acera con regularidad de postes de teléfono. En vez de los mullidos y estéticos montones de hojas rastrilladas, esperando junto a las vallas a ser recogidos, se amontonaban bolsas de basura y cajas de cartón aplastadas junto a los bordillos. No había «Volvos» ni «Hondas»; sino solamente «Chevrolets», «Plymouths» y «Mercurys», enmohecidos y abollados, las viejas barcazas de Detroit mantenidas a flote por los pobres. Trans Am. Gran Turino. Sunoco. Amoco. Colonial Cleansers. Boulevard Bottle. Professional Podiatry. Una intersección triangular estaba marcada con el nombre de un soldado italiano muerto en Vietnam. Piedras de imitación, extrañamente abigarradas con su mezcla de tintes artificiales, rodeaban los ventanucos de la abacería de una esquina. Sobre el asfalto de una gasolinera, un charco de color verde de asombrosa pureza indicaba que un coche había sido provisto de líquido anticongelante. Pero tuve la impresión de que este verdor extremo habría sido una maravilla para Dale, habría tenido para él otra significación, la de una señal desde las alturas. Para un creyente de su clase, elemental, la gloria habría estado en el aire: la anchura misma de aquella tosca avenida comercial, y algunos solares donde habían sido derribados los edificios, llenaban los ojos de luz. Sobre los muchos tejados planos intermedios y las chimeneas deterioradas por la intemperie, contra el telón de fondo de las nubes atormentadas, brillaban los bordes de plata y esmeralda prendidos en las cimas de los rascacielos, marcando el corazón de acero de la ciudad al otro lado del río.

Una tienda de artículos sanitarios, que anunciaba instalaciones *Crane*, no *Kohler*, exhibía en su polvoriento escaparate un árbol de asientos de retrete, sencillos o acolchados, blancos o pastel y, en el colocado más abajo, un dibujo de mujeres japonesas desnudas y con la chocante particularidad de que no tenían pezones ni vello en el pubis. La avenida, al desviarse poco a poco hacia el río, iba empeorando de tono y aumentaba su vivacidad. Kung-Fú. Locks: Master Protection. Santo Cristo Center. Todo para la casa. En esta sección, los irlandeses y los italianos habían sido suplantados por portugueses e hispánicos, que ahora cedían el sitio a los vietnamitas, los cuales acaparaban las pequeñas tiendas de comestibles y habían inaugurado varios restaurantes en los que ofrecían sus platos cargados de especias. Las mujeres vietnamitas no abultaban más que los niños, y los hombres tenían extrañas cabezas cuadradas sobre unos cuellos delgados. Retorcidos bigotes pendían desde lo alto de las comisuras de los labios, y cabellos negros de un mate diferente del de los chinos, japoneses e indios. Nosotros habíamos chapoteado en ultramar y, al salir de allí, habíamos arrastrado a esos inmigrantes que se habían pegado a nosotros como la pintura al palo que la remueve. Había, en estos restos de una vieja aventura, algo desagradable, erótico y, sin embargo, grandioso en su heterogeneidad global, pues aquí, en esta turbulenta vía pública, se debatía la antropología, viva de pieles de todos los colores, y gente del mundo entero compartía y ampliaba la energía de nuestras tiendas y casas de vecindad americanas y los patios llenos de desperdicios. Vi venir una pareja, sin duda no ligada por el matrimonio pero sí de otra manera: un hombre alto, negro pálido, y una muchacha latina, casi de su mismo color de café, exactamente de su misma estatura, y ambos vestidos con ceñidos pantalones tejanos y breves chaquetas de cuero negro, con los cabellos peinados en altas crestas laqueadas, luciendo pequeños pendientes y marchando con paso acompasado, asidos del brazo: una visión inquietante. Se acercaba el día de las elecciones y había carteles blancos y azules en todas partes, en los buzones de la correspondencia, en los parachoques de los automóviles, en las puertas y ventanas tapiadas. Una anciana arrastraba una carretilla de supermercado cargada con lo que parecían ser todos sus bienes, incluida una radio de plástico de color marfil; con su cara colorada, su gorro de punto azul y sus zapatos blancos de lona, tenía el aspecto de una niña que hubiese cumplido demasiados años. También yo daba mi paseo como si fuese un niño, y sentía que el espíritu infantil se sobreponía al mío, aquella codiciosa y ciega beatitud de la juventud, cuando el mundo parecía estar regido por nuestros impulsos, lleno de presagios convenientes, de signos alentadores. Un borracho demacrado, con un gorro de estilo ruso y orejeras de piel, murmuró con enojo al cruzarse conmigo, resentido por la inocencia de mi semblante y por una alegría que no correspondía a mis años.

Las manzanas se hallaban divididas en pequeñas tiendas anticuadas. Una floristería, un salón de belleza, una lavandería y un establecimiento en el que se anunciaban APAREJOS DE PESCA y cuyo escaparate estaba lleno de anzuelos y cebos que no podían ser arrojados al agua en muchos kilómetros a la redonda. El dueño de una mercería advertía con letras rojas e irregulares que estaba AUSENTE POR ASUNTOS DE NEGOCIO. Una pequeña tienda de confecciones situada en una esquina ofrecía *trajes de carnaval para adultos alegres.* Varias caretas de animales (cerdos, un jabalí, un lobo aullador) yacían entre lencería y ropa interior de encaje, como trozos de carne sobre láminas de hielo brillante. HUEVOS GRANDES: *¡A 49 centavos la docena! Por cada 10 dólares de compra, 1 docena por cliente.* Era como decir a todos los pobres que me rodeaban que no podrían hacerse con las docenas de huevos tan atractivamente ofrecidas. MEGABUCKS: *¡Usted puede ser nuestro próximo millonario!* Sin embargo, yo había advertido, en las entrevistas publicadas en los periódicos, que los que ganaban parecían pasmados por el súbito montón de dinero, y que algunos vacilaban durante días antes de reclamar un botín que ridiculizaría la vida que habían llevado hasta entonces.

Después, cesaban las tiendas y había un vacío en el bulevar en el sitio donde era cruzado por unas vías de ferrocarril, los raíles herrumbrosos y ya no utilizados de una línea muerta que se desvanecía en una región de grandes edificios de lisas paredes enyesadas que pertenecieron a la industria pesada y no habían sido transformados todavía en estudios de artistas o laboratorios de alta tecnología. Los más recientes edificios de Ciencias de la Universidad se encontraban al otro lado de esta zona industrial. La Universidad y su dinero impregnan la ciudad, cuyos edificios y bloques están empotrados en zonas de viviendas que son propiedad de la Universidad, e incluso hay, a muchos kilómetros de aquí, y en la cima de un monte, un terreno vedado que le fue legado en el siglo pasado y donde los alumnos de Silvicultura, con casco y pantalones de cuero, estudian, talan árboles y reflexionan después de mordisquear brotes, para ganarse sus títulos.

Yo miraba todo aquello con los ojos todavía religiosos de Dale. Al otro lado de los raíles, sobre la acera renovada, vi un excremento de perro de extraordinaria negrura, como el alquitrán. ¿Sería una raza especial, o una comida desacostumbrada? ¿O una pura maravilla, un auspicio, como aquel charco intensamente verde? Después pasé por delante de un taller de lápidas sepulcrales, con una oficina encristalada junto a un solar lleno de mármoles tallados y pulidos. Una lauda de color de rosa mostraba, en una hornacina entre pilares en bajorrelieve, un libro abierto con sólo seis palabras esculpidas en sus dos páginas:

JESUS	RUEGA
TEN	POR
PIEDAD	NOSOTROS

Había cierta elegancia tipográfica en la disposición de las palabras. Sin duda Dale Kohler, al salir de mi despacho, se habría detenido aquí y murmurado, hurgando en su mente, para establecer la relación entre la súplica tallada mecánicamente en esta piedra metamórfica y el horno cósmico del *Big Bang,* entre cuyas grotescas e imponentes estadísticas se hallaba la prueba irrefutable de la supervisión divina. Las irregularidades espontáneas de la moteada estructura del mármol no eran muy distintas de las diminutas pero indispensables faltas de homogeneidad dentro del cosmos primigenio, cuando toda la materia instalada ahora entre aquí y los quasars más remotos estaba comprimida en algo más pequeño que una pelota de baloncesto y era tan caliente que los propios *quarks* se hallaban todavía despegados; los monopolos eran más que hipotéticos y la materia y la antimateria se hallaban enzarzadas, en milmillonésimas de segundo, en furiosa aniquilación recíproca que, por algún misterioso y ligero margen de preponderancia, dejó materia suficiente para formar nuestro atenuado y viejo universo.

¡Las inevitables combinaciones de lo real! Un joven negro, muy alto y esbelto, con la cabeza afeitada y cubierta con un gorro multicolor, transportaba sobre esta cabeza espectacular, como si fuera un fantástico turbante, una de esas medias sillas acolchadas, que tienen brazos y respaldo pero no patas, que utiliza la gente para estar incorporada en la cama. La silla era de un brillante color de melocotón y estaba envuelta en un plástico transparente que crujió cuando él y yo nos cruzamos, caminando en dirección opuesta, sobre las combadas y herrumbrosas vías del ferrocarril. ¿Era este negro exótico, contrariamente a lo que dicen los estudios demográficos, un acérrimo lector nocturno? ¿O llevaba sumisamente aquel apoyo a una abuela o un tío abuelo ancianos? La familia negra, aunque estadísticamente destrozada, todavía mantiene lazos de unión; los hechos que se relatan nunca corresponden con exactitud a los hechos en concreto; cada nueva generación da a América la oportunidad de renovar sus promesas. Estos esperanzados y patrióticos pensamientos pasaban directamente del alma ingenua de Dale a mi mente.

Un parque de bomberos, construido con ladrillos en una esquina de la calle, mostraba, en lo alto de una pared lateral, un mural pintado en el que aparecía George Washington, recibiendo, sin visible satisfacción, lo que parecía ser una prórroga de crédito de una delegación de hombres del *establishment* vestidos de manera similar y todos igual de serios. Junto a aquel parque, se levantaba un enorme y viejo edificio público, construido con bloques de piedra arenisca de dos toneladas, según el modelo de un palacio veneciano. Sus profundas entradas bizantinas se encontraban llenas de carteles de las elecciones, y los suaves peldaños habían sido desgastados por los pies de los peticionarios a lo largo de un siglo. En las cercanías de estos edificios públicos, la calle se aburguesaba un poco: una hilera de casas de tres plantas pintadas con colores bohemios, como el color espliego y el color limón, albergaban una *boutique*, una tienda de dietética y, con cierto atrevimiento, un establecimiento denominado PASTELERÍA PARA ADULTOS, en cuyo escaparate se anunciaban *Pasteles eróticos y caramelos divertidos.*

Tuve la impresión de que las formas que podían tomar aquellas cosas tan divertidas no interesarían mucho a Dale. La forma y la estructura mucilaginosa y plegada hacia dentro de los arrugados órganos genitales humanos no figuraban, evidentemente, entre los múltiples fenómenos en que hallaba pruebas de la existencia de Dios. Me imaginé su cara cerosa, salpicada de granos de masturbador. Me sentía superior a él, sexualmente sano desde que Esther me había arrancado de la torpe y estéril Lilliam. Mi segunda esposa, antes de casarnos, había sido una maravilla de flexibilidad en la cama, y sus partes más íntimas, a la luz del sol de nuestras tardes ilícitas, habían alimentado mis ojos como golosinas de mazapán rosado.

Después de su jocoso intento de prosperidad, Sumner Boulevard iba cuesta abajo, y sus transeúntes adquirían un aspecto de refugiados desesperados. Sobre un bordillo, se había detenido un hombre tan gordo que hubiérase dicho un traje colgado a secar e hinchado por el viento. Al pasar cerca de él, vi que la piel de su cara enorme y preocupada padecía un feo eccema, con escamas que tenían el aspecto de trocitos de papel desprendido de una pared. En la misma esquina, había un edificio, cuya planta baja, que tenía unas persianas de curiosa irregularidad, había sobrevivido a un incendio de los pisos superiores, tras el que habían quedado desnudos los marcos carbonizados de sus ventanas. Pero el bar seguía abierto, y los ruidos del interior (el estruendo sintético de vídeo, y risas sofocadas y libidinosas) indicaban un negocio floreciente, aunque todavía era muy temprano. La vista, calle abajo, incluía ahora vigas de acero pintarrajeadas de minio antioxidante: la rampa de entrada a uno de los puentes que cruzan el río, en cuyas aguas contaminadas, según tenía ahora motivos para sospechar, esperaban los peces a los pescadores locales.

Prospect Street. Llamada así por una vista hace tiempo eclipsada. Entré en ella, pues la guía telefónica indicaba que el domicilio de Verna se hallaba en esta calle sin perspectiva, unas cuantas manzanas más allá. Algunas casas tenían aún pretensiones de hogar, con pequeños prados de césped segado e imágenes religiosas pintadas (azul celeste el manto de la Virgen, y amarillenta la cara del Niño) y macizos de flores todavía brillantes con los redondos y vivos capullos de crisantemos rojos y amarillos. Casi todas las casas habían renunciado a estas pretensiones: los jardines se encontraban llenos de hierbajos hasta la altura de las rodillas de un hombre. Botellas y latas habían sido arrojadas en ellos como en otros tantos vertederos. Las fachadas estaban sin pintar, incluso en aquellas casas donde unas cortinas o una maceta de flores en un alféizar alto, indicaban que eran habitadas. Los dueños se habían marchado, perseguidos por la desgracia o por las cuentas poco escrupulosas de un administrador, dejando los edificios abandonados, como pacientes mentales arrojados a la calle. Unos estaban más deteriorados que otros, con claros signos de abandono, y sin duda destrozados en su interior, con las puertas y ventanas cerradas con tablas, aunque debía haber puertas traseras y ventanas de sótanos por las que podían introducirse los drogadictos y los vagabundos. Aquí incluso los árboles, aislados entre las casas y unos cuantos algarrobos escuálidos a lo largo del bordillo, parecían asustados, con las ramas bajas rotas y la corteza rajada.

Seguí andando y, a los cinco minutos, llegué al bloque donde vivía Verna. Tal vez había pasado por allí, en coche, una docena de veces en los diez años que llevaba viviendo en esta ciudad. Cuatro manzanas de arruinadas casas de trabajadores habían sido demolidas en la era Kennedy para construir viviendas baratas de ladrillos amarillentos. El rigor arquitectónico de los complejos entrelazados (formas de U construidas espalda contra espalda, encerrando cada U una zona de aparcamiento o un parque infantil o bien un pequeño espacio verde, con bancos para los ancianos) se conservaba; pero las previsiones higiénicas de los arquitectos habían sucumbido en muchos detalles a la erosión humana. Las pisadas habían trazado toscos senderos como atajos a través de la hierba; se habían destruido setos y destrozado bancos; algunos montantes de baloncesto habían sido doblados hasta el suelo como por gigantes malintencionados. Daba la impresión de una superpoblación, de una fortuita energía humana demasiado poderosa para que cualquier estructura pudiese contenerla. Poco a poco, los campos de juego, equipados al principio con columpios y tiovivos relativamente frágiles, se habían convertido en vertederos de cosas indestructibles, sobre todo viejos neumáticos de camión y tuberías de desagüe, de hormigón, que les daban aspecto de gimnasios en medio de la jungla. Una centelleante escarcha de cristales rotos flanqueaba los bordes del asfalto y los cimientos de cemento. SE PROHÍBE ESTACIONAR (1). Otro rótulo advertía que *Los propietarios de* AUTOMÓVILES ABANDONADOS O NO MATRICULADOS *serán denunciados.* A esta hora de la tarde, no parecía haber ninguno. Como arte de encantamiento, penetré sin ser observado en el portal de la casa cuyo número 606, y que correspondía a la dirección de Verna según la guía telefónica. Dentro del edificio, las cerraduras habían sido rotas o desmontadas y sustituidas por cadenas pasadas a través de los agujeros y cerradas luego con can-

(1) En español en el original. *(N. del T.)*

dados. Al subir la escalera, se percibía un olor complejo de orines y cemento húmedo y de pintura a base de cola, una pintura muchas veces aplicada y pronto deteriorada. TEX ANDA DE CABEZA, decía una inscripción fresca escrita con *spray* y firmada y rubricaba MARJORIE; en el siguiente descansillo, la misma pintura con idéntico estilo de escritura, declaraba MARJORIE CHUPA y firmaba TEX, con una X muy historiada que revelaba en cierto modo las esperanzas que el firmante tenía respecto a su futuro.

Había visto el apellido Ekelof escrito con lápiz en la casilla 311 de la portería, al lado de los descascarillados buzones. En el tercer piso, seguí un largo corredor. Era un corredor completamente desnudo, aunque unos agujeros e irregularidades en las paredes indicaban los sitios en que antaño habían estado sujetas algunas cosas (adornos, servicios). Primero me equivoqué de dirección; los números iban en progresión ascendente. Volví atrás y llegué a una puerta donde apenas se percibía el número 311, perforado por viejos agujeros de clavos, en la pintura verde. Levanté la mano para llamar cuando, al otro lado de la puerta, farfulló un niño pequeño, en el húmedo balbuceo que precede al lenguaje. Mi mano se inmovilizó y descendió después, no muy segura. También oí música en el interior, el canto estridente y metálico de una mujer. Cantaba muy de prisa, como si estuviese indignada. Me decidí a llamar.

Algo se arrastró, sonó un cachete y cesó el balbuceo. Percibí que unos ojos me observaban a través de la mirilla. Hacía muchos años que no veía a la pequeña Verna.

—¿Quién es?

Su voz era ronca, tensa y algo metálica, como si un tubo de metal interviniese en su producción.

Me aclaré la garganta y anuncié:

—Roger Lambert. Tu tío.

Si los detectives de homicidios hubiesen venido a espolvorear la lisa superficie pintada de la puerta en busca de huellas dactilares, habrían encontrado muchas.

Verna abrió. La corriente de aire caliente que se produjo estaba cargada de un olor a cerrado, como de cacahuetes o de especias rancias, un olor agrio, familiar, propio del Medio Oeste. Me quedé pasmado. Era mi hermana, Edna, cuando los dos éramos jóvenes.

Pero no. Verna era dos o tres centímetros más baja que Edna y tenía la nariz tosca y sin forma definida heredada de su rubio y estúpido padre. La de Edna había sido bastante bonita, de finas aletas que enrojecían cuando se mostraba provocativa o cuando las tostaba el sol del verano. Percibí en Verna un filo peligroso que mi medio hermana había disimulado con su precaución de mujer de clase media. Edna había realizado un juego sucio y malo; pero había acabado sometiéndose a las normas. En cambio, esta muchacha había sido empujada más allá de las reglas. Sus ojos parecían no tener pestañas y eran curiosamente sesgados. Me miró con fijeza durante un largo momento y después sonrió de una manera que me desarmó por completo. Su sonrisa era infantil, ponía al descubierto unos dientes pequeños y redondos y formaba un hoyuelo en su pálida mejilla.

—Hola, Nunc —dijo, muy despacio, como si mi llegada, tanto tiempo esperada, fuese deliciosa por algún vago motivo.

La cara de Verna era demasiado ancha; su piel, demasiado cetrina; sus ojos castaño claro, demasiado oblicuos, y la piel que los rodeaba, demasiado hinchada para una mujer bonita; pero tenía algo, algo que estaba atrapado allí. Tenía el cabello crespo, de color castaño con mechones teñidos de platino, y sólo llevaba puesto un albornoz de felpa. La piel del cuello y del escote se veía colorada y mojada.

—Debí haber telefoneado —dije, al darme cuenta de que ella se estaba bañando—. Pero me dejé llevar por un impulso —mentí—. Caminé en esta dirección sin darme cuenta.

—Claro —dijo ella—. Entra. Perdona el desorden.

La habitación estaba tristemente amueblada, con una horrible alfombra raída de color granate, que debió ser alquilada con el apartamento. Pero tenía una buena vista: podía contemplarse el centro de la ciudad: en primer término, una esquina de la urbanización y, sucesivamente, algunas casas de tres pisos con tejados de tablillas y muchas antenas de televisión, una cartelera en la que se anunciaba una loción bronceadora, una cúpula del campus universitario en la orilla del río, la cima de un rascacielos con su galería de cristales y un restaurante giratorio, y por último, unas nubes presurosas, de centros plomizos y bordes luminosos. Allá abajo, sobre un envase de plástico que un día contuvo leche, un aparato de televisión funcionaba en silencio, con los atribulados actores de un serial reducidos al papel de mimos. En otro lugar, había unas cuantas sillas dispares alrededor de una mesa de juego, en la que, a juzgar por las numerosas manchas de color sobre la oscura superficie acartonada, alguien había estado pintando.

—Me estaba bañando —dijo la muchacha con su vocecilla aflautada—, y creí que sería otra persona.

Dijo esto para justificar la inmodestia de su albornoz que le llegaba a medio muslo. Me pareció que sus piernas, que ya no conservaban el bronceado del verano, estaban mejor formadas que las de Edna, que los pies eran más pequeños y sonrosados y los tobillos más finos.

—Cállate, Poops —dijo con indolencia a su hijita, que me señalaba con el dedo balbuceando algo que era casi una palabra y sonaba como «Baa» o «Daa».

La pequeña no llevaba más que unos pañales de papel. La calefacción del apartamento era excesiva, con el vapor silbando en los radiadores. Se percibía un débil olor a sobras de comida, que tal vez procedía de una habitación detrás de la tosca cortina marrón colgada, con unas grandes anillas de plástico, en una barra de metal dorado. Me sentí incómodo con mis guantes grises de ante, mi chaqueta de tweed con coderas de cuero y mi bufanda de casimir.

—Como te decía —continué, después de carraspear de nuevo—, pensé, quizá cediendo a un impulso, que debía pasar por aquí y ver, confieso que un poco tarde, lo que estaba haciendo mi sobrinita.

Ahora sonó más fuerte la música en la otra habitación: *She bop... he bop... a... we-bop.*

—Cyndi Lauper —dije.

Esto le impresionó.

—¿Cómo lo sabes?

—Por mi hijo. Tiene doce años, y se está iniciando en la cultura pop. Yo pensaba que, a tu edad, Verna, te estarías ya *des*iniciando.

Vio que yo contemplaba el deprimente cuadro y esbozó un breve y vago ademán, extendiendo las pequeñas manos coloradas como para alisar, a la manera de una sábana, el medio ambiente en que se hallaba.

—Es posible. Si no tuviese aquí a Bozo, podría salir y tal vez conseguir un empleo, o educarme, o hacer algo. Pero del modo que están las cosas, tengo que quedarme aquí sin hacer nada, salvo cuando nos ponemos nuestra ropa de abrigo y nos vamos a cambiar cupones de comida por toda esta porquería cancerígena.

Como la mayoría de los jóvenes actuales, tenía un vocabulario que incorporaba y neutralizaba toda posible disciplina. Cuando Esther encontró un ejemplar de *Club* debajo de la cama de Richie, a quien se lo había prestado un condiscípulo de Pilgrim, le dijo para desarmarla: «Mamá, no es más que una *fase.*»

—Da. Da-da.

La niñita estaba rolliza y tenía un bonito color más pálido que el café con leche, un tono de miel. Su cara estaba destinada a ser teatro de una delicada guerra entre facciones negroides y caucasianas. De momento, lo más chocante eran sus grandes ojos, no castaños como se habría podido esperar, sino de un fuerte azul marino, como de tinta. Tenían una vida insondable, glóbulos puros de un destilado oscuro. Su brillo revelaba que había estado llorando hacía un momento. Vestigios de lágrimas oscurecían la piel de sus mejillas.

—¿Cómo se llama la niña? Debería saberlo; pero no puedo recordarlo.

—Paula. El cerdo de mi padre se llama Paul, y cuando me dio la patada, puse su nombre a la pequeña para desquitarme.

Recordé que su insensible padre, cuando pasó de mecánico a ejecutivo, no hacía más que hablar de sus esfuerzos por racionalizar y modernizar las operaciones de la fábrica; pero nunca se le ocurrió, como maniobra eficaz, renunciar a su empleo y devolver su hinchado salario a las arcas de la moribunda industria del acero.

—No puedo creer —dije— que te echase de una manera tan brutal como parece.

Dije esto, por supuesto, sólo para que me confirmase aquella brutalidad.

—Oh —dijo Verna—, permite que mamá me envíe un cheque de vez en cuando, pero no bromea al decir que no volverá a vernos, a Poopsie ni a mí, mientras vivamos. Mi asistenta cree que lo que anda mal en él, además del racismo, común a todos los de su clase, es su religión. Ya sabes que, cuando yo era pequeña, se asustó mucho porque creía tener cáncer en la próstata, o en uno de esos sitios donde los tienen los hombres, y se metió en esa secta que se anuncia por radio y televisión, y lo curioso es que *dio resultado*; quiero decir que el cáncer desapareció. En realidad, fue un milagro, y creo que tendrás que reconocerlo. Por consiguiente, es rígido hasta la exageración en los conceptos del bien y del mal, tal como él y los que dirigen la secta lo consideran. Me llamó la atención que todos tenían los dientes postizos. Y los hombres llevaban unas hebillas enormes en los cinturones. Incluso habíamos de dar gracias cuando tomábamos leche con galletas en casa. Me sacaba de quicio ver que sus manías iban en aumento. Y me daba cuenta de que a mamá le ocurría lo mismo; pero ella no podía decir nada. Es muy cobarde. ¿No lo sabías? —Verna echó la cabeza hacia atrás y me miró como si esto tuviera que interesarme mucho—. Es triste, ya que aparenta tener muchas agallas. En fin, tal vez no debería censurar a mi padre por su religión, ya que tú estás metido también en asuntos religiosos.

—Pero de otra clase —dije, quitándome un guante—. No confundas. Podrías llamarle control de calidad. Pero, ¿dijiste tu asistenta?

—Mi asistenta social. Es alta, negra, *muy* lista y chapada a la antigua. Te gustaría. Dice que tengo madera de artista y que debería ir a la Escuela Museo de la Universidad. Puedes sentarte si quieres.

Y bop... you bop... a... they bop!

—De modo que no es el dinero sino la educación lo que crees que más necesitas. Tal vez podría ayudarte en esto.

—Sí, mi pobre amigo Dale me dijo lo mucho que le ayudaste para conseguir la subvención que le hacía falta para encontrar a Dios en el ordenador. La enviaste a la oficina, donde le dieron esos puercos impresos para que los llenase. Yo no sé mucho, Nunc; pero, desde hace año y medio he tenido que llenar un montón de impresos y, no te engaño, eran todos una mierda. Le dije a Dale que los arrojase por la ventana; aunque dudo mucho de que lo haya hecho, porque es un infeliz. Pero su intención es buena. Quiere librarnos de preocupaciones cuando estemos muertos. A mí lo que me preocupa es lo que suceda mientras esté viva.

Me quité el otro guante, dedo a dedo. En mi campo visual, más allá de las puntas de los guantes, estaban sus borrosas piernas blancas. Alguien, tal vez aquella asistenta social, la había animado a hablar de sí mismo. Los nuevos pobres parlanchines.

—Me parece —dije— que le di a entender que no me desagradaba su proyecto; pero tu amigo tenía que empezar por seguir el procedimiento adecuado. Yo no tengo poder en lo que se refiere a las subvenciones en la Escuela de Teología; no soy más que un empleado, como tu padre en la fundición de acero —añadí, pensando que una referencia a su padre le desagradaría.

—¿Da? ¿Tú Da? —preguntó la pequeña Paula, señalándome con su suave y redondo bracito, lleno de pequeños pliegues entre la muñeca y el codo.

Verna agarró con furia el rollizo brazo, levantó a la niña del suelo y la sacudió como si mezclase ingredientes en una cazuela.

—¡Te dije que callases la boca! —le gritó mirando muy fija la asustada carita—. ¡Ése no es papá!

De un empujón, hizo que Paula cayese con fuerza dando con el culito en el suelo. La niña quedó sin resuello, luchó por absorber aire con el que llorar y su pecho desnudo, de pezones diminutos, se agitó como las agallas de un pez varado en la playa.

Al inclinarse para este acto de autoridad materna, a Verna se le aflojó el albornoz, dejando de pronto al descubierto todo un pecho, luminosamente libre. Sin apresurarse, lo ocultó de nuevo debajo de una solapa y se ciñó el cinturón.

—Me ataca los nervios —explicó—. Mis nervios no andan muy bien estos días. Mi asistenta dice que es una edad difícil la de año y medio; pero que cuando cumplen los dos, se puede hablar con los pequeños y es delicioso. Me encantó cuando, en el hospital, me la mostraron toda mojada y de un color que parecía de espliego. Entonces no tenía la menor idea de cuál iba a ser su color; pero desde entonces todo ha ido cuesta abajo. Quiero decir que los hijos siempre están *aquí*, a tu lado.

Be bop... be bop... a lu... she bop sonó jubilosamente en la otra habitación. Yo había deducido que la cama y el cuarto de baño estaban detrás de aquella cortina; Verna había estado tumbada en la bañera, drogándose, mientras aquella música juvenil vibraba en su confusa conciencia. Empezaba a comprender su realidad y estaba dispuesto a sentarme. El mejor asiento disponible parecía ser una silla de porche de un tipo que estuvo de moda hace una década: una cesta de paja sobre unas patas de finos tubos negros de metal.

—¿No es impresionante? —me preguntó Verna, tan entusiasmada por la música, que entornaba los párpados, extrañamente sesgados y casi sin pestañas—. Deja que pase la cinta. La pieza siguiente es empalagosa, aunque *sea* el número uno en las estúpidas encuestas.

Paula había recobrado ya el aliento y empezó a bramar. Dejándome llevar por mis impulsos, deposité mis guantes al borde de una desvencijada mesa plegable, que pudo haber costado diez dólares en el Ejército de Salvación, me senté en la silla de asiento de paja, alargué los brazos, tomé a la llorosa niña y la puse sobre mis rodillas. Pesaba más y estaba más mojada de lo que había esperado, y además ofrecía resistencia, retorciéndose en mis brazos y estirando las manos, las muñecas gordezuelas y los deditos torcidos hacia atrás, en dirección a su madre. Se debatió y chilló. Tuve ganas de darle unos azotes a aquel pequeño y moreno recipiente de sangres mezcladas. Pero, en vez de esto, la hice saltar sobre mis rodillas, diciendo:

—Así, así, Paula.

Recordé un juego que solía distraer a Richie cuando era pequeño.

—Así montan las damas —dije—. Al paso, al paso, al paso...

Verna trajo del cuarto de baño su cassette, una gran *Hitachi* de color gris claro con altavoces fijos, la puso en el borde de la mesa, sobre mis guantes, pulsó un botón e invirtió la cinta.

—Así es como cabalgan los caballeros —dije con mi voz más grave y pedagógica—. Al trote, al trote, al trote...

Yo sabía, por mi experiencia con los estudiantes, que el truco estaba en adoptar al principio un tono un poco amenazador.

—Y *así* —murmuré junto a la pequeña oreja, compacta, intrincada y muy pegada al cráneo—, es como cabalgan los *vaaa*queros.

La piel de los pequeños suele ser un poco febril, y esto es tan invitador que la besé en la oreja. Su suavidad compleja me chocó.

—Vamos allá —anunció Verna, meneando el cuerpo dentro del

rizado albornoz y siguiendo ligeramente el ritmo de calipso de *Las chicas sólo quieren divertirse.*

Al ver aquella señal de benignidad en su madre, la niña se estiró en mis brazos, todavía sacudido el cuerpo por el llanto.

—¡Al galope, al galope, al galope! —terminé muy de prisa.

La voz de la cantante era joven, prematuramente endurecida, y se alzaba en un regocijo que estaba por encima de la emoción. *Pero las chicas quieren divertirse, las chicas sólo quieren...* La voz fue interrumpida por un gorjeo electrónico, la experta alegría inhumana de un sintetizador, como burbujas que estallasen con gran rapidez.

Verna tomó a Paula en sus brazos y, cómodamente, las dos se mecieron con suavidad al compás de la música. La mejilla izquierda de Verna lucía su hoyuelo. Los ojos abiertos de la niña rebosaban una oscuridad azul.

Sentado allí, observando, tuve la impresión de ser Dale Kohler, serio, torpe y también necesitado, en una de sus caritativas visitas. Este momento de regocijo, de visible comunión entre madre e hija, me hirió en lo más hondo; me sentí desolado. Desvié la mirada para contemplar afligido las paredes, que Verna había tratado de animar con grabados impresionistas baratos y con burdas y espontáneas acuarelas pintadas por ella misma; y el jugoso bodegón que había sobre la mesa junto a mi codo; la vista que se percibía a través de la ventana, con sus muchos fragmentos de edificios coronados por lejanas torres; ahora, sus matices se deslizaban hacia el extremo dorado del espectro, bajo el sol que cada día se ponía más temprano. La hora de adelanto sería pronto retirada de nuestro firmamento nacional. El televisor había soltado ya su letárgico drama diario y pasado a algo más animado, aunque también mudo: el violento aleteo de un reclamo comercial. Para el Preparado H: muecas y fruncimientos de cejas producidos por una dificultad anal, seguidas de la cara satisfecha de un actor-farmacéutico proclamando el alivio conseguido.

¿Qué era esa desolación en el corazón de Dale, pensé, más que el anhelo de Dios, ese anhelo que, dígase lo que se diga, es la única prueba de Su existencia?

«*Quiero ser la que camina bajo el sol*», cantó Verna, siguiendo la música, mientras la niña mulata gorjeaba alegre en sus brazos.

¿Nos sentiríamos tan perdidos si no hubiese Algo que perder?

Terminó la canción, agotados al fin los coros. Verna sentó a Paula sobre la raída alfombra y me preguntó:

—¿Quieres tomar algo, Nunc? ¿Una taza de té? ¿Un vaso de leche? La otra noche celebré una pequeña fiesta en la que todos traían algo, y tal vez dejaron un poco de whisky.

—No, gracias. Tengo que volver a mi casa, pues esta noche vamos a salir, como suele decirse, a divertirnos. Pero dime una cosa, Verna: ¿Ves muy a menudo a ese Dale?

Quería saber si se acostaban juntos. Con los movimientos del baile, la blanca cara interna de uno de sus muslos, eléctrica, estilizada e intocable, como el anuncio de la televisión, se había destacado varias veces de la diferente blancura del tejido defectuoso del albornoz.

—Bastante —dijo ella—. Viene a ver si me he pegado un tiro, si he matado a la niña o hecho alguna otra barbaridad. Y me pide que rece con él.

Reí entre dientes, sorprendido.

—¿De veras?

Preparado J. para un alivio en la otra vida.

Se puso a la defensiva, por cuenta de él. Su boquita fruncida se achicó aún más, y levantó la redonda y adorable barbilla, como solía hacer Edna cuando, en nuestra infancia, trataba yo de controlar su pensamiento.

—Te excitas por cualquier cosa, Nunc —dijo ella—. Esto cuesta menos que los besos. Dale es un buen muchacho.

—Me dijo que te había conocido en una reunión eclesiástica.

—Ah, sí, en una de esas cosas que Dan Miedo. Pero, en realidad, él no es de esa calaña. Dale piensa que todo terminará gloriosamente, el Día del Juicio, si no antes.

—¿Se toma muy en serio todo eso?

—¡Oh, sí! Aunque no me habla a fondo de ello, ni me dice lo que hace en el *Cubo*. Sólo se presenta una o dos veces a la semana para ver cómo me va, y se sienta ahí, donde tú estás, para jugar con Poopsie.

—¿Dirías..., dirías que existe una relación seria entre los dos?

—¿Quieres decir si se acuesta conmigo? Es natural que me lo preguntes, Nunc. No, en realidad, no. Es probable que me hubiera dejado seducir, para matar el tiempo; pero, aunque parezca extraño, no le excito. Es como mi asistenta social: me considera un caso. Supongo que todo el jodido mundo me considera un caso.

A todos nos fastidia que nos clasifiquen. A veces he pensado que el secreto de que el cristianismo pusiese las peras a cuarto a todo el Imperio romano durante los primeros siglos fue que los romanos estaban hartos de que les clasificasen: soldado, esclavo, senador, *scortum*. Hay algo más en ser persona que en desempeñar una función. Pero, ¿qué es?

—¿Qué podemos hacer para conseguirte un diploma en el Instituto y un empleo? —le pregunté.

—Mira, ahora hablas como Dale. Siempre tengo que decirle

que no me empuje. No puedo soportar que me empujen; me joroba. Mamá y papá siempre me estaban empujando. Empujando y empujando. ¿Para qué? Para que yo fuese una muñequita más, casada, luciendo una doble hilera de perlas y meneando el culo en los cócteles de Shaker Heights.

—Nosotros no pretendemos eso. Pero, Verna...

—No me me gusta el tono con que dices «Verna». Tú no eres mi jefe. Tampoco eres mi padre ni mi madre.

Se enfadaba pronto. Y esto era emocionante, como un coche de gran potencia que puede matarte o estrellarse.

—Es verdad —tuve que confesar.

Entornó los extraños y sesgados ojos de pálidas pestañas.

—¿Ha estado mamá en contacto contigo?

Me eché a reír sin querer, compadeciéndola por pensar que su madre se preocupaba tanto de ella. A pesar de toda su rudeza, no era más que una niña que creía que su madre era como Dios en el cielo, siempre observando amorosamente.

—No —le dije; y era verdad.

Tuve que reprimir mi risa automática, para que ella no creyese que estaba mintiendo, y la previsión de esta creencia hizo que mi respuesta sonase como una mentira a mis propios oídos. Estudié la uña de mi dedo pulgar; la había cortado demasiado con la cara curva del cortaúñas, produciendo una muesca en la que tendían a engancharse los hilos. Ahora se había enganchado un hilillo virtualmente microscópico. Traté de arrancarlo.

—Lo sé todo acerca de ella y de ti —siguió diciendo la niña, en el tono seco y resuelto de quien se siente atrapado.

Había leído mis pensamientos; tenía la impresión de que yo la había pillado aprovechando su ingenuidad.

—¿Sí?

El hilito enganchado en mi uña parecía purpúreo, a pesar de que mi abrigo y mi bufanda eran grises.

—Ella solía hablarme por las noches, en la cocina, mientras esperábamos que llegase papá. Mi madre y tú os acalorabais mucho, Nunc.

—¿De veras?

No recordaba nada de eso, y me pregunté quién estaba fantaseando, si Edna o Verna.

—Por consiguiente, no me vengas con tus aires de profesor competente. No lo quiero. No lo necesito.

—Necesitas salir de aquí —le dije con tono suave.

Recordaba los años en que había dado consejos en la parroquia; no temía a esta niña, por mucha que fuese su jactancia. Habla poco, haz que parezca que escuchas, y todo el carrete del dolor se desenrollará delante de ti. Todo el torbellino de la lamentación humana. Lo que la Naturaleza pretende de nosotros no es lo mismo que nosotros nos proponemos.

—¿Sí? ¿Cómo?

—¿Cómo lo hacen las otras madres solteras?

—Tienen amigos.

—Tú debes *hacer* amigos.

—Sí, pero *inténtalo.* La mitad de los hombres que viven aquí son viejos *dagos* (1), y la otra mitad, petimetres negros a quienes basta que digas «Hola» en el pasillo para que piensen que quieres que te jodan. Esos tipos pueden oler que te han pringado, incluso sin ver a Paula. Quieren sacarte a la calle; su concepto de un gran éxito en la vida es ser alcahuetes de un grupo numeroso de muchachas blancas. Y en realidad lo es. —Sus ojos oblicuos se humedecieron—. Supongo que mis padres tenían razón; me he recluido yo misma en este horrible rincón. Estoy sola todo el tiempo; no puedes hablar con nadie como hacen los hombres; tiene que haber una negociación. Y la noche pasada dieron *Dinastía*; por consiguiente, ni siquiera podré distraerme con esto en una semana.

Trataba de burlarse de sí misma a través de sus lágrimas, de mofarse de su dolor, de su vida desperdiciada.

—No deberías hacérselo pagar a Paula —le dije.

Ahora se irritó; sus emociones se sucedían en una especie de película lacrimona, agitadas por una corriente nerviosa.

—De modo que tu visita piadosa ha sido por ella. Por la pequeña y dulce criatura. Ahórrate tu caridad, Nunc, pues puede cuidar de sí misma. Lo único que hace esa pequeña zorra durante todo el día es incordiarme. Me paso horas sentada en el parque infantil, mientras ella come cristales rotos. Pero no la matan. Lo único que ocurre es que su caca centellea.

Rió de nuevo su propia gracia. Me permití una sonrisa. Se enjugó su gorda y brillante nariz. Sin aquella nariz, y si hubiese perdido cuatro quilos, habría podido ser bonita.

—Y por si todo esto fuera poco —continuó—, estoy pillando un resfriado de órdago. Hay ocasiones en que me pregunto por qué no se suicida todo el mundo.

—No eres la única que se lo pregunta —dije suspirando mientras me levantaba.

Ya no me acordaba de los olores del lugar: a gachas de cacahuete, a amoníaco de los pañales mojados de la pequeña. El ambiente de la habitación me envolvía de un modo tan flojo y

(1) Término despectivo con que se designa a los españoles, portugueses e italianos. *(N. del T.)*

ligero como el albornoz de felpa envolvía el cuerpo de Verna. Empezaba a sentirme demasiado cómodo.

—¿Te ayudaría un pequeño préstamo? —pregunté.

Sus lágrimas y sus palabras se confundían.

—No —oí que decía, y entonces sacudió la cabeza para contradecirse y sollozó—. Sí. Lo que recibo de AFDC —se creyó obligada a explicar— apenas me llega para pagar el alquiler, y la WIC no es más que vales para comida. Me vendría bien un poco de dinero para comprar una silla decente o alguna otra cosa para cuando viene alguien a visitarme. Ya ves que no tengo más que trastos viejos.

Saqué de la cartera dos billetes de veinte dólares y, considerando la inflación, saqué otro y le di los tres. Podría pasar por el Banco al volver a casa y recuperar aquella cantidad en la caja automática, ese pequeño ordenador cuya pantalla dice siempre muy cortés: GRACIAS y SÍRVASE ESPERAR MIENTRAS SE PROCESA SU TRANSACCIÓN. Cuando Verna extendió la mano, vi que la pequeña y rolliza palma estaba surcada por unas arrugas de color espliego, como las de la criatura recién nacida que había descrito.

La operación financiera nos tranquilizó a los dos. Metiendo el dinero en el bolsillo de su albornoz y aprovechando para sacar un pañuelo, Verna sorbió por última vez, se sonó la tosca nariz y me miró con los ojos secos. Tenía la calma desafiadora de un delincuente. Una sorprendente plasticidad moral pareció desplegarse delante de mí, acorde con su carne pálida y elástica.

—¿Y ahora qué? —preguntó.

—Me ocuparé de los *tests* de equivalencia y de las clases nocturnas —le dije.

—Sí —repuso ella—, como te ocupaste de conseguir la subvención para Dale.

No me di por enterado de sus palabras. Era hora de afirmar mi dignidad.

—Y me gustaría que vinieses a casa para conocer a Esther y a nuestro hijo Richie. Tal vez el Día de Acción de Gracias sería una buena ocasión.

—El Día de Acción de Gracias, Dios mío. ¡Gracias! —dijo en tono burlón.

—Si lo prefieres, podríamos dejarlo. He venido aquí para investigar tu actitud y ya la considero investigada.

Agachó la cabeza. Pude percibir, debajo de la floja solapa, casi toda la curva de su seno, joven, su bulto sedoso surcado de venas de un pálido azul. Era más baja que yo, lo mismo que Esther.

—El Día de Acción de Gracias estaría muy bien —aceptó con humildad.

Al despedirnos, me esforcé en no verla como una niña sino como una mujer joven, resuelta y hasta cierto punto competente, al menos un éxito biológico, con una vida no más alarmante que la mayoría de nuestras vidas animales tal como las vería, desde arriba, una Mente hipotética, visiblemente desordenado su tráfico apetitivo pero produciendo raras veces accidentes.

—Has sido muy amable al venir a verme, Nunc —añadió, ofreciéndome la rolliza mejilla para que la besara.

Mientras lo hacía (su piel tenía una finura sorprendente, como la harina cuando se hunde la mano en ella), vi que la pequeña Paula guardaba silencio en el suelo, debido a un intenso interés por arrancar algo que había descubierto entre los nudos de la raída alfombra. Tenía los labios cubiertos de finos hilos purpúreos. Me miró y sonrió babeando. Me incliné para acariciarle la cabeza y me sorprendió y repelió ligeramente el calor de su cuero cabelludo. Sin embargo, la miseria recoleta de aquel apartamento ahora sin número, pareció tirar de mí al salir. Su olor a cerrado despertó en mi memoria algún profundo recuerdo de Cleveland, tal vez el sótano donde mi abuela ponía melocotones en conserva sobre estantes polvorientos y donde lavaba la ropa cada semana con una lavadora manual, entre emanaciones de lejía que escocían los ojos. La vivienda de Verna tenía para mí lo que algunos teólogos llaman espíritu profundo. Mi propia casa, en su «bonita» calle, con sus igualmente apreciables vecinos, me hacía sentir a veces como si la vida que llevábamos Esther, Richie y yo detrás de sus grandes ventanas estuviese concebida para la exhibición.

Después de cerrar la lisa y mugrienta puerta verde, me detuve el tiempo suficiente para oír a Verna chillando a su hija:

—¿Quieres *dejar* de comerte esas malditas pelotillas de borra?

Después se oyó el sonido de un cachete y de ahogados gemidos que pronto se convirtieron en gritos incontenibles.

Ella había dicho que nos *acalorábamos*. No podía imaginarme lo que Edna le habría explicado; sólo recordaba haber tocado a mi medio hermana cuando nos peleábamos furiosos por algún juguete o alguna injusticia. La detestaba francamente y con frecuencia me quejaba a mi madre de tener que compartir con ella unas pocas semanas del verano. Ahora recordé que le llamaba *Cara de Torta*; a mi madre le divertía mi malicia, y el apodo era muy adecuado, como lo sería también para la hija de Edna. Caras anchas, planas, un poco fofas. Al hacernos mayores, ella y yo, cesaron nuestras peleas físicas, si no recordaba mal, y si mis pensamientos de púber a su respecto no estaban a veces muy lejos de aquellas noches de acaloramiento en Chagrin Falls. Los pensamientos no son actos, no lo son en este mundo mortal. Era extraño que Edna hubiese dicho aquello, o que Verna dijese que lo había dicho.

Dos ágiles jóvenes negros subían los peldaños de acero de tres en tres, saltando sin hacer el menor ruido. Subieron hacia mí a gran velocidad, con sus raídos y ajustados tejanos, sus brillantes camisetas de baloncesto y sus grandes y silenciosos zapatos deportivos. Pasaron por mi lado como faros que resultan ser motocicletas. Se me encogió el corazón y saludé brevemente con la cabeza, con un segundo de retraso. Con mi chaqueta de tweed y el corte juvenil de mis cabellos grises, era allí el personaje sospechoso.

A lo largo de Prospect Street, las sombras de las casas medio abandonadas se extendían de una acera a otra, aunque allá en lo alto, en el cielo, blancas nubes corredoras y manchas de un azul muy fuerte seguían revelando un día claro. En el fondo de un solar vacío, se alzaba una maravilla que no había advertido al pasar treinta minutos antes un alto y hermoso gingko, cada una de cuyas temblorosas hojas en abanico adquiría, a diferencia de otros árboles de hoja caduca menos primitivos, un triste tono amarillo uniforme. Bajo un fugaz rayo de sol, aquel árbol parecía un grito imponente en la manzana abandonada. Junto con un vago y vano conocimiento de lo que era el gingko (un árbol que existía antes que los dinosaurios; que, en la antigua China, había crecido alrededor de los templos como árbol sagrado; que, como la especie humana, era dioico, es decir, se dividía en machos y hembras; los capullos femeninos huelen mal), tuve la extraña certeza de que Dale, después de visitar a Verna y de haberme visto a mí hacía una semana, había advertido también este árbol particular y le había impresionado, lo mismo que el fango verdoso y el excremento negro. Experimenté la misma reacción religiosa. Descendió la paz sobre mí, esa satisfacción indecible que parece participar de la condición cósmica fundamental. Incluso me detuve, sobre el pavimento de aquella calle tan dudosa, para considerar más profundamente aquel gingko gigantesco. ¡Hay tan pocas cosas que, al ser contempladas, no parecen frágiles trampas que se abren bajo el peso de nuestra atención sobre el insondable abismo!

CAPÍTULO II

1

La segunda vez que Dale vino a verme en mi despacho, entrando con aquella confusa desfachatez tan propia de él, con sus nudillos rojos y su acné como únicas imperfecciones de su cérea piel, sentí más aprecio por él. La afirmación de Verna de que no era su amante tenía algo que ver con mi talante más amable: esos jóvenes le acometen a uno con la espada desenvainada, y después resulta que ésta es de goma, una espada simulada. No son más hábiles de lo que éramos nosotros en extraer satisfacción de su salud animal. Seguía llevando su gorro azul marino; pero, como hacía más frío, había trocado su guerrera de camuflaje por una chaqueta de algodón forrada de piel de cordero, cuyos mechones, de un blanco amarillento, formaban un basto halo alrededor de los bordes. Un aire de *cowboy*, aunque le faltaba el «Marlboro».

—Llené los impresos, los entregué y pensé que le gustaría tener una fotocopia —dijo.

—Así es.

Me salté las estadísticas y fijé la mirada en la descripción de su proyecto. *Para demostrar, partiendo de los datos físicos y biológicos que tenemos, y mediante el uso de modelos y operaciones en el ordenador digital electrónico, la existencia de Dios, como inteligencia deliberada y determinante detrás de todos los fenómenos.*

—¿Biológicos? —me limité a preguntar.

Dale se dejó caer en el sillón, de múltiples maderas, que había delante de mi mesa, y me dijo:

—He estado estudiando un poco la evolución, el darvinismo y todo eso. No había pensado mucho en ello desde que salí del Instituto. El caso es que le muestran a uno aquellos gráficos con algas verde-azules en la base y los primates ramificándose en el árbol, y uno presume que es tan cierto como un mapa del Mississippi. Pero en realidad, no saben nada, o casi nada. Es un dogma. Lo único que hacen es trazar líneas entre fósiles que nada tienen que ver unos con otros; y a eso le llaman evolución. Apenas hay un eslabón, y toda la idea de Darwin sobre cómo se produjo el cambio era, desde luego, por incrementos graduales, consolidada cada mínima ventaja por la selección natural.

—Dogma —dije, rebullendo incómodo en mi sillón.

El Comité de Admisiones, que antaño sólo tenía que examinar a la ligera a los candidatos pastorales pertenecientes a familias distinguidas y casi siempre unitarias de Nueva Inglaterra, tenía ahora que ceder a las instancias de indomables creacionistas de Nebraska y Tennessee; que suelen ser una pandilla nada atractiva, con una curiosa propensión física al leucoma y a las orejas en asa de jarra y, entre las hembras, a unos senos enormes, que transportan por nuestros pasillos como una carga penitencial colgada del cuello y hacen pensar en los condenados del cuarto círculo de Dante: *voltando pesi per forza di poppa* (Canto VII, verso 27).

—Sí —dijo Dale—. Para empezar, toda esa fácil palabrería sobre una «sopa primordial», donde unas centellas fabrican aminoácidos y después proteínas y por último una cadena de ADN que se duplica por sí sola, dentro de una especie de burbuja que es la primera célula o criatura... parece magnífica; pero no sirve. Corre pareja con la generación espontánea de moscas y arañas en el estiércol o en los montones de heno o dondequiera que se imaginasen los hombres de la Edad Media. En primer lugar, la teoría se funda en que la primitiva atmósfera de la Tierra era muy reducida, es decir, se componía de nitrógeno e hidrógeno y carecía de oxígeno libre. Pero, si observamos las rocas más antiguas, vemos que están llenas de moho. Por consiguiente, *había* oxígeno. Además, la cantidad de información que se necesita para hacer la partícula viva más simple, como un virus, es tan grande que las probabilidades de que se forme por azar son inverosímiles. Un biólogo las calcula en diez elevado a menos trescientos uno. Otro presumió que había en el universo diez elevado a veinte planetas capaces de albergar vida. A pesar de ello, llegó a la conclusión de que las probabilidades eran de diez elevado a cuatrocientos quince contra la posibilidad de que hubiese surgido en lugar diferente de la

Tierra. Wickramasinghe, a quien mencioné el otro día, dice que aquellas probabilidades son de diez elevado a cuarenta mil, lo cual representa páginas y páginas de ceros. Pero no hace falta seguir insistiendo en ello.

—No lo haremos —dije, cambiando de nuevo de posición, incómodo como si él fuese el guisante y yo la princesa—. Habla usted de estas inverosímiles probabilidades como si los átomos y las moléculas tuviesen que coincidir en esas combinaciones por pura probabilidad matemática; pero supongamos que, a este nivel microscópico, existe algún principio de cohesión u organización comparable, digamos, al instinto de autoconservación en el plano del organismo individual, o de la gravedad en el orden cósmico, que tendería a fomentar la unión y la complejidad. En ese caso, la larga línea de ceros se reduciría sin necesidad de intervención sobrenatural.

—Eso podría estar bien, señor, para los no científicos; pero al proponer otra ley molecular, suscita usted una cuestión mucho más importante de lo que quizá se imagina. Además, hay toda *clase* de problemas adicionales, que los partidarios de la «sopa primordial» pasan por alto. Por ejemplo, el problema de la energía: el primer y microscópico Adán habría necesitado, para sobrevivir, algún sistema de energía que le permitiera desarrollarse, y aquí nos encontramos en otro reino de la mecánica. Las enzimas son otro problema. Se pueden hacer proteínas sin ADN, pero no se puede hacer el ADN sin enzimas, y las enzimas son proteínas. ¿Cómo hacerlo? Desde 1954 han estado mezclando, en el laboratorio, estas sopas electrificadas y todavía no han conseguido nada que se parezca a la vida. ¿Por qué? Si no pueden hacerlo con todos sus controles, ¿cómo habría podido hacerlo la ciega Naturaleza?

—La Naturaleza —observé— ha tenido períodos ilimitados de tiempo y océanos de material.

—Yo también pensaba eso antes —dijo el joven, con su irritante y confiado aplomo—. Pero si observa usted las cifras, verá que no concuerda. Nosotros tenemos la inteligencia útil que decimos que no tiene la Naturaleza, y si ella hubiese sido capaz de producir la vida, también nosotros lo hubiésemos hecho ya. Lo que sucede es patético, una confusión de polímeros no relacionados entre sí. La sopa produce sopa. Basura dentro, basura fuera, como decimos en Informática. En California, están tratando de conseguir que se agrupen nucleóticos. Y sí, lo consiguen; pero con tanta lentitud que confirman mi tesis: se añade una unidad cada cuarto de hora, mientras que la Naturaleza solamente necesita una fracción de segundo.

—Bueno; pero incluso esto indica que nos enfrentamos con un proceso natural y no sobrenatural. ¿No es cierto?

Estudié la uña de mi dedo pulgar. Había eliminado la fastidiosa muesquecita; pero, ahora, la uña era un poquito más corta que la otra, sin apenas borde blanco, como si la hubiese roído. Creí recordar que Verna tenía las uñas muy cortas, infantiles, mientras las de Esther eran demasiado largas. Las uñas hablan del tiempo. Dentro de menos de una hora, dirigiría yo mi seminario sobre las herejías, con las dos primeras sesiones totalmente dedicadas a los pelagianos. Una y otra vez (así empezaría maliciosamente, para caldear la clase) nos vemos obligados a advertir que, vistos retrospectivamente, los herejes parecen mucho más agradables y razonables que aquellos hombres autoritarios que se oponían a ellos en defensa de la que llegó a ser ortodoxia católica romana. ¿Quién no preferiría, por ejemplo, al rollizo Pelagio (un «perro corpulento —bufaba Jerónimo—, doblado bajo el peso de las gachas escocesas»), a su amable emisario Celestius y a su elocuente apologista Juliano, con su inofensiva esperanza de que el hombre podía hacer *algún* bien, podía hacer *algo* para activar la gracia redentora...? ¿Quién no preferiría estos humanistas al irascible Jerónimo y al romántico Agustín, con su insistencia histérica en el mal de la concupiscencia (saciada al fin la suya) y la condenación de los niños recién nacidos? El que ha sido maniqueo sigue siendo siempre maniqueo, había observado con agudeza Juliano a propósito de nuestro amigo argelino, el obispo de Hipona.

El joven refutaba mi argumento mientras yo repasaba mentalmente mi conferencia.

—Se expresa usted como los inflexibles neodarvinistas —dijo Dale—, que hablan ostentosamente de tendencias y de las inevitables imperfecciones en el conocimiento de los fósiles. ¡Imperfecciones! Allí casi no hay nada; sólo capas de criaturas que aparecen y desaparecen. Las llamadas lagunas no son lagunas, sino enormes agujeros.

¿A quién le había oído yo, esta frase recientemente?

—¿Dónde están los fósiles precámbricos? —preguntó Dale—. De pronto, aparecen en todas partes animales multicelulares y existen siete *phyla* y unas quinientas especies: artrópodos, braquiópodos, esponjas, gusanos. En realidad, casi todo, excepto lo que cabría esperar: protozoarios. ¿Cómo aprendieron las células a congregarse? Y a este respecto, ¿cómo evolucionó la célula procariota, que es lo que eran las algas verde-azules, en nuestra propia célula eucariota, la cual no sólo tiene un núcleo sino también mitocondrios, nucleolos, el aparato de Golgi, y otras cosas que ni siquiera han imaginado cómo han podido producirse? Las dos clases de células son tan diferentes como una casita de campo y una catedral. ¿Qué ha sucedido?

—Bueno —le dije—, algo sucedió, y no estoy seguro de ver en ello la mano de Dios. Toda su argumentación retrospectiva, partiendo de las condiciones actuales, diciendo que son tan improbables, ¿no llevan acaso más allá del hombre de las cavernas, que no comprendía por qué la Luna cambiaba de forma todos los meses y, por ello, inventaba cuentos sobre los trucos y caprichos de los dioses? Parece usted pensar que Dios tiene que meterse por la fuerza en cualquier vacío, en cualquier laguna del conocimiento. El científico moderno no blasona de saberlo todo; se limita a afirmar que sabe más que sus predecesores, y sus explicaciones naturalistas parecen eficaces. No podemos beneficiarnos de la ciencia moderna y conservar al mismo tiempo la cosmología del hombre de las cavernas. Está usted atando a Dios a la ignorancia humana. En mi opinión, Mr. Kohler, Él ha permanecido demasiado tiempo atado a ella.

Mi argumentación hizo que se incorporase en su asiento y abriese de par en par los pálidos ojos azules.

—¿Es eso lo que yo hago? —preguntó—. ¿Atar a Dios a la ignorancia?

Extendí la mano, con su uña todavía imperfecta, sobre la mesa.

—Así es. Y yo digo: ¡Desátelo!

Dale había logrado dar en el blanco; despertando la pasión en mí. El asunto me preocupaba. Desátelo, aunque Él muera.

Dale se echó atrás en su sillón, con una afectada o incierta sonrisa en los labios. El forro de piel de su chaqueta se erizaba detrás de su cuello.

—Lo único que *yo* hago, profesor Lambert, es afirmar que el hombre moderno ha sido persuadido de que existe una irrebatible explicación atea de la realidad natural. Pero yo digo: Esperad un momento, pues pasan aquí más cosas de las que ellos os permiten conocer. Esos astrónomos, esos biólogos, se enfrentan cara a cara con algo que no quieren que veáis, porque ellos mismos no quieren creerlo. Pero está aquí. Podéis tomarlo o dejarlo, pues Dios nos dio esta libertad, pero no os dejéis intimidar intelectualmente. Intelectualmente, no debéis nada al Diablo.

—¡Oh! Ve usted la mano del Diablo.

—Sí. En todas partes. En todo tiempo.

—¿Y quién cree usted que es?

—El Diablo es la duda. Es él quien nos hace rechazar los dones que nos da Dios, despreciar la vida que nos ha sido dada. ¿Sabía usted que el suicidio es la segunda causa de muerte entre los adolescentes, superada tan sólo por los accidentes del automóvil, que a menudo son también una clase de suicidio?

—Es curioso —dije—. Yo habría dicho lo contrario, observando la Historia reciente y, a propósito, algunos de nuestros actuales ayatollás y führers. El Diablo es la ausencia de duda. Es lo que empuja a la gente a las explosiones suicidas, a crear campos de exterminio. La duda puede dar un sabor curioso a su manjar; pero es la fe la que mata.

—Mire usted, señor, nos hemos adentrado mucho en la cuestión, y sé que dentro de un minuto tiene usted que hablar de aquellos herejes. Mi punto de vista sobre la evolución es que no lo sabemos todo; pero que, cuanto más sabemos, más milagroso parece todo. La gente cita siempre el ojo humano como inverosímil y complejo. Pero observe incluso el ojo de un trilobite, en el comienzo de la historia de los fósiles. Estaba constituido por cientos de columnas llamadas omatidias, que, según descubrió cierto científico sueco en 1973, tenían cristales de calcita exactamente alineados y una ondulada mitad inferior de quitina, todo dispuesto en precisa concordancia con unas leyes de refracción, que no fueron conocidas hasta el siglo XVII. Desconcertante, ¿eh?

Me miró, esperando la réplica, y yo dije con suavidad:

—Eso no demuestra que los trilobites comprendiesen las leyes de refracción. Sólo significa que algunos trilobites veían un poco mejor que otros, y que los primeros tendieron a sobrevivir y transmitir sus genes.

Mi tono no era combativo. Había resuelto dejarle argüir hasta el agotamiento. Esta táctica de supervivencia tiene un nombre: saciedad del predador. Encendí mi pipa, chupé conservando encendida la cerilla, con audibles aspiraciones, como en una muerte lenta.

—Se mire como se mire —argumentó Dale—, siempre surge, en la evolución, el problema de mutaciones *coordinadas* que habrían *tenido* que producirse. Es la coordinación la que hace salir de la pizarra los ceros de las probabilidades. En *nuestro* ojo, la retina, el diafragma del iris, los músculos, los bastoncitos y conos, el humor vítreo, los conductos lagrimales, incluso los párpados. Es fantástico creer que todo se produjo por accidente, por una serie de errores casuales amontonados. Por ejemplo, para hacer la lente, se introdujo de algún modo piel en el interior de las capas meníngeas del cerebro. ¿Cómo pudo ocurrir esto a medio camino? En todas estas cosas, hay esas etapas a medio camino donde la adaptación no funcionaría en absoluto y sería un puro *handicap*. Tenemos estos puntos de imposibilidad, donde el gráfico del cambio, tal como hemos de proyectarlo, no puede salvar el obstáculo. Desde el punto de vista de la evolución, el oído del mamífero es todavía más increíble que el ojo. Huesos que correspondían a las rígidas mandíbulas del reptil se convirtieron en el martillo y el yunque en el interior del oído. Mientras los huesos de la mandíbula se transformaban en el oído medio, ¿con qué masticaban las criaturas intermedias? O tomemos la cola de la ballena: se mueve arriba y abajo, mientras que la cola de todos los animales terrestres lo hace de un lado a otro. Esta diferencia es más importante de lo que parece; la pelvis tiene que reducirse para no ser fracturada por el movimiento ascendente y descendente. Pero si uno se imagina este proceso en el camino hacia la ballena, llegará a un punto en que la pelvis será demasiado pequeña para soportar las patas traseras y, al mismo tiempo, demasiado grande para permitir la musculatura de la cola. O consideremos incluso el *Archaeopteryx* del que tan orgullosos están los evolucionistas. Éstos no pueden mostrar nada entre los gastrópodos y los cordados, o entre los peces y los anfibios, o entre los anfibios y las ranas; pero seguro que mostrarán cómo se convirtieron los reptiles en aves. Sólo hay un par de problemas. Primero: existieron verdaderas aves al mismo tiempo que el *Archaeopteryx*; y segundo: éste no podía volar. Tenía plumas y alas, pero su esternón era demasiado débil y delgado para que se sujetasen en él los músculos necesarios para el vuelo. En el mejor de los casos, pudo aletear para subir a una rama baja.

—Como un polluelo de nuestros días —le dije—. ¿Considera también imposibles los polluelos? ¿Y no he leído en alguna parte que los ingenieros expertos en aerodinámica han demostrado definitivamente que el abejorro es incapaz de volar?

Viendo que el joven estaba a punto de replicar, carraspeé y tragué distraídamente un poco de humo. Había llegado la hora de imponerme: ser aleccionado antes de una conferencia es añadir tedio al trabajo.

—La imposibilidad de lo real —le comenté— no es una prueba muy original de la existencia de Dios. Los cristianos del siglo II, cuando eran desafiados a presentar sus credenciales sobrenaturales, tendían a esgrimir dos argumentos. Lo interesante, es que *no* se basaban en los milagros y la resurrección de Cristo atestiguados por los Apóstoles, sino, que anteponían primero, el cumplimiento en Jesús de las profecías del Antiguo Testamento, y segundo, la existencia misma de la Iglesia a su alrededor. ¿Cómo era posible, preguntaban, que unos cuantos pescadores sirios sin instrucción, en un oscuro rincón del Imperio, hubiesen implantado una fe que se había extendido, en un siglo, desde la India hasta Mauritania; desde el Caspio hasta las tribus bárbaras de las islas británicas? En ello se veía, con toda claridad, la mano de Dios. La Iglesia, en su rápido crecimiento, era la mejor prueba de la verdad de lo que proclamaba. Además, prosigue la argumentación, si Cristo hubiese sido un impostor o un loco, y su resurrección una ficción, ¿por qué los Apóstoles habrían arriesgado sus vidas para difundir la Buena Nueva? También aquí podríamos decir que tenemos un «punto de imposibilidad» que no podemos soslayar: la evolución desde una oscura herejía judaica y una pequeña escaramuza delictiva, hasta la religión imperial de Constantino. No considero baladí este argumento; pero creo que hay maneras plausibles de eludirlo, con cierto *sentimiento* histórico del siglo I. No tenemos que dar por sentado un fraude intencionado por parte de los Apóstoles o de los evangelistas. La gente del siglo I no tenía el mismo concepto que nosotros de la objetividad, ni de la escritura. No debemos olvidar que esta última era una magia simpática: escribir algo era, hasta cierto punto, hacerlo realidad; era un acto creador más que mimético, y todas las claras falsificaciones que encontramos en los documentos no canónicos coetáneos de los Evangelios, así como la fabulosa historia del nacimiento en Lucas o el fragmento del Logos-Juan Bautista en Juan, fueron simplemente, para sus autores, una manera de vestir la verdad, de presentar la verdad con el ropaje y los ornamentos que *debía llevar*. Así, dado el nivel general de credulidad y la existencia de numerosos movimientos religiosos paralelos, como el gnosticismo, los esenios y el mitraísmo, por no hablar de ulteriores paralelismos históricos, como aquel grotesco episodio judío de Sabbatai Zëwi en el siglo XVII, cuando el presunto Mesías apostató para abrazar el islamismo y no desilusionó a todos sus creyentes, o la manera en que el Mahdi o el Aga Kan se convirtieron en obesos sibaritas sin que esto afectase a su divinidad; dado todo esto, podemos empezar a sentir cómo *ocurrió* la cosa, cómo arraigó, en particular, el mito de la Resurrección. Y no es que en esta época de historias de OVNIS, que se venden semanalmente en las salidas de los supermercados, necesitemos lecciones especiales de credulidad humana.

—¡Oh, *vamos*! —exclamó mi joven visitante en tono combativo, como si estuviese discutiendo con un compañero de habitación—. Los Apóstoles fueron apaleados. Tuvieron que huir. Su jefe fue muerto. Algo cambió todo aquello. ¿Cree usted que fue pura ilusión?

—«Si en el cuerpo, no puedo decirlo; si fuera del cuerpo, no puedo decirlo», escribió Pablo. Sus epístolas son los textos más viejos del Nuevo Testamento, los más próximos a este «punto de imposibilidad» particular.

—También escribió —replicó mi joven oponente—: «Si Cristo no hubiese resucitado, vuestra fe sería vana.» Pablo era muy claro en esto, al decir que Cristo había sido visto por Cefas, después por los doce; luego, por quinientos hermanos, algunos de los cuales habían muerto, y después de esto, por Santiago y todos los Apóstoles, y, por último, por el propio Pablo, como un nacido fuera del tiempo debido.

—Y un poco más adelante dijo, siempre he pensado que con bastante tristeza, que si confiamos en Cristo sólo en esta vida, somos los más miserables de los hombres. Pero no sigamos citando textos. Se ha abusado de ellos y, según mi limitada experiencia, sólo demuestra que los libros sagrados fueron una antología muy mal dirigida.

—Fue usted quien empezó, señor.

—En defensa propia. Estaba tratando de recalcar que, cuando no sabemos y no podemos saber los pormenores de un suceso o de un proceso, sólo un *sentimiento* nos induce a buscar lo más plausible. Cuando leo el *National Enquirer,* con sus relatos de aquellos hombrecillos verdes circunstanciales que salían de un OVNI o con su última prueba absoluta de que Elvis vive, *siento* vagamente lo que pudo ocurrir a principios del siglo I. Cuando miro las vitrinas de fósiles en el museo de Zoología de la Universidad, y los animales; pájaros, insectos, gusanos y gérmenes que nos rodean, y los gérmenes que están dentro de nosotros, la evolución, a pesar de sus lagunas y enigmas, me *parece* una explicación razonable de unas cosas tan embrolladas.

Se había apagado mi pipa. Chupé el vacío sin fuego.

—Pero esto es muy *flojo* —replicó el muchacho—. Piensa usted basándose en impresiones, sin observar el mecanismo. Decir que la afirmación «Elvis vive» demuestra que decir «Jesús vive» es un camelo, es ignorar el hecho de que el primer concepto es una parodia del segundo, y todo el mundo lo sabe, incluso los que adoran a Elvis. Decir que la evolución explica *más o menos* las cosas es ignorar el hecho de que los biólogos más competentes se sienten confusos por todo lo que no explica. Había un hombre llamado Goldschmidt, genetista. ¿Ha oído hablar de él?

Moví la cabeza.

—Sólo conozco a un Goldschmidt, que era director de una revista danesa que atacaba a Kierkegaard.

—El mío —dijo Dale— huyó de la Alemania de Hitler y fue a parar a Berkeley. Cuanto más observaba las mutaciones de la mosca de la fruta, más le parecía que no servían para nada; nunca se obtenía una buena especie o un cambio realmente significativo. Las mutaciones punta, es decir, los cambios individuales en las largas cadenas del código genético no tienen sentido. Ocurren, son absorbidas por la generación siguiente, y la especie sigue siendo igual. En 1940, Goldschmidt publicó un libro en el que enumeró diecisiete características del mundo animal y desafió a quien pudiera explicarle cómo evolucionaron paso a paso a base de pequeñas mutaciones. Pelo. Plumas. Dientes. Ojos. Circulación sanguínea. Barba de la ballena. Colmillos venenosos de las serpientes. Segmentación en los artrópodos. Conchas de los moluscos. Esqueletos interiores. Hemoglobina. Y otras cosas que no comprendí. Bueno, ¿quién ha venido a explicarlo, desde 1940? Nadie. Nadie puede hacerlo. Incluso algo que uno se figura que puede imaginarse, como el largo cuello de la jirafa, es mucho más complicado, más coordinado, de lo que parece.

A Dale pareció satisfacerle este ejemplo. Deslizó las manos arriba y abajo por el cuello imaginario, cerrándolas y abriéndolas rápidamente para expresar problemas de presión hidráulica.

—Bombear sangre a una altura de dos metros y medio, hasta la cabeza de la jirafa, requiere una presión sanguínea tan alta que, cuando el animal se inclina para beber, perdería el conocimiento si no tuviese un mecanismo especial reductor de la presión, una red de venas llamada *rete mirabile.* Además, la sangre de las patas tendría que salir a través de los capilares, y por esto los espacios entre las venas están llenos de otro líquido, también bajo presión, que hace que la piel tenga una resistencia enorme y sea, ¿cuál es la palabra?, impermeable. Y las ballenas... Piense en las ballenas, profesor Lambert. Virtualmente no aparecen en paleontología, y en menos de cinco millones de años, han producido ojos que corrigen la visión debajo del agua, y la cola de la que ya hemos hablado, y una grasa especial en vez de glándulas sudoríparas para regular la temperatura, e incluso un complicado mecanismo que permite que las crías mamen debajo del agua sin ahogarse. Y luego considere el avestruz. El avestruz tiene unos callos...

—No dudo, Mr. Kohler —le interrumpí—, de que podría estar usted sentado ahí durante horas regalando mis oídos con las maravillas de la Naturaleza. Desde luego, son un viejo argumento a favor de la existencia de Dios, como puede leerse en el Libro de Job.

—Pero no se trata *solamente* de que sean *maravillosas.* Lo que cuenta es el *cómo...*

—Precisamente lo que Dios preguntó a Job. ¿Cómo? Yo no lo sé, y Job tampoco lo sabía, y usted no lo sabe, y, evidentemente, tampoco lo sabía Mr. Goldschmidt; pero sin duda hay muchas más cosas en Teología que esta... esta visión mecánico-estadística de usted. Si Dios es tan sabio y previsor, ¿qué me dice de las deformidades y de las enfermedades? ¿Qué me dice de la carnicería que impera en el reino de la vida a todos los niveles? ¿Por qué *parece* la vida, tal como la experimentamos, tan desesperadamente importante y al mismo tiempo tan inútil? Prescinde usted de muchísimas cuestiones existenciales subjetivas. Hubo hombres que dejaron de creer en Dios mucho antes de Copérnico, mucho antes de que el trueno o las fases de la Luna fuesen científicamente comprendidos. Dejaron de creer por las mismas razones que les inducen ahora a ello: el mundo que les rodea parece indiferente y cruel. No se siente que haya una Persona detrás de... esta terrible ingeniosidad que dice usted que presentan los fenómenos naturales. Cuando la gente grita de dolor, los cielos permanecen mudos. Los cielos permanecieron mudos cuando los judíos eran exterminados en las cámaras de gas, y guardan ahora silencio sobre un África que se muere de hambre. ¿Se da usted cuenta de que esos desdichados etíopes son cristianos coptos? La otra noche dijeron en la televisión que el único ruido que se oye en los campamentos de los que mueren de hambre es el de los himnos que cantan, acompañados de címbalos y tambores. La gente no se vuelve a Dios porque Él sea probable o improbable; lo hace impulsada por una necesidad extrema, contra toda razón.

—¿*Toda* razón?

Dale me miró con un desagradable brillo en sus ojos pálidos, un fulgor óptico que se puede advertir en muchos de nuestros estudiantes: la luz del misionero, la voluntad de convertir, de transformar el agua en vino, el vino en sangre, el pan en carne, de cambiar la oposición en fidelidad, de allanar todo lo que es no-ego en la lisura de espejo del ego puro. Esta presunción perenne de los estudiantes me fatiga y me disgusta año tras año.

—Usted tiene realmente interés en esto, ¿verdad? —siguió diciendo Dale—. No es neutral; es del otro bando.

—¿Quiere decir del bando del Diablo? En absoluto. Tengo mi propio estilo de fe, que no pienso discutir con usted ni con nadie que venga aquí con aires de *cowboy*. Pero mi fe, tanto si es débil como si no lo es, me hace reaccionar con horror a su intento, casi diría su craso intento, de reducir a Dios a la condición de un hecho más, ¡de deducirle! Estoy absolutamente convencido de que mi Dios, el Dios real de cualquiera, *no* puede ser deducido, *no* puede ser objeto de estadísticas y trozos de huesos viejos, ni de destellos de luz en un telescopio.

No me gusta comprometerme. La pasión de un argumento hace que me sienta rígido y acalorado, preso en una red de exageraciones y falsedades. Debemos precisar las cosas, tener al menos la cortesía del silencio, de la valoración callada. Hubiese querido encender de nuevo mi pipa; pero no tenía tiempo para esta ceremonia. Advertí que mis manos temblaban patéticamente. Las crucé y las apoyé sobre la mesa. También temblaban así en los viejos tiempos, cuando estaba en el púlpito y hojeaba la Biblia sobre el facistol buscando la página que contenía el texto del día. Aquellas grandes páginas de la Biblia son terriblemente finas.

En cierto modo, aquel joven misionero había cobrado ventaja sobre mí. Podía verlo en su tranquila y fría mirada, en su sonrisa torcida y su larga y manchada mandíbula inferior; y en que no tenía prisa para replicar. Había conseguido que yo hiciese una profesión de fe, y le aborrecía por ello.

—Su Dios parece digno de confianza; pero imposible de encontrar —observó suavemente.

—¿Cómo está Verna? —le pregunté, mientras recogía mis notas. *Pelagio, no un estricto pelagiano. Contrario a las tendencias hacia el antinomianismo y el pesimismo maniqueo. ¿Pasó el pecado desde Adán como parte del proceso reproductivo? La corrupción distinguible de la impotencia, en opinión de P.*

El joven, viendo que me retiraba del debate, se retrepó con descaro en su sillón, e incluso pasó una pierna sobre el brazo de madera de cerezo.

—Me dijo que fue usted a verla la semana pasada.

Si hubiese procedido de alguien con sentimientos menos elevados, su mirada me habría parecido maliciosa.

—Quería ver su situación —confesé—. No es tan mala como había pensado.

—No lo es mientras permanece en su apartamento. Pero en cuanto sale a la calle, se meten con ella.

—¿Quiénes?

—Los hermanos. Una chica blanca de su edad con un hijo negro está expuesta a todo.

—¿Cree usted que debería trasladarse?

—No puede permitírselo.

¿Era esta breve respuesta un desafío, para que yo le diese el dinero necesario para mudarse de casa? Tal vez sabía que yo le había dado ya sesenta dólares. ¿Hasta qué punto, me pregunté, formaba mi piadoso y joven visitante un equipo con Verna, con el fin de estafarme? Esta generación de los ochenta es capaz de toda clase de delincuencia justiciera junto con un desapego fomentado por su situación deficitaria. Buda dice *No te ates*; Jesús dice *Date al prójimo*, y los bienes de los otros empiezan a despegarse. Bueno, ¿quién puede censurarles? La televisión les enseña a mendigar desde el momento en que abren los ojos. El sistema educativo los mantiene tan dependientes como niños hasta que pasan de los cuarenta años. Estamos en un mundo despilfarrador, todo industrias de servicios y envoltorios de relumbrón. El genio del calvinismo fue hacer de la propiedad un signo externo y un símbolo sagrado; a mi anticuada manera, estaba tratando de medir hasta qué punto reclamaba aquel joven un derecho de propiedad sobre Verna. Envidiaba su acceso a aquel apartamento desordenado y caldeado, con su niña cautiva, sonrosada al salir del baño. No había creído del todo lo que ella me dijo de que su relación no tenía nada que ver con el sexo. También anticuado en esto, no podía imaginarme a dos jóvenes de sexo contrario encerrados en la misma habitación sin copular o, al menos, sin tocarse sus partes más sensibles.

Contemplé a mi visitante iluminado por el rayo de luz que entraba por la ventana neogótica a mi espalda, y traté de poner en claro mis sentimientos respecto a él. Consistían en:

a) repugnancia física ante su palidez y la inalcanzable luminiscencia de sus ojos, fijos como una lámpara piloto de un azul pálido, encendida en su cráneo;

b) desprecio por sus teorías, que no podían valer gran cosa, aunque algunas de ellas necesitarían ser refutadas por algún experto;

c) envidia de su fe y de su loca esperanza de que podría resolver el espinoso problema de la creencia mediante un sistema completamente nuevo;

d) cierto atractivo, correspondiendo a lo que parecía ser una pegajosa adherencia de él a mí, ya que su segunda visita a mi despacho no obedecía a un propósito claro;

e) una grata impresión de que estaba inyectando un nuevo elemento en mi vida, en mis rancias y estudiosas costumbres;

f) una extraña y siniestra empatía: él seguía invitando a mi mente a salir de su camino para seguir los suyos a través de la ciudad. Por ejemplo, había mencionado que trabajaba los fines de semana en un aserradero, y yo sólo tenía que pensar en este hecho para sentir el sagrado olor de la pícea recién cortada y, sobre las palmas de mis manos el peso a un tiempo áspero y suave de la tabla recién alisada, con una palpable amenaza de astillas.

Sonreí y le pregunté:

—¿Soy acaso el guardián de la hija de mi medio hermana? ¿Hasta qué punto debería intentar intervenir?

Me sorprendió diciendo enfáticamente:

—No mucho. Al menos al principio. Ella trazó su propia vida, y hay que dejar a la gente la dignidad de elegir. Lo importante, diría yo, es que salga un poco y que tenga alguna educación.

—Estoy de acuerdo —dije, satisfecho de que, en materias inferiores a las cósmicas, nuestras mentes pudiesen discurrir en la misma dirección.

—Verna se muestra muy reacia cuando se le plantea algo por primera vez —dijo él—; pero a la segunda vez que uno la visita, ha dado una vuelta de ciento ochenta grados.

Advertí que la estábamos convirtiendo en un lejano objeto de reverencia, de cautelosa especulación. A aquella haragana de Cleveland, de diecinueve años, sin nada en la cabeza salvo lo que había metido en ella la música pop. Me lancé de cabeza.

—Como tío suyo que soy —dije—, pensé hacer que mi esposa la invitase a celebrar el Día de Acción de Gracias con nosotros y con nuestro hijo. Nos encantaría que también viniese usted, si no tiene otros compromisos.

Casi presumí que los tendría: tal vez una cena en comunidad, en largas mesas en un amplio sótano de iglesia, con un parlanchín y animado anfitrión, lleno de buenas intenciones, y alocada gente de la calle.

Sus extraños ojos se abrieron de par en par.

—Sería estupendo —dijo—. Pensaba comer en una cafetería; preparan unos pavos especiales que son bastante buenos y me gusta el ambiente tranquilo. Francamente, señor, las fiestas me espantan. Pero me encantaría conocer a su esposa y a su hijo.

Lejos de las exigencias de la explicación científica, su lenguaje era el popular propio del Medio Oeste.

Y ciertamente, estaba menos orientado hacia la religión organizada de lo que yo consideraba propio de un hombre tan fervoroso. ¿El Día de Acción de Gracias en una cafetería? ¿Navidad en un burdel? Desde luego, la Iglesia ha estado siempre recargada de heterodoxia. Agustín era pagano y después fue maniqueo. Tertuliano era abogado. El propio Pelagio no tenía estado sacerdotal y es posible que fuese primero a Roma como estudiante de leyes. Si la sal pierde su sabor, ¿a qué se debe? Juan Bautista, y el propio Jesús eran forasteros harapientos. Los de dentro tienden a ser villanos. Como yo, diría sonriendo a mis incrédulos y admirados estudiantes.

2

El desagrado que sentía Dale Kohler por las fiestas estableció otro lado secreto entre nosotros; en mi infancia, las zarandeadas excursiones en coche a los llanos rurales de Ohio, por la que era llamada, con mucha propiedad, Kinsman Pike, constituyeron mi primera asociación con las fiestas tribales cristianas americanas. Mi abandonada y desdichada madre sin marido, visitaba, conmigo, a su «gente»; los hombres, con cara de caballo, ruda y plácidamente asexuados; las mujeres, grandes masas inclinadas de grasa temblorosa, al borde, según me parecía, de la indecencia, con sus cohibidos accesos de risa, llevándose las manos a la boca a cada carcajada, con sus dientes cariados y puntiagudos, y colocando sobre la mesa la comida humeante y copiosa, que era como un maloliente *double-entendre,* algo que las excitaba, servido en un ambiente lleno de insinuaciones de corral, así como de lúgubre piedad.

En casa de mi tía abuela Wilma, un Jesús orante, de colores enfermizos y evasivos, pendía en la cocina sobre el amarillento papel de la pared, detrás del negro tubo de la chimenea que no se podía tocar de caliente que estaba. En el salón, sobre una mesita nudosa exclusivamente destinada a él, se hallaba el único libro, la Biblia familiar; su lomo tenía aristas de cartílago debajo del grueso cuero, arrugado como la piel de un animal sacrificado, con el mismo olor suave de la tenería. Una señal de desvaído color de espliego surgía, como una ancha lengua bífida, de entre las páginas de canto dorado. Flotaba en el ambiente un olor a petróleo e, impregnando los zapatos de los hombres, otro olor a humedad y a alimentos triturados para los animales. Aquellas salidas al campo me deprimían durante días en ambos sentidos, al preverlas y al recordarlas; y durante la actual estancia, tenía la impresión de que me hundía debajo de la mesa, de modo que mis recuerdos visuales se centran en la orla bordada del mantel y en las rodillas, los gordos tobillos y los arrugados zapatos que se ocultaban y frotaban el suelo de aquella oscura y extraña caverna. Es posible que, cuando era muy pequeño, me hubiese arrastrado realmente entre aquellos zapatos y aquellas rodillas.

El Cuatro de Julio se repetía el terrible cuadro festivo, a una temperatura de más de treinta grados y, a veces, al aire libre, sobre toscas mesas instaladas debajo de los tulíperos del jardín trasero, con pirámides de maíz en mazorca, relucientes de mantequilla, y fuentes de chuletas de cerdo que llegaban chamuscadas de la parrilla, entre aclamaciones que igual habrían podido dedicarse a una danzarina turca o al Mesías crucificado.

El opaco, tímido y amenazador silencio de los animales que se criaban en la granja se había contagiado a mis primos campesinos que, como aquellos animales, tendían a arremeter contra las cosas, como una manera de percibirlas. Vestidos con prendas de desvaído algodón, arremetían contra mí, y yo me defendía débilmente o me escondía, aunque también, en raras ocasiones, me engatusaban para que jugase al tejo o me llevaban a hacer una rápida excursión a un riachuelo lleno de berros, con una caña, un anzuelo y unas rojizas lombrices, a cuyos tormentos, al ser ensartadas, permanecían plácidamente ciegos mis atolondrados compañeros de juego. El pez no picaba nunca. La hilaridad de los mayores, debajo de los tulíperos, iba en aumento. La tarde no se acababa nunca; pero se adentraba poco a poco en el pálido crepúsculo del verano y, el fin, en la oscuridad del Pike. Entonces, mi frágil y doliente madre se ponía al volante de nuestro viejo «Buick», alegando que tenía jaqueca y que veía muy mal de noche.

Edna no participaba nunca en estas excursiones, a salvo con mi desgraciado padre y mi malvada madrastra en la suburbana Chagrin Falls, donde sus lecciones de tenis y de golf en «el club» estarían en pleno apogeo. En una majectuosa zona de edificios que imitaban el estilo Tudor y de pistas valladas al final del largo y curvo paseo, había una piscina, donde muchachos de pelo cortado a cepillo ejecutaban ejercicios acuáticos en honor de la figura en ciernes de Edna, y donde ella y sus invitados, de los que yo formaba parte durante un mes de exilio, obtenían milagrosamente innumerables coca-colas y perros calientes en la cantina de la piscina con sólo citar un número, la clave de nuestro padre. Aunque Edna, a quien la pubertad había añadido una vanidad femenina y un esnobismo efervescente a sus defectos, me gustaba muy poco; aquellos parientes del campo hacían que pensara en ella con afecto. La húmeda opresión de la sangre, de los antepasados, de la tradición tediosa y el pasado momificado, aquel pasado rural en que los estúpidos, perezosos y remolones espíritus de la tierra necesitaban periódicas cabriolas humanas que les incitasen a emprender de nuevo la marcha la próxima temporada: esto era lo que significaban las vacaciones para mí.

Con una segunda esposa, como había descubierto mi padre antes que yo, se aligeran las obligaciones sociales. Al principio, Esther y yo, en el arrebato de mi liberación de todos los convencionalismos que se esperan de los pastores, prescindimos por entero de la Acción de Gracias e incluso del árbol de Navidad, celebrando el nacimiento de nuestro salvador anunciado por la estrella (sólo según Mateo) celebrando, la víspera, una cena frugal a base de lenguado y champaña, y con un rutinario intercambio de regalos a la hora del desayuno. Mi primera esposa, Lilian, que era hija de un pastor, había sido ardiente partidaria de la mesa bulliciosa, de levantarse al amanecer para meter en el horno el pavo relleno, y de una hospitalidad caóticamente extendida. Estas ordalías sociales apaciguaban y allanaban la amargura mortal de su incapacidad biológica, una triste cruz que habíamos llevado los dos en común hasta que mi esperma, obtenido por masturbación detrás de una oscilante cortina y vertido en el sustituto de plástico de una vagina suministrado en el hospital (también me habían proporcionado ejemplares de *Penthouse* para estimular la acción y varios gastados libros en rústica Bee-Line, en los que leí, incluso cuando ya no hacía falta, un pequeño clásico titulado *Hot Pants Schoolmarm*), fue exonerada al microscopio. Estudiantes errantes, míseros feligreses, primos lejanos; a todos los recibíamos en una sofocante charada de fecundidad. El pavo del Día de Acción de Gracias, el pato de Navidad, la pierna de cordero de Pascua, el cuarto trasero asado del Día del Trabajo... que hacía que me doliese el codo por el esfuerzo de partirlo. ¡Pobre alta, dócil y estéril Lilian! Sólo temporalmente afligida por mi deserción, siguió un curso de secretariado, después de nuestro divorcio, y desapareció en la sede de una corporación en White Plains, una de esas instalaciones con lagos artificiales, abstractas fuentes de aluminio y aparcamientos de varios pisos. Después se casó, sorprendentemente por dinero, con un hombre corpulento y con media tonelada de hijos de anteriores matrimonios. Él la adora y la lleva a Florida cuatro meses al año, como una Perséfone del Nuevo Mundo.

Al madurar Richie hasta el punto de cambiar impresiones con sus iguales, Esther y yo tuvimos que reconstituir algunas observancias festivas. En realidad, la casa, con sus nobles paneles, sus chimeneas revestidas de azulejos y sus habitaciones de alto techo, exige fiestas. Por lo general, damos una, a últimos de mayo, para celebrar el fin del curso, aunque me parece, tal vez porque mi percepción es demasiado delicada, que está poco concurrida; no puedo librarme de la impresión de que los Kriegman, a su manera, y los Ellicott a la suya, se adaptan mejor a este vecindario que nosotros, Esther y yo, instintivamente inclinados a una austeridad bohemia: la antesala llena de libros, el desván oliendo a viejas pinturas. Tal vez por haber escandalizado a una parroquia hace catorce años, seguimos siendo tímidos. Pero hoy había yo encendido fuego en el cuarto de estar, y el baile crujiente de las llamas producía reflejos rojos en los ángulos prismáticos de nuestra mesa de cristal y en los vidrios curvos de nuestra gran ventana en arco. Aunque hacía frío en el exterior, con una película de nieve sobre el césped muerto y el muro de ladrillos, flotaba en la casa el cálido olor de la leña ardiendo y del yantar cociéndose, y Richie se había apartado de los desfiles y partidos de fútbol de la televisión, atraído por el misterio de nuestros invitados, los cuales llegaron por separado, cosa que debilitó su compactibilidad en mi mente, y me complugo. Dale fue el primero en llamar a la puerta, incongruente en su traje gris y su camisa abrochada; sólo su corbata, de un granate violento salpicado de verde, daba la nota chocante que esperamos de los científicos. Traía unas zinnias envueltas en un pequeño cucurucho de papel, el típico ramo que los jóvenes drogadictos venden ahora, procedente de las islas del tráfico, y lo ofreció a Esther, que había llegado corriendo por el pasillo sin quitarse el delantal.

—¡Qué amable! —exclamó ella.

—La amable es usted, por recibirme, Mrs. Lambert —dijo él. El muchacho tenía una delicadeza que yo olvidaba siempre. Además, su alta figura, que a la luz sesgada y como de capilla de mi despacho se plegaba rápidamente en el sillón universitario de delante de mi mesa, se erguía ahora imponente en mi vestíbulo, bien vestida y peinada, como en un disfraz agraciado, una forma de potencia. No llevaba sombrero. Como sus rizados y ralos cabellos castaños habían sido peinados con agua hacia atrás, su frente quedaba al descubierto y parecía curiosamente blanca, con el mismo candor antinatural de sus ojos.

—¡Oh, no! —dijo Esther, ligeramente nerviosa, como parecen estar todas las mujeres cuando sostienen un ramo de flores—. Nos encanta que haya venido. Rog me ha hablado mucho de usted; por lo visto le han causado una gran impresión.

Llevaba un delantal con volantes sobre un vestido de terciopelo verde de cuello alto.

—Grande pero, según creo, bastante negativa —dijo él, dirigiéndole una sonrisa que yo no había visto nunca en mi despacho. Su boca denotaba nerviosismo y parecía predatoria en su afán de convertirme; en las comisuras de sus labios burbujeaba algunas veces la saliva. Mientras sonreía a Esther no dilataba los labios, sino que les daba forma y los separaba ligeramente, como en espera del próximo movimiento de ella. Ahora vi a Esther a través de los ojos de él, a mi pequeña esposa, con su tensa y pulcra figura todavía más acortada desde ese ángulo de visión que desde el mío. Sus cabellos rojizos y el cuidadoso peinado habían sido aflojados y revueltos por el trabajo y el calor de la cocina; sus ojos saltones se veían muy verdes a la luz que se filtraba por la puerta de la entrada. Esther había asumido un aire chispeante, despabilado, con esa alegría potencial, serena e irónica de las mujeres mayores.

—No, en absoluto —intervine—. Precisamente, el otro día hablé a Cosson de su subvención, y él pensó que podría convertirse en una divertida publicidad que se supiese que la Escuela patrocinaba la Teología por ordenador.

Dale pareció inquieto.

—No veo en qué podría ayudarnos la publicidad.

—Rog quiere decir —le aclaró Esther— que la Escuela piensa que podría ayudarles *a ellos*. Iré a poner sus lindas flores en agua.

Se alejó rápidamente, repiqueteando los tacones. Sus caderas tiraban en todos los sentidos, del terciopelo iridiscente de su vestido verde del Día de Acción de Gracias, y la luz resaltaba el zigzag de los pliegues.

Dije en broma a Dale, refiriéndome a la publicidad:

—«Predicad el Evangelio a todas las criaturas.»

—«Cuando rece —citó a su vez—, entra en tu cámara.»

No llevaba abrigo; por consiguiente, no pude tomarlo. Le conduje al cuarto de estar.

—Hola —dijo Richie, con aire culpable, levantándose del lado del fuego.

Había conectado su pequeño «Sony» y contemplaba cómo unos hombrecillos vestidos de rojo luchaban contra otros vestidos de azul.

—Hola. Feliz Día de Acción de Gracias. ¿Quién va ganando? ¿Los Pats o Dallas?

—Los Pats apestan.

—No siempre. Eason ha tenido algunos días grandes esta temporada.

De nuevo me sorprendió el *savoir-faire* del joven, su rapidez en establecer conexiones humanas, y sentí una absurda punzada de celos: como si quisiera que él, después de nuestros combates verbales sobre el tema de la Creación, fuese solamente mío. Era promiscuo, en su imperturbable convicción de estar en lo cierto, y ésta era otra razón para destruirle. Le ofrecí algo de beber, indicándole que yo tomaba un vaso de vino blanco.

—¿Un *Bloody Mary*? ¿Tal vez bourbon o whisky escocés?

Rehusó, inmediata y suavemente, como el que está acostumbrado a rehusar, y me preguntó si tenía zumo de arándano. Le dije que iría a ver y, para mi sorpresa encontré en el frigorífico media botella de aquel espantoso líquido. El zumo de arándano me deprime, pues me recuerda los pantanos, los alimentos de régimen, los niños con el labio superior manchado y las ancianas que se reúnen en salones polvorientos para aunar los cosquilleos de sus días crepusculares. Parece teñido. Cuando volví con un vaso de aquel zumo, Dale y Richie estaban enfrascados en una profunda conversación, en la mesa de cristal para el café.

—Una computadora no cuenta como nosotros. Muéstrame cómo sacas una raíz cuadrada. Digamos la raíz cuadrada de cincuenta y dos.

Mientras el niño se inclinaba sobre la mesa para resolver el problema y escribía despacio, Dale me miró y dijo:

—Tiene usted una casa preciosa.

—También le impresionó la Escuela de Teología, si no recuerdo mal.

—Tal vez me impresiono con mucha facilidad.

—Es que siempre parece encontrarme en ambientes escogidos —le aclaré.

—Estoy seguro de que los tiene bien ganados —me dijo sin sonreír. Se dirigió al muchacho, sentado a su lado, sobre el sofá tapizado de seda roja que no estaba lo bastante cerca de la mesa de cristal para que pudiese hacer cómodamente sus cálculos.

—¿No es verdad, Richie? Tu padre trabaja de firme, ¿no?

—Lo único que hace es leer libros que no lee nadie más que él.

Yo estaba tratando de recordar toda la cita que había hecho Dale. Correspondía al pasaje de Mateo sobre los hipócritas que rezan en público. *Entra en tu cámara, y cuando hayas cerrado la puerta, ora a tu Padre, que está en lo secreto.* Tu Padre, que está en el secreto, bendito sea Tu nombre.

—¿Cuál es la raíz cuadrada de cincuenta y dos? —le dijo Dale a Richie.

Me pregunté cómo se le habría ocurrido aquel número, que era el de mi edad.

—Me fastidia sacar raíces cuadradas. Me sale siete, coma, dos y un poco más.

—Digamos siete, coma, dos, uno. Muy bien. Mira cómo lo haría una computadora. Hace un cálculo después lo introduce en una fórmula que ha sido programada y obtiene un nuevo número; y después lo conecta con la misma fórmula y repite la operación una y otra vez hasta que obtiene el resultado con todos los decimales imaginables. Aquí está la fórmula.

Tomó una hoja de papel y escribió algo que no me molesté en mirar. Estaba observando a través de la ventana para ver si llegaban nuestros otros invitados. Esther había hablado con Verna por teléfono y me había dicho que la muchacha parecía asombrada y enfurruñada, y que comentó que no estaba segura de encontrar un canguro el Día de Acción de Gracias. Al final, quedó en que telefonearía si no podía encontrarlo; pero no había llamado.

—Digamos que la *N* mayúscula es el número, cincuenta y dos en nuestro caso, cuya raíz cuadrada quieres encontrar, *y* sub uno, *y* sub dos, tres, cuatro, etcétera, son las aproximaciones sucesivas de su raíz. Ahora puedes ver que en ninguna fase será *y* igual a *N* dividida por *y* salvo en un caso. ¿Cuál es?

Mi pobre hijo pensó. Yo podía sentir cómo daban vueltas los tiernos engranajes de su cerebro, sin conseguir nada.

—No lo sé —confesó al fin.

—Está claro —dijo Dale—, si *y* se ha convertido en la verdadera raíz. Si no es así, hay una diferencia, una discrepancia, entre *y* y *N* dividido por *y*. Pero si tomas el promedio de los dos números, quiero decir si los sumas y los divides por dos, estarás un poco más cerca de la solución, ¿verdad? *Tienes* que estarlo. ¿Lo ves?

—S... sí. Creo que sí.

Se había hecho la luz, o al menos lo parecía.

—¡Sí que lo veo! —exclamó el muchacho, y el entusiasmo, o su simulación, hizo que se le quebrase la voz.

Había momentos en que me recordaba a mi madre, Alma, que, a veces, parecía, a mis ojos infantiles, que trataba de ponerse al día, de recobrar el ritmo de un mundo que se había movido y seguía moviéndose con demasiada rapidez para ella.

—Estupendo —dijo Dale—. Así, llamaremos *y* sub dos a esta nueva *y*, y la pondremos en el lugar de la antigua *y* en la fórmula y continuaremos hasta que empecemos a obtener la misma solución, como digo, en cierto número de lugares. Entonces, ésta es la solución, y la computadora la proyecta en la pantalla en mucho menos de un segundo. Pero ha tenido que hacer docenas y docenas de pequeñas operaciones, todas ellas en números binarios. Sabes lo que son los números binarios, ¿verdad?

—Un poco.

—¿Qué os enseñan en el colegio, Richie? ¿A qué colegio vas?

—Pilgrim Day —fue la confusa respuesta.

—Muy elegante —dije yo, desde arriba—. Muy conservador. Creo que todavía usan la numeración romana.

La vista desde la ventana saledíza, cuyo asiento había provisto Esther hacía tiempo de cojines forrados de una tela cuyos dibujos chinos había descolorido el sol, difuminando los tejados de las pagodas y las igualmente plácidas caras blancas, abarcaba la mal cuidada parte interior de nuestro seto, algunos prospectos de supermercado congelados sobre el césped tapizado de nieve, un envoltorio «Milky Way» castaño, un algarrobo de la miel junto al bordillo y, al otro lado de la calle, la casa de postigos cerrados de la corpulenta y paranoica viuda de un profesor de Arameo. Pero no había señales de Verna, que sin duda habría envuelto en una bufanda su cara rebelde y gordinflona para resguardarla del frío, y cuyos ojos sin pestañas debían ser como rendijas lacrimosas y ribeteadas de rojo.

—Para terminar, Richie. Has obtenido la solución de siete coma dos uno. Pero sigamos adelante y sustituyamos diez como nuestra presunción para la raíz cuadrada; incluso tú puedes ver inmediatamente que la solución tiene que ser siete y un poco más. ¿Por qué?

—Porque... —dijo Richie después de una pausa.

Ahora, yo estaba sudando por él, por mi hijo que se hallaba en un aprieto. Aunque vacilando, dijo:

—¿Porque la raíz cuadrada de cuarenta y nueve es siete?

—Muuuy bien.

Dale, en su papel de hermano mayor, dę benévolo monitor, mostraba un interés auténtico que me dio escalofríos.

—Por consiguiente, si introduces diez, la nueva *y* será igual a la mitad de diez más... ¿Cuánto es cincuenta y dos dividido por diez? Vamos, es fácil.

—Cinco coma dos.

—Exacto.

Halagar, halagar. La aburrida función del maestro: provocar la erección mental.

—Tenemos, pues, la mitad de quince coma dos, o sea siete coma seis; nos estamos acercando a la solución correcta, que es...

—Lo he olvidado.

—¿Cómo has podido olvidarlo? Si tú mismo acabas de sacarlo a tu manera.

—¿Siete coma dos?

—Naturalmente. Muy bien. Así, en la siguiente operación, la nueva *y* será igual a siete coma seis más cincuenta y dos dividido por siete coma seis, lo cual nos dará, digamos, seis, coma ocho, de manera que la suma dividida por dos nos dará... ¿qué?

—Hum... ¿Siete coma dos?

—¿Y esto es...? —No pudo esperar a que el chico terminase la frase—. La solución. ¡Con un decimal! ¿No es magnífico?

Mi atribulado hijo asintió cortésmente con la cabeza.

Esther entró en la habitación y pareció casi desnuda sin su delantal. Un duendecillo hembra de ojos verdes y vestido verde. El duende de la casa. El mobiliario, incluso los zócalos, parecieron agruparse alrededor de ella para saludar a la Reina Mab de Malvin Lane.

Dale se dio prisa en concluir:

—Todavía no es la solución *exacta*; ésta no lo es, a menos que *N* sea un cuadrado; pero cuando la diferencia entre dos soluciones sucesivas para *y*, es de menos del decimal que hemos programado (punto cero, cero, cero, cero, cero cinco, si queremos ser exactos dentro de cinco millonésimas), el lazo se rompe y la computadora pasa a hacer lo que está programado como su operación siguiente. Un proceso que se repite de este modo recibe el nombre de algoritmo iterativo, o *lazo*. Ya lo ves, Richie, lo que nuestras mentes captan por intuición y una especie de cálculo instintivo, la computadora tiene que averiguarlo fatigosamente gracias a estos lazos. Pero a ella no le importan todos los pequeños pasos que tiene que dar, porque la electricidad viaja muy de prisa y las distancias entre los circuitos han sido reducidas a casi nada. La computadora es mucho más rápida que nosotros; pero no tiene sentido común, no tiene *experiencia*. El truco está en hacer que estos lazos converjan hacia la verdadera solución; si no es así, pueden *divergir* o, como decimos nosotros, explotar y volverse completamente irreales. —Dale miró a Esther—. Un chico muy inteligente —dijo.

—Temo que no en matemáticas. En eso se parece a su padre.

Por primera vez en nuestra antagónica relación, Dale me miró casi con franco disgusto.

—¿No era usted bueno en matemáticas cuando estudiaba en el colegio?

—No. No era bueno. Mi psique se rebelaba. Las matemáticas... —me di cuenta de que estaba hablando con una grandilocuencia bastante tonta— me deprimen.

Necesitaba más vino, y envidié el vaso lleno de Esther.

—Oh, no tienen por qué ser deprimentes —dijo muy serio el joven—. No hay en ellas nada amenazador, como en otras ramas del conocimiento. Por ejemplo, la Geología. Son... —sus largos y flexibles dedos trazaron pequeños círculos en el aire, describiendo un movimiento inofensivo, una rápida música cinética— son *limpias* —concluyó, dejando suspendido entre nosotros, sobre la mesa de cristal, entre el chispeante fuego y la librería en la que Esther había colocado las zinnias en un florero marrón descantillado, la implicada masa de todo lo que no es limpio, de todo lo que es sucio y lento y nos rebaja.

Mi mujer, agitando un cigarrillo emboquillado de color rosa que acababa de encender, con un ademán que me pareció de una jactancia desacostumbrada en ella, declaró:

—Yo era buena en Matemáticas. Mi padre me decía que no podía imaginarse nada menos útil para una mujer. Pero recuerdo que yo las adoraba. Como cuando haces lo que te dicen los libros y ves que todo coincide.

Dale le dedicó su atención.

—O no coinciden del todo. Ahora, hay una rama de las Matemáticas, en realidad está entre las Matemáticas y la Física, que sólo puede practicarse con ordenador; montan estos autómatas celulares, pequeñas tejas coloreadas cada una de las cuales representa un número, con cierta pequeña serie de reglas sobre qué combinaciones de color en las tejas circundantes producen un color determinado en cada nueva teja, y es sorprendente lo sencillas que parecen tales reglas y cómo se desarrollan los asombrosos y complejos dibujos. Algunos se acaban de pronto, obedeciendo a su lógica interna, y otros dan señales de continuar eternamente, sin repetirse nunca. Mi propia opinión es que, con esta clase de comportamiento matemático, nos acercamos mucho a la textura de la Creación, si puedo expresarme así; las analogías visuales con el ADN saltan a la vista, y hay muchos fenómenos físicos, no solamente biológicos, sino cosas como la turbulencia fluida, que son lo que nosotros llamamos computadoramente irreductibles, es decir, sólo pueden ser descritas paso a paso. Ahora bien, esto se puede imitar en un ordenador, si se encuentran los algoritmos adecuados. Se están empezando a usar los ordenadores para este estudio del caos o la complejidad. Las implicaciones son enormes: si puede ser modelado el universo físico por un sistema de computación y sus leyes consideradas como algoritmos, se podrá modelar la realidad misma en una máquina lo bastante potente y con suficiente memoria, ¡y después interrogarla!

Estaba hablando al vacío. Sólo yo sabía lo que pretendía. Le dije:

—Si es un modelo fiel, defenderá la Quinta Enmienda.

—Pero a Richie le *encanta* la Historia. ¿Verdad, querido? —preguntó Esther al niño con ese tono de voz un poco fuerte con que simulamos hablar a una persona cuando en realidad nos dirigimos a otra—. Con tal de que no se remonte más allá de la edad de Buddy Holly.

Esto me pareció una ironía innecesaria. Lo que estaba diciendo de forma subconsciente a Dale era: *¿Ves con quiénes tengo que habérmelas? Con un par de zoquetes.*

No me resulta fácil saber o imaginarme la actitud de Esther respecto a otros varones. Desde luego, al principio, como reacción por haberme apartado del ministerio, de mi esposa y de unos hijos que nunca habrían de nacer, se encerró en *nosotros,* Esther y Roger, y durante cuatro o cinco años fue toda ardor nacido de la vergüenza y fidelidad nacida de la culpa. Entonces empezó Richie a ir al parvulario; mi reeducación aseguró mi posición en la Escuela de Teología, y nuestra vida privada, la duramente ganada y antaño ilícita intimidad en la que éramos como dos gladiadores cuya encarnizada lucha fascina a todo un circo, se fue convirtiendo poco a poco, de forma casi imperceptible, en una comedia, en una exhibición, aquí y allá, de imágenes de nosotros mismos en tamaño natural, mientras nuestras personas reales se encogían hasta convertirse en enanos titiriteros, manipuladores invisibles que, cuando se quedaban solos después de la representación, habían perdido la voz. Yo era lo bastante viejo para aceptar nuestra vida sexual menguante como parte de una extinción general, de una retirada biológica. Pero, ¿y Esther? Su nerviosismo y su tedio parecían más intensos algunos días del mes. Daba la impresión de que hoy era uno de estos días; los movimientos de la mano y de la boca tenían una rapidez eléctrica, y se apartaba los cabellos de la frente con desacostumbrada y fogosa «energía»; me daba la impresión de que se tenía que estremecer a su contacto, como al tocar un brillante aparato de cocina que establece un corto circuito. Sus cabellos eran tan vivaces que, si ella se quitaba una horquilla y la sostenía un momento entre los dientes, en seguida se agrupaban de nuevo, se enroscaban y quedaban aún más apretados sobre la parte posterior del cráneo.

—El hombre que realmente me gusta de aquella era primitiva es Fats Domino —dijo Dale después de una pausa, desviando la mirada hacia mi mujer.

Era como si estuviese hablando en un idioma extranjero, valiéndose de un libro de frases hechas, y no estuviese del todo seguro de que su *output* era también el *input* de sus oyentes. A mí empezaba a dolerme la cabeza. Los días de fiesta producen en mí este efecto. Ahora tenía en la mano un vaso lleno de vino, sin que recordase cuándo lo había cogido.

—Sí, se le puede ver en películas antiguas —respondió Richie siguiendo el juego, pero con poca convicción.

Salvo cuando está abstraído delante de su televisor, parece hallarse casi siempre en un mar de confusiones.

—Junto con Little Richard y Diana Ross antes de que fuese Diana Ross —concluyó.

Sonó el timbre de la puerta, nuestro tiembre infame, sofocado en capas de herrumbre y armando un ruido capaz de poner en fuga a todas las familias de ratones domiciliadas en los listones y en el yeso de detrás de los paneles de nuestras paredes.

—Debe ser tu querida sobrina —me dijo Esther—. No se ha dado mucha prisa.

—Yo le he telefoneado —informó Dale— para que viniese conmigo; pero no me ha contestado. Tampoco respondió la noche pasada.

Ambos parecían dolidos. Ambos eran buenos en Matemáticas. Se avenían bien. Yo me dirigí a la puerta. La casa está construida de manera que no se pude ir rápidamente desde el cuarto de estar a la puerta de entrada; hay que pasar por debajo del arco, con su elaborada ornamentación, y seguir después todo el pasillo, en cuyo extremo, una puerta cierra el vestíbulo. A través de su único, grande y sucio cristal, y también a través de la estrecha lámina de vidrio emplomado junto a la puerta de la entrada, pude ver a Verna que atisbaba indecisa hacia el interior, con sus ojos sesgados en el ancho semblante. Parecía tener frío y estar asustada. Al abrir yo las varias puertas para que entrase, la madera, reseca por la fuerte calefacción y el aire crudo de finales de otoño, crujió y chirrió de un modo alarmante. Y no sólo para Verna, la cual traía consigo a Paula, muy abrigada, con un gorro de lana torcido sobre la cara de manera que nada más mostraba una suave mejilla morena y un ojo azul oscuro lacrimoso.

—Lo siento, Nunc —dijo Verna, con su vocecilla aflautada—. Las he pasado moradas. Primero falló mi canguro. Entonces el hermano de la chica que aquélla me recomendó, vino al apartamento y trató de organizar follón, por lo que tuve que armar un griterío para librarme de él. Después, Poops se ensució en las braguitas y hasta que no le di un puñado de galletas para que se estuviese quieta, no me dejó que la vistiese. Luego, tuve que limpiarle la cara de todas las migajas. Después, el autobús no venía en el bulevar. Y no venía. Empecé a llorar, y los viejos vagabundos y las furcias que esperaban conmigo el autobús empezaron a parlotear y a jugar con la pequeña de manera que tuve miedo de que la secuestrasen o hiciesen alguna locura. Están locos, ¿sabes?, toda esa gente que duerme en los portales envueltos en cartones y otras porquerías. No sé a dónde irían en un día de fiesta. Supongo que a pedir limosna en alguna parte. Entonces, cuando tomé por fin el autobús, me bajé una parada después de la debida y me encontré delante de una planta de estudios químicos que está en construcción y donde nadie sabía nada. ¡Caray! Me parecía que llevaba horas andando. Al llegar al final de esta calle, estaba tan cansada que puse a Paula en el suelo para que anduviese un poco. Sabe andar perfectamente cuando se trata de hurgar en mis cajones en el apartamento y revolverlo todo; pero la pequeña zorra se quedó sentada sobre las frías baldosas, sin querer moverse; y empezó a chillar hasta que llegó una vieja bruja con un perrito blanco de pelos tan largos que le cubrían la cara y las patas. El animal empezó a husmear a la pequeña y le dio tal susto que ella decidió que yo era un mal menor. Y ahora que la llevo de nuevo en brazos, me parece que su abrigo huele a pipí de perro. Cada vez que salgo de casa me ocurre algo parecido. Debería renunciar a hacerlo. Siento haberme retrasado tanto. Ha sido una jodienda.

Dijo todo esto, con acompañamiento de murmullos de simpatía paternal por mi parte, mientras se quitaba el abrigo y despojaba a Paula del suyo. Esther había llegado al vestíbulo y oído el final del relato. Tendió a Verna una de sus finas manos. Esther tiene unas manos tan delgadas que intimidan, con pecas en el dorso y unas uñas tan largas que a veces temo que me arañen accidentalmente al darse la vuelta en la cama.

—¡Pobrecita! Parece una pesadilla.

—Más o menos, mi vida es siempre así —le dijo Verna.

Suspirando, y de pronto recordó parte de la aventura:

—En el autobús, un viejo verde con un aliento que olía a mezcla de whisky rancio y dientes podridos, trató de ponerme los puntos, haciendo carantoñas a mi pequeña. Ella le sonreía con picardía. Es toda una coqueta. ¿Verdad que sí, Poops?

Y sacudió a la niña un poco más fuerte de lo necesario para recalcar la broma.

Los grandes ojos azul marino de Paula se habían fijado en mí, y su rolliza manita de color de miel, con sus deditos cónicos y doblados se tendió en mi dirección. La sangre de su padre era visible a la fuerte luz del vestíbulo: un ensanchamiento de las ventanas de la pequeña nariz, y un brillo en las hebras negras de sus todavía finos cabellos, que habían sido peinados hacia atrás y recogidos en dos diminutas colas, como si su madre hubiese querido declarar: *Ésta es mi negrita.*

—Rog debió haber ido a buscarte en su coche —dijo Esther, aunque no lo había sugerido en ningún momento.

Yo me defendí:

—Pensé que Dale...

La verdad era que el vecindario tenía una zona de aparcamiento para los coches de los residentes. Pero muchos automóviles extraños, de estudiantes de la Escuela de Teología o de las muchas personas que van de compras a Summer Boulevard, invaden nuestro sector, y si uno encuentra un espacio delante de su propia casa, será un imbécil si renuncia a él. Cambié de tema, volviéndome a Verna.

—Me sorprende que hubiese alguien en el Anexo de Químicà el Día de Acción de Gracias.

—Oh, había unos tipos allí; pero no sé lo que estarían buscando. Nunca había oído hablar de Malvin Lane, esto es seguro. Y yo la encontré al fin con sólo doblar la esquina.

—Las dos culturas —me lamenté, hipócritamente.

—Ven y conocerás a nuestro hijo —dijo Esther, precediéndonos a lo largo de un trozo del pasillo, pero retrocediendo y entrando en la cocina, de donde emanaba el aroma de nuestra cena como el incienso estupefaciente que en tiempos precristianos acompañaba las profecías.

Conduje a Verna al cuarto de estar.

—Hola, Bozo —dijo perezosamente a Dale al levantarse éste o, mejor dicho, al hacerlo a medias y quedar inmóvil. No se tocaron. Una vez más traté de deducir si se habían acostado juntos, y resolví que no, aunque no me satisfizo del todo la conclusión.

Ella alargó un brazo y tocó a Richie, estrechando después la mano que él le tendía, con esa exasperante flojedad de los adolescentes.

—Conque tú eres el chico que lo sabe todo acerca de Cyndi Lauper —dijo.

—¿No es formidable? —respondió él, sorprendido y satisfecho.

Necesita amigos. Esther y yo debemos parecerle viejos y remotos. Las niñas Kriegman y él solían jugar juntos, pero Cora, que es la que más se le aproxima en edad, es ahora, a los quince años, tan mujer como las otras dos. Se ha convertido en una cualquiera, como dijo Richie.

—Es muy buena —le dijo Verna, asumiendo el tono reflexivo de los adultos—. Aunque todos esos tipos del rock no son en realidad gran cosa, somos nosotros quienes les damos valor.

Era encantadora, pensé; había traído la vieja despreocupación melosa de Edna a una era en que podía ser un estilo en vez de una tendencia oculta. Llevaba un vestido de lana de color rojo ladrillo con un amplio escote festoneado. Aunque sólo contaba diecinueve años, tenía el pecho bajo, e igualmente desarrolladas y escurridas las caderas. Sin embargo había una elasticidad juvenil y algo imprevisible implícitos en su cuerpo. Su piel era cetrina y sus retorcidos cabellos, con mechas decoloradas, le caían sobre los hombros, en descuidados y al parecer húmedos rizos, de modo que había algo prerrafaelista y etéreo en sus reflejos. Su cabecita, inclinada hacia delante, se apoyaba en un cuello sólido, ancho y plano en la nuca. Las orejas habían sido perforadas varias veces y pendían de ellas unos aros de oro. Lucía algunos anillos en sus dedos; pero había entre ellos, inesperadamente, un ancho aro de cobre en uno de los índices y un pedrusco de turquesa en un meñique. Las uñas eran cortas, como las de una niña, y esto me conmovió. Verna no arañaría, si acariciase.

—¿Da? —dijo Paula.

Su madre le había quitado el mugriento abrigo en el vestíbulo; los pies descalzos de la niña agarraban la pelusa de nuestra alfombra de Bujara, como si temiese caer a través de ella. No estaba claro a quién se había dirigido, si a mí, a Richie o a Dale. Toda una coqueta, había dicho Verna. Con los codos delicada y aprensivamente levantados y apuntando ante sí, la pequeña avanzó tambaleándose sobre sus débiles, estrechos y tiernos pies, hacia la mesa de cristal. Al llegar golpeó victoriosamente la superficie con sus manitas húmedas.

—¡Da!

Dale, sentado de nuevo, alargó los brazos y la colocó sobre sus rodillas.

Verna giró la cabeza despacio, sobre su robusto cuello, y dijo:

—Una casa estupenda, Nunc. Se ve que los profesores os ganáis bien la vida.

—Es cuestión de tiempo —le expliqué.

En realidad, el padre de Esther se había mostrado generoso. Los leños crepitaron en la chimenea y se derrumbaron de pronto con un surtidor de chispas. Richie se levantó y los arregló con las tenazas. Paula se inclinó, sobre las rodillas de Dale, hacia una cajita de plata para cigarrillos que el padre de Esther (se llama Arnold Prince) nos había regalado por nuestro quinto aniversario. A él, viudo y de Albany, «le habían ido bien las cosas», según decía la gente, y al cabo de cinco años de dócil matrimonio, nos habíamos ganado esta señal de su benevolencia. Además, a partir de entonces, con notable magnanimidad, empezó a entregar a Esther partes de su herencia, proporcionándole cierta aureola de independencia y de valor añadido. Nos habíamos casado civilmente en Troy, Nueva York, la ciudad más próxima al pueblo que había encubierto nuestro escándalo. En realidad, enfrentarnos con la opinión pública, había sido una gran satisfacción, como la que a veces reconocen los soldados que vuelven de la guerra que fue el acto de matar; como la que nos produce el sabor de los contratiempos y los fracasos de los demás. Sin embargo, catorce años después, había pasado a una conformidad un tanto reorganizada, con las bendiciones de mi suegro, representadas por el brillante regalo, presa ahora de las resbaladizas manos de mi sobrina nieta mulata.

Pregunté a Verna:

—¿Quieres beber algo?

—¡Oh, sí, tío Roger! —dijo ella—. Pensé que nunca me lo preguntarías. Me encantaría un Ruso Negro.

—Hum... ¿Con qué se prepara? Vodka y...

—*Kahlúa.*

—Me lo temía. No tenemos *Kahlúa.*

—Entonces, ¿tenéis *Grasshopper*?

—¿Y *sus* ingredientes son...?

—¡Oh, vamos! Adivínalo.

¿Estaba jugando conmigo?

—¿Crema de menta?

—Desde luego, pero no sé todo lo que ponen además. Crema de leche, eso sí que lo sé, y alguna otra crema de algo. Entonces lo agitan con trocitos de hielo y lo sirven en una copa de cóctel. Es delicioso, Nunc. ¿No lo has probado nunca?

—¿Cuándo vas a esos bares tan elegantes? —le preguntó Dale, desde el sofá.

Había extendido y juntado sus manazas para impedir que la caja de cigarrillos cayese sobre la mesa de cristal. Paula estaba chupando una punta de la tapa, que había levantado. De la caja, cayeron unos cuantos «English Ovals» de colores y secos, que estaban allí desde la fiesta que había celebrado en mayo con otros miembros de la Facultad.

Verna le sonrió afectadamente, por haberle preguntado aquello, y me miró de reojo, advirtiendo mi interés.

—No tienen que ser tan elegantes —dijo—. En el del final de Prospect, el que tiene un altillo que se quemó, hacen un *Grasshopper* est pendo.

—¿Quién te lleva allí? —le preguntó Dale, y era precisamente lo que yo había querido preguntar.

—Oh... Muchachos. ¿Qué te importa a ti? Una chica tiene que divertirse *un poco*, ¿sabes?

—Como dice la canción —intervino Richie, orgulloso de haberlo pensado y satisfecho de arreglar el fuego con tanta competencia.

—Sí —corroboró Verna a Dale—. Como dicen los hombres, como dice la canción.

Me pareció que había en sus modales cierta vulgaridad aprendida, imitada, de las cantantes *punk* y de Gher y Bette Midler, de cierta vena de descaro norteamericano que se remontaba al menos a las Andrews Sisters.

—Podría prepararte un *Bloody Mary* —sugerí.

—Sería estupendo —me dijo ella, arrastrando las palabras, como si flirtease con el mozo de un bar para fastidiar al amigo que la había traído.

Una gran conmoción llenó la estancia, se apoderó de ella, desde la alfombra de Bujara hasta las dentadas molduras del techo. Paula había dejado caer la caja de cigarrillos sobre la mesa de cristal. Dale y Richie miraron, con aire sorprendido y culpable. Verna, que estaba encendiendo un cigarrillo, suspiró de modo que se apagó la cerilla, y tuvo que encender otra.

—¿Lo ves, Nunc? —dijo—. Es una mala pieza.

Me acerqué a la mesa y dije:

—No ha pasado nada.

Pero mis agudos ojos detectaron un arañazo en forma de insecto en el cristal y una esquina doblada en la cajita de plata de ley.

Limpie ésta lo mejor que pude con la manga de mi chaqueta de tweed y volví a meter en ella los cigarrillos, tan secos que algunos se rompieron entre mis dedos.

En la cocina, Esther estaba luchando con la comida. Tenía los cabellos revueltos, desprendidas las horquillas. Me hizo una mueca de Medusa y dijo:

—¡Nunca más!

Lo dice todos los años, el Día de Acción de Gracias.

Cuando volví con el cóctel de Verna y otro vaso de vino para mí, los jóvenes estaban agrupados junto a la mesa, murmurando en un lenguaje que yo no comprendía. Juventud: la cadena montañosa que la aísla en un valle lejos del nuestro se hace más escarpada, diría yo, y el capitalismo la explota con creciente ferocidad, como un mercado aparte, exhibiendo en él nuevos mundos de gastos potenciales: juegos de vídeo caseros, botas de esquí abiertas por detrás y millones de fragmentos de lamentos casi musicales cortados por láser en discos compactos. Cada día más técnicas de la información, cada día más información inane. Vi que estaban apretujados porque Dale dibujaba en el dorso de un sobre unas cajitas conectadas por líneas. Observé, con mi talante sociológico, que el sobre era de la compañía telefónica: los guardianes de la nación irrumpieron en «AT & T», con el resultado de que nuestras facturas son ahora tan abultadas como cartas de amor y de que la línea crepita como Rice Krispies cuando levantamos el auricular. Vi que había palabras escritas en las cajitas: O, Y, NO. Los rudimentos del nuevo Evangelio.

—Mira —decía Dale.

Se dirigía a Richie; pero Verna e incluso Paula parecían escuchar también mientras la punta del lápiz se deslizaba a lo largo de las líneas.

—Una corriente y ninguna corriente, en uno y un cero en términos del código binario, darán un *output* caliente del O y no de Y, pero el *output* de Y entra en un NO, sale...

—Caliente —dijo Verna, en vista de que mi querido Richie guardaba silencio, desconcertado.

Las jóvenes parejas masculinas, vistas desde arriba, tan ovaladas, gachas y ciegas, invitan con su indefensión a que las desgreñaran. El muchacho me miró frunciendo el ceño al sentir mi contacto paternal. Ahora, estaba con un joven mayor y quería triunfar, armonizar con él. Di a Verna su *Bloody Mary.*

—Bien —dijo Dale—. Y si en vez de un solo *bit* ponemos cuatro juntos, en un medio *byte,* de modo que parezca esto...

Garrapateó varios ceros y unos. Su escritura era irregular y desagradable, como tiende a ser por alguna razón la de los científicos, como si la precisión de las ideas impidiese la de su presentación, mientras que, por el contrario, la de los clérigos, sobre todo la de los episcopalianos, es siempre cursiva y bella. Dale continuó:

—Y después otro, que parezca esto, ¿qué saldrá del circuito O?

Tras una pausa, para dar a Richie oportunidad de responder, Verna dijo chirriante:

—Cero, uno, uno, uno.

—¡Eh, lo has captado! —exclamó Dale—. ¿Y fuera de un circuito Y, con el mismo *input*?

—Es fácil —dijo ella—. Cero, cero, cero, uno.

—¡Muy bien! Y ahora, Richie, ¿si el circuito O fuese conectado a un NO?

—Uno, cero, cero, cero —pronuncié yo desde arriba, cuando el silencio se hizo doloroso.

—Evidente —dijo Dale, manejando todavía el lápiz—. Y todos podéis ver cómo, con sólo estos tres sencillos conmutadores, o puertas, podéis montar cualquier complejidad de *ins* y *outs* para analizar vuestro *input*. Por ejemplo, podéis introducir los mismos dos números de cuatro *bits* por las puertas Y junto con sus inversos, producidos aquí, en estos NO, y después pasar estos dos *outputs* a través de una O; el *output* os dice, cero uno cero, donde coinciden los *inputs* originales: es frío donde lo hicieron y caliente donde no lo hicieron.

—Claro —dijo Verna.

Había bebido ya la mitad de su *Bloody Mary*. Ahora fumaba uno de los «English Ovals», de color malva.

—Deberías ir al colegio —le dije.

—Es lo que yo no paro de decirle —convino Dale.

—Tenéis que decírselo a Poopsie —repuso ella.

—Ydi-da —farfulló Paula, agarrando el papel de Dale con sus dedos untados de saliva y arrugándolo.

Él recuperó el papel, lo alisó y se dispuso a atacar de nuevo nuestra ignorancia con la punta de su lápiz.

—No quisiera pasarme de la raya —dijo—; pero esto nos lleva directamente a la llamada álgebra booleana; y es tan bella que debéis tener al menos una pequeña idea. Boole fue un hombre de mediados del siglo XIX que inventó un tipo de álgebra para conceptos lógicos, básicamente declaraciones verdaderas-falsas; pero resulta ser precisamente la matemática que se necesita para los circuitos internos de los ordenadores. Por ejemplo, una puerta O suma realmente, en términos de la álgebra booleana, donde uno más uno no es dos o cero, como podríais pensar partiendo de la base binaria, sino uno; quiero decir que positivo más positivo sigue siendo positivo. Y una puerta Y realmente multiplica, cuando uno cree que cero multiplicado por cualquier número tiene que dar cero, y así requiere dos positivos para producir un positivo. Lo que hace la puerta NO es invertir realmente, y por esto se pone un acento circunflejo sobre el número: la inversa de cero es igual a uno, y viceversa. Esto es básicamente todo lo que hace el álgebra booleana; pero hay un montón de teoremas que se derivan de aquellas bases, y es sorprendente lo que se puede hacer con ellos. Parece confuso, pero en el fondo es sencillo.

—Que te crees tú eso —dijo Verna, con voz un poco cansada.

Richie se había apartado ya y estaba hurgando de nuevo el fuego: hidratos de carbono volviendo a los átomos de carbono compuestos en el corazón de una estrella hace millones y millones de años. Pensé en la punta del lápiz de Dale. ¿Había sido realmente una vez el Universo tan pequeño?

—No remuevas demasiado —advertí a mi hijo—. Vas a apagar el fuego.

—De todos modos, comeremos en seguida —dijo Esther, desde la puerta en arco.

—Estuve escuchando un poco su lección. Me pareció fascinadora. Y me pregunté si podría usted venir, digamos una vez a la semana, para enseñar a Richie. Las bases no le entran.

—No es verdad, mamá —protestó el chico—. En mi clase nadie las entiende. La maestra es fatal.

—La maestra es negra —dijo Esther a Dale.

—Eso no debería importar —se apresuró a decir Verna.

—Lo sé —suspiró Esther—. Pero es una de esas jóvenes negras con instrucción de tercera clase que las caras escuelas liberales creen que tienen que contratar. A mí me parece bien en principio; pero no cuando hace que los niños sean unos estúpidos.

—Richie no es estúpido —dijo Dale, interrumpiendo el silencio provocado por Esther con su declaración antiliberal—. Me encantaría darle lecciones, si pudiese encontrar un poco de tiempo. Mi horario es un tanto raro en la distribución de la jornada y todo lo demás. Para mis gráficos, tengo que compartir un encerado con una muchacha que enseña dibujo.

—Estoy segura de que podremos encontrar una hora que nos convenga a todos —declaró Esther en tono ligero—. Richie, ven a ayudarme a sacar el pavo del horno.

Perentoria, impenitente, cargada de electricidad, nos volvió la espalda a todos.

—¡Nunc! —dijo suavemente, a mi lado una vocecita aflautada—. ¿Crees que podríamos mangar otro *Bloody Mary* antes de que llegue la comida?

Durante la cena, el interminable y opresivo festín del Día de Acción de Gracias que exprime todo el aire del pecho y no deja a la mente espacio para maniobrar, no sólo sentí la presencia de Verna, cuya carne cetrina presionaba con tan confiada indolencia el tejido de lana de su vestido rojo y cuyos ligeros ademanes y casuales declaraciones parecían infinita, aunque vagamente, prometedores, a mi conciencia teñida por el vino, sino también la presencia de Esther, como vista a través de los ojos de Dale Kohler: una mujer mayor, menuda y cansadamente juiciosa; pero con una gran dosis de tolerancia maternal debajo de su resuelta y rígida actitud.

—¿Quiere alguien bendecir la mesa? —había preguntado, una vez servida la comida.

Sabía que esto me fastidiaba, aunque era capaz de hacerlo. Las viejas palabras saldrían de forma natural, en cuanto abriese los enmohecidos labios. Había pensado ya la frase inicial e inclinado la cabeza, cuando oí la ansiosa voz de Dale:

—Me encantaría hacerlo, si nadie más lo desea.

¿Quién podía negarse? Éramos sus impotentes víctimas, como los caníbales para su misionero. Hizo que todos nos diésemos las manos. Había aprendido su evangelismo en una escuela de barrio. Mis oídos se cerraron al zumbido de sus palabras, pronunciadas con esa voz que oímos siempre en la Escuela de Teología, la voz monótona de la piedad cristiana de confección casera. Las almas creyentes son cultivadas como fangosas y fragantes coles del interior rural y, al cabo de tres años de finas distinciones y sutilezas exegéticas, las hemos troceado en ensalada de col vendible en cualquier supermercado suburbano. Recogemos santos y enviamos ministros, trabajadores en el viñedo de la ansiedad y el descontento inevitables. La muerte de la cristiandad ha sido prevista desde hace tiempo; pero siempre habrá iglesias que sirvan de almacenes para la cosecha perenne de infelicidad humana.

Ciertas palabras de Dale se clavaron en mi cerebro, una especie de recuerdo, antes de que nos llenásemos la boca, de todos los que pasan hambre y carecen de hogar en el mundo, particularmente en África Central, y mi mente pasó a preguntarse si el Dios de la UNICEF, que recibiría respetuosamente tales oraciones, no era un espantoso anticlímax de aquellas inmensas pruebas, vía megaestrella y colmillo de mamut, y siguió más allá, pensando en comidas y traiciones: la sal vertida por Judas, la dieta crónica de Cronos, las cenas preparadas por Clitemnestra y Lady Macbeth, el círculo de traición que se establece dondequiera que dos o tres personas se reúnen o una familia se sienta como tal. Yo asía con la mano derecha la de Verna y noté que su pulso era rápido; tenía en mi izquierda la de Richie, y también había calor en ella, el ánimo edipiano, y por mi parte, frialdad paterna, la tendencia feroz a considerar al cachorro, desde que nace, como un competidor tan merecedor de ser eliminado como cualquier otro. Un competidor nacido, además, en el corazón del propio hogar, el cual invade con su electricidad estática, sus calcetines malolientes y su feroz y grosero apetito por lo que nuestra cretina cultura popular le asegura que son las cosas buenas del mundo. Emerson tenía razón: todos tenemos el corazón frío. Y mi helada mente, mientras la voz de Dale se acercaba con sonoridad a la floritura final de la bendición de los alimentos, a punto de ser tan culpablemente digeridos, saltó de nuestra casa a la de los Kriegman, los cuales me imaginé que, como judíos y ateos que eran, se estarían tomando el día con más ligereza, sin una pizca del colesterol espiritual implícito en las congratulaciones de nuestros antepasados puritanos, y se divertirían más. Es probable que los judíos tengan razón: un Testamento es suficiente. En realidad, hubo al principio muchos judíos conversos al cristianismo; pero cuando el Mesías dejó de reaparecer, como se había prometido a la primera generación, y para mayor desilusión, fue destruido el Templo en el año setenta, perdieron, como es lógico, su entusiasmo y dejaron que los griegos asumiesen el control de la operación en marcha.

Por fin terminó la bendición de Dale; y nosotros, haciéndonos cada vez más pequeños en la estratosfera, soltamos nuestras sudorosas manos e, ineluctablemente, apareció en el centro de mi campo visual el pavo que tenía que trinchar. ¡Oh, esas articulaciones diabólicamente escurridizas, condenadas y tenaces! ¡Y la dorada piel que resulta ser más resistente que una correa! Esther, a ferencia de Lillian, hace un pavo muy seco, y se puede cortar la pechuga en lonchas muy finas sin que se desmigaje.

Nos hallábamos sentados a la mesa, en el sentido de las agujas del reloj, Verna, yo, Richie, Dale, Esther y Paula; ésta en la vieja y polvorienta silla alta de Richie, que Esther había traído de la tercera planta y en la que la niña, agotada de pronto por el viaje en autobús, la larga caminata y los mordiscos a la cajita de plata, se quedó profundamente dormida. Yo, aunque no dormía, perdía a intervalos la conciencia; al menos, hay grandes y confusas lagunas en mi recuerdo de nuestra conversación.

Esther, mientras repartía porciones anaranjadas de calabaza y cucharadas blancas de puré de patata, preguntó muy seria a Dale qué significaba exactamente su investigación en gráficos de ordenador. Él dijo:

—Es un poco difícil de explicar. Una gran parte consiste en buscar atajos de programación que puedan hacer que la dinámica de la representación por *raster* se aproxima más a la representación por vector en términos de costo de tiempo y de memoria de la imagen. Miren, una representación por vector especifica dos puntos en la pantalla y traza después una línea entre ellos, y aunque haya muchas líneas y algunas de las instrucciones requieran sumo trabajo, en general, es tan rápido como pueda captarlo el ojo; quiero decir que se ve cómo se produce el movimiento. Con *raster*, es como una fotografía de periódico: se tiene una cuadrícula de puntos, llamados *pixels*, tal vez quinientos doce por quinientos doce, o sea unas doscientas sesenta y dos mil piezas separadas de *output*, y así, cada cuadro tarda minutos en producirse, en vez de microsegundos, que es lo que se necesita para una animación convincente. Treinta imágenes por segundo es lo que vemos en la televisión. Pueden hacerse una idea de lo que pasa, moviendo los dedos delante de una pantalla en funcionamiento. Además, no hay solamente dimensión y perspectiva, sino también color y luz. La luz rebota de las diferentes texturas siguiendo ciertas normas. Todo esto tiene que estar programado. Observen ustedes la mesa que tienen delante: hay en ella una cantidad tremenda de información visual, de veras, una cantidad enorme, si tenemos en cuenta, digamos, el brillo de la piel de ese pavo, sus pliegues, la manera en que el agua del vaso refracta aquel tazón, y la causa de que las cebollas tengan un brillo diferente al de la taza. Además, hay un vapor tenue, y fíjense en aquel hililllo rojo en el pie de la copa de vino, reflejado del jugo de arándano a más de una cuarta de distancia. Los japoneses hacen cosas admirables basándose en esto: bolas de cristal flotando delante de tableros de ajedrez, cilindros translúcidos, etc. Ello quiere decir que hay que calcular a través del *pixel*, como ventanillas en el plano de visión, la dirección que seguirá cada rayo de luz que se proyecte por la pequeña abertura, y a dónde irá si choca con algo transparente; incluso es posible que se divida.

Sus dos largos dedos índices apuntaron en diferentes direcciones para ilustrar lo que decía. Su corbata púrpura y verde empezaba a parecer psicodélica bajo la luz rojiza de finales de noviembre que se filtraba a través de los abedules desnudos y de nuestras ventanas con sus ornamentales cristales emplomados de colores, de un oro pálido y un lívido azul y el mismo rojo venenoso del zumo de arándano de Dale.

—En algunos *pixels* —siguió diciendo—, puede haber cinco o seis *inputs* separados por término medio. Quiero decir que es impresionante, lo complejo que todo se vuelve cuando empieza a duplicar incluso series de objetos sumamente controlados. En cierto modo, espanta.

—¿En qué sentido? —preguntó Esther, después de haber comido los trozos permitidos por su régimen y exhalando ahora humo de cigarrillo, una pluma gemela y ondulada que brotaba de su nariz y de sus labios, azul a la luz del pálido sol, y formaba después una esfera brumosa tan grande como su cabeza.

—Bueno, quiero decir al tratar de duplicar la Creación sobre este sencillo plano de información visual. Compréndalo, no es como el fotógrafo que se sienta ante una escena, o incluso como el pintor que reproduce a pinceladas lo que tiene delante. En la gráfica del ordenador, se almacena la representación matemática del objeto, y entonces se puede hacer surgir su imagen desde cualquier perspectiva, en diagrama cuadriculado, suprimiendo las líneas ocultas o en sección transversal, digamos con una parte mecánica que se quiere analizar. Y, por lo general (hablamos ahora de vectores) lo hace al instante, según pueden observar nuestros ojos; aunque incluso aquí se puede sentir cómo empieza el ordenador a trabajar y el retraso llega a ser, en ocasiones de hasta un segundo, que parece una eternidad al que está acostumbrado a trabajar con ordenadores.

Una eternidad. En un grano de arena. Me escocían los ojos. Nubes de partículas de comida. Los receptores situados en lo alto de las ventanas de la nariz pueden detectar una partícula entre un millón. Freud sostiene que nuestro sentido del olfato tenía una importancia enorme cuando andábamos a cuatro patas, pegada la nariz al suelo lleno de excrementos. Somos despreciables. El cuello grueso de una mujer parece invitar al hombre a saltar sobre ella y permanecer allí, refocilándose, como un león en celo. La cópula desde atrás es la normal en la Naturaleza. ¿Cómo se nos ocurrió dar la vuelta? La desnudez frontal, valorada en X. *En la caída de Adán / Pecamos todos.* Verna comía despacio, en silencio. ¿Era posible que tuviese hambre? En estos tiempos y a su edad, ¿puede estar hambriento alguien que no sea africano?

—Me gusta —dijo Richie— esa manera de darle la vuelta a las cosas, como en las identificaciones de los estudios de televisión o en *Superman I*, donde los tres hombres malos son condenados al espacio.

—Sí, dando volteretas —dijo Dale—. Es bastante fácil conseguir esta clase de deformación y de perspectiva exagerada, cuando se tiene la información; sólo es cuestión de desviar y estirar coordenadas bajo algunas sencillas transformaciones. Simple trigonometría.

—Trigonometría, ¡uf! —dijo el muchacho.

—Vamos, Richie. La trigonometría es bella. Ya lo verás cuando la descubras.

Ya verás cuando descubras el sexo, pensé, alucinado, que estaba diciendo. Es extraño, Richie, pero es verdad. Es una gran sorpresa que nos ha preparado la Naturaleza: el amor, con su aceleración del pulso y su drástica supervaloración del objeto amado, su rítmica progresión y su descarga; pero es así, y es el mejor regalo que puede ofrecerte la vida, si no cuentas el bridge y la muerte.

—Quiero decir su teoría —seguía explicando Dale—. Ahora, con los ordenadores, no hay que consultar las tablas ni hacer las largas multiplicaciones a que estábamos acostumbrados; los ordenadores lo hacen todo por nosotros. Incluso las pequeñas calculadoras que cuentan diez dólares y noventa y cinco centavos. En 1950, se habría necesitado una gran habitación refrigerada para contener todos los circuitos que hoy se pueden llevar en el bolsillo de la chaqueta, si se lleva chaqueta. Pero, ¿por qué estoy haciendo yo todo el gasto de la conversación? Háblenos de la herejía o de algo por el estilo, profesor.

—Debería usted comer antes de que se enfríe lo que tiene en el plato —dijo, solícita, Esther a Dale.

—Nadie quiere saber nada de mis pobres herejes —informé a los comensales—. Por ejemplo, Tertuliano, al que he estado leyendo para refrescar mi latín. ¡Qué escritor! Loco por el lenguaje, cuando se dispara es como Shaw, es capaz de decir cualquier locura para que la bola siga rodando. O como Kierkegaard, cuando le daba la ventolera. Pero Tertuliano tenía también un lado dulce, humanista. Sostenía, por ejemplo, que el alma es naturalmente cristiana: *anima naturaliter christiana.* Y, para que lo sepan los matemáticos, hizo alguno de los cálculos cristianos. Inventó la Trinidad o, al menos, empleó la palabra *trinitas* por primera vez en el latín eclesiástico. Y planteó la fórmula *una substantia, ter personae* para Dios, y la noción de una doble esencia para Cristo, *duplex status, non confusus sed conjunctus in una persona: deus et homo.* Supongo que sería una puerta Y. ¿Qué le parece esto, Dale?

—En realidad —dijo el joven, engullendo sonriente—, creo que es una O. Es más difícil pasar por una Y que por una O.

—Deja comer al muchacho —me aconsejó Esther—. Esto es muy interesante, querido. ¿Adviertes, Verna, que nadie nos ha preguntado sobre *nuestras* especialidades?

La joven, bendita sea, hizo oídos sordos a mi maliciosa esposa y se volvió hacia mí.

—¿Por qué fue hereje, Nunc? Parece un hombre muy recto.

—Antes de que conteste a tan inteligente pregunta, ¿quién quiere un poco más de esta ave, de nuestro casero y medio trinchado paráclito?

Richie me acercó su plato.

—Sólo unas lonchas blancas —dijo—. Más finas que las que cortaste antes.

—¡Maldita sea! No se pueden cortar más finas con este cuchillo desafilado. ¡Se desmigaja!

Incluso a mí me sorprendió mi maldición. La atribuí al tercer vaso de vino blanco y al hecho de que Richie lleva correctores en los dientes, en los que se habían enganchado trocitos blancos y anaranjados de comida, cosa tanto más repelente cuando que él no se daba cuenta.

La pequeña Paula, que se había quedado dormida en su alta silla, se despertó y empezó, no a llorar, sino a hacer ese ruido mecánico de descontento infantil, al subir y bajar el aire en la tráquea, lo cual resulta aún más irritante.

Esther dijo:

—¡Pobrecilla! Se había quedado dormida en una mala postura. Debe tener calambres.

—¿Tienes calambres, Poops? ¿O sólo crees que es hora de fastidiar a mamá?

Verna, alegre y burlona, acercó la cara a la de su hija, poniendo al alcance de mi vista el delicioso hoyuelo de su redonda mejilla, ahora más pronunciado.

Sobresaltada y molesta, Paula abrió mucho los ojos, hipó y empezó a llorar de veras.

—Dicho en pocas palabras, Verna —respondí levantando la voz—, fue hereje porque era un puritano, un purista, de los que, en aquellos tiempos, llamaban montañistas. Después de luchar contra el paganismo, el marcionismo, el gnosticismo y el judaísmo, consideró que la Iglesia era terriblemente mundana y corrupta. Él era demasiado bueno para este mundo.

—Lo mismo que tú, querido —dijo Esther—. Dame la niña —pidió a Verna.

—Allá vas, Poops —dijo Verna, levantando a la pequeña, que continuaba con su berrinche, y lanzándola por el aire, con sus brazos desnudos y extendidos, hasta la falda de Esther, con una fuerza que asustó a mi delicada esposa.

—Te interesará saber, Esther —le dije— que una de las obras de Tertuliano, *Ad Uxorem*, está dirigida a su esposa y le dice que, cuando él muera, debe permanecer viuda. Después lo pensó mejor y escribió otro opúsculo diciéndole que, si *tenía* que volver a casarse, debía hacerlo con un cristiano. Pero entonces lo meditó de nuevo y la exhortó, en *De Exhortatione Castitatis*, a permanecer casta, a *no* casarse otra vez, *ni siquiera* con un cristiano. También decía que las mujeres, fuesen casadas o solteras, tenían que llevar velo.

—¿No crees que los hombres son odiosos? —preguntó Esther a Verna.

—Voy a darte una buena zurra, señorita mala —estaba diciendo Verna a Paula.

—También creía que los cristianos tenían que ayunar más, y no servir nunca en el Ejército romano. Mire, Dale, nadie me escucha. Mis herejes les importan un huevo.

—De buena gana me comería uno —replicó Esther—. Pero no los he traído. Tienen que estar en la cocina.

—Yo sé donde están.

—Para mí no, gracias —me dijo Dale—. Me encantan estas cebollitas hervidas —añadió, dirigiéndose a Esther—. Mi madre solía hacerlas, mezcladas con guisantes dulces.

—Oh, esas antiguallas se han resecado con el tiempo —dijo Esther, viendo que Verna se levantaba de la mesa y se dirigía al cuarto de estar, pasando por debajo del arco con su historiado trabajo, y acercándose a la mesa de cristal y a la cajita de plata que el padre de Esther nos había regalado hacía nueve años.

—¿Qué te *pasa*? —pregunté con irritación a Richie, que seguía enfurruñado—. Come esas lonchas finas que has pedido con tanto afán.

—No tenías que maldecir —dijo él, a punto de llorar y con la cara inclinada sobre el plato.

De nuevo aquella conmovedora cabeza desgreñada de un joven varón. Un animal sin ojos, andando a tropezones por la vida.

—*Nuestra* especialidad —dijo Esther por encima de la rizada cabecita de Paula, al volver Verna con un puñado de cigarrillos de colores— es limpiar las porquerías que hacen los hombres. Primero las hacen *en* nosotras, y después, a nuestro *alrededor*.

El vino empezaba a surtir efecto también en ella. Cuando una mujer madura se anima en exceso, la garganta se le vuelve filamentosa, como un arpa que toca ella misma. Esther sería menos fibrosa si renunciase a su dieta compulsiva. Es como si no quisiera darme una onza de mujer de más en el cupo marital.

—Tal vez no pueden evitarlo —dijo Verna, volviendo a su silla con una suave y gráficamente improgramable movimiento múltiple de volúmenes que, al transportar tan vívidamente el peso fluido de su cuerpo, hacía que se me secase el paladar.

Encendió un ovalado cigarrillo verde con una vela de encima de la mesa.

—Por Dios, no pongas esa cara —murmuré a Richie, torciendo la boca.

—Deja en paz al chico —gritó Esther.

Su tono era, de nuevo, de corneta, como si la pequeña que tenía sobre la falda constituyese para ella un escudo desde detrás del cual pudiese lanzarme dardos. El cigarrillo que tenía entre los dedos tenía un color gris perla.

—Has herido sus sentimientos —agregó.

—Yo no hiero sus sentimientos; el Día de Acción de Gracias le deprime; deprime a todo el mundo.

—Y no sigas hablando de ese espantoso y viejo fanático; él sí que *es* realmente deprimente. Fue una perversidad, Roger, lo que te indujo a especializarte en esa gente espantosa, en esos antiguos fanáticos de los que ni siquiera deben quedar la piel y los huesos, sino solamente polvo, si es que queda —cambió a un tono un poco más conciliador—. Si nadie quiere más, podrías recoger las cosas de la mesa, querido.

Ella no podía moverse a causa de Paula, cuya tez era de un moreno lechoso.

—Yo te ayudaré —dijo Verna, levantándose entre una nube de humo, de modo que éste se introdujo en remolinos por el festoneado cuello de su vestido.

En la cocina, rozamos nuestras caderas, al parecer sin darnos cuenta; pero en dos ocasiones.

—Echa las sobras en el pequeño fregadero de en medio; tiene un aparato triturador —le dije, como si murmurase un feo secreto. Al alargar el brazo para coger los platos de postre del sitio donde Esther los había amontonado, rocé con mi manga de tweed la cálida desnudez de su antebrazo; el mismo con que había sostenido a la niña con la facilidad de una amazona. Sólo era hija de mi medio hermana, calculé: nuestra sangre común había sido dividida y subdividida.

—Yo llevaré los platos; si tú quieres llevar uno de los pasteles de fruta que se están calentando en el horno...

—¡Oh! —exclamó ella—. ¡Es de calabaza! Adoro la calabaza, Nunc. Desde que era pequeña; supongo que será porque es tan blanda. Siempre he tenido gran debilidad por las cosas que no hay que masticar, como las natillas y la tapioca.

—Por eso mismo me gusta a mí la empanada de carne —dije. Después, mientras ponía los platos delante de Esther para que sirviese el postre, dije a ésta:

—Y entonces, en *De Monogamia,* llegó a la conclusión de que casarse por segunda vez era tan malo como cometer adulterio.

Sin hacerme ningún caso, ella le dijo a Dale:

—Lo poco que he oído me ha resultado más claro que todo lo que había leído o había visto en la televisión. Sería usted un maestro maravilloso.

—Bueno, la verdad es que he dado lecciones de introducción

al cálculo hace dos cursos; aunque, por alguna razón, la Universidad...

Volví a la cocina y saqué del horno el pastel de manzana, el plato favorito de mi melancólica infancia, espolvoreado de canela y con marcas de «patitas de pájaro». Sin embargo, recordé que me lo servían muy raras veces, a pesar de que estábamos rodeados de huertos en Ohio. Mi madre estaba siempre reteniendo cosas, no porque no pudiese disponer de ellas, sino como ilustración de algún principio vital que había aprendido dolorosamente e impartía con largueza. Como yo había pesado en su vientre cuando mi padre la abandonó, me sentía en parte responsable de su vida de «privación», y aceptaba sin protestar la parte de ésta que me correspondía.

En la cocina, Verna, antes de traer la calabaza, estaba echando un chorro de vodka en su vaso de *Bloody Mary.* El poso la tiñó de color de rosa.

—Tampoco esto tienes de masticarlo, ¿eh? —le dije.

Ella rió entre dientes y se tragó el licor. Tenía el semblante sonrosado y le brillaban los sesgados ojos.

—*¡Guau!* —dijo, con voz de Cyndi Lauper, y esta vez rozó deliberadamente su ancha cadera vestida de lana contra la mía.

—Que no se te caiga nada —le advertí.

Esther, todavía con Paula en la falda, estaba explicando a Dale:

—Y entonces, en verano, *tratamos* de marcharnos fuera unas semanas; pero la idea de tener *otro* juego entero de cuchillos y tenedores, y *dos* tostadoras, y doble ajuar de cama, y más sillas de cocina, y de tener que preocuparme de no estropear nada en la casa de quien sea, es para mí como una pesadilla. No sé cómo se las arreglan otros conocidos nuestros. Querido Dale, ¿quiere usted calabaza, manzana o ambas cosas?

—Un poquitín de cada una, por favor.

—Un *poquitín.* ¿Ni siquiera todo un bocado?

Él sonrió. Estos alardes de delicadeza eran casi lo que más me fastidiaba en aquel muchacho.

—No; no quedaría para los demás. Un bocado suele equivaler a ocho trocitos.

—Uno de cada uno —le acercó su plato—. ¿Hace esto una O, o una Y?

De nuevo aquella amable sonrisa, más pronunciada en un lado de la boca que en el otro.

—Si uno de ellos no estuviese aquí, y esto hiciera que el contiguo desapareciese, sería una Y.

Al ver ante sus ojos el cuchillo y la pala de servir resplandeciendo en las finas y hábiles manos de Esther, la niñita de color de miel empezó a reír. Alargó una mano para asir su porción. Los deditos se hundieron en el vértice de un triángulo de calabaza.

—Yo me encargaré de ésa —dijo en seguida Verna, y se levantó para tomar a la niña de la falda de la anfitriona—. ¡Maldita seas, Poops! Eres una mala pécora glotona.

Devuelta bruscamente por su madre a la silla que le correspondía, Paula empezó a hacer de nuevo aquel feo ruido interior entrecortado. Verna le puso fin ingeniosamente, agarrando la mano untada de calabaza de la pequeña y metiéndosela en la enojada boquita torcida hacia abajo. Paula chupó, primero contrariada y después satisfecha.

—Dije que miraría los tests de equivalencia en el Instituto —recordé pausadamente a Verna cuando Paula pareció haberse calmado.

—Roger, querido —exclamó Esther—. Nos habíamos olvidado de ti. ¿Sólo manzana?

—Probaré también un poco de calabaza.

—¡Oh! Creía que no te gustaba.

—Si es así, ya lo he olvidado; tanto tiempo hace que no la he comido. Por favor.

—Bien. ¿No nos volvemos aventureros en nuestra vejez?

Sus ojos verdes se estrecharon y miraron de un lado a otro, deduciendo alguna relación entre la joven que estaba a mi lado y el pastel de calabaza. No estaba en el carácter metódico de mi mujer pasar las cosas por alto, dejar que permaneciesen ocultas; de haber sido de otra manera, se habría acostado conmigo unas cuantas veces, con el aliciente de la culpa, y me habría dejado en paz, y Lillian y yo estaríamos todavía agasajando a los huérfanos de la parroquia en una mesa larga, donde no habría habido ningún hijo nuestro. Querida Lillian: creo que nadie pudo ser tantos meses feliz en Florida. Siempre que trataba de imaginármela, me daba la impresión de una fotografía que adoleciese de exposición excesiva.

—Y, por lo visto —seguí diciendo a Verna, entre el ruido de los tenedores de postre—, hay algo a lo que llaman DEG, Tests de Desarrollo Educativo General, que se hace una vez al mes en todas las ciudades importantes; y si apruebas, te dan el certificado de equivalencia de Instituto. Consta de cinco partes: Gramática Inglesa, Literatura Inglesa, Estudios Sociales, Ciencias y Matemáticas, y cada prueba dura hasta un par de horas.

Esther estaba explicando a Dale, alargando las palabras:

—Desde luego, si se tiene un jardín, aunque sea pequeño, no se puede dejar abandonado más de unos pocos días seguidos en cualquier época del año hasta el mes de agosto. Sé que es una tontería ser esclava de esas flores; pero creo sinceramente, aunque sé que usted lo considerará un absurdo, que las plantas necesitan que se les hable. Tienen que ser amadas.

Con la mano que no sostenía el tenedor, no dejaba de echarse hacia atrás los mechones sueltos de sus cabellos. Al hacerlo, se apreciaba cómo le temblaba la mano. Yo, sin olvidar a Verna sentada a mi lado, la veía a través de los ojos de Dale: el efecto era de una imagen en color súbitamente animada, de un ajuste en el canal UHF. Estaba deslumbrante y bulliciosa, con el terciopelo verde de su vestido reluciendo a la luz crepuscular que entraba por la ventana, sus cabellos rojizos centelleando en una multitud de puntos brillantes, resplandeciente su frente inteligente y redondeada, mientras sus ojos saltones procesaban ironía y coqueteo con rapidez electrónica. Sus torcidos labios habían sido pintados hoy hasta un milímetro más allá de sus bordes, para dar a su traviesa cara, casi de miniatura, una expresión desordenada y divertida. La aureola de tedio había desaparecido.

Verna comía pensativa, casi sin masticar.

—Me parece como un juego —dijo—. Tal vez no vale la pena.

—Sí *vale* la pena —insistí—. Permite saltarse la segunda enseñanza y empezar a pensar en la Universidad. O en estudios de secretariado. O en una escuela de diseño, o de cualquier otra cosa que quieras hacer. Sólo tienes diecinueve años; ante ti se abre un *mundo* de posibilidades.

Renació el viejo consejero que llevo dentro, respirando fuerte.

—No sé una mierda de estudios sociales —declaró ella.

—Sabes de cheques, de balances y de estatutos, y lo que lees en los periódicos.

—No, no lo sé. Y no leo periódicos.

—Pero escuchas la radio. Las noticias que dan por radio.

—No. Las emisoras que yo escucho no transmiten más que música.

—Las flores son un consuelo para mí —dijo Esther en el otro extremo de la mesa.

Volvió la cabeza y la vi muy cerca, a través de los ojos de Dale; el borde borroso de la mancha de lápiz alrededor de su boca y la pelusilla translúcida sobre el labio superior, el músculo inquieto de aquel labio superior en todos sus detalles, y sentí una agitación sexual al percibir que él, con su religiosidad y su mente saturada de información, reconocía instintivamente que aquella mujer, en cuanto se decidiese a meterse en la cama, era capaz de cualquier cosa. Se lo decían su ligereza, la flexible y provocativa pequeñez del cuerpo de Esther, el verde hambriento de sus ojos, un poco saltones debido al hipertiroidismo. Se lo decía todo.

—Yo no sé ni jota, Nunc —gimió Verna.

—Sabes mucho más de lo que te imaginas —le dije, con impaciencia, sintiendo que me había convertido en una voz inoportuna en una emisora que sólo radiaba música.

Esther gritó:

—¿Qué está tratando de hacerte, Verna? ¿Qué son esas pruebas de las que estáis hablando?

—El *test* de equivalencia de segunda enseñanza —dijo Dale—. Se lo he estado aconsejando desde hace más de un año. Es magnífico que por fin vaya a hacerlo.

—*No* voy a hacerlo. Sólo estábamos hablando de ello.

—Será fácil —dijo Richie, saliendo de su enfurruñamiento—. Será mucho más fácil que ir todos los días a «Pilgrim Day».

—El profesor Lambert puede ayudarte en la Literatura y la Gramática —dijo Dale—, y yo puedo refrescarte la memoria en Matemáticas y Ciencias.

—¡Oh, no! —le dijo Esther, apoyando una mano larga y fina sobre la manaza nudosa y enrojecida de él—. Se ha comprometido a enseñar a Richie.

—¡Adelante, Verna! —gritó Richie, esforzándose en dar a su voz el tono adecuado.

—¿Por qué no os vais todos al carajo? —dijo Verna—. ¿A qué viene preocuparse tanto de mí?

Se hizo una pausa, durante la cual Paula eructó y trató de chuparse la otra mano, limpia de calabaza. Por fin respondió Esther:

—Porque todos te *apreciamos*, querida.

En la cocina, mientras amontonábamos los platos sucios y preparábamos el café para tomarlo junto al fuego (que, gracias a los cuidados de Richie, se había apagado), mi esposa me dijo secamente:

—Parece que ambos nos estamos metiendo en asuntos de edución.

—Yo siempre he estado metido —dije, disgustado de que ella (como los viejos togados parlanchines que eran mi pan de cada día) pareciese preferir que las cosas quedaran en la ambigüedad en vez de decirlas claramente.

—Supongo que todos lo estamos —concedió Esther, con un suspiro, llevando distraídamente una mano a los cabellos que se estaban aflojando, mientras una nube de melancolía pasaba por sus gordezuelos labios de una manera que la hacía parecer un poco loca y muy atractiva.

3

El tiempo se mantuvo templado durante todo el mes de diciembre, como si los cielos quisieran bendecir nuestra elección, nuestra reelección. A menudo les parecía que Dios se manifestaba a través del presidente, y a los demás, que éste era una fuerza de la Naturaleza que era inútil tratar de resistir. Muchos que votaron por su adversario, se alegraron en secreto de que ganase: pedía muy poco y prometía mucho. No, esto no es del todo exacto, pues las promesas, si uno las examinaba, eran cada vez menos y más vagas. Él libraba al electorado hasta de la carga de la expectación, y en esto perfeccionaba su imitación de aquel Presidente Celestial cuya inactividad le ha valido nuestra fidelidad durante dos milenios (y ciertamente, si, *contra* Marción, consideramos que el Dios de los judíos y el Dios de los cristianos es el mismo, durante el doble de ese tiempo (presumiendo que la fecha de la Creación establecida por el arzobispo Ussher, 4004 a. de J.C., fije también el comienzo de la adoración y la alabanza activas subangélicas (aunque, desde luego, incluso el espacio vacío le alaba en cierto sentido, y un bendito tonto como Dale podría argüir que las leyes matemáticas inmutables y eternas son precisamente la forma de esta sumamente hipotética alabanza))). Que me siga quien pueda.

Hacía varios años que Esther había conseguido un trabajo mal remunerado en un centro asistencial situado a veinte manzanas de nuestra casa, desde las siete y media hasta las dos y media, tres días a la semana. Para evitar las dificultades de aparcamiento y la posibilidad, bastante real, de que alguien forzase nuestro atractivo e incólume «Audi» nuevo, que había sido descrito en el prospecto como gris; pero que, en el momento de la entrega, resultó ser de un color germánico ligeramente tostado para el que no existe una palabra exacta en inglés, se había acostumbrado recientemente a tomar el autobús y dejar el coche disponible junto a la acera o, menos frecuentemente, en nuestro pequeño garaje, que estaba lleno de herramientas de jardinería, cubos de basura y un columpio caído en desuso. Y así, un día que no había seminario, al volver de mi conferencia de la mañana (después de tomar un vaso de leche y un trozo de quiche del domingo anterior, de pie en el helado vacío de la cocina, mientras espiaba a Sue Kriegman, que escribía a máquina con preocupado semblante en su estudio del piso alto, y de tratar inútilmente de encender el termostato cerrado por la tacañería de Esther), no me costó nada subir al coche para dirigirme a casa de mi sobrina. Le había anunciado mi visita por teléfono y me había armado con una grande, azul y resbaladiza antología de Literatura Americana que, en la desconcertante magnitud de la librería de nuestra Universidad, me había parecido que correspondía a un nivel de estudios secundarios.

Al conducir por Sumner Boulevard, por donde había pasado a pie hacía un mes, me chocó que hubiese perdido su majestuoso aspecto. Ya no estaban en el cielo aquellas nubes tumultuosas azotadas por el viento. En su lugar una niebla deshilachada y amarillenta se confundía con las borrosas siluetas de los árboles, ahora desnudos, y envolvía las cimas de los rascacielos del lejano centro de la ciudad. Las tiendas que, a los ojos del transeúnte, tenían cierto atractivo comercial, parecían ser, en la más larga y rápida perspectiva desde el automóvil, lamentables e improvisados locales decorados con cartón, apenas más duraderos que los paisajes urbanos que yo solía modelar antaño con cajas de cereales, cartones de huevos, cinta adhesiva y lápices, durante las lluviosas tardes de domingo en South Euclid. La gente que andaba por la calle, pillada entre el crepúsculo temprano propio de la estación y la temperatura templada impropia de ella, parecía no saber cómo había de vestirse, y mientras unos llevaban cazadora, otros usaban pantalón corto de *jogging*. Dos jóvenes negras con largas trenzas de Medusa y minifalda *Day-Glo* revolotearon por allí como Alicias en negativo que hubiesen pasado a través de un espejo embadurnado, con su desenvuelta e infantil inocencia, revelando, de algún modo, todo lo contrario. La pobreza y la ostentación se codeaban, a lo largo de la avenida, y sentí ganas de cantar, al pasar de mi barrio acostumbrado a otro donde las posibilidades renacían entre la miseria. Indiferentes adornos navideños subían en espiral por las farolas y los escaparates. Incluso los de las cerrajerías y de la tienda de artículos de pesca, mostraban los obligatorios copos de nieve de algodón y los cartones rojos.

Puse el intermitente para girar a la izquierda, hacia Prospect, y descubrí, cosa que no había advertido al pasar por allí a pie, que la calle era de dirección única. Tuve que recorrer una manzana cuesta abajo, hacia el extremo del puente que cruzaba el río. Aquí, debajo de sus vigas de hierro a medio pintar, había un atasco de tráfico y, al tratar de girar a la izquierda, me encontré con que me alejaba de la ciudad por una autopista numerada. Al salir de esta ruidosa y trepidante vía, me encontré entre paredes de ladrillo, de fábricas, con sus altas ventanas cegadas con tablas, o rotas y con los cristales sustituidos por láminas de hojalata herrumbrosa. Tardé los que, dilatados por mi impaciencia, me parecieron muchos minutos en volver a Prospect, entre hileras de casas estrechas cuyas entradas estaban a seis peldaños por encima del pavimento y cuyas ventanas y puertas delanteras mostraban patéticos y toscos detalles de la decoración propia de aquellos días. Al llegar al grupo de viviendas que buscaba, vi una sencilla corona con una cinta de plástico colgada en cada entrada de metal mellado. Aparqué, con un crujido de cristales ya pulverizados, debajo de un rótulo en el que, en dos idiomas, se prohibía el estacionamiento de vehículos no autorizados. Mientras cerraba las portezuelas, un chiquillo negro, que seguramente no tendría más de diez años, se acercó a mí y me preguntó:

—¡Eh, míster! ¿Le guardo el coche?

Llevaba una sucia camiseta de rugby, a grandes franjas verdes y amarillas y con el cuello blanco. Hacía calor para el mes de diciembre; pero no mucho.

—¿Necesita que lo guarden?

El niño pestañeó, pues no estaba acostumbrado a la ironía. Después dijo muy serio:

—No puede usted aparcar aquí; pero si yo le guardo el coche, no le pasará nada.

—Debes conocer al alcalde.

Parpadeó de nuevo, empezando a preocuparse, pero sin dejar de mirarme con fijeza.

—No lo conozco, pero conozco a mucha gente que sí lo conoce palabra.

—En ese caso, aquí tengo un dólar ganado con mucho esfuerzo —le dije, pensando que con sólo sus manos y una piedra afilada podía aquella criatura causar daños por un millar de dólares en la perfecta carrocería gris del «Audi».

Sostuve el billete fuera de su alcance. Le estaba tomando gusto a este encuentro, que me serviría de entrenamiento para el que sostendría después.

—¿Cómo es que no estás en el colegio? —le pregunté.

Él no sabía todavía si tomarme en serio o no. Pero como yo tenía el dólar, me respondió:

—Allí no enseñan ninguna de las porquerías que es necesario saber.

Me pareció un análisis tan agudo y triste que perdí las ganas de seguir jugando y le di el dinero para que guardase el coche.

—Vas a enfriarte; deberías llevar un jersey —le dije como advertencia final; pero aquí me pasé de la raya.

El niño me miró de arriba abajo, en solemne y pasmado silencio, y yo, sintiéndome vencido, subí con mi pesado libro de texto al apartamento de Verna. En la escalera, las inscripciones referentes a Tex y a Marjorie habían sido pintadas de nuevo con un líquido de color rosa aplicado con un rodillo.

Llamé a la puerta de Verna.

—¿Nunc?

Su voz parecía temblorosa, por lo que me imaginé que estaba asustada o, por alguna razón, llorando.

—Sí.

Pero cuando me abrió, después de quitar la cadena de seguridad, tenía los ojos secos y, a semejanza de las negritas que había visto en la avenida, su aire era desenvuelto. Como esperaba mi visita, no llevaba aquel seductor albornoz corto, sino una falda de algodón, un cómodo jersey blanco de manga larga y (extraño, cómico y alegre detalle) un pañuelo de seda con dibujos atado alrededor del cuello. Su efecto no disminuía, sino que agudizaba mi impresión de la piel desnuda que asomaba sobre el borde del pronunciado escote del jersey, una desnudez que aparecía ahora entre dos telas, a la manera del pálido y desnudo vientre que, en los viejos tiempos en que las bragas y el sujetador eran prendas sustanciales enmarcaban ésta de manera tan seductora. El pañuelo le daba cierto aire apache, una vulnerabilidad descarada. Un lazo o un nudo traen consigo la idea de ser desatados. Se percibía el relieve de los pezones, que tanto podía deberse a que no llevase sujetador como a que éste fuese muy elástico. En vez de ir descalza, como en mi visita anterior, había completado su atuendo con unas zapatillas ovaladas de ballet, demasiado frágiles para ser llevadas por la calle en invierno; pero que aquí indicaban que se había acicalado para el estudio y estaba preparada para recibir lecciones de su tío.

—¿Fuiste a buscar los impresos para la instancia? Me gustaría verlos —le dije, quitándome el chaquetón forrado de piel de cordero que me había puesto sobre la americana de tweed.

En el apartamento hacía un calor terrible, así que me quité también la americana.

—Bueno, fui allí; pero me pidieron el certificado de nacimiento. Mira, si tuviese menos de dieciocho años, no permitirían que me graduase antes de la edad en que lo habría hecho en el Instituto.

—¿No pudiste mostrarles tu permiso de conducir?

—Sí, y lo hice; pero como no es de este Estado, se negaron a aceptarlo. La dama que me atendió era muy amable; sin embargo, dijo que no podían hacerlo porque no saben los requisitos que exigen en otros Estados, y que por esto era imprescindible el certificado de nacimiento. Como si todo el mundo lo llevase encima. El mío está en la caja de seguridad de mamá, si no lo perdió la última vez que lo sacó de allí. Yo creía que ahora figuraba todo en esos ordenadores que tienen en Washington, que bastaba con que marcasen tu número de la Seguridad Social para que apareciesen tus huellas digitales, tu grupo sanguíneo, los nombres de todos los hombres con quienes te has acostado, etcétera.

—Todavía no hemos llegado a eso. Estamos aún en 1984. ¿Has telefoneado ya a Edna, o le has escrito?

Pronunciar el nombre de Edna, formarlo en mi boca, era para mí una manera de manifestarme y me producía un claro, pequeño y peligroso placer.

—Todavía no, Nunc —dijo Verna.

Este burlón y no del todo simpático apodo era quizá su manera de registrar la intuición de que el nombre de su madre me excitaba.

—Los tratos con la burocracia eran demasiado deprimentes. Así que me vine a casa, tomé un baño y debo confesar que casi me olvidé de todo el asunto hasta que telefoneaste esta mañana.

Vio la contrariedad que se pintaba en mi semblante y, para aliviarme, explicó:

—Yo pensaba que el lugar al que tú ibas estaría al final de la calle, en aquellos espeluznantes y viejos edificios oficiales de ladrillos que están delante del «Domino» ya sabes, el bar que se incendió; pero el caso es que tuve que andar un buen trecho, empujando el dichoso cochecito de Poopsie, con una rueda torcida, que alguien del piso de abajo me vendió por quince dólares, cuando no valía más de cinco. Hasta que llegué a una escuela superior de la ciudad, que ni siquiera sabía que existiese, un enorme caserón con columnas, algo increíble, más allá de unos campos de fútbol de una empresa de pompas fúnebres y de librerías de adultos para niños de cara granujienta, diría yo, y de solares de chatarra. Parece una cárcel increíblemente odiosa y ostentosa; bueno, lo parecería si no estuviese sobre una colina y si hubiese alambre espinoso sobre las vallas. Al menos yo no lo vi. Como te he dicho, la señora de la oficina fue bastante amable; me dijo que, en realidad, cualquier persona que supiese leer podía aprobar, pero me aconsejó que no hiciese todas las pruebas el mismo día.

—Bueno, ¿quieres que veamos si *sabes* leer? He traído esta antología de Literatura Americana.

—¿Para mí? Eres demasiado amable, Nunc. No sé lo que te propones.

Su apartamento estaba más aseado que la vez anterior que estuve en él. Las manzanas y los plátanos del frutero colocado encima de la mesa de juego parecían frescos y relucientes, como si esperasen a ser pintados en una naturaleza muerta. El televisor estaba apagado, así como el aparato de las cassettes. En aquel silencio, se podían oír conversaciones, o conversaciones televisadas, de otros apartamentos de la casa.

—¿Dónde está Paula? —pregunté.

—Shhh. No digas tan fuerte su nombre. La muy putilla se ha dormido al fin. Esta mañana me despertó a las cinco y media. ¡La habría matado! ¡Nunc, este libro pesa una tonelada!

—No tienes que leerlo todo. Por lo que recuerdo del Instituto, la literatura americana se compone de *Thanatopsis*, de William Cullen Bryand; *La barrica de amontillado*, de Edgar Allan Poe, y *La suerte de Roaring Camp*, de Bret Harte. Empecemos con *Thanatopsis*. Es el más corto.

Verna se sentó en el desvencijado sillón de bambú, y, en sus crujidos estivales bajo su peso, o en las sombras que, en esta hora menguante del día gris, se agarraban a las paredes de su apartamento de la esquina y se deslizaban por la parte delantera de su jersey, que yo no dejaba de explorar plantado detrás de ella, había algo que evocaba confusos ecos de un día, o unos días, con Edna en Ohio, días de verano, cuando yo pasaba mi mes obligatorio con mi padre y los pequeños buscábamos en el ático refugio contra el sol, los insectos y el aburrimiento. Éramos varios, no sólo Edna y yo, sino otros chicos y chicas del vecindario, de entre trece y catorce años, y nos habíamos desafiado a una de esas partidas de póquer en que el que pierde se tiene que quitar una prenda de vestir. Y así lo hicimos, entre baúles y cajas de cartón cubiertos de telarañas, sobre una estera que habíamos desenrollado. Edna tuvo mala suerte y hubo de despojarse uno a uno de sus zapatos y calcetines, y arguyó que los pasadores de los cabellos valían también y añadió dos de ellos a su montón. Después, con aire solemne, sueltos los largos y rizados cabellos, hurgó dentro del cuello de su ligero jersey de verano, para deshacer la pechera postiza, una extraña mariposa almidonada, que revoloteó en la pálida y secreta luz del desván. Nubecillas de polvo arremolinado cruzaron los gruesos rayos de sol que entraban por las pequeñas ventanas. Edna se había quedado con la ropa indispensable; empezó a discutir y, según me pareció por el tono ahogado de su voz, a llorar, y celebramos una votación sobre si teníamos que continuar o no con el juego, y como éramos tres muchachos y dos chicas, los votos se habrían inclinado sin duda por continuar; pero yo voté en contra, con las muchachas, y Edna me dio un besito impulsivo de gratitud. Pero, ¿era de gratitud o más bien de sorpresa e incluso de compasión? Me lo estuve preguntando durante todo el resto del verano. Yo había votado con las niñas.

Y otro verano, ¿o era el mismo? (recuerdo que éramos de la misma estatura, aunque yo tenía un año más; pero crecía despacio y nunca fui alto), estaba luchando con ella en un campo, oliendo los dos a sudor en un mar de olores perezosos y picantes de hierbas secándose y derramando semillas, y como si un árbitro invisible hubiese proclamado al vencedor, ella se puso en pie, dominadora, y yo estaba demasiado cansado o sin aliento para hacerlo. Entonces, miré sus piernas como miraba ahora el jersey escotado de Verna, y vi debajo de los pantalones cortos las bragas que se habían torcido un poco hacia un lado durante nuestra lucha, poniendo al descubierto un vello oscuro que parecía muy abundante. Yo empezaba a tener también vello en el pubis; pero yo era mayor y ella era más velluda; por consiguiente, tenía derecho a dominarme aquella misteriosa y vigorosa compañera de juego, y enemiga, que vivía con mi padre cuando yo no lo hacía. Cuando no podía hacerlo.

Por encima del hombro de Verna, leí en silencio:

Al que, en su amor por la Naturaleza,
con sus formas comulga, ella le habla
de formas muy diversas en sus alegres horas.
Tiene voz de alegría, y su sonrisa
es elocuente, bella, y se desliza
en su oscuro murmullo, con la benigna
y sana simpatía que se lleva
toda espereza antes de que él lo advierta.

Yo podía sentir que sus ojos y su mente reseguían algo de estos mismos pasajes ligeramente rimbombantes.

—Él escribió esto —le dije— cuando era más joven que tú.

—Sí, Nunc. También lo he leído en la notita que hay al principio.

—Esto me molestó. Yo no había leído la nota, confiando tan sólo en mi cultura general.

—Me parece melindroso. *Horas alegres.*

—La palabra ha cambiado de significado en estos últimos años (1). Pero ahora explícame, a tu manera, lo que Bryant quiere decir aquí.

—Que cuando estás abatido, la Naturaleza parece estarlo también; cuando estás animado, ella se anima como tú.

—No está mal.

Mi agudizada impresión de la inteligencia de Verna afectó a mi piel; el atractivo sexual es una condición nerviosa, como la urti-

(1) Se refiere a la palabra *gay* (alegre) cuyo sentido actual es bien sabido. *(Nota del traductor.)*

caria, a la que las personas inteligentes son sumamente susceptibles.

—Observa —proseguí— las terminaciones de la segunda serie de tres versos. ¿Qué adviertes en ellas?

—Que casi riman.

—¿Sabes cómo se llama esto?

—Casi rima.

—Asonancia. Asonancia. Si los versos terminan con una sílaba idéntica, se llama consonancia; las consonantes son también iguales. En la asonancia, sólo lo son las vocales.

—¿Crees que tengo que saber estas gansadas para el *test* de equivalencia?

—El saber nunca perjudica —dije, comprendiendo inmediatamente que no era verdad—. Léeme esos versos, desde aquí.

Se lo indiqué y el libro que tenía ella sobre la falda cedió a la presión de mi dedo y rebotó después. La piel del pecho de Verna, al inclinarlo y hurtarlo a mi visión, se desvenació en las sombras. Leyó:

Pero unos días más y tú
el sol ya no verás en su carrera,
ni en el frío suelo donde fue enterrada
tu pálida sombra entre muchas lágrimas;
ni el océano abrazará tu imagen.
Y la tierra, tu madre, seguirá
llamándote, pues no eres más que tierra.
Y fuera ya de condición humana,
tu ser individual irá a mezclarse
eternamente con los elementos.
Se hermanará con la roca insensible,
con el terrón fangoso que el zagal
revuelve con su reja y lo pisa.

Su voz, bastante ronca en la conversación normal, se hizo atiplada y emotiva bajo la tensión de aquellos versos, teniéndome a mí como único oyente.

—¿Te ha costado entender alguna palabra? —le pregunté—. ¿Tal vez «insensible»?

—Nada de eso.

—Bien. ¿Y «reja»?

—Supongo que será reja de arado.

—Magnífico. Y ahora, ¿qué te parece lo que acabas de leer?

—No está mal. Un poco aburrido. ¿Qué te parece a ti, Nunc?

—Horrible. Yo no quiero ser «hermano de la roca insensible», no quiero renunciar a mi «ser individual». Lo malo del poema es que su lenguaje hace que te desvíes de su verdadero tema: la muerte, *thanatos.* El título es griego; quiere decir visión de la muerte.

—Sí; eso es lo que dice en la notita.

—Todo es demasiado frío; el niño poeta ve el problema; pero no lo siente. El terror, el verdadero e insoportable terror. Unas líneas más arriba, aquí —y el libro abierto saltó de nuevo sobre la falda de ella, al señalar yo el lugar—, «la triste agonía, el sudario y el féretro. La oscuridad asfixiante de la casa Estrecha...». Esto lo dice realmente todo. Bryant era tan joven que podía decirlo, ¿comprendes? Un poeta más viejo se habría quedado paralizado de terror al escribir estos versos. Pero, ¿qué hace entonces el muchacho? Habla de los antiguos reyes y de los viejos videntes que ya han muerto y nos harán compañía, y nos dice «Todo lo que respira compartirá tu destino» como si esto fuese un consuelo, y sin las ventajas de una creencia religiosa, llega a la conclusión de que morir será como yacer «en un sueño agradable». ¿Qué prueba nos da de que será como un sueño agradable? Ninguna. Aquí sigue la pauta absoluta de todos los discursitos de fin de curso en los institutos: grandes preguntas disolviéndose en engreídas y caprichosas respuestas.

La muchacha estaba estudiando. Su cabeza, vista desde arriba, era una masa de rizos en parte castaños y en parte rubios, círculos perfectos sobre círculos perfectos, como lo que revelan los ciclotrones sobre las colisiones profundas de la materia. Un aroma a champú brotaba de aquellas profundidades, y un débil olor puramente animal, el suave calor de su cuero cabelludo.

—Nunc no dice exactamente que *será* como un sueño agradable; dice que deberíamos morir como si *hubiese* de serlo; deberíamos bajar a la tumba, «no como el esclavo de la cantera», «castigado a la mazmorra», sino ««sostenidos y sosegados por una inquebrantable confianza».

—Inquebrantable confianza ¿en *qué*? —le pregunté—. ¿En el hecho nada consolador de que «la matrona y la doncella; el dulce bebé y el hombre de cabellos grises morirán también»?

Golpeé con el dedo el fragmento que estaba citando; pero esta vez ella sostenía el libro con firmeza, y no rebotó.

—Hablando de «alegría» —seguí diciendo, tratando de suavizar mi planteamiento—, ¿no es terrible lo que dice más arriba: «Los alegres se reirán cuando te hayas ido; los que se preocupan seguirán andando trabajosamente, persiguiendo cada uno, como antes, su fantasma favorito»?

—Sí, supongo que todo es bastante terrorífico —dijo ella, dejando descansar el libro sobre su falda, de modo que sus moteadas páginas reflejaron la luz y se convirtieron en gemelas hojas en blanco—. No deberías tomarlo tan a pecho, Nunc. Todos tenemos que morir, como dice Bryand o como se llame; sí, Bryant. Si no quieres morir, deberías hablar con Dale. Él dice que nadie muere, que sólo lo parece. De todos modos, yo creía que esta cuestión de la fe era asunto tuyo.

—Tal vez no debería ser un asunto —dije, y la idea tenía tanto de revelación damascena que me desvanecí ligeramente, bajando la cara de manera que su piel y mis labios fruncidos rozaron los limpios y explosivos círculos de los cabellos de Verna. Ella saltó como un gato al sentir el contacto, inclinándose hacia delante en el sillón de bambú y volviendo la cara para enfrentarse conmigo, con sus ojos ambarinos más espaciados, según me pareció, que un momento antes.

—¿Y ahora, qué? —preguntó—. ¿*La suerte de Roaring Camp*, o vamos a joder?

—¿Joder?

La palabra parecía un portal abierto, una soberbia y súbita alteración en mi casa de estrechas posibilidades, de oscuridad sofocante.

Su voz, forzada por el enojo y el miedo, se había hecho más estridente, más infantilmente monótona que nunca.

—Sé que te excito —dijo—; pero, en realidad, ¿es a mí o a mi madre a quien deseas? Lo sé todo acerca de ella y de ti. Tú querías acostarte con ella y nunca lo conseguiste; aunque muchos sí que lo hicieron.

Respiré hondo y dije en tono razonador.

—No estoy seguro de que ella fuese entonces asequible. Era un mundo diferente, Verna. No existía la píldora, ni otras muchas cosas. Éramos niños, y no nos gustábamos mucho.

En los años que siguieron a nuestra partida de póquer en el desván, Edna se había vuelto más cerrada, cada vez más inaccesible a mí en los recovecos de su propia vida, mientras madurábamos ambos en nuestras diferentes secciones de la gran Cleveland. Desde que cumplió los quince años, tuvo amigos, y a veces, sí, ahora lo recordaba, me contó cosas acerca de ellos, me revelaba súbitamente sus secretos, en aquellos cada vez más afectados y más breves períodos estivales que pasaba yo con mi padre y con Veronica, mi corpulenta y dulzona madrastra, la elegante vampiresa que se lo había llevado mientras yo dormía en el vientre de mi madre y que había sido atraída ahora por un bobalicón de edad madura a las labores de la iglesia y a la canasta. Como si nuestro lazo de sangre me hubiese castrado, convirtiéndome en otra jovencita como ella, Edna me explicaba a su antojo su vida amorosa, mientras volvíamos sudorosos de un partido de tenis en el club o estábamos sentados, con una jarra de limonada ante nosotros y un paquete furtivo de «Camel», en el largo porche lateral de «Chagrin Falls». Me contaba hasta dónde había dejado llegar a cada uno de sus amigos, las prendas de ropa que les permitía quitarle, los sitios en que podían acariciarla y durante cuánto tiempo, como si el sexo masculino fuese una gran máquina de muchos brazos y muchos dedos para la aplicación de un complicado masaje, una especie de lavadora de coches de la que su cuerpo americano saldría como el de una mujer, con los parachoques y el cavernoso portaequipajes relucientes, un vehículo virgen para el matrimonio y la propagación legal de la raza. Ciertamente, Edna, cuando se casó, era tan virgen como yo.

No podía saber con exactitud si Verna se me ofrecía de un modo incondicional o solamente a condición de que renegase de mi afecto por Edna.

—No creo que tú quieras mucho a nadie, tío Roger —dijo agresivamente, como una niña pillada en falta.

Habíamos vuelto al terreno donde yo me sentía seguro, el del argumento y la réplica.

—Dime a quién quieres *tú,* Verna. Háblame de esos hombres misteriosos que te acosan y te llevan al «Domino».

—Son buena gente. Lo único que ven cuando me miran es un culo blanco, pero eso está muy bien. Me respetan por tener un culo. Ya sabes, es algo valioso.

—Una partida del activo, podríamos decir incluso.

—Ja, ja —repuso con voz cascada, y recordé la impresión, que tuve al otro lado de la puerta, de que ella había estado llorando.

—También tienes una mente, ¿sabes?

—¡Vaya una cosa! Ahora me dirá que tengo un alma. Es el tema de Dale. Todo el mundo tiene un tema. Los intelectuales sois realmente estúpidos. Empezaré con éstas.

Se agachó y se quitó las zapatillas de ballet, una después de otra, tal como había hecho su madre en aquella lejana partida de póquer. Sentí ardor en la cara, como si estuviese trepando a una altura rocosa. Sus pies eran pequeños, mejor formados que los de Edna y rosados en los lados, con los talones ásperos y dorados.

—Háblame de Dale.

Mi voz era insegura, había perdido toda conexión con mi diafragma.

—Está muy bien, para ser lo que es.

Se levantó, con los pies separados, como un judoka, sobre la estera de color purpúreo.

—Vamos, Nunc. Luchemos. Me siento agresiva.

Simulé que no la había oído.

—¿Sabes dónde está la serrería en la que trabaja?

—Claro. Hay que subir dos manzanas por el bulevar, torcer a la izquierda y caminar otras tres manzanas, junto a la vía. Vamos, hagamos sólo una prueba; ni siquiera tendrás que tocar la campana. En todo caso, la pequeña *Cara de Mierda* se despertará en cualquier momento.

Me pregunté si con su lenguaje pretendía parecer repulsiva, pues éste era el efecto que me producía.

Su mirada era intensa y dura, y no me sentí aliviado cuando la apartó de la mía.

—Me excitaste mucho la primera vez que viniste aquí, con todos aquellos tonos borrosos de gris. Parecías tan gris y melancólico, tan perverso. ¿Por qué crees que te mostré una teta?

—¿Lo hiciste adrede?

—Vamos, Nunc. Tú conoces a las chicas. Las chicas lo saben todo. Al menos en este aspecto.

Había aparecido de nuevo aquel hoyuelo en su mejilla izquierda, y pensé aliviado que todo aquello podía ser únicamente una travesura. Pero entonces Verna cruzó las rollizas manos sobre la cintura y, con suavidad, inclinándose hacia delante como en un súbito ademán de sumisión, se quitó el jersey blanco, sacándolo por la cabeza, y haciendo que se soltasen deliciosamente sus cabellos. Después se irguió, apartándose de la cara los negros rizos. Llevaba sujetador; pero era muy pequeño; parecía una honda sobrecargada, y había como una súplica en los ojos húmedos de la muchacha.

—¿No quieres jugar con mis tetas? —preguntó, de un modo tan vulgar y articulando tan mal las palabras, que me pregunté si, antes de llegar yo, no habría tomado alguna droga que empezaba ahora a surtir efecto—. ¿Lamerlas, chuparlas? —añadió, levantando cada una con una mano.

Yo guardé la distancia, pensando cuán poderoso es el impulso sexual que siempre nos lleva a saltar el enorme abismo entre los sexos.

—Sí —confesé.

—¿No quieres joder con todas las de la ley?

La frase me pareció extraña, forzada. Sentí lo que deben sentir a menudo las mujeres: la irritante confusión de estar dentro de la fantasía sexual de otra persona.

—¿No puedes dejar de llamarlo «joder»?

El sujetador era de color beige. Con él, con los hombros ligerísimamente tostados, los ojos ambarinos y los cabellos castaños oxigenados en parte, Verna parecía un retrato en sepia, pintado con una paleta deliberadamente limitada, y con un trozo de la ciudad a su derecha, como en un cartel. Sus brazos pendían flácidos a sus costados, en una actitud torpe e indefensa. Sus ojos acuosos eran ahora soñadores, y tenía un hilo de voz, un poco ronca.

—Eres un tipo gracisoso, Nunc. No quieres joder, ni quieres morir. Entonces, ¿qué quieres hacer?

—Quiero poner fin a esta sesión docente.

—Pero Nunc, ¿y nosotros?

Dio un paso al frente y me tocó el brazo, justo debajo del hombro. Comprendí que la pregunta era sincera, infantil. Y esperaba que le diese una respuesta benévola.

—Eres mi sobrina —le dije.

—Pero eso hace precisamente que la relación sea más amistosa. Si antes se consideraba tabú, era solamente para evitar que saliesen niños imbéciles; pero ahora nadie hace niños.

Volvía un poco a su personalidad avisada, a la niña divertida.

—Tú hiciste uno —observé.

—Fue una locura. ¡Dios mío, qué error!

Ahora que sus senos habían salido de su mente, me di más cuenta de su amplitud esplendorosa en el pequeño sujetador, de su grávida anchura y de la profundidad del surco entre ellos, que invitaba a un dedo, a una boca, incluso a un falo con su seducción.

—Pero un error con el que has de vivir, Verna.

—Como vives tú con Esther.

—¿Crees que ella fue un error?

—Mi madre lo pensaba así. Decía que ella hizo que te echasen del ministerio. Que Esther te había seducido.

—Nadie perdió gran cosa. Ni yo ni el ministerio.

—Mi madre no lo creía así. Pensaba que realmente tenías vocación, ¿sabes? Incluso de pequeño, eras terriblemente *bueno*. Tu madre era una neurótica y una egoísta, y tú la soportabas. Además, le gustaba la..., ¿cómo se llama...?, la primera.

—Lillian.

De nuevo tuve la sensación, en mi mente, de que la piel, alguna parte de mi alma que raras veces veía el sol, estaba siendo desnudada.

—Siento que no te guste Esther —dije—. Ella te aprecia.

—¡Y un cuerno! Ella sabía para qué fui allí el Día de Acción de Gracias.

—¿Para qué?

—Lo sabes. Para hacer comparaciones. Tú lo sabes muy bien.

En la otra habitación, Paula empezó a llorar. A través de la ventana, se veía declinar el breve día de invierno; los jirones celeste, sin descargar aún la lluvia prometida, se volvían negros anticipando la noche. Verna hizo caso omiso del lloriqueo de la chiquilla, de esa protesta que hacen los niños cuando despiertan al triste mundo, mojados, hambrientos y desterrados de sus sueños. Permaneció de pie a mi lado, con la mano inmovilizada sobre la manga de tweed, con aquella mata de pelo exuberante en la que de nuevo sentí deseos de hundir la cabeza. A fin de cuentas, a pesar de mi súbita marcha atrás ante su tal vez burlona respuesta, había sido yo quien había hecho el primer movimiento, quien se había «insinuado». Ahora escuchábamos los dos juntos, casi tranquilos, esperando la voz de la culpa, como nuestros primeros padres, unidos por el pecado en la sombra de su frondosa cueva.

—Esa chiquilla acabará conmigo —confió Verna a mi solapa—. Yo la traje al mundo de los blancos y soy la única culpable.

—¿Dónde está su padre?

—¿Quién lo sabe? Se largó. Aunque no fue así exactamente. Convinimos en que sería lo más conveniente, que yo sola me desenvolvería mejor entre los blancos.

—Sin embargo, vives aquí, en un barrio que es casi negro.

Irguió vivamente la cabeza.

—Bueno, Nunc, tal vez es que me gusta la juerga. Ellos se meten conmigo. Lástima que tú no quieras hacerlo.

—¿He dicho yo eso?

—Claro que sí. Bastaba ver tu cara cuando te enseñé las tetas.

Era imposible seguir prescindiendo de la niña. Su llantina se había convertido en alaridos. Verna descorrió la cortina marrón y fue a buscar a Paula a la otra habitación. Los cabellos de la niña estaban erizados en húmedos mechones sobre la cara irritada y arrugada por el sueño. Verna, tal vez con ironía, llevada de su enojo, la estrechaba contra su cuerpo, como para hacer de las dos una sola criatura, apretando la mejilla contra la de su hija. Me chocó ver que sus cabezas tenían casi el mismo tamaño, siendo ellas tan diferentes en estatura, en peso y en color. Los ojos de Paula, hinchados por el sueño, parecían también sesgados y sin pestañas.

—¿Lo ves, Nunc? Madre e hija.

—Estupendo —dije.

La niña alargó la mano, con sus deditos de yemas pálidas, pero en vez de preguntar «¿Da?», hoy me designó con otra palabra:

—Hombre —pronunció con voz cómicamente grave.

—Hombre blanco —completó su madre—. Hombre blanco que se va.

—Debo hacerlo —dije.

Mi deseo de huir de allí tropezó, como en un movimiento reflejo, con un aspecto de la otra vez que nos habíamos despedido.

—¿Cómo andas de dinero? —pregunté a Verna.

—Pero no hemos hecho nada, Nunc. No puedo cobrarte. Sin jodienda, no hay dinero.

Me quedé confuso, un poco indignado de que hablase de aquella manera con su hija en brazos. La piel de su pecho, sobre el breve sujetador, parecía resplandecer de luz. Desde luego, aquella piel debía parecer amenazadora a su hija: piel de madre.

—Estás estableciendo una falsa relación —dije, como si estuviese hablando a una alumna, mientras hurgaba en mi cartera para hacerle otro préstamo.

—Conozco mis derechos —dijo ella, imitando mi tono, como harían los estudiantes aplicados—. Será un pago por adelantado. Las chicas como yo no solemos cobrar por adelantado.

Tomó los tres billetes de veinte dólares. Esta cantidad me pareció mezquina, ya que parecíamos estar progresando, por lo que añadí un cuarto billete. Ahora los Bancos pagan automáticamente en billetes de a veinte; los de diez siguen el camino de los peniques.

—Adiós, hombre —recitó Paula, con sus oscuros ojos azules rebosantes de solemne sensación animal.

—Repasa esa antología —aconsejé, mientras me ponía mis dos chaquetas—. Trata de encontrar algún tema que te guste. Lo de *La suerte de Roaring Camp* era una broma. Lee Hemingway o algo de James Baldwin. Tal vez te traeré una gramática la próxima vez. ¿Sabes lo que es un predicado? ¿Y un participio?

Verna hizo saltar a la niña sobre su cadera y, en consecuencia, saltaron también sus senos.

—Al carajo la próxima vez, Nunc. No habrá próxima vez. No sé exactamente cuál es tu sucio juego; pero no quiero enredarme en él. No te molestes en volver, porque no te dejaremos entrar. ¿Verdad, Poopsie?

Sacudió a la niña y puso los ojos bizcos a tres centímetros de su cara. Paula se echó a reír, surgiendo de muy hondo su babosa risa infantil.

Sospeché que esta cómica apelación a la niña era para disimular su descuido al emplear el plural. *No te dejaremos entrar.* Sin duda había sombras detrás de Verna, multitud de sombras.

—No seas tonta —le dije—. Puedo serte útil. Tú necesitas un título de instituto y una vida mejor. Te ayudaré a empezar. ¿Quieres vivir en un barrio de casas baratas todo el resto de tu vida?

Su semblante se había puesto rígido, a la manera de los niños, para quienes la ira y el pánico son una sola emoción.

—No sé de qué me iba a servir aprobar un estúpido examen. En caso de que me hiciera falta, lo aprobaría yo sola. Si vuelves a venir aquí, llamaré a mi madre y ella hará que la Policía venga a buscarte.

Tuve que sonreír al oír esto. Toda su indignación y su rechazo eran como un baile, el baile de los atrapados. ¿Fue Ortega y Gasset quien dijo que, cuando un hombre se ha ganado la atención de una mujer, todo lo que haga, todo en absoluto, para mantener esta atención, favorece su causa? A mí me parecía que hoy había progresado. Después de cerrar la puerta, me entretuve lo bastante para oír que Verna decía a la pequeña Paula, con voz tranquila:

—Apestas, ¿sabes? Realmente apestas.

Mi principal preocupación, mientras bajaba la resonante escalera de metal, era cómo liberar a Verna de la chiquilla para poder gozar sin obstáculos de su cuerpo en aquel cálido apartamento, deliciosamente destartalado, en la habitación situada detrás de la cortina marrón, que nunca había visto; pero podía imaginarme: una cuna de segunda mano, un colchón o un jergón en el suelo para la madre, un tocador barato de madera de pino pintada de algún horrible color infantil como el lila o el salmón, y las tristes paredes animadas con carteles de rock y algunas de las mediocres y esmeradas acuarelas de Verna de los rincones de su jaula.

Al salir al brumoso y frío crepúsculo decembrino, se me ocurrió la solución: el centro de asistencia diurna de Esther. Su razón de existir era precisamente facilitar esta clase de libertad.

Mi «Audi» estaba indemne junto al bordillo, aunque el chiquillo que se había erigido en su guardián brillaba por su ausencia. Varias mujeres negras, llevando esos abrigos largos, acolchados y de color de uva que se ha convertido en uniforme de invierno en la ciudad, estaban sentadas en bancos mientras sus pequeños utilizaban las diversiones mínimas del campo de juego, a prueba de destrozos, sus cubos de cemento y sus neumáticos de caucho. Todavía no era la hora en que solía yo volver de la Escuela de Teología (si Esther me preguntaba por qué me había llevado el coche, le diría que había vuelto a casa para almorzar, que comí un poco de su quiche, recogí un libro que necesitaba para una conferencia sobre los Padres de Capadocia, y después tomé el coche para ganar tiempo, y también porque había dejado el chaquetón de piel de cordero en mi despacho y descubierto que la temperatura ambiente había descendido), por lo que pensé en dar un rodeo y pasar por la serrería de Dale, con el fin de satisfacer mi morbosa curiosidad y borrar la pulsátil imagen mental de Verna al quitarse el jersey blanco en una explosión de piel sedosa, de hombros y de rizos revueltos decolorados en parte y con olor a champú.

La dirección única de Prospect era la que ahora me convenía. Rodé por ella, dejando atrás las casas medio abandonadas y el imponente *ginkgo*, que había perdido todas sus hojas. Dos manzanas bulevar arriba, había dicho ella, y después a la izquierda junto a la vía férrea.

En efecto, allí *había* una calle, desprovista de casas, que conducía a un limbo industrial, tal vez superviviente de una era en que este sector estaba en el borde de la ciudad, un nido de talleres engullidos y aislados más tarde, una infinidad de cobertizos herrumbrosos y almacenes, de fábricas cuyos nombres pintados habían dejado sombras de letras sobre los ladrillos, en el estilo recargado del siglo pasado; vastos refugios que desde hacía tiempo se habían apartado de su primitivo objeto industrial, y habían sido arrendados y revendidos, divididos en fragmentos de suelo utilizable, cayendo cada vez más bajo en la corrompida escala del capitalismo. Un antiguo almacén de carbón se conservaba aquí, con compartimientos cubiertos donde brillaban los trozos de carbón clasificados según su tamaño, y también persistía una empresa de arena y gravilla, que había llegado a crear sus propias montañas grises en miniatura, que había movido montañas, no con la fe, sino con un alto y bamboleante tranvía de cubos triangulares sobre ruedas. Se desvaneció el asfalto debajo del «Audi» y la calle se convirtió en una cadena de charcos y de tierra saturada le petróleo, cenizas y yeso, con envases aplastados y grandes matas de los hierbajos más ásperos y secos del mundo. Sin embargo, aquella calle, que más que calle era un sendero negro, seguía adelante y se acercaba a la parte posterior del terreno vallado de una serrería, cuya parte delantera daba a una calle menos informal, con faroles y puestos de gasolina, aunque sin peatones visibles. GROVE, proclamaba un modesto rótulo de color naranja, apenas legible, pues era ya casi de noche. Se habían encendido las lámparas eléctricas en la oficina y en los altos cobertizos, de techo de hierro ondulado, que albergaban los montones de madera.

Pasé por una abertura de la alambrada y aparqué el coche lejos de la iluminada oficina. Me apeé y caminé a la luz del crepúsculo, que era lo bastante frío para hacer que me alegrase de llevar mi chaquetón de piel de cordero. Olores de pino, de abeto, de pícea: cadáveres frescos y resinosos, enviados desde el Norte y amontonados en sus falanges horizontales de dos por cuatro, cuatro por cuatro, cuatro por seis, algunos de ellos más nudosos que los otros, como ocurre con los libros y las vidas, pero casi ninguno sin nudos, sin esas oscuras manchas oblongas resinosas que no paran de llorar por mucho que se pinte y se repinte y se barnice. Percibí un débil y sagrado olor a cedro, de tablas y tablillas atadas con flejes de acero, y oí el ruido lejano de hombres que manejaban madera y hablaban entre ellos desde lejos al tocar a su fin la fatigosa jornada. Temí que Dale pudiese estar de servicio. Sobre los cobertizos de Grove y sus destartalados vecinos, algunos de los edificios de Ciencias de la Universidad, entre ellos aquel nuevo monstruo, aquel búnker de hormigón de nueve plantas llamado el *Cubo*, se alzaban sorprendentemente cerca, como grandes bestias con ojos de Argos que, por algún capricho de la geografía de la ciudad, habían podido acercarse, prestos a saltar sobre sus presas.

Una bombilla sin pantalla brillaba débilmente en un pequeño departamento lejano. La hoja de una sierra circular resplandecía debajo de una instalación de gigantescas correas, y los destellos de sus dientes eran tan regulares como el tictac de un reloj atómico. El serrín, con su aroma virginal, se infiltraba en el aire negro y cristalino, y una multitud de sombras rectas, proyectadas transversalmente desde el entramado de los montones de madera, sugerían una silenciosa caída de árboles en diagonal. *No temas.* Me sentía rodeado de paz, de una fragante benignidad. Sin embargo, volvía a mi coche, con prisa de delincuente, cuando la sombra de un hombre se acercó a mí y me preguntó en qué podía servirme.

CAPÍTULO III

1

Quem enim naturae usum, quem mundi fructum, quem elementorum saporem non per carnem anima depascitur? Pues ¿qué uso de la Naturaleza, qué disfrute del mundo, qué sabor de los elementos no es consumido por el alma *per carnem,* por imperativo de la carne? Tertuliano escribió estas palabras en *De resurrectione carnis* alrededor del año 208, mucho después de haber pasado de la ortodoxia al montanismo. Sin embargo, yo no podía descubrir nada heterodoxo en su ardiente exposición. Antes al contrario, la resurrección de la carne es la más enfática e intrínseca de las doctrinas ortodoxas, aunque la más difícil de creer en nuestra actual decadencia de la fe. ¡Pero de qué modo tan incontrovertible y con qué elocuencia desarrolla Tertuliano su argumento de que la carne no puede ser eliminada por el alma! *Quidni?*, pregunta: ¿cómo no, cómo podría ser de otra manera? *Per quam omni instrumento sensuum fulciatur, visu, auditu, gustu, odoratu, contactu?* Por su mediación se sostiene todo el aparato de los sentidos: vista, oído, gusto, olfato, tacto. Después, un argumento saussuriano bastante delicado, relacionando el poder de ejecución, glorificado como una *divina potestate* con la facultad de hablar, a su vez dependiente de un órgano físico: *Per quam divina potestate respersa est, nihil non sermone perficiens, vel tacite praemisso? Et sermo enim de organo carnis est.* El *vel tacite praemisso* (literalmente, «aunque expuesto solamente en silencio», es decir, indicado tácitamente por la existencia del habla, de las palabras) parecía tener un tono particularmente escrupuloso, y se me ocurrió pensar que *perficiens* podía leerse como conceptualización, de modo que el misterio divino del Logos se hacía descender, por medio de un andamiaje platónico de grados de identidad, a la realidad, a través de la dependencia última de aquel músculo repulsivo albergado entre las membranas salivosas de la boca y los dientes cariados: la ciega, granulosa e incansable lengua. *De organo carnis*, ciertamente. También las artes se apoyan sobre esta base resbaladiza: *Artes per carnem, studia, ingenia* (confirmando mi tesis) *per carnem, opera, negotia, officia* (debemos llevar todos los días un cuerpo a la oficina) *per carnem, atque adeo totum vivere animae carnis est, ut non vivere animae nil aliud sit quam a carne divertere.* ¿Quería realmente ir tan lejos, afirmar que la vida del alma deriva totalmente de la carne, hasta el punto de que su separación no es otra cosa que la muerte? Es decir, ¿negarnos, oh furioso Tertuliano, incluso la más débil esperanza de un fantasma que toque el arpa en nuestra máquina, de una cláusula etérea para escapar a este terrible y coercitivo contrato con los globos oculares, los pelos de la nariz, los huesos del oído y las células grises comestibles del cerebro, un contrato que, a fin de cuentas, no firmamos nunca y que nuestro ubicuo agente Dan N. (abreviación de Padre de Nadie) Amino suscribió por nosotros sin consultarnos? ¡Ay! Nosotros queremos rescindir el contrato. Pero nuestro abogagado cartaginés, llevado por su loca fe, sigue adelante, con creciente celo, comprometiéndose él mismo y comprometiéndonos a nosotros a un milagro imposible: *Porro si universa per carnem subiacent animae, carni quoque subiacent.* Pues si todas las cosas están sujetas al alma *per carnem*, a través de la carne, también están sujetas a la carne. Nos une, alma y carne, todavía con más fuerza, hacia una revocación por algún sonriente tribunal. Pero el «suspense» es vivo, *Per quod utaris, cum eo utaris necesse est.* Esa compresión del viejo latín: eslabones de hierro forjado; parafrasear es debilitar la cadena. Lo que usas, es necesario que lo uses: aquí, *utor* debe tener, como *fruor* más arriba, el sentido de «disfrutar»; nuestro pobre cuerpo, usado para nuestro disfrute (se sobrentiende del alma: a fin de cuentas, adviértase bien, somos *anima* y no *caro*), participa necesariamente de este disfrute. Querida Carne: ven a la fiesta. Firmado, tu compañera, el Alma. *Ita caro, dum ministra et famula animae deputatur, consors et cohaeres invenutur.* De modo que la carne, hasta ahora considerada como ayudante y servidora del alma, resulta ser su consorte y coheredera. *Si temporalium, cur non et aeternorum?* Si temporalmente, ¿por qué no eternamente? ¿Por qué no? La idea de todos nuestros pálidos y rancios cuerpos empujándose a perpetuidad en algún eterno vestuario de un Cielo me repugnaba. Sin embargo, más allá de su deprimente mecánica, la vaga idea general de nuestra supervivencia eterna, tal como somos, con pies de atleta y todo lo demás, anima el corazón. No se pueden negar la lógica, el fervor y la acertada comprensión de nuestra situación por los antiguos fanáticos. Hay que recordar que siempre tenía a Marción en su mente, a Marción, que creía que Cristo había sido un fantasma, una especie de ológrafo, sobre la Tierra, y que ningún Dios digno de adoración podía haberse ensuciado las manos con la creación de esta ciénaga vil de excrementos y semen.

Al considerar ridícula y deprimente la preponderancia dada por Tetuliano a la duración eterna sobre nuestra pobre y efímera carne, me puse de parte de los herejes y paganos *(ethnicus)* cuyas plausibles objeciones había él esbozado anteriormente: *An aliud prius vel magis audias tam ab haeretico quam eb ethnico? et non protinus et non ubique convicium carnis, in originem, in materiam, in casum, in omnem exitum eius, immundae a primordio ex faccibus terrae, immundioris deiceps ex seminis sui limo, frivolae, infirmae, criminosae, onerosae, molestae, et post totum ignobilitatis elogium caducae in originem terram et cadaveris nomen, et de isto quoque nomine periturae in nullum inde iam nomen, in omnis iam vocabuli mortem.* Es decir, son los paganos y no los cristianos (como pretenderían los atildados hedonistas, Nerón y los que le sucedieron en sus mofas) los que vociferan contra la carne, su origen, su sustancia, su causalidad, su fin, los que la acusan de ser sucia desde su primera formación con las heces de la Tierra y, después, aún más sucia que el limo del semen; de ser mezquina (frívola en su sentido etimológico de «falta de peso»), enfermiza, culpable (más que criminal, objeto de acusaciones, de calumnias), onerosa, molesta. Y después (según el *ethnicus*), cayendo dentro de su tierra original y en el nombre de cadáver, nombre que ciertamente se ha de extinguir en ningún nombre, en la muerte de toda designación. ¡Qué terrible y cuán verdadero! Tertuliano, como Barth, tomó posición en el único terreno en que podía hacerlo: la carne es el hombre. «Todo en él es carne, y por naturaleza debe perecer», escribió rotundamente Barth, en su agradable *Die christliche Lehre nach dem Heilderberger Katechismus.*

Cansado de traducir, cerré los ojos. Me imaginé un falo blanco: tenso, puro, surcado de pálidas venas azules y de otras más oscuras y finas, con una cabeza rosa-malva, como la de una seta sobre su hinchado tallo, casi tan grueso como ella misma, con sólo el pequeño relieve o borde redondeado, la *corona glandis*, sobresaliendo de la tensa y azulada semiepidermis donde estaba antaño el prepucio pagano, y una gota de néctar transparente en la pequeña rendija abierta de un ojo en la aterciopelada y dilatada punta. La cara solícita y absorta de Esther desciende, grande como en una película de movimiento retardado, para beber el amargo néctar, y después desliza los labios por la verga, una y otra vez, más allá del *corpus spongiosum* hasta los magníficos *corpora cavernosa* en su vaina de tejido fibroso y membrana sedeña, con sus espacios aureolares inundados y rígidos por la lujuria; y muestra en su experta acción una ternura calculada, evitando el roce de sus dientes, cuidado por una parte y confianza por otra, surgidos *per carnem*, y haciendo su ávida saliva que reluzca el falo de Dale bajo la luz del ático. Porque, desde luego, han subido a la habitación de la tercera planta, a su estudio raras veces utilizado, el lugar más seguro, más lejano, por si acaso el terrible y estruendoso timbre de la puerta interrumpe su éxtasis; y un lugar alejado también de los dormitorios de nuestra segunda planta, donde están el fantasma de su marido, su ropa, sus zapatos, su loción para después del afeitado, el olor de su pipa, su *Kirchliche Dogmatik III* en rústica sobre la mesita de noche, y el de su hijo, carne de su carne, con su dormitorio de adolescente hecho un caos de viejos papeles de sus deberes de colegial, de modelos de naves espaciales, ropa interior y números arrugados de *Playboy* y de *Club*. Pinturas de Esther, grandes, chocantes, angulosas, grumosas, infinitamente más estudiadas y sofisticadas que las tímidas y minuciosas acuarelas hechas pétalo a pétalo por Verna, rodean a los amantes como un bosque moteado, como manchas de camuflaje ocultándolos a los ojos del cielo, aunque desde las ventanas de la tercera planta pueden tener una amplia visión del mundo: los tejados de las casas vecinas, los exiguos jardines traseros y, en esta estación sin hojas, el centelleante y lejano corazón de la ciudad. Más allá de los majestuosos rascacielos, los aviones descendiendo hacia el aeropuerto construido en lo que antaño eran marismas. Este año el mes de enero había sido de un frío monótono, tan intenso que el desfile inaugural fue suspendido en Washington. Esther tiene allí una estufa eléctrica y un viejo y manchado colchón sacado de un rincón polvoriento del fondo del desván, además de sus caballetes y sus telas; varias lámparas de pie rotas y una poltrona de terciopelo descolorido que no vale la pena tapizar de nuevo. Estos trastos han sido transformados en el mobiliario de una habitación más acogedora que cualquiera de las de abajo. El tubo anaranjado y brillante de la estufa, con su pantalla parabólica reflectante, proyecta un fuerte y árido calor sobre sus pieles desnudas, y los pálidos cuerpos reflejados nadan en el metal pulido junto con la resplandeciente espiral. El frío ambiente del ático es incapaz de mitigar el ardor de su sangre. Antes al contrario, como el peligro, como el pecado, le da nueva fuerza. Dale y ella han copulado ya una vez esta tarde en el sucio colchón. Están sentados sobre él, de cara, con las piernas cruzadas al estilo yoga, bebiendo vino blanco de unos vasos de plástico flexible. Entonces, la complaciente zorra, como dicen las novelas porno, toma nota de su nueva erección y deja a un lado el vino para acercar los labios a aquella cosa dura y suave que es al mismo tiempo un tácito homenaje para ella. Le gusta portarse como una mujerzuela con este muchacho. Él está agradecido y asombrado, y jamás pensaría en emplearlo contra ella, en convertir un regalo en una exigencia, y después en un agravio, a la manera de su sombrío y ceñudo marido. Además, ella tiene treinta y ocho años y no podrá seguir disponiendo para siempre de su femineidad. *Per quod utaris, cum eo utaris necesse est.* El tiempo de la necesidad ha llegado para ella. Este joven alto y huesudo, de piel brillante e impresionante falo, le ha sido, en cierto modo, entregado. Se recrea con su carne hasta que le duelen las mandíbulas. En una pausa, jadeando y enjugándose los labios, murmura.

—Tan grande... Demasiado grande para mi boca.

—En realidad, no tanto —dice lánguidamente Dale, con una voz también enronquecida por la concupiscencia.

Su voz satisfecha y relajada expresa que tiene derecho a esta adoración. Ha dejado el vaso de vino a un lado y se ha echado atrás sobre los brazos tensos, en la posición más adecuada. Sus ojos azules parecen deslumbrados como un cielo de verano. Brota un olor de su miembro, mezclado con el de la saliva de ella. Esther quiere continuar un poco más. Se inclina de nuevo, echando atrás los desgreñados cabellos, sus rojizos y revueltos mechones.

Dale gruñe y dice:

—Será mejor que no hagas eso.

—¿Por qué no?

Al levantar ella la cabeza para hacer esta pregunta, sus ojos se ven muy verdes. Su boca despintada parece magullada. Una mano de largas uñas aguanta su peso sobre el colchón; la otra se mantiene junto a los cabellos, para evitar que caigan de nuevo hacia delante. Sus pequeños senos penden cónicos y blancos, salvo las abultadas puntas del color del barro.

—Podría eyacular.

—Bueno... Hazlo.

Sonríe al pensarlo. Su prominente labio superior parece hinchado.

—Hazlo —repite.

—¿En tu dulce boca?

—¿Te divertiría?

Y la idea de que pudiese divertirle a él, le divierte a ella.

—¿En tu linda cara?

Apenas puede pronunciar estas palabras, tanto le excitan la idea, la imagen, las palabras. *Et sermo enim de organo carnis est.* Ahora la voz de Esther, por lo general tan clara y bien modulada, suena como si tuviese la garganta hinchada y cerrada.

—Lo adoro, Dale. Adoro tu falo. Te adoro.

Las palabras salen de sus labios como vacilantes mariposas.

—¿Has sido tan feliz alguna vez? —le pregunta ella—. ¿Te duele la cabeza?

Esther ríe en voz baja, pasando la lengua por el glande.

—¿Lo eres tú?

—Siento un latido violento, como si tuviese demasiada sangre en las venas.

—¿Qué es lo que te ha excitado tanto?

Sus frases brotan juguetonas entre lengüetazos; pero con ese tono gutural, maternalmente ronco, de mujer cabal que sabe que es una de sus armas para dominarlo, uno de los ensalmos que le permiten hacer lo que quiera con él, moldearlo como si fuese de arcilla blanca. El vello del pubis, cuando acerca la nariz él, le huele a cedro.

—¿Y me lo preguntas? —dice él con voz débil, como un chiquillo que ha sido obligado a luchar y pide clemencia.

Está cerca del orgasmo. En la raíz de su miembro, la *crura,* se produce aquel impulso de la próstata que, en hombres mayores, hace que el contraído y viejo ano duela después del coito.

—Quiero decir antes —concreta ella, a través de la nube de sus cabellos—. Cuando estábamos sentados allí, hablando y bebiendo vino.

—Tú —dice Dale—. La manera en que estabas sentada allí, en la posición del loto, con las piernas naturalmente separadas y tu lindo vello —jadea— *allí,* húmedo, suave y revuelto y el sexo sonrosado asomando a través de él.

Estas palabras hacen que el impulso se haga irresistible desde el interior.

—¡Oh!

Dice «¡oh!» queriendo nombrarla, darle un nombre. «Esther» suena demasiado a propiedad ajena, y «Mrs. Lambert» es en exceso formal. Para él, ella no tiene nombre, es simplemente aquella

Otra que se nos enfrenta, aquella pared elástica que recibe nuestros golpes, el yin de nuestro yang, el pozo de nuestro péndulo, la mujer del hombre que llevamos dentro.

Está a punto de eyacular. Ella contempla el pequeño ojo oscuro, el *meatus urinarius,* y con grave solicitud da un tirón hacia abajo a la base del hinchado falo con su mano envolvente (qué pequeña y frágil e incluso arrugada, piensa ella, parece su mano de largas uñas alrededor de la base de aquella indefensa columna de alabastro) y cuando aparece el primer glóbulo, como en movimiento retardado en una película pornográfica, siente necesidad de hacerlo suyo, de tener en su interior toda aquella sorprendente y pura blancura. Con furiosa agilidad, se incorpora sobre las rodillas y se echa encima de él, de manera que el confuso *sensus* del hombre la percibe como una bamboleante y ardiente giganta, y sin soltar la estremecida raíz, centra rápidamente la vulva sobre el pene y se empala ella misma hasta el límite, de manera que siente como un chorro de luz que sube hasta su corazón, el corazón de mi infiel Esther. Al percibir el clímax, que va menguando muy despacio, le rodea la cabeza con los brazos, con esa desesperada energía de la juventud, y frota la cresta de su *os pubis* contra la de él y, mientras, el corazón de Dale late como si fuese a reventarle las venas. Experimenta su propio clímax, lo posee, lo envuelve en su *anima,* gimiendo y después gritando, a su manera débilmente teatral, pero bien intencionada, de modo que si hubiese alguien en la casa, incluso en el sótano, digamos un ladrón drogadicto haitiano de alguna otra parte de la ciudad, tendría por fuerza que oírla. Incluso Sue Kriegman, su vecina, que estaba hojeando un libro de sus hijos (un título tentador: *Scott y Jenny huyen a Wyoming*) hubiese oído el orgulloso grito de alegría de Esther, de no ser por las ventanas herméticas con doble cristal que Myron ha instalado previsoramente en todas partes, para resguardarse del pertinaz frío de enero.

Entonces, nuestra casa envuelve en su silencio a los amantes. Sólo se oye el apagado silbido del vapor en los radiadores, el reloj «Waterbury» de ocho días del tatarabuelo de Esther tocando los cuartos de hora con su estridente campanilla, un crujido de la madera, un golpe casi inaudible que suena como una pisada. Al igual que el mal volviendo de un largo reflujo, la culpa inunda el silencio; la casa vacía se llena de la fantasmal presencia de la culpa. *Frivolae, infirmae, criminosae, onerosae, malestae...*

Esther lo siente y tuerce la boca con impaciencia, como espantando una mosca zumbadora. Se desprende. Hilos lechosos de semen unen sus enfrentadas partes *pudenda* (plural de *pudendum,* «aquello de lo que uno debería avergonzarse», forma gramaticalmente neutra pero cuyo sentido ha sido patriarcalmente atribuido a sólo los órganos genitales femeninos), como tenues cordones umbilicales. *Immundioris deinceps ex seminis sui limo.* En otro pasaje del mismo capítulo, Tertuliano hace que el burlón hereje o pagano que lleva dentro pregunte lógicamente acerca de nuestros cuerpos en la otra vida: *Rursusme omnia necessaria illi, et inprimis pabula atque potacula, et pulmonibus natandum, et intestinis aestuandum, et pudendis non pudendum, et omnibus membris laborandum?* (1). *Pudendis non pudendum*: el estilo no puede ser más salvaje y menos traducible.

Ella siente la culpa en el aire, en las fantasmagóricas perturbaciones del caserón que se extiende debajo de su colchón manchado de semen, como manifestación de mi persona. La ira que durante largo tiempo ha acumulado contra mí, su tedio, la lleva a rechazar aquella sensación y a regocijarse, ahora más deliberadamente, en el bien configurado cuerpo pálido de su torpe y joven amante. Le besa en los labios (cálidos y húmedos; blandos y suaves) y después le mira a los ojos, haciendo que él le devuelva la mirada, sabiendo que los de ella tienen un verde más rico y más tierno después del orgasmo.

—Quisiera que mi cara fuese bonita —le dice, recordándole su observación apasionada—. La tuve antaño; pero ahora está seca y amargada, y llena de pequeñas arrugas.

—Yo no las veo.

—¿Y si las vieses?

—Te amaría igual.

—Es la respuesta obligada. ¿Qué otra cosa puedes decir? —comenta ella con cierta sequedad—. Perdona que no te dejase eyacular en mi boca. Pero tenía que hacerte mío... —y su tono, al enfriarse su sangre, vuelve a ser el de la esposa de un profesor, cortés y superior— *aquí* abajo —termina, entornando los párpados—. La próxima vez, te lo prometo.

Aunque es una promesa deliciosa, formulada con la fuerza y la generosidad de un corazón femenino que se entrega, la mención de «la próxima vez» les recuerda la hora (¿ha dado el reloj «Waterbury» las cuatro y cuarto o las cuatro y tres cuartos? Richie vuelve un poco después de las cinco para su lección sobre las tortuosas bases) y a él le recuerda su actual compromiso, fraguado en las semanas transcurridas desde la Navidad, de hacerle el amor, de traicionarme en mi propia casa con el cuerpo de mi legítima

(1) *¿Tendrá de nuevo allí todo lo que necesita, especialmente comida y bebida, llenar los pulmones, mover los intestinos, no avergonzarse de los órganos vergonzosos, y las funciones de todos los miembros?*

esposa, no de un modo impulsivo, en un arrebato de mutuo deseo, sino mecánicamente, según lo programado, desde las tres en adelante, los martes y los jueves, y prolongándose en un futuro cuyo único horizonte es su inconcebible e insoportable despedida.

—Deberíamos encontrarnos fuera de esta casa —dice él.

Esther abre mucho los ojos.

—¿Por qué? Estamos absolutamente seguros. Rog no sale nunca de su precioso despacho antes de las cinco y media, y aunque lo hiciese, podrías quedarte aquí arriba hasta que se marchase de nuevo. Yo me encargaría de echarlo.

—Pero parece, no sé, parece *mal* —se atreve a decir Dale—. Como irrumpir en una propiedad ajena. Todas tus bellas cosas, todas tus habitaciones. Tengo la impresión de que, de algún modo, él nos está observando.

Sí, a él todas nuestras cosas deben parecerle bonitas, incluso lujosas: nuestras pocas pero magníficas antigüedades, que fueron de los antepasados de Connecticut de la madre de Esther; las alfombras, el sofá rojo y la mesa de cristal; la mesa y las sillas de caoba del comedor, de aquel estilo danés moderno que todavía se hallaba de moda cuando estábamos recién casados, y la habitación de Richie, llena de juegos y aparatos electrónicos rápidamente destrozados. Cuando sube la escalera detrás del bien formado trasero de Esther, debe tener la impresión de que está rodeado de montones de dinero. En realidad, nuestra casa, comparada con la de los Kriegman o la de los Ellicott, es pobre y está mal amueblada.

—Yo tengo una habitación —dice él—. Quiero decir que mi compañero casi nunca está allí. Por la tarde estudia en la biblioteca técnica y por la noche trabaja aparcando coches en un cine al aire libre.

—Pero, querido, ¿cómo es la casa?

—Bueno, ya sabes —dice en un tono que da la sensación de que ella hubiese estado ya allí personalmente y no sólo en sus fantasías masturbatorias, o como si todas las esposas de los profesores estuviesen enteradas del modo de vivir de los estudiantes—. Uno de esos viejos edificios de tres plantas, divididos en estudios.

—Lleno de jóvenes alborotadores —concluye ella.

Desea fumar un cigarrillo; pero sabe que, si baja a su dormitorio a buscarlo, significará el final de la aventura del día, tendrá que empezar a vestirse, a arreglar las cosas y a adoptar expresiones serias, adecuadas para recibir a Richie a su regreso del colegio. Lo que desea es permanecer en su desnudez natural, seguir contemplando su propia imagen reflejada por el espejo de la carne de este joven y gustando el sabor salado de ella misma que él pone en su boca.

—Me lo imagino —continúa—. Todos debéis oír la música de rock de otras habitaciones a través de las paredes y abriros paso entre una multitud de viejas bicicletas en el vestíbulo.

Él asiente con la cabeza, pensando con tristeza que están agotando el aliento, cuando lo que él quisiera hacer, después de otro vaso de vino, sería acercarse a ella en sentido opuesto, enterrando la cara entre sus piernas e invirtiendo su conjunción, aprovechando su amable ofrecimiento, aunque el pobre sexo se retorciese y boquease como un pez enganchado en el anzuelo. *Inprimis pabula atque potacula.* Esta mujer mayor es para él un campo sensual en el que su encarnación tiene al fin espacio para correr y rondar hasta el límite. Ella le brinda incluso, en su fantástica complacencia (nacida de años de sumisión desesperada), la posibilidad de que él sea cruel. Esta posibilidad se halla en sus manos, como unas riendas tirantes y ardientes cuando hacen el amor. Cuando el amor termina, la posibilidad desaparece.

—Me sentiría ridícula —dice ella, con la voz pausada y superior que emplea en sociedad, sentada casualmente y con las piernas cruzadas sobre el manchado colchón a rayas azules— si entrase en una casa como ésta. ¿Qué podría ir a hacer allí, con mi trajecito de lana y mis zapatos «Gucci», salvo el amor? Cuando una mujer tiene sus primeros cabellos grises, querido Dale, hay sitios a los que sencillamente no puede ir. Ser mujer es ser esclava.

—Sólo había pensado —dice él, confuso por el rechazo de su proposición— que la guardería donde trabajas no está muy lejos de mi barrio.

—Los días que no tomo el autobús, aparco en una calle determinada, siempre delante de la misma casa, si puedo hacerlo, y camino por la acera sin mirar a derecha ni a izquierda. Es lo único que se me permite. Si aparcase en la manzana siguiente, me vería en apuros.

Ella se pone en pie y, al hacerlo, se alza carnal delante de él, de manera que Dale recuerda el momento en que se abalanzó de rodillas sobre él, como una giganta predadora, pareciendo grandes sus pequeños senos y enormes las compactas caderas, separadas por el deseo como un mundo que se dividiese.

—A propósito, me parece magnífico que quites a Paula de las manos de Verna durante unas horas.

—Es una niña muy dulce. Comprendo que la relación entre su madre y ella sea tensa.

—¿No es Verna dulce?

—No, *au contraire.* Es dura. Egoísta.

Como contraste, parece oponer su propia, suave, caprichosamente liberal, completamente vulnerable y desnuda persona.

—Ha aprobado ya la Gramática Inglesa y partes de la Literatura en sus pruebas de equivalencia, y ahora le estoy ayudando en las Matemáticas.

—¿No se te ha ocurrido pensar, querido, que Verna se aprovecha de la gente?

Él reflexiona un momento acerca de ello, gozando con la amistosa visión de Esther mientras se enjuga las piernas con «Kleenex» y se pone después las breves bragas de blonda. Todavía no hace dos horas que, al volver a casa, a toda prisa, desde el centro asistencial, se las puso pensando en él, después de tomar una rápida ducha y empolvarse las ingles. Había pensado colocarse el diafragma; pero dadas su prisa y su edad, había resuelto no preocuparse y correr el riesgo. *Immundioris deinceps ex seminis sui limo.* Dale mira a su alrededor buscando en el suelo del desván sus calzoncillos, unos «Jockeys» de muchacho, mientras le pregunta:

—¿No estamos nosotros aquí para lo mismo? ¿Para aprovecharnos el uno del otro? ¿No es esto lo que tú y yo hemos estado haciendo?

Esther se siente ligeramente lastimada, como me he sentido yo en otras ocasiones, por esta inesperada frialdad de Dale, por un aplomo que parece surgir de más allá de su manifestación mundana de inadaptado sin un penique, de perpetuo estudiante graduado.

Él percibe reproche en su silencio y prosigue en tono de disculpa:

—Esto es lo que hace que me sienta culpable ante tu marido. Estoy abusando de él. Me ayuda a conseguir mi subvención, y estoy aquí con...

Su ademán va más allá de su cuerpo casi desnudo para abarcar todo el desván, toda la casa, el hecho de su *entrée* en unas vidas ajenas.

—La vieja esposa infiel —termina por él Esther—. Tal vez *él* se está aprovechando de *ti.*

—¿Cómo? ¿De qué modo podría hacerlo?

—No lo sé. Rog es extraño. Debió no haber abandonado nunca el sacerdocio; aunque entonces pensé que yo le estaba rescatando. Necesita manipular a la gente, y esto es lo que la gente le pedía cuando tenía una iglesia. En todo caso, querido Dale, no debes sentirte culpable por su causa. Éste es mi territorio, y yo no me arrepiento.

—¿Por qué?

Ella recoge del suelo otra prenda interior festoneada de blonda y se alza de hombros.

—Es un tirano. Los maridos tienen tendencia a serlo. Y esto lleva a sus esposas a una guerra constante de liberación.

Percibiendo que el deseo de él se reanima al verla con tan poca ropa, observando incluso pruebas físicas de ello en el largo y pálido cuerpo juvenil que yace lánguidamente sobre el mísero colchón, frunce los labios y dice:

—Quiero que sólo te sientas culpable respecto a *mí*.

Dale está fascinado por su, al parecer, frágil torpeza, sus codos puntiagudos, el empeño reflejado en su semblante de encontrar los corchetes adecuados al ponerse el sostén. Introduce en el sujetador un pliegue del pecho pellizcado por la cinta elástica y se yergue, mirando a su alrededor como apercibiéndose a la lucha. Él pregunta:

—¿Por qué?

Esther hace un mohín.

—Porque me has dicho que soy muy buena en la cama.

Rursus, sigue diciendo acongojado Tertuliano, *ulcera et vulnera et febris et podagra et mors reoptanda?* En nuestra otra vida corporal, ¿tendremos también úlceras, heridas, fiebre, gota y deseo de morir? El renovado deseo de la muerte, dando al *re* su curiosa y desgarradora fuerza. Sin embargo, por muchos reparos que quieran ponerse, viejos reparos hipotéticamente heréticos o paganos, *queremos* vivir eternamente, tal como somos, quizá con la eliminación de algunos engorros; pero ni siquiera esto sería estrictamente necesario, si la alternativa es ser nada, motas inexistentes de deseo en el vientre sin fondo de *nihil*.

—Oh, pero lo eres, por Dios que lo eres —dice Dale, llevado a la blasfemia.

Cuando él entró en mi despacho parecía inquieto, con una inquietud diferente a la de aquella vez que había estado mirando, por encima de mi cabeza, la ventana y mis estantes de libros con sus señales japonesas. En vez de la chaqueta de algodón, se había puesto, en consideración al frío persistente, una cazadora de color mostaza, con tantas manchas de grasa, que parecía que la hubiese usado para limpiar un fogón. Se quitó el gorro de punto de lana. Se había cortado los cabellos, de modo que sobresalían sus orejas.

—¿Cómo va la cosa? —me preguntó, con una afectada animación que no le sentaba nada bien.

—Yo iba a preguntarle lo mismo.

—Me refiero a la subvención. ¿Ha tenido alguna noticia?

Me imaginé que se sentaba con bastante cuidado en el sillón

de múltiples maderas, como si le doliesen los huesos. Su cara pálida tenía ahora, además de las manchas rosadas de acné en la mandíbula inferior, unas profundas ojeras, esas sombras moradas que, según solíamos burlarnos los chicos en el Instituto, indicaban un exceso de masturbación.

—Como le dije —respondí—, Closson no se muestra indiferente. Le divierte lo raro de su proposición, lo mismo que a mí. Pero, precisamente por esta rareza, quiere someter el asunto al pleno del Comité de Subvenciones, y le gustaría que usted compareciese ante ellos para hacer una exposición oral y responder a unas cuantas preguntas.

Un cansado «¡Oh, Jesús!» se escapó de sus labios.

Sonreí ante aquella señal de desaliento.

—Sería un pequeño juicio relativamente indoloro —dije—. Voy a describirle a Closson. Es un hombre de unos sesenta años, bastante corpulento, con una curiosa cabeza cuadrada, casi como una caja de hueso, con los cabellos ralos peinados sobre el cráneo partiendo de encima de la oreja —yo me envanecía de mi mata de pelo gris y no simpatizaba con las conmovedoras estratagemas de los calvos— y un permanente..., ¿cómo le llamaría...?, *parpadeo.* Nació cuáquero en Indiana y estudió en Alemania recién terminada la guerra. Heidegger es su predilecto. No cree en nada que pueda ponerse por escrito; pero tiene todavía esa luz interior, propia de los cuáqueros, que le infunde cierta santidad. A las personas como yo, las considera una especie de paleontólogos; y el período de los Padres de la Iglesia como de absoluta oscuridad, igual que una batalla de dinosaurios. Closson mostró una curiosidad especial por lo que va usted a llegar de *su propia cosecha* a los puntos científicos a que alude, y que yo le he descrito lo mejor que he podido. «¿Qué tiene que ver con esto el ordenador?», me preguntó.

—Es el medio —dijo Dale— de agruparlo todo, de hacer el modelo universal que podamos, no sé cómo, estudiar a fondo. También arroja alguna nueva luz sobre viejas cuestiones, como el problema cuerpo-mente.

—¡Ah! —exclamé—. El cuerpo-mente.

Sus manos empezaron a trazar en el aire circuitos y conexiones. Nuestra conciencia compartida de su ser saturado de intimidad con Esther (relucía por ello lo mismo que un pez recién sacado del mar, con el agua salada y su propia baba) se agitaba en el fondo de nuestras mentes, de la misma manera que el virus de la herpes se oculta en la base de la espina dorsal.

—Existe la impresión general —dijo— de que todo está resuelto, de que con la psicofarmacología, la cada vez más perfeccionada anatomización del cerebro, la comprensión química de la sinapsis, el tendencioso jugueteo con los hemisferios cerebrales y el *corpus callosum* y demás; y, sobre todo, con el desarrollo de los ordenadores en los últimos veinte años, sabemos exactamente lo que es la mente: no es una sustancia inmaterial; es una función, al igual que un corte de pelo es una función del cabello.

—Ya he visto que se lo ha hecho cortar —le dije.

Y también había advertido que Esther se había cortado recientemente sus uñas peligrosamente largas.

—Al cabo de un tiempo, se hace molesto —me explicó—. Suele establecerse una analogía con *software/hardware*: el cerebro es el *hardware* y la llamada mente es el *software*. Pero si se toma en serio esta analogía, se vuelve directamente al dualismo, porque el *software* puede existir sin el *hardware*. O, mejor dicho, puede funcionar con una variedad de *hardwares*. Si un ordenador que está desarrollando un programa es destruido, no habrá que reconstruirlo para que el programa vuelva a funcionar; podrá ser introducido en un nuevo ordenador, o incluso establecer las mismas relaciones lógicas con un lápiz y una hoja de papel.

—Un papel de ultratumba. «Una luna de papel —cité, sonriendo— flotando sobre un mar de cartón.»

Él era demasiado joven para conocer la canción. Siguió diciendo:

—Toda esa palabrería sobre ordenadores que piensan es, para cualquiera que esté en el ajo, un terrible callejón sin salida. Puede usted conectar todos los ordenadores desde aquí hasta Palo Alto y no obtendrá una autoconciencia de todos esos miles y miles de millones de *bits*, de todos los algoritmos y memorias almacenadas; será lo mismo que si se tratase de obtenerla de los hilos y las clavijas de la compañía telefónica. No recibirá sensación, no conseguirá emoción, no logrará voluntad, no le darán una autorreferencia. Hofstadter puede decir todo lo que quiera sobre Lazos Extraños; pero hasta que construya uno que pueda hacer que un ordenador se reprograme a sí mismo o se aburra tanto dentro de su cajón que resuelva suicidarse, pertenece a la misma categoría de una vida que se haga por sí sola en la sopa primordial. Quiero decir la categoría de la fantasía, de la fe. El materialismo es una fe, lo mismo que el ateísmo; sólo que es más exigente en lo que concierne a los milagros. En vez de pedirnos que no creamos en Dios, nos pide que no creamos en nosotros mismos; nos pide que no creamos en nuestra propia conciencia, en nuestras propias emociones y sensaciones morales.

Me estremecí ante la amplitud y la violencia de algunos de sus ademanes. Me pregunté qué sensaciones morales experimentaría él al acostarse con mi pequeña Esther.

—Pero dígame una cosa —le pedí—. ¿Qué opina de los circuitos de un perro? ¿Hay allí una conciencia del yo? Cualquiera que haya tenido un perro le asegurará que hay emoción. Y ciertamente hay memoria, ¿y no es lo que llamamos memoria lo que él tiene sobre todo? Incluso hay libre albedrío. Se puede *ver* cómo tratan los perros de tomar una decisión, murmurando y vacilando, y sintiéndose después culpables. Imagínese —le dije— una jerarquía de organismos que va desde la ameba, que *responde* a ciertos estímulos, como el calor y la luz, de modo que hay *algún* grado de percepción en ella, pasando por la araña y el lagarto, la rata y la ardilla, hasta el perro, el delfín, el elefante y el chimpancé: seguramente que al final de esta secuencia llegamos a una fuerza cerebral no diferente, cualitativamente, de la nuestra, y a una personalidad, con emociones, sensaciones y todas esas cosas buenas que usted dice que un ordenador no podrá tener jamás. ¿Dónde entran, en qué punto, en la complicación de la estructura de la neurona? ¿Qué evitará que se alcance el mismo punto al hacerse los ordenadores aún más complejos?

Dale volvió hacia mí su enfermizo y pálido semblante. El corte de pelo había deformado sutilmente sus proporciones, de manera que parecía expresar cierto desequilibrio moral o torsión interior. El afán de hablar hacía que se formasen burbujitas en las comisuras de sus labios.

—Porque yo *sé* —dijo— lo que hay dentro de un ordenador; sólo pequeños interruptores, diminutos interruptores que hacen pasar la corriente según ciertas pausas, de manera que resulten los cálculos, todos en términos de ceros o unos, altos o bajos, calientes o fríos, llenos o vacíos, lo que sea. La velocidad es fantástica pero el suceso básico es absolutamente simple, y por muchos miles de millones de conexiones que se realicen, en el fondo allí no hay nada, espiritualmente hablando. ¿Cómo podría haberlo?

Me di cuenta de que lo había llevado a un terreno en el que se sentía inseguro. Encendí mi pipa. El humo de las primeras bocanadas formó como esculturas de piedra azulada en el rayo de sol; aunque el frío había sido incesante aquel mes, el sol era fuerte todos los días y brillaba ahora a nuestra espalda.

—Pero, ¿no podrían nuestros cerebros parecer exactamente iguales a esto, a los ojos de un ingeniero electricista?

—En teoría, profesor Lambert, pero sólo en teoría. En la práctica, hay algo de lo que nadie quiere hablar: el yo. Cuando uno oye un ruido, por ejemplo esos *bulldozers* de ahí fuera, las vibraciones comprimen el aire, pasan a través del cristal y de la piedra y tocan los huesecillos del oído; éstos comunican la perturbación al tímpano, el cual la transmite al fluido del oído interno, y éste mueve unos filamentos que generan impulsos eléctricos que viajan a lo largo de los nervios auditivos hasta el cerebro. Pero, ¿*quién* oye el ruido? No el cerebro en sí; éste no es más que una masa de gelatina electroquímica. No oye nada, de la misma manera que un aparato de radio no oye la música que toca. Además, ¿quién decide levantarse y acercarse a la ventana para ver qué es lo que produce el ruido? Algo hace que aquellas neuronas pongan en movimiento los músculos que mueven el cuerpo. Ese algo no es físico; es una idea, un deseo. Todo el mundo está dispuesto a aceptar que el cerebro afecta a la mente, crea la mente, podríamos decir; pero, ilógicamente, muchos no aceptan el otro término de la ecuación, que los sucesos mentales crean sucesos cerebrales. Sin embargo, ocurre sin cesar. El mundo en que vivimos, el mundo subjetivo, es un mundo de acontecimientos mentales, algunos de los cuales lanzan señales eléctricas que mueven nuestro cuerpo. Es el hecho más evidente de nuestra existencia. Sin embargo, el materialismo quiere que lo ignoremos.

Los remolinos que su aliento ponía en movimiento destruían las esculturas de humo que yo estaba levantando. El cañón de mi pipa se hallaba caliente y me hizo pensar en el cáncer de labio. Pienso, con frecuencia, en cómo voy a morir, en qué enfermedad u operación quirúrgica acabará conmigo, en qué indiferente pared de hospital y qué cansada enfermera de noche serán testigos de mi último aliento, de mi segundo final, la punta imposiblemente fina en que habrá sido afilada mi vida. Levanté el lápiz con la inscripción *PILGRIM DAY* y observé su punta. Suspiré y dije a Dale:

—Este salto mente-electricidad es difícil de imaginar.

—Pero la electricidad-mente no plantea ningún problema —replicó él con gran rapidez.

A lo que yo repuse de modo pausado:

—Me parece que *tenemos* que vigilar la confusión semántica. No todo lo que podemos designar con una palabra es la misma cosa, como corte de pelo y pelo. Cuando un materialista dice «mente» sólo pretende hablar de una manera en la que funciona el cerebro, al igual que del ojo decimos «visión» o «vista». Esta materialización de abstracciones y procesos es lo que Ryle, entre otros, trató de poner en claro. Desde Platón, hemos estado atascados en esto, y el cristianismo aprovechó la confusión en todo lo que le convino. Al principio era la Palabra. Al principio de nuestro deliberado pensamiento.

—Por otra parte —dijo mi joven adversario, cambiando de posición con tanta brusquedad que el sillón protestó con un crujido (el muchacho estaba menos debilitado por su culpa de adúltero de lo que yo deseaba)—, los materialistas, desde Demócrito, han tenido que explicar la conciencia como un epifenómeno, como una ilusión. Sin embargo, es todo lo que tenemos...

—Lo cual no quiere decir que hayamos de tenerlo siempre.

—...y ahora la física de los quanta nos dice que esto es intrínseco de la materia: una partícula no se hace real hasta que es observada. Mientras no se hace la observación, es un fantasma. Según el principio de indeterminación de Heisenberg...

También a mí se me encendía la sangre; en mi prisa por interrumpirle, tragué un poco de humo y me esforcé en no toser. Dije a Dale:

—Si hay una cosa que me indigne intelectualmente es la constante alusión de los jóvenes eruditos a la mecánica cuántica y al principio de Heisenberg como prueba de la vieja monstruosidad filosófica que es el idealismo.

Dale se retrepó en el sillón y sonrió.

—Culpe de eso a los propios físicos. No dejan de hablar de ello. Einstein odiaba la teoría de los quanta. Decía que era «fantástica». Trató de refutarla en varias ocasiones; pero los experimentos demostraron que estaba equivocado. Y, más recientemente, los experimentos de París de 1982 con polarizadores oblicuos. Pero el antiguo experimento de Young con los dos agujeros, realizado nada menos que en 1800, demuestra una rareza fundamental: una sucesión de fotones aislados creará una onda de interferencia, como si cada partícula pasara por ambos agujeros a la vez.

—*Certum est* —murmuré—, *quia impossibile est.*

—¿Qué quiere decir? —preguntó el joven.

Él no sabía latín. Pero podía argüir que los que saben latín ignoran el lenguaje de los ordenadores. Todos sabemos, relativamente, cada vez menos en un mundo donde hay demasiadas cosas que saber y pocas esperanzas de que conduzcan a algo.

—«Es cierto —traduje— porque es imposible.» Tertuliano. En realidad, es su frase más famosa. Pero suele ser citada erróneamente como *Credo quia absurdum est*: «Creo porque es absurdo.» Él nunca dijo eso. Estaba hablando, en el importante capítulo de *De carne Christi,* de la vergüenza, del desconcierto. Un desconcierto intelectual. Marción, el fastidioso hereje, estaba evidentemente confuso por la presunta encarnación de Dios en Cristo. Pero, pregunta Tertuliano, ¿qué es más indigno de Dios, nacer o morir? ¿Ser circuncidado o ser crucificado? ¿Ser acostado en un pesebre o en una tumba? Todo es motivo de vergüenza. Sin embargo, «quien se avergüence de mí —dice Tertuliano—, yo me avergonzaré de él». «Yo estoy tranquilo si no me avergüenzo de mi Señor», es decir, no le confunde la Encarnación ni todas las dificultades inherentes a ella. El Hijo de Dios murió, dice Tertuliano: hay que creerlo absolutamente, porque es algo fuera de lugar, de mal gusto; *ineptum*, es el adjetivo latino. Y fue enterrado, y resucitó; esto es cierto, porque es imposible (1).

—Sí, bien —dijo Dale—. La física de las partículas significa que la realidad es intrínsecamente incierta y depende de la observación. En Texas hay un físico llamado Wheeler que dice que todo el Universo, para llegar a ser real, tuvo que esperar a que hubiese un observador consciente. No subjetivamente real, sino real en un sentido realísimo. Wheeler señala que el experimento de los dos agujeros puede presentarse como retroactivo, es decir, que la observación que ata la partícula puede ocurrir después del comportamiento híbrido. Por híbrido entiendo que ambos estados de lo que podríamos llamar la posición de una partícula existen hasta su medición. Hasta que no se mire dentro de la caja, el gato de Schrödinger está al mismo tiempo vivo y muerto. La mente afecta realmente a la materia en este sentido. Hay otro físico llamado Wigner...

—*Por favor* —le interrumpí—. Eso es muy interesante; pero, sinceramente, ¿no es estirar demasiado la cuestión? La razón de que la gente no saque gran partido de sus mentes es que ven que éstas están totalmente a merced del mundo material. Si cae un ladrillo sobre su cabeza, su mente se apaga por muy indeterminados que sean los movimientos de los átomos individuales que componen la arcilla del ladrillo. La vida, el pensamiento, no pueden competir con los planetas, las mareas, las leyes físicas. En todos los momentos de todos los días, todas las oraciones y los deseos más ardientes son incapaces de eliminar un pequeño foco canceroso o el virus del SIDA, o de romper las rejas de una prisión o la puerta de una cámara frigorífica en la que se ha encerrado accidentalmente un niño. Sin un enorme esfuerzo por tragarse la vergüenza, tal como dice Tertuliano, no hay manera de eludir la materia. Es implacable. Le importa un bledo lo que ocurra. Ni siquiera sabe que nosotros estamos aquí. Y todo lo que hacemos, desde mirar

(1) *Quid enim indignius deo, quid magis erubescendum, nasci an mori? carnem gestare an crucem? circuncidi an suffixi? educare an sepeliri? in praesepe deponi an in monimento recondi?... Quodcumque deo indignum est, mihi expedit. Salvus sum, si non confundar de domino meo. Qui mei, inquit, confusus fuerit, confundar et ego eius. Alias non invenio materias confusionis quae me per contemptum ruboris probent bene inpudemtem et felicitur stultum. Crucifixus est dei filius; non pudet, quia pudendum est. Et mortuus est dei filius; prorsus credibile est, quia ineptum est. Et sepultus resurrexit; certum est, quia impossibile est.*

en ambas direcciones cuando cruzamos la calle hasta diseñar aviones con grandes factores de seguridad, viene a confirmar esta despiadada indiferencia de las cosas, con independencia de los credos locos que profesemos.

La expresión de la cara de Dale me dijo que yo me había apasionado y que él consideraba esto, a la manera insoportable de los evangelistas, como una especie de triunfo.

—Conque es así como lo ve usted —dijo.

—Bueno, es una manera de verlo —repliqué, confuso—. En relación con usted, tengo que ser un abogado del diablo.

—«Credos locos» —repitió él, con sus ojos azules divididos en dos partes por la luz de la alta ventana gótica a mi espalda—. En verdad, es usted un hombre muy irritable.

—Es lo que a veces dice Esther. Pero yo no lo veo así. Creo que soy todo lo tranquilo y amable que permite la situación humana, tal vez incluso un poco más.

Me imaginé que las mejillas pálidas de Dale se habían puesto coloradas al mencionar a Esther. Trató de continuar nuestra polémica teológica.

—Mire usted —me dijo con tono paciente—, cuando Cristo dijo que la fe podía mover montañas, no dijo que las movería de forma instantánea, ni que abriría las puertas de los frigoríficos. Su manera de pensar es: milagros o nada. Pero creo que puede ver que la mente, nuestros deseos y esperanzas, cambian, pueden cambiar, el mundo material. Quiero decir que todos llegamos desde veinte direcciones diferentes a un holismo...

—Después del principio de indeterminación —le dije—, lo que más he aprendido a aborrecer en los últimos años es la palabra «holismo», una insensatez que refuerza la confusión de todas las distinciones útiles que ha elaborado el pensamiento humano durante dos mil años.

Después añadí:

—¿Y cómo van las matemáticas de Richie?

La sangre, esa cálida traidora, surgió visiblemente debajo de su piel; ahora le tocaba a él ser *pudibundus*, cargar con la vergüenza de ser. Al mencionar a Richie, fruto de su vientre, había evocado a Esther.

—Bien. Es un muchacho muy simpático, con muy buena voluntad. Pero nunca estoy seguro de lo que asimila. Una semana lo componemos todo y, a la sesión siguiente, parece no acordarse de nada. Traté de salvar su bloqueo mental sobre las bases introduciendo los ordenadores, para hacerlo más concreto, ya que éstos no son solamente binarios en principio sino que, muchos de ellos, emplean números hexadecimales, siendo desde luego el dieciséis cuatro binarios cuatro-*bit* y lo más sencillo para convertirlo. Pero, no sé, creo que sale a su padre. Con su amabilidad natural, podría ser un gran pastor.

Yo no quería oír esto. No quería oír la mayoría de las cosas que me estaba diciendo Dale, quien tenía el don, como el dentista con su afilada broca, de encontrar los puntos más delicados y sensibles de mi esmalte. Yo quería que no se apartase de lo carnal, de imágenes que le recordasen su pecado.

—En cambio, su madre tiene capacidad para los números —le dije—. ¿Quiere usted saber una cosa interesante sobre Esther? Es algo bastante íntimo.

—Desde luego —dijo él, en tono vacilante.

—Sube desnuda a la balanza del cuarto de baño y, cuando ve que pesa más de cuarenta kilos, sólo come apio y zanahorias hasta que vuelve a pesar exactamente cuarenta.

—Una actitud muy rígida —confesó Dale, con una voz que sonaba aflautada, como la de Verna.

Yo sabía que la referencia a nuestro cuarto de baño compartido le heriría en lo más vivo; nuestra natural y legítima desnudez, nuestras mojadas y entremezcladas toallas, nuestros medicamentos y pastas dentífricas y enjuagues mezclados, le atormentarían al hacerle ver que, debajo del desván donde él y ella representaban su comedia de amor sin esperanza, había muchas habitaciones reales, de posesiones compartidas y tareas conyugales, de recuerdos con los bordes descantillados y la pintura saltada, de un cobijo que yo, y no él, podía darle a Esther. Bueno, cuando uno se aventura en el campo del adulterio, debe suponer que tropezará con los recelos del marido.

—En cierto modo —le confesé—, encuentro excitante pensar que ella es exactamente cuarenta kilos de carne. Tertuliano lo llama *caro, carnis,* que parece una palabra más satisfactoria. Un argumento en pro de la división mente-cuerpo que usted no mencionó es que todos nos sentimos alejados de nuestro cuerpo, que nos disgusta tener que preocuparnos de él: alimentarlo, lavarlo, observar cómo se va arrugando: Imagínese cuánto peor debe ser para una mujer: el vello corporal no deseado, la hemorragia, las secreciones que manchan sus bragas, todos estos pequeños inconvenientes resultantes de que Dios acumuló demasiadas funciones en sus redondeadas barriguitas...

—Señor, no quiero que por mi causa llegue tarde a su seminario —me interrumpió Dale.

—Nada de eso; el seminario acabó. Estamos en período de exámenes. El próximo curso trataremos de los herejes de después del Concilio de Nicea: una pandilla de pobres infelices. Los cátaros, los valdenses, los apostólicos, etcétera, hasta llegar a los lollardos, los husitas, los begardos y los beguinos, por no hablar de usted y de mí.

—¿De usted y de mí?

—Los protestantes. Nosotros prescindimos del intermediario. Basta con la fe. Al diablo con las obras. Al diablo con el Papa y sus indulgencias. Todo esto es muy político y muy económico; pero se hace bastante aburrido. Los templarios, por ejemplo, no tuvieron herejes; sólo fueron víctimas de la codicia del rey de Francia y del Papa Clemente V. El auge de las ciudades tuvo mucho que ver con esto. La religión ciudadana procura librarse de la ciudad y, como tal, tiende a ser mística. Enemiga de la organización. Y la Iglesia no podía permitirlo. Todos, desde san Francisco hasta Juana de Arco querían tener su canal de comunicación directo, y la Iglesia tampoco podía soportarlo. Yo prefiero con mucho la parte del curso que trata de antes de Nicea, de antes de que el obispo de Roma se convirtiese en un bruto. En aquellos primeros siglos, se desarrolló algo intelectualmente creador; estaban tratando de averiguar lo que había ocurrido, cuál era la naturaleza exacta de Cristo. ¿Qué cree usted que era?

—Que era, ¿qué?

—La naturaleza de Cristo. Usted es cristiano, ¿verdad? Quiere demostrar la existencia de Dios por medio de la teología natural. ¿Dónde figura Jesús en sus diagramas?

Su confusión había cambiado de terreno, pero seguía igual.

—Pues, donde dice el Credo que Él figura: Dios hizo al hombre, y descendió para redimir nuestros pecados...

—¡Oh, por favor! No necesitamos que nuestros pecados sean redimidos. ¿Y qué pecados? ¿Un poco de ambición, un poco de concupiscencia? ¿Llama usted pecados a eso? ¿Qué son, comparado con un terremoto, con un maremoto, con una epidemia..., comparado con Hitler?

—Hitler... —empezó a argüir, tocando mi punto flaco.

—Y no me hable del Credo. ¿*Qué* Credo? El de Atanasio tiene un tono muy diferente del de Nicea. El de los Apóstoles es un folleto redactado en común. ¿Cómo considera usted que se combinan las dos naturalezas del Dios-Hombre? ¿Como los arrianos y los adopcianos, con la parte Dios muy reducida, o como los monofisitas y los apolinaristas, con la parte Hombre reducida a un fantasma, a un disfraz? ¿O como los nestorianos, con las dos partes tan independientes que Jesús no podía haber sabido quién o qué era y dónde estaba? ¿Y qué piensa de su vida sexual? ¿La tuvo? ¿No la tuvo? Tiene que confesar que era amable con las mujeres, cuando hablaba cariñosamente a las hermanas de Lázaro o estaba sentado en la casa de Simón *el Leproso* y dejaba que alguien vertiese un ungüento costoso sobre sus cabellos, y cuando decía a todos que arrojasen la primera piedra. Imagine que usted se hubiera hallado en el lugar de Jesús de Nazaret, después de olvidado su comportamiento en el Templo, y que todo el mundo pensara que iba a ser carpintero como su padre. ¿Se habría usted masturbado? ¿Se habría escondido en el granero con la pequeña vecina cananita? ¿Habría tenido sueños que ni siquiera el viejo y riguroso Yahvé habría podido echarle en cara? No se asuste. Éstas eran las cosas en que pensaban día y noche los de antes de Nicea y que se han convertido ahora en mi pan de cada día. Cuando Esther pasa de cuarenta quilos, es que ha abusado del pan de cada día. ¿Se ha fijado usted en su voracidad? La mujer disfruta comiendo.

Sus iris blanquecinos se contrajeron de espanto, como si me hubiese vuelto loco.

—Habla usted de mí igual que si fuese un blasfemo.

—Sí —dije simplemente—. Usted quiere tomar el cielo por asalto. Si Dios hubiese querido que sus caminos fuesen descubiertos, ¿no habría hecho que fuesen más claros? ¿Por qué envolverlos en raros fragmentos de astronomía y de física nuclear? ¿Por qué ser tan *tímido,* cuando se es la Divinidad? Dígame: ¿Tiene usted alguna vez miedo de mirar demasiado hondo y de que le arranquen los ojos?

Dale pestañeó y dijo con sencillez:

—Sí.

La indefensa respuesta me conmovió. De pronto, me sentí asquerosamente lleno hasta los bordes de aquel detestable αγαπη.

Él se confió:

—Desde que empecé a meterme en esto seriamente, tengo la impresión de que mis oraciones nocturnas... no son escuchadas. He roto alguna relación. Él está encolerizado.

—Claro que lo está —le dije, extendiendo las manos sobre el manchado papel secante gris que había encima de mi mesa, y advirtiendo que, una vez más, había cortado demasiado una uña, la de un pulgar, y hecho una muesca en ella—. Usted pretende que Dios se plante al final de algún sendero humano. Está construyendo una Torre de Babel.

—Y en mi vida personal... —empezó a confesar, en tono ronco y lacrimoso, viendo que había despertado en mí al antiguo pastor.

Pero yo no quería oír hablar de Esther; aunque él la disfrazase. Si le permitía confesar y llorar, la herida empezaría a secarse y dejaría de supurar. Levanté una mano.

—Ah, bueno, *eso* —dije—. Todos tenemos algo. En estas circunstancias, todo el mundo tiene que ser un poco chiflado. No le dé miedo la Tierra. La carne. ¿Sabe lo que dijo Tertuliano? Dijo: «No hay nada de que avergonzarse en la Naturaleza; la Naturaleza debería ser reverenciada.» *Natura veneranda est, non erubescenda.* Y sigue hablando, con detalles bastante interesantes, sobre los hombres y las mujeres. Dice que, cuando se juntan, el alma y la carne cumplen juntos un deber; el alma aporta el deseo, y la carne, la satisfacción. Dice también que el semen del hombre debe su fluidez al cuerpo y su calor al alma. En realidad, lo define como un goteo del alma. Después de declarar, con acierto, que debe arriesgarse a ofender la modestia en su deseo de decir la verdad.

Le dije esto a Dale, inclinándome hacia delante, como para activar en el espacio de detrás de sus ojos las licenciosas imágenes que él y Esther habían guardado allí.

—Según Tertuliano, cuando un hombre eyacula, siente que su alma ha volado, siente debilidad y su vista se nubla. Sigue observando que Adán fue hecho de barro y aliento y que el barro es naturalmente húmedo. Por eso lo es el semen que brota de él (1). En una palabra, nada de que avergonzarse. *Non erubescenda.*

—Es curioso —confesó Dale—. Pero a veces, por la noche, desearía hablar con usted. Se me ocurren argumentos. Supongo que, luego, usted me desorienta. Me dice que no le tenga miedo a la Tierra. Yo podría decirle lo mismo. Siempre está hablando de terremotos, de la horrible magnitud y crueldad de todo, de la guerra, de las epidemias...

—Sí.

Le animé a continuar. Quería oír su solución.

Él estaba todavía sofocado, colorado; desviaba la mirada cuando yo trataba de escrutar sus ojos.

—Desde luego, pueden decirse estas cosas, y tal vez *deberían* decirse. Me refiero a que esta indignación, esta rebelión, se debe

(1) *In hoc itaque sollemni sexuum officio quod marem ac feminam miscet, in concubito dico communi, scimus et animam et carnem simul fungi, animam concupiscentia, carnem opera, animam instinctu, carnem actu. Unico igitur impetu utriusque toto homine concusso despumatur semen totius hominis, habens ex corporali substantia humorem, ex animali calorem. Et si frigidum nomen est anima Graecorum, quare corpus exempta ea friget? Denique, ut adhuc verecundia magis pericliter quam probatione, in illo ipso voluptatis ultimae aestu, quo genitale virus expillitur, nonne aliquid de anima quoque sentimus exire? atque adeo marcescimus et devigescimus cum lucis detrimento? Hoc erit semen animale protinus ex animae destillatione, sicut et virus illud corporale semen ex carnis defaecatione. Fidelissima primordii exempla. De limo caro in Adam. Quid aliud limus quam liquor opimus? inde erit genitale virus.*

De Anima, XXVII

a que Dios habla dentro de nosotros. Es lo que hace que los ateos sean religiosos, en cierto sentido, tan rectos, tan empeñados en hacer prosélitos. Pero —y se obligó a mirarme, a contemplar mis muchos tonos de gris— lo que una noche pensé decir a usted fue esto: debería darse cuenta de que nuestra fidelidad a Dios no puede desaparecer, porque entonces sería ser fieles a nosotros mismos. No sé si usted lo puede entender.

—Puedo —le dije—, y me parece que se acerca peligrosamente el humanismo. Tiene que haber un *Otro*. Ya lo sabe. Y en cuanto tiene al Otro, resulta ser un monstruo, lleno de calor y de frío terribles, criando gusanos en el estiércol, etcétera. Sin embargo, hizo usted bien en decirlo. Sé que es duro expresar esas cosas que tenemos almacenadas. Hizo bien en querer consolarme.

La verdad era que ambos estábamos en un crítico estado de incomodidad. Nuestros ojos, nuestras almas, se deslizaban hacia atrás y hacia delante como fantásticas anguilas. El frío y liso cielo de este mes de enero proyectaba una luz pétrea en el espacio catedralicio de mi despacho. Sentía frío en los pies sobre el suelo; notaba en mis huesos el peso de todos los libros que revestían mis paredes. La pipa se había apagado.

—¿Cómo está Verna? —pregunté, por decir algo, para cambiar el tema de Dios y de aquellos terribles y peligrosos intentos de sorprenderle, de acariciar la sustancia divina.

—No lo sé —me respondió Dale—. Algo la reconcome. Durante un tiempo estaba realmente entusiasmada por obtener el diploma y poder incorporarse al mundo. Era estupendo; pero algo hizo que se echase atrás. ¿Ha estado usted allí después de Navidad?

—Mi última visita no fue precisamente un éxito —dije, aunque en aquel entonces no me había parecido así. En realidad, había tenido miedo de aprovechar mi ventaja, temiendo que ésta hubiese sido fruto de mi imaginación—. Tratamos de leer juntos *Thanatopsis*.

—Aprobó el inglés en sus exámenes.

—Sí, ya lo sé.

—¿Lo sabe? ¿Cómo? A mí me lo dijo el otro día por teléfono.

—Esther me ha informado de ello.

De nuevo Esther. Verna se lo había dicho a Dale; Dale a Esther, y Esther a mí.

Él no se inmutó.

—Debería hacerle una visita, de veras. Verna le respeta.

Tuve que sonreír. Recordaba su cara irritada, sus pechos desnudos.

—Yo no saqué esa conclusión.

—Usted es su único pariente en este sector.

—Es posible que viniese a nuestra ciudad porque le encantaba alejarse de sus parientes.

Dale parecía ahora casi igual al que había conocido el primer día: un joven tímido y bien intencionado; pero seguro de sí; una parodia de Jesús con pantalones tejanos y guerrera de camuflaje. De momento había olvidado (¿cómo era posible?) que estaba enamorado de mi mujer, de aquel saquito de cuarenta quilos de membranas y tripas. La pobre Esther se había apartado de su mente al preocuparse él de la desventurada Verna.

—No debería fijarse tan sólo en ella, profesor Lambert, sino pensar sobre todo en Paula. En realidad, es la niña quien me preocupa.

—¿Por qué?

Hizo una pausa antes de responder.

—Verna se pone a veces muy frenética.

—Pero la niña va al centro asistencial cinco mañanas a la semana. De balde.

Esther había cuidado de los arreglos financieros.

—Eso no soluciona las tardes y las noches. No sé. Es como cuando se afloja un poco la presión, que luego es más fuerte cuando vuelve. Quiero decir que ahora se da ella cuenta de lo que le falta. Quisiera que al menos la llamase usted por teléfono; yo no tengo energía suficiente para seguir centrándola en ella.

—¿En qué la centra ahora? —le pregunté con malicia.

Su piel pareció nublarse ligeramente, y aflojarse en su cara larga la trabazón de los cartílagos y la grasa de las mejillas y del hueso subyacente, creando bolsas azuladas como las que tiene la carne de un recién nacido. A pesar de nuestro intercambio de αγαπη, yo pretendía aplastarle, y esta determinación era deliciosa, sólida y correosa, como un párrafo circunstancial de Tertuliano.

—Supongo que en mi proyecto. No paro de buscar a tientas en mi mente la manera de encuadrar, de encajar la realidad en el ordenador. Es realmente demasiado vasto. Sólo para almacenar los datos de cómo parece, digamos, una manzana de la ciudad, sin meternos en sus estructuras atómicas y químicas, necesitaría más *megabytes* de los que creo que existen entre aquí y Berkeley, aunque dispusiese de un programador omnisciente y veloz como el rayo, que tuviese tiempo de introducirlo todo. En el proyecto de anuncio comercial en el que estoy trabajando, el problema está en hacer saltar una pelota, con el nombre y el símbolo de cierta clase de comida para animales domésticos grabados en ella, a través de un trocito de paisaje arenoso que ha sido ya generado pieza a pieza. Parece sencillo; pero, cada vez que salta la pelota, hay que mostrarla aplanándose ligeramente, pues de otro modo parecería una bola de cristal que fuera a romperse, y entonces, en el aire, la elasticidad hace que rebote la forma, de modo que lo que tenemos no es un círculo, sino unas curvas enlazadas, no exactamente simétricas, porque la pelota se aplasta en un lado. Desde luego, todo esto puede calcularse, incluso en tres dimensiones, pero cuando se consigue que funcione y aparezcan los dibujos en aquellas superficies que se deforman constantemente treinta veces por segundo, por no hablar de los efectos de luz y los reflejos y la difusión de la textura y todo lo demás, bueno, la trituración de los números se vuelve significativa. Si el sistema en que uno participa está cargado, puede estarse allí sentado durante minutos esperando que el procesador lo desmenuce. Y esta pelota saltarina es un problema de animación relativamente fácil. Las figuras animadas hechas con cilindros, conos truncados y superficies bicúbicas son más complicadas por otro orden de magnitud. Pero en realidad, con gráficos y robótica en ambos casos, es la elasticidad de las sustancias orgánicas la que pone las matemáticas fuera del alcance de la vista.

Yo había entendido muy poco lo que acababa de explicar. Y no tenía ganas de intentarlo. Asentí con la cabeza y dije:

—Uno se espanta sólo de pensarlo.

—Bueno, la máquina lo piensa casi todo por nosotros —me tranquilizó Dale—, hace el trabajo más pesado.

Empezó a agitar las manos y a deslizarlas en el aire, como si estuviera abriéndose paso para entrar en el ordenador, en el problema.

—Estuve pensando que tratar, para mi intento, de modelar el mundo pedazo a pedazo desde el exterior sería ridículo. Lo que tengo que imitar no es la Creación, sino al Creador; es decir, si monto un sistema cualquiera, pero no de moléculas, neutrinos, galaxias y microbios, sino sólo unos cuantos miles de, digamos, bloques de color, y programo un azar absoluto en la proliferación de una serie, e inclino un poco otra hacia la Teología inyectando algunas normas celulares-automáticas, tal vez un subsistema de planificación y razonamiento de alguna clase, no sé, algo para representar matemáticamente un elemento de intención, más o menos de propósito divino, y entonces hago surgir este planificador una y otra vez para ver si emerge algún paralelismo con el mundo observado, es decir, si el azar absoluto se parece menos a la realidad que la serie teológicamente inclinada, podré tener algo que presentar a su Comité de Subvenciones. ¿Cuándo ha dicho usted que desean recibirme?

—Poco después de que empiece la primavera, creo yo.

Miró al espacio por encima de mi cabeza.

—¡Caramba! Eso es casi ahora mismo. Todo está todavía vago en mi mente, como una nube que me llamase. No me hallo muy seguro de ser yo el más indicado para intentar esto. A veces me siento demasiado estúpido.

—Bueno —le dije con viveza—; tal vez la estupidez es uno de los requisitos. Lo ha sido para muchas empresas nobles.

Percibí en mi voz un tono de despedida, y Dale debió percibirlo también, porque se puso en pie y se marchó. Los ángulos de su cuello y hombros indicaban desánimo. Me lo imaginé recorriendo el largo pasillo del segundo piso, con su linóleo de color de chocolate y las cerradas puertas de las aulas, la escalera de piedra caliza con su ancho pasamanos de roble, el descansillo con la estrecha ventana a modo de capillita lateral, y después el vestíbulo de la primera planta, con el tablón lleno de anuncios de Eucaristías con acompañamiento de banjo en las iglesias de ghettos en la parte céntrica de la ciudad, de sesiones populares a la luz de la luna sobre «El desarrollo de una espiritualidad feminista judía» y «La Teología de la Liberación Activa en el Tercer Mundo de América del Norte», o una conferencia por un médico visitante sobre la espinosa cuestión de «Intimidad y confianza en la época del SIDA».

Me sentí un poco manchado de fango después de nuestra contienda espiritual, de «tratar de alcanzarnos». Me fastidiaba que mis opiniones más íntimas, mi fondo barthiano aislado con capas de cinismo mundano y de ética ocasional, fuesen sacados a la luz por la angustia de aquel joven, por su obstinada negativa a dejarme marchar hasta que le bendijese. Yo me mantenía a distancia de mis estudiantes, y no me gustaba que este entrometido de otro departamento, de otro sector de la Universidad, estampase sus grandes pisadas de cachorro en un terreno que otros muchos no se habían atrevido nunca a pisar. Pues muchos, incluso la fornida Corliss Henderson, con su terca y carnicera melancolía de los santos, habrían querido conocerme mejor, «ponerse en contacto con» el profesor Roger Lambert, impecablemente gris, que había hecho un trato con el Universo que por nada del mundo dejaría de cumplir.

2

Llamé, indeciso, a la puerta verde anónima. Nunca había estado aquí a esta hora del día. El sol mañanero iluminaba el final del rayado y desconchado pasillo, y reinaba un casto silencio en el inmueble: los niños se habían ido al colegio, y los adultos, a su trabajo, o permanecían en la cama con sus pecados. Verna abrió la puerta; llevaba una falda negra como el carbón y un jersey color lila de lana grueso. Desde luego, se había levantado y salido para llevar a Paula a la guardería aquella fría mañana del día de Reyes. Abrió rápidamente la puerta, como si estuviese esperando a otra persona. Pero cuando me vio, su cara ancha y plana, su cara de torta, sufrió una transformación que borró el hoyuelo de la mejilla. Me hizo entrar en el apartamento de un tirón y se derrumbó en mis brazos. A través de mis varias chaquetas, sentí la sucia presión de sus senos, el calor y el pulso encerrados en su joven y frágil caja torácica. Estaba llorando. Un lado de mi cuello recibió su aliento cálido y sus lágrimas.

—¡Oh, Nunc! —jadeó, con su voz inmadura y aflautada—. Me preguntaba a dónde habrías ido.

—No me he movido de la ciudad —dije, pasmado—. Habrías podido telefonear, si querías vernos. Verme.

Las personas del verbo expresaron, primero, la presunción de que podía habernos necesitado a los dos, a Esther y a mí, como madre y padre sustitutivos; y, después, la reflexión de que Esther y ella debían verse a diario en la guardería. Y quedaba la alegre deducción de que sólo me necesitaba a mí.

Parecía reacia a soltarme. Por primera vez en catorce años, supe lo que era abrazar a una mujer que pesaba más de cuarenta quilos. Pero mi abrazo era ligero, confuso, aparentemente familiar.

—¡Oh, Dios mío! —berreó, sorbiendo por la nariz—. Ha sido horrible.

—¿Qué?

—Todo.

—Tengo entendido que has aprobado un examen —dije—. Y supongo que te gusta no tener que cuidar de Paula por las mañanas.

Nos habíamos separado, aunque una especie de sombra del calor de su cuerpo permanecía en el mío, arrugando mi camisa y mi pantalón.

Su jadeo se convirtió en bufido.

—Poopsie —dijo, despectivamente—. Ella es lo de menos.

Verna me miró con sus ojos ambarinos, sin pestañas, sesgados como los de un gato irritado. Después prosiguió resuelta:

—Estoy haciendo otro, Nunc.

—¿Otro... hijo?

Verna asintió con la cabeza. Sus rizos bastos y descoloridos cayeron más sobre su baja frente. Su voz se contrajo en una especie de disculpa:

—No sé lo que me pasa. Es como si esos tipos sólo tuviesen que hacerme un guiño.

—¿Qué tipos?

—Vamos, Nunc —dijo vivamente, como citando un pasaje de *Cosmopolitan* o un despreocupado anuncio—. La joven de hoy en día tiene el campo abierto.

La repetición de «Nunc» parecía una burla. Pero ella se *había* sentido aliviada y agradecida al verme delante de su puerta.

—¿No te lo dijo Dale? —preguntó, sorprendida.

—No. Sólo me dijo que creía que yo debía verte.

—Y por esto has venido. Gracias.

—Bueno, ¿qué vas a hacer? —le pregunté.

Se encogió de hombros, y la manera abstraída en que miró a su alrededor sugirió que había dejado el problema a un lado, junto con su arrebato y su abrazo. La radio funcionaba en la otra habitación; la música era continuamente interrumpida por una voz rápida y jocosa, una voz de mujer que hablaba a trompicones. «¡Eh, vosotros! —decía como desorientada—. ¡Aquí la emisora L.O.C.A.!» El televisor estaba apagado, reposando mudo sobre el cajón de botellas de leche. La estancia parecía una habitación de estudiante. Había aparecido una pequeña librería pintada de blanco; su contenido consistía en unas cuantas revistas de modas y en la resbaladiza antología azul que yo le había traído. Y había un sillón nuevo, un sillón excesivamente mullido que me recordaba algo. No sabía qué.

Mi pregunta, parecida en cierto modo a las preguntas teológicas con que Dale y yo irritábamos el espacio que había entre nosotros, había expresado lo que hubiese debido callar: Verna seguía olvidando que las acciones tienen consecuencias. Su cara inestable amenazó con dejarse llevar de nuevo por el pánico, como cuando me había abierto la puerta.

—No lo sé. No quiero hacer nada.

Decidí ir directamente al grano.

—No puedes *tenerlo* —le dije—. Esto te pondría en mayores apuros.

Ahora descubrí lo que me recordaba el nuevo sillón: aquel

colchón de pana de color de melocotón que transportaba sobre la cabeza un joven y esbelto negro, cuando yo vine andando a este lugar, por Sumner Boulevard, antes del día de las elecciones. Y no es que el color o la forma fuesen exactamente los mismos; pero ambos tenían un aura de esperanza marcada por el destino. Toqué la pana anaranjada.

—Veo que has empleado el dinero que te di.

—Éste es el sillón de mi tío —dijo ella, imitando la voz de una niña pequeña—. Para que se siente cuando venga a visitarme. Si lo hace alguna vez.

Me senté en él. Sus cojines tenían la rígida resistencia de la gomaespuma nueva.

—¿Cuántas faltas has tenido? —pregunté.

—Creo que dos —dijo con tono triste.

Me di cuenta de que había comprometido mi dignidad al sentarme. Mi cara estaba al nivel de las caderas de Verna. Todavía persistía en mis nervios la sensación del abrazo: el peso, la densidad y la responsabilidad de su cuerpo. Y es que se produce una extraña iluminación erótica cuando, por un instante, vemos a las mujeres simplemente como las hembras de nuestra especie animal, otra serie de criaturas bípedas condenadas a la rutina diaria de la ingestión y la defecación, el sueño y el trabajo. En esto somos iguales. *In carnem.*

—*Crees* —le dije un tanto severo—. ¿Es que no sabes contar?

—Ahora, más o menos, tendría que ser la tercera —fue su resentida respuesta.

Las caderas oscilaron dentro de su falda negra. Empezaba a coquetear como quien no quiere la cosa.

—Entonces —le dije— no hay problema. Puedes abortar. Afortunadamente para ti, vives en una época en que se puede abortar con sólo pedirlo. Cuando yo tenía tu edad, la mujer tenía que arrastrarse y suplicar que se lo hiciesen. Era ilegal y peligroso, y había mujeres que morían por esta causa. Y ahora esos idiotas quieren que volvamos al oscurantismo.

—¿Tuviste tú que arrastrarte y suplicar alguna vez, Nunc?

—No. Mi primera esposa —dije, de mala gana— no podía tener hijos. Fue la tragedia de su vida.

—Si hubiese podido tenerlos, ¿habrías hecho que se jugase la vida y matase al feto?

—Estábamos casados, Verna. Tu situación no se puede comparar con la nuestra.

—Mira, Nunc, yo estoy de acuerdo con esos idiotas. El feto vive. No hay que matarlo.

—No seas ridícula. El feto, como tú le llamas, tiene aproximadamente, en este momento, el tamaño de un cacahuete, de un pececillo. Si has comido sardinas alguna vez, deberías estar dispuesta a abortar.

—No seas *tú* ridículo. Está dentro de mí, no de ti. Puedo *sentir* que quiere vivir. Hay una película en la que se ve cómo aplastan la cabeza del bebé.

—Deja de razonar como una niña. Piensa como Verna. ¿Para qué quieres tener otro negrito, si el que tienes te vuelve loca y está arruinando tu vida?

En toda discusión, por acalorada que sea, llega un momento en que el centro se desliza lejos del tema que se discute ostensiblemente y en el que el verdadero interés de los partícipes se ha desviado hacia el propio acaloramiento. Se genera entonces el tira y afloja de la pasión. El coqueteo de Verna se había agudizado; se pegaba a sus caderas como un sarong. Su voz se había vuelto grave y sensual.

—¿Quién dice que el niño será un negrito?

Yo seguí gritando:

—Cualquiera que fuere su color, aunque ese pequeño sea tan blanco como la nieve, no habrá sitio para él en este mundo. ¿Por qué has de torturarlo?

Lamenté no haber traído mi pipa.

—¿Quieres saber una cosa, Nunc? Me gusta tener niños. Sentirlos crecer y, después, ese suceso increíble del desprendimiento y de ser súbitamente dos.

Apoyé la cabeza en las puntas de los dedos y pensé que ninguna respuesta habría podido ser más elocuente.

Ella se acercó más al sillón.

—¿Quieres saber otra cosa?

—No estoy seguro —dije, sintiendo que se secaba mi garganta.

—Mi madre quería abortar cuando estaba encinta de mí, pero mi padre, que era muy religioso incluso antes de tener miedo de padecer cáncer, no se lo permitió. Por eso no puedo enfadarme demasiado contra él por ser tan malo con Poopsie y todo lo demás. De no haber sido por él, yo no estaría aquí. No estaría en ninguna parte, Nunc.

Alguien llamó a la puerta. La resonancia de la habitación desamueblada era tal que la llamada pareció tremenda, tan fuerte como si hubiesen disparado un arma contra nuestras cabezas. Sin embargo, había sido suave, insinuante.

—¿Verna? —dijo una melodiosa voz de barítono, aunque ligeramente ronca—. Verna, querida, ¿estás ahí?

Los dos nos quedamos como petrificados, yo sentado y ella de pie, con los muslos a pocos centímetros del brazo cuadrado y acolchado del sillón. Yo la estaba mirando y ella me miraba a mí. Desde arriba, formándosele pliegues de piel debajo del mentón. Me sonrió, con una sonrisa maliciosa y maternal, que hizo surgir los hoyuelos en sus mejillas, para sellar nuestra conspiración de silencio.

El hombre de la puerta llamó de nuevo, ahora más fuerte, y después pudimos oír que restregaba los pies y silbaba débilmente entre dientes para dramatizar su paciencia.

—Verna, ¿estás jugando al escondite?

La sonrisa de Verna y su mirada maternal no cambiaron. Pero las rollizas manos de cortas uñas que pendían junto a su falda negra se cerraron y levantaron la tela sobre los muslos, con un susurro tan débil que sólo yo podía oírlo. No llevaba bragas. Mi boca acabó de secarse, como bajo los efectos del aspirador de saliva de un dentista.

—Está bien, Verna —dijo la voz del hombre, como si hablase consigo mismo, y sus nudillos repicaron en la puerta marcando un pequeño ritmo distraído.

Los muslos de Verna eran como columnas curvas, cetrinas y brillantes; la mata de vello del pubis era ancha, como su cara, más oscura que los cabellos e incluso más rizada, de modo que arcos de luz reflejada centelleaban en ella y los ricitos abrían al azar pequeñas ventanas redondas hasta la piel. El hombre de la puerta lanzó un hondo suspiro y, aunque sus pisadas parecían todas iguales, la vibración de las paredes nos indicó que se estaba alejando. Ella se bajó la falda y se echó atrás, todavía sonriendo; pero con ojos solemnes y hostiles.

—¿Por qué has hecho eso? —murmuré.

—¡Oh! —dijo ella, con voz normal y aflautada—. Sólo por hacer algo mientras matábamos el tiempo. Pensé que tal vez te interesaría. Pero no hace falta que hables en voz baja. Él debió de oírnos hablar, y sólo hizo aquello para incordiarme.

—¿Quién era?

—Un amigo, como dirías tú.

—¿Es el padre?

—En realidad, lo dudo.

—¿Podría ser Dale el padre?

—¿Crees que sería mejor? ¿Que entonces podría conservar la criatura?

—Creo que no. Pero si él fuese el padre, entonces podríais decidir los dos.

—Imposible, Nunc. Como ya te dije otra vez, él y yo no nos acostamos juntos. Él no es como tú. Él no cree que soy estupenda.

—Yo sí lo creo.

Lo que ella me había mostrado hacía que la viese en mi mente como una criatura distinta, un erizo de mar sobre el blanco fondo del océano. Cuando se había levantado la falda, había percibido un olor parecido al aroma almizcleño de cacahuetes machacados que se remontaba a mi primera infancia, pero con un origen todavía más remoto, el nacimiento de la vida. La humedad volvía lentamente a mi cavidad oral.

Empezó a pasear de un lado a otro, satisfecha de sí misma.

—Si me hiciesen abortar, Nunc, no sería de balde.

—Yo creía que sí, en una clínica. ¿Acaso no tienen esas clínicas por objeto evitar a las adolescentes como tú el engorro de tener que decírselo a los padres?

—Sí; pero ahora siempre cobran algo. Es parte de la economía de Reagan. En todo caso, tal vez no quiero ir a una clínica y salir de ella tambaleándome al cabo de una hora. Quizá me espantan las operaciones y tendría que ir a un hospital corriente. Además, si me someto a ello, ¿no crees que debería ganar algo para indemnizar mi sufrimiento mental?

—¿Por qué tendría yo que sobornarte para que hicieses algo para tu propio bien?

—Porque quieres joderme. Quieres lamerme el coño.

—Verna. Tu lenguaje...

Ella sonrió, con una sonrisa infantil.

—Es estupendo, ¿no? Mamá nunca habría conseguido hablar así.

Para comprobar hasta dónde llegaba su corrupción, o para descubrir el precio de un feto, le pregunté:

—¿Qué te parecerían trescientos dólares?

Frunció los labios como si estuviese tratando de arrancar con la lengua algo prendido entre sus dientes. Un gesto amanerado de los años cincuenta que hizo que se pareciese mucho a su madre. Después de considerar mi pregunta, dijo:

—Tengo que pensarlo. Hablo en serio, Nunc; creo que hacer eso es pecado.

—Todos creemos que lo es. Pero el mundo está encenagado en el pecado y, en este lodazal, tenemos que tratar de decidir cuál es el mal menor. Tenemos que elegir y aceptar las consecuencias. Es lo que hacen los adultos.

—Vamos, ¿crees que incluso los niños pequeños son malos?

—Agustín lo creía. También Calvino. Y todos los más grandes pensadores cristianos. Hay que creerlo. De lo contrario, el mundo no habría caído realmente, no habría hecho falta la Redención, el cristianismo no tendría historia. En todo caso, Verna, se trata, como dijiste, de tu vida. De tu lindo cuerpo.

Todo el edificio estaba en silencio a nuestro alrededor, como si sólo existiésemos nosotros. La nieve se arremolinó centelleando sobre el alféizar. Aunque no había caído mucha, enero había sido tan frío que se conservaba toda, no se había fundido; crujía bajo los pies y se agitaba de un lado a otro en mil pequeñas, resplandecientes y falsas tormentas.

Verna parecía inquieta, como cautiva. Pero, ¿a dónde tenía que ir en esta brillante mañana, sin un coche, sin un empleo al que acudir?

—Mi bonito cuerpo, ¿eh? —dijo.

—¿Debería significar algo —pregunté con cuidado y sintiendo de nuevo la garganta seca— el hecho de que me parezcas estupenda?

Ella no comprendió al principio lo que quería decir. Abrió mucho los ojos y después entornó los párpados.

—Pues, no lo sé —dijo al fin—. Parece raro fornicar cuando se está en un ambiente de familia. Es igual que comer cuando se tiene el estómago lleno o algo parecido.

Su rechazo, como la mayoría de las posiciones de tanteo, era excesivamente resuelto.

—De todos modos —concluyó—, me disponía a pintar una acuarela. Dale dijo que quería una para mostrársela a alguien. Y también me dio este libro para repasar las Matemáticas para los *tests* de equivalencia. Además, le prometí a mi asistenta social que pasaría a recoger algunos impresos de AFDC, pues siempre están cambiando las normas. Mira —me dijo, abriendo de nuevo los ojos—, si tuviese otro hijo, podría cobrar otros setenta y cuatro dólares al mes de AFDC.

—Verna —le reproché—, ¡vaya una manera de ganar dinero! Haciendo hijos.

—No es peor que ganarlo por abortar.

—Yo no te pagaría nada. Sólo sería una indemnización.

—Una distinción muy sutil.

Me miró de nuevo desde arriba, de aquella manera que producía arrugas debajo de su mentón.

—Hablando de ti y de mí, ¿no parecería raro, siendo tú el bueno de mi tío?

Me tocó la cabeza, los espesos cabellos plateados de los que estoy tan orgulloso.

—Pero podrías besarme —dijo—. Sería un signo de amistad.

Me dispuse a levantarme de su sillón nuevo; pero ella se acercó más y dijo:

—No te levantes. Aquí.

Se levantó de nuevo la falda. Algún amiguito debió decirle alguna vez que tenía un hermoso bajo vientre. Había un suave y pálido valle, con venas enterradas de un débil azul, en los lugares donde el abdomen se juntaba con los muslos. Y elegí el de la derecha. Unos cuantos pelos pubianos se erguían como centinelas en el borde del terreno velloso, al lado del monte de Venus. Verna rió desde arriba.

—Te hará cosquillas.

Aumenté la presión de mis labios para reducir el cosquilleo, y cuando pensaba en moverlos hacia la izquierda, ella se echó de nuevo atrás y se bajó la falda negra. Me satisfizo advertir, más abajo de mi cintura, el comienzo de una erección. No todas las hembras pueden alcanzar nuestro cerebro de reptil. Es una cuestión de feromonas, una oscura adaptación de muescas neurales. Esto no tiene ninguna relación con las cualidades socialmente admirables de la dama; antes bien, éstas son un obstáculo. Nos apareamos no para complacernos a nosotros mismos, sino al gran lago genético que chapotea a nuestro alrededor.

Verna recobró su humor de niña que quería divertirse.

—Tal vez sería divertido que al menos nos quitásemos la ropa —dijo—. Si no me rechazas otra vez.

—Nunca te rechazo, ¿verdad?

—Continuamente, Nunc. Es desolador. Tú me incitas.

—¡Qué raro! Yo habría jurado que eras tú la que me incitaba.

—Apuesto a que te preguntas por qué no llevo bragas.

—Lo he pensado, sí.

—Me gusta esta sensación. Cuando salgo a la calle, es como si llevase conmigo un secreto.

—Entre otros muchos.

Sus ojos oblicuos se fruncieron al aceptar el desafío.

—No tantos como crees. Tú piensas que soy una mujerzuela.

Mientras hablaba y me miraba con fijeza, una pared de cristal se materializó entre nosotros. Los pequeños eslabones que se habían forjado cuando mi cara se apoyó en su cuerpo, se habían roto en su totalidad. Y ahora vi que aquella joven delincuente y vulgar significaba para mí menos que un maniquí de esos que hay en los grandes almacenes. Esta sensación fue un alivio. En cuanto ella formuló su invitación a desnudarnos, me asaltaron ideas inquietantes, de herpes, del hombre de la puerta que volvía con los puños apretados, de los esfuerzos que tendría que hacer, de mi carne de cincuenta y tres años (1) gastada y poco de fiar,

(1) Desde que empecé este relato, he cumplido años una vez. Nací uno de los días más cortos del año, y mi madre, por culpa de su estrecha pelvis,

de las burlas de que tal vez me haría objeto aquella loca adolescente, de las cómicas explicaciones que daría ella a desconocidos negros en el «Domino».

—Creo —le reprendí solemnemente— que no sacas el mejor partido de tu vida.

—Bueno, vete al diablo, Nunc. No volverás a oler mi conejito. Y tampoco necesito tu dinero. Como íbamos diciendo, tengo un capital.

—¡Jesús! No empieces a hacer eso, o acabarás realmente mal. A propósito, ¿te drogas?

—Nunca fumo un porro hasta después de las cinco. Y sólo tomo cocaína cuando otro la paga. Depende del hombre con quien esté.

—¡Dios mío, qué chica tan mala!

—Soy una *buena* chica, Nunc.

Estábamos pasando a un simple parloteo. Examiné mi cartera y pensé que me detendría en la caja automática del Banco de camino para la Escuela de Teología: GRACIAS POR EMPLEAR NUESTROS SERVICIOS Y QUE LO PASE USTED BIEN.

—Toma estos ochenta y cinco. Es todo el dinero que llevo encima. Sólo como alivio momentáneo. Pero debes ir a la clínica, Verna. Yo te acompañaré si quieres. Tal vez te convendría hablar de esto con Esther.

—¿Con Esther?

—Es otra mujer.

—Una presumida impertinente que ni siquiera me mira a la cara cuando la encuentro en la guardería.

—Lo más probable es que piense que no quieres hablar con ella. Es tímida con casi todo el mundo.

—Entonces creo que no conozco a la gente.

—¿Qué quieres decir con eso?

—Es lo que tú deberías preguntarte, Nunc.

No me atreví a indagar si Dale se había ido de la lengua. Quería encontrarme lejos de este apestoso apartamento y de nuevo en la Escuela de Teología, entre los muros de piedra caliza, los antiguos y raras veces manoseados libros (el otro día abrí una gruesa edición de dos volúmenes de Tertuliano, publicada por los jesuitas de París en 1675; sus páginas no habían sido cortadas en más de tres siglos); en la majestuosa paciencia del lugar.

---

se estuvo retorciendo desde el amanecer hasta la noche. ¡Cincuenta y tres años! ¿Qué edad tendría Tertuliano cuando escribió sus párrafos carnales? Al llegar a cierta edad y pasar de ella, la sexualidad mejor está en la cabeza: el sexo guardado sano y salvo en la cabeza.

A pesar de lo volátil e insensata que era mi relación con mi sobrina, nos despedimos en la puerta con un beso afectuoso, dado de lleno a sus cálidos labios sin pintar, y en cuanto se cerró aquella puerta, la imagen de su cuerpo desnudo, un tesoro que yo había despreciado, me asaltó como una ola gigantesca mal calculada al hacer *surfing.*

Me disponía a pintar una acuarela. Dale dijo que quería una para enseñársela a alguien. Esther mira y dice:

—Conmovedor. Debajo de todo ese metal, este jarrito de violetas. Unas violetas pequeñas y muy pálidas.

—Tal vez no tenía la pintura adecuada para darles un tono purpúreo —dice fielmente Dale.

Ambos están desnudos. Dos cuerpos blancos, blancos, sin una pizca de grasa, suspendidos como globitos alargados en una alta copa de sombras y de mugre de nuestra ventosa ciudad. Ella ha accedido a venir, en aras del amor, a este sórdido apartamento de estudiante, cerca de los edificios científicos de la Universidad, estructuras con cúpulas y antenas, sostenidas con grandes y misteriosas infusiones financieras del Pentágono y de las corporaciones gigantes. Él vive en un bloque de tres plantas que posee la Universidad; pero todavía no dedicado al desarrollo, a aparcamiento o a nuevas funciones académicas. Ha subido los descoloridos escalones del porche, cuidando de no introducir los puntiagudos tacones de sus rojas botas de cuero en la rendija de una tabla podrida. Con el corazón palpitante, se ha abierto paso entre la multitud de bicicletas herrumbrosas del vestíbulo y, sobre una serie de estropeados buzones de correspondencia con dobles o triples tarjetas, ha llamado a KOHLER/KIM.

¿Quién es Kim? Uno de esos esforzados y jóvenes orientales que, en el siglo XXI, moverán todas las palancas del mundo. Dale se lo ha descrito brevemente: cara plana e incolora; cabellos negros y lisos; inesperados rasgos de humor. Su primer nombre, o el último, pues esto no está muy claro, es Tong-Myong. Dale ha prometido que el alegre y brillante Mr. Kim no estará aquí (asistirá a su seminario de Hidrogeología y después aparcará automóviles en el cine) desde las dos y media, en que termina el trabajo de ella en la guardería, hasta dos horas después, en que ella deberá regresar a Malvin Lane para recibir a Richie, y después a Roger, al volver con sus respectivas escuelas.

Con un dedo enguantado, Esther, mi Esther (¡puedo oír los latidos de su corazón!, ¡puedo sentir su libidinosa impaciencia!), pulsa el botón y espera, con la mano en el tirador de metal de la puerta, el zumbido indicador de que ésta puede abrirse. El desgaste del pestillo, descorrido por miles de pulgares, primero de obreros irlandeses y ahora de estudiantes de todas las razas del mundo, y en el intermedio sabe Dios cuántos otros pulgares cansados y doloridos, le recuerdan algo. ¿Eh? Sí, ahora lo sé: aquellas piezas metálicas para apoyar los pies que solían tener los antiguos sillones de los limpiabotas, con curvas graciosas y barrocas sosteniendo la estrecha reproducción en metal de una suela y no un tacón, el tacón siempre más bajo que la suela.

Su padre, al encumbrarse en el mundo de los negocios, había sido fanático de los zapatos lustrados; y ella, de pequeña, había tenido que esperar más de una vez junto a uno de aquellos tronos múltiples, antaño de rigor en los hoteles y las estaciones de Albany y Troy, con su olor a betún y a colillas; con sus trapos encerados, sus cepillos, y los negros riendo entre dientes y sacudiendo la cabeza al frotar el trapo. Mientras esperaba que acabasen de abrillantar los zapatos de su padre, la pequeña Esther se daba cuenta de que hombres rudos la miraban fijamente y de que la voz de su padre era más gruñona y lenta que cuando hablaba en casa. Pensaba cómo mancharían su vestido las negras manos del limpiabotas si éste, entre gruñidos y risitas, decidía tocarla. La cabeza del limpiabotas se bamboleaba al dar los últimos y más vigorosos restregones; las palmas de las manos y la cara inferior de sus dedos tenían el color rosado del líquido que mamá y la doncella empleaban una vez al mes para dar brillo a la plata. En aquellos extraños y graciosos puntos de apoyo para los pies, lo mismo que en este pestillo, el metal había sido desgastado hasta su núcleo dorado. Átomo a átomo, el mundo se desgasta.

Esther lleva guantes de gamuza y un abrigo de este mismo color. Con su gorro de piel, su ceño fruncido y sus botas granate, tiene aspecto de esposa de un profesor, pícara y ratonil, resuelta y atildada; una mujer bien vestida al borde de la edad madura. Por consiguiente, ¿qué está haciendo aquí? Tal vez es la madre de un inquilino, o alguna clase de asistenta social. Suena el zumbador, con un ruido casi tan desagradable como el de nuestro timbre de la entrada, la puerta se abre con un chasquido al ser empujada, y ella sube la escalera llevando su palpitante y tímido corazón escondido como un niño debajo de las gruesas solapas de su abrigo. En cada descansillo, ruidos estudiantiles (máquinas de escribir, música rock, fugas de Bach, fuertes voces enzarzadas en peleas masculinas) la amenazan desde detrás de las puertas cerradas; y mientras sube, reza, o diríamos mejor que su mente espera. en su intenso deseo, que no se abra ninguna puerta y que ningún joven rudo la vea, se enfrente con ella, la sorprenda dirigiéndose resuelta al lugar de la cita.

Dale vive allá arriba, en la cuarta planta. Estirando el cuello, ella ve su pálido, querido y culpable semblante, asomando sobre la baranda del descansillo como una especie de sol enfermizo. Sus palpitaciones se aceleran. Una fuerza, más poderosa que el miedo al rechazo social, la empuja escalera arriba. Cuando llega a su rellano, entra con la torpe resolución de un muchacho en la extraña estancia, que embarga sus sentidos con sus chillones carteles, su desorden y el penetrante olor de jóvenes machos que conviven en un espacio reducido. Él cierra la puerta y coloca la cadena de seguridad. Ella se convierte en su amante, cuarenta kilos de carne desvergonzada y tierna. Se desnudan, hacen el amor.

Pero primero (¡esperad, palabras impacientes!) se besan: juntos abren, por encima de la gruesa y helada ropa de Esther, una ventana de labios cálidos y de saliva, un calor que desde este pequeño y fruncido punto de origen se extiende por sus cuerpos y reafirma su relación, el derecho que cada uno se atribuye sobre la sangre del otro. Ella no había estado nunca en esta habitación; e, incluso mientras siente que el beso de él se expande dentro de ella, trata de observar a través de las móviles pestañas los grabados de Esther, los pósters donde automóviles y cuerpos de mujer parecen atacarse; las paredes de color mostaza, en las que el yeso se ha pandeado ligeramente; la única ventana de altos y finos cristales, cuyos bordes se han agrietado en un siglo de aguantar el viento y han sido reparadas con cinta adhesiva que se ha vuelto amarilla. Un toque coreano: un gran biombo negro, decorado con atareados y apretujados personajes con extraños sombreros, y llevando todos las mismas sombrillas inclinadas y tensas, divide la habitación en las zonas separadas donde duermen los dos jóvenes, exudando los olores del descuido. El espacio de la izquierda está lleno de mesas, equipo de alta fidelidad, librerías improvisadas con bloques de cemento y tablas de pino de Grove Lumber, unos cuantos sillones con las bisagras rotas y la lona descosida, y una incongruente colección de muñecos, peludos, escamosos y metálicos.

—Ésos son de Kim —explica Dale, en tono de disculpa—. Colecciona muñecos espaciales.

E. T. con su triste cabeza de patata; R2-D2, el robot de cabeza ovoide, y su compañero y mayordomo de plata; C3-P0, el sagaz Yoda de largas orejas verdes; los peludos y parlanchines *Ewoks* de *La guerra de las galaxias.* Esther los reconoce gracias a Richie y a las películas que solía llevarle a ver cuando tenía unos años menos y no le molestaba que ella le llevase. Alguien, era de suponer que el alegre Mr. Kim y no el serio Dale, se había tomado el trabajo de ataviar a los personajes más grandes con caprichosas gafas de sol y esas gorras de visera que ella relaciona con los campesinos; pero que aparecen ahora en todos los anuncios de cerveza y son llevadas por gente de la ciudad, una especie de *chic* de obrero del Sur.

—Kim hace todo eso —confirma Dale—. Resulta que esos orientales no son exactamente como nosotros. Adoran lo grotesco. Adoran Godzilla.

En la pared, debajo de un póster de Reagan con Bonzo, pende un grabado de un gran ordenador que, cuando Esther aguza la mirada, se convierte en una mujer desnuda a su lado, con el triángulo púbico, los grandes senos y el cabello suelto hechos con símbolos matemáticos y alfabéticos de variada densidad. Debajo de un estante lleno de grandes libros en rústica sobre ordenadores, encima de la cama que debe ser de Dale, aparece colgada una pequeña cruz negra, cuatro ángulos rectos. La única ventana de la habitación no mira sobre el río a los rascacielos del corazón de la ciudad, sino, más allá de las cúpulas, al barrio virtualmente suburbano donde están emplazados los edificios de Humanidades, la Escuela de Teología y su propio lugar de trabajo. Esther puede distinguir, por encima de las copas de los árboles, el campanario de piedra caliza de la capilla de la Universidad que, cuando hacía poco que se había trasladado aquí con su marido, le servía de punto de referencia para encontrar el camino de Malvin Lane al volver de sus compras.

—¿Crees que puedes sentirte relajada aquí? —pregunta tímidamente Dale—. ¿Tomarías una taza de té?

—Desde luego —dice ella, apartándose rápidamente de la ventana, dándose cuenta (como si al girar sobre sus talones hubiese pasado una década) de que es una mujer de casi cuarenta años que se encuentra en una parte de la ciudad donde no debería estar; una adúltera a la vista del campanario de la capilla, una mujer mala que debía parecer, bajo la implacable luz que se filtraba por la alta y estropeada ventana, tener la edad que en realidad tenía, con patas de gallo, con pecas en el dorso de las manos y éstas tan secas que diríanse de yeso. Como había venido directamente de su trabajo, no había tenido ocasión de prepararse, de ducharse, refrescarse y aplicarse una loción hidratante.

—Tomé un zumo de fruta y una galleta a las diez y media y un bocadillo de mantequilla de cacahuete al mediodía.

Lo ha dicho como burlándose de sí misma, de su dieta infantil, pero también como se explican todos los amantes, confiando en que lo de uno interesa al otro.

—Mira, tal vez no querrás hacer el amor aquí —dice Dale trajinando en la pequeña cocina, que no es más que una alcoba donde un doble hornillo está colocado encima de un pequeño frigorífico.

Por el tono de su voz, parece que casi prefiere que sea así. Ella se desabrocha el abrigo y lo pliega sobre el respaldo del raído sillón, que casi se vuelca bajo el peso. Deja el gorro de piel (rojizo, como sus cabellos, como sus botas) sobre el abrigo, y después su bufanda de lana. Una ola resentida de lujuria ha brotado dentro de ella al oír su observación. Y mira cómo el cuerpo de él traza ángulos en la pequeña alcoba al estirarse para alcanzar una caja de galletas «Pepperidge Farm», agacharse para sacar de la alacena el bote rojo de bolsitas de té «Lipton» y el cartón de leche del frigorífico, e incorporarse de nuevo para coger el azucarero. Se inclina sobre la tetera que está en el hornillo, esperando ansiosamente a que hierva el agua. ¡Qué conmovedoras son las espaldas de los hombres, ciegas e indefensas! En la base de su larga espalda, el trasero de Dale parece atractivo, estrechamente ceñido por sus tejanos gastados y saliendo a medias el faldón de su camisa a cuadros. Como ella ha observado antes, lleva un ancho cinturón de vaquero, con una hebilla mostrando en bajorrelieve la cabeza de un novillo de largos cuernos y abiertos ojos. Ella se sienta en la cama para quitarse las botas de altos tacones. Las caras de los niños con quienes ha estado luchando todo el día, los hijos multirraciales de madres trabajadoras o perezosas, flotan sobre un fondo rojo detrás de sus párpados y desaparecen con las botas. Se pregunta de qué estará hecha la pequeña cruz. No parece tener nudos, como la madera, ni aristas como el metal. ¿Puede ser de plástico? Le gustaría tocarla; pero él podría verlo y considerarlo un atrevimiento. Cupido y Psiquis. *Luego* decide. Y va a plantarse junto a él para esperar a su lado a que hierva el agua, sabiendo que encontrará sexy su súbita mengua de estatura y la vista de sus pies calzados con medias sobre las tablas del suelo no alfombrado. Apoya la mano sobre su lindo e indefenso trasero.

Después, desliza el brazo alrededor de su cintura y sus dedos exploran el pequeño triángulo de piel que la camisa abierta ha dejado al descubierto sobre el cinturón. Él juega, en respuesta, con el cogote de ella, pasando los dedos por debajo de los rojizos aladares hasta los mechones más finos y más sueltos de la nuca. Alejada de su casa y del desván repleto de sus propias, fuertes y salvajes pinceladas, Esther ha sacrificado su autoridad. Aquí, en esta desacostumbrada habitación, los amantes se muestran tímidos, como si de pronto fuesen expuestos al mundo. Una pareja discordante y absurda, salvo para ellos mismos. Es un espasmo de remordimiento y proteccionismo, Dale la abraza, y las reacciones moleculares de su química se apoderan de ellos. Hierve el agua y silba la tetera. Pero ya no se preocupan de hacer el té. *¡Oh!*, piensa ella, recibiéndole en su cuerpo aplanado. Él se ha excitado tan de prisa que todavía está seca y, al principio, le duele; pero entonces el escozor de sus labios cerrados y enrojecidos es mitigado por la sensación de creciente plenitud, de estar tan llena que incluso el miedo a la muerte es arrojado por la borda, de un eclipse de redondeces, de agujeros y de soles, que no recuerda que Roger le hubiese dado nunca, aunque debió dárselo, ya que ella le amó lo bastante para arrancarlo de su esposa y unir a la de él su propia vida, que tenía ya algunas fibras de independencia.

Dale está encima de ella y solloza. La suave curva blanca de la huesuda espalda revela unos pocos granos a las yemas de los dedos de la mano izquierda de ella, que le acaricia, mientras la ociosa derecha se extiende y toca la cruz. Lo que pensaba: no es de madera ni de metal. Es de plástico. Pero no hay ningún hombrecillo de plástico en ella, ningún muñeco espacial montado en su cohete. Sólo la vacía rampa de lanzamiento.

—Ha sido sorprendente —dice Esther—. Estabas tan dispuesto... ¿Por qué lloras ahora?

—Precisamente por eso. Porque ha sido perfecto. No deberíamos hacerlo. Pero lo peor es que no me importa que no debamos hacerlo. Lo que me preocupa es que tendrá que terminar algún día. Pronto.

Sorbe con tanta fuerza su flema que la pequeña cama oscila.

—¡Oh! —dice perezosamente Esther.

Y juguetea con el cogote afeitado de él, mientras su mente asciende y sale por la ventana hacia el campanario, viajando hacia lo alto, con el Jesús ascendido, como aquel globo de helio que se escapó una vez accidentalmente de su mano en una mísera feria a la que la llevó su padre cuando tenía unos ocho años. Entonces se había mareado con una mezcla de manzana confitada y pastel de cangrejos, y cuando volvieron a casa, mamá se puso furiosa con su padre. Al cabo de un tiempo, años que ahora parecían días, su madre había muerto, y papá y ella pudieron ir a todas partes a su antojo.

—Podrías llevarme contigo.

—No puedo —dice Dale, con un estremecimiento que revela que ya lo ha considerado—. No podría mantenerte. Ni siquiera puedo mantenerme yo. Vivo a base de *pizzas* y de esos paquetitos transparentes que se hierven en veinte minutos. Kim hace *jogging* todos los días; pero yo no le acompaño porque no quiero agotar mis calorías. ¿Y qué sería de Richie? ¿Qué sería del profesor Lambert?

—¡Oh, el profesor Lambert! Creo que se apañaría.

—¿Cómo podría prescindir de ti?

—Con él no soy la misma que contigo —declara Esther.

—Él te adora. Tiene que adorarte.

—Lo hizo; pero eso fue hace mucho tiempo.

Empieza a sentir que el peso de Dale le oprime el pecho. Pesa casi el doble que ella, a pesar de la presunta dieta impuesta por su pobreza. La confesión de que vive a base de *pizzas* le ha hecho un poco repulsivo. Y las lágrimas parecen repulsivas en su pálido semblante; ruedan hacia el mentón en grasientas bolitas mate. A fin de cuentas, ella le ha ofrecido irse a vivir con él, y él ha rehusado. Ha hecho el gesto definitivo de la total impotencia femenina, y él la ha dejado a merced de sus propios recursos.

—Esa triste cruz pequeña y negra... —le dice.

Y deja que él vea que la toca con los dedos que minutos antes dirigieron su alarmante y cálido miembro que parecía hecho de cartílagos y sugería, al tacto, las ondulaciones de un río helado en un día ventoso.

—¿De qué está hecha?

—No lo sé. No es mía; es de Kim. Muchos coreanos son cristianos, ¿sabes? Y soñadores. Supongo que es de asta de algo. Podría ser de yak o de buey almizclero o de algún otro animal con cuernos lisos y negros, de esos que cazan los coreanos.

—Parece de plástico —insiste perezosamente Esther.

—Ahora recuerdo una cosa. Dijiste que te interesaban las acuarelas de Verna y he hecho que pintase una para mí. Está allí, sobre la mesa.

Se separa de ella y salta de la cama. Su miembro en semierección oscila de un lado a otro, como una serpiente buscando algo que la ha molestado.

Mientras tanto, Esther, que sigue en la misma posición en que él la ha dejado, le dice:

—¿Podrías traerme unos «Kleenex» o una toalla de papel? Estoy *nadando* en tu esperma.

Conmovedor. Debajo de todo aquel metal, este jarrito de violetas. Dale no dice esto a Verna, sino que miente:

—Lo ha admirado de veras. Opina que posees un sentido muy delicado del color. Cree que tienes talento, y ella entiende de esto.

Verna se encuentra irritada. Por muchas cosas; pero es precisamente Dale la persona que se ha presentado este día de perros, este domingo sin sol, después de un sábado de ventisca. Paula está enferma, tiene fiebre, y Verna no puede salir.

—No te lo habría dado si hubiese pensado que ibas a enseñárselo a esa zorra engreída. Y a propósito, ¿cuándo la ves?

—Cuando doy lecciones a Richie. A veces me invita después a tomar el té.

—Será mejor que te andes con cuidado, grandullón. Esas amas de casa esnob y hambrientas de sexo toman a cualquier hombre por un semental.

—Es mucho mejor de lo que te imaginas —le dice Dale, poniéndose colorado.

—¿Sabes una cosa, Bozo? —le dice Verna, mirándole duramente, como si hubiese tomado de pronto una decisión—. Eres un don nadie. Me vuelves loca.

Él adopta su tono enloquecedoramente paciente, benévolo, un poco atolondrado.

—No soy *yo* quien te vuelve loca —dice—. Es algo que llevas dentro, Verna.

—Ahórrame el sermón.

Lleva su albornoz y flota en el aire un olor a agua caliente, espuma de jabón y algo agridulce. Tiene los ojos irritados por falta de sueño y su cara parece más gorda, aunque esto podría deberse a que él se ha acostumbrado a la cara delgada de Esther, con su espesa cabellera y su boca inteligente, astuta y melancólica.

—¿Qué crees que tiene Paula?

—¡Quién sabe! La gripe o algo parecido. Hay millones de gérmenes en la guardería; estoy pensando en sacarla de allí.

—No debes hacerlo.

—¿Quién lo dice?

La boca de Verna se entreabre, con expresión fría y terca.

—Tú necesitas la... libertad. Necesitas desarrollar tus propias facultades. ¿Haces algo respecto a los restantes *tests* de equivalencias?

—No. No hago maldita la cosa, salvo fumar porros baratos, compadecerme y escuchar a Paula cuando dice «¿Da? ¿Da?». En realidad, ahora habla mejor. Temo las preguntas que va a hacerme dentro de un par de años.

—¿Puedo echarle un vistazo? —pregunta Dale.

—Como quieras.

Verna enciende un cigarrillo. Dale pasa detrás de la cortina marrón que divide las dos habitaciones. La niña está dormida en su cuna con barandillas, a pocos centímetros del aparato «Hitachi» donde atruena la cassette: «Toooda la noche —canta una voz ronca de mujer, tierna y cascada—, estaré despierta y estaré contigo.» Paula parece más negra. El tono de su piel es ahora menos parecido al de Diana Ross y más al de Natalie Cole. Su respiración es ruidosa, fatigosa, en la naricita de puente plano y ventanas redondas y solemnes. Dale le toca la frente. Está caliente, aterciopelada, furiosa, con la furia que el movimiento de los átomos infunde incluso a las cosas muertas.

De nuevo en la otra habitación, pregunta a Verna:

—¿Le has dado algo? ¿Aspirina para niños?

—Partí un «Tylenol» por la mitad; pero la pequeña zorra no quiso tragárselo.

—Si no está mejor dentro de un par de días, deberías llevarla a un médico.

—¿Has estado alguna vez en una de esas clínicas? Tienes que pasarte dos horas sentada en la sala de espera con todos aquellos imbéciles, inhalando todos los microbios que Dios ha inventado. Y el médico es un iraní, o algo parecido, que apenas sabe hablar inglés. ¡Jesús, qué estúpido eres, Dale!

La nieve reluciente se ha fundido al fin sobre los alféizares de ladrillo, por efecto de la lluvia fría del día anterior. Algunas ramas de los maltratados árboles grises conservan todavía espectrales envolturas de hielo.

—¿Qué preguntas temes que ella te haga? —quiere saber Dale.

—Oh, algo como «¿Por qué estás siempre acostándote con hombres, mamaíta?». Pero, ¿qué te importa eso? ¿Y qué te importa que haga o no los *tests* de equivalencia? ¿De qué me serviría? ¿Me sacaría de todo esto?

Sus paredes, sus ventanas, su estera, sus sillas. Su ropa, su piel. Ahora su cara, con sus engañosos hoyuelos y rollizas mejillas, experimenta una convulsión, se pinta en ella la ira. Y Verna grita:

—¿Acaso no ves lo desgraciada que soy? ¿No ves que tengo cosas en las que pensar? ¿Por qué te empeñas en venir aquí, con tu bonachona y estúpida sonrisa? ¿Por qué no me haces el favor de dejarme en paz?

—Porque te quiero.

—*¡No!*, yo *sé* que no me quieres, que decir esto *es* una estupidez.

Las lágrimas asoman a sus ojos ya enrojecidos. Que él esté aquí y vea las tristes pruebas la enfurece todavía más.

—No me quieres, y no quiero que me quieras. Creo que eres un chiflado, un bobo. Vete. Eres como una carcoma en mi cabeza, Dale. Tienes que dejar de incordiarme. ¿No te das cuenta de que me han preñado otra vez? ¡Oh, vete, por favor!

Empieza a pegarle, al principio, de forma tan ineficaz que parece un gatito ensayando sus primeros zarpazos. Él se echa a reír, levantando los antebrazos en ademán defensivo; pero su risa hace que ella pegue más fuerte, tratando de borrar su benévola sonrisa, de la misma manera que su propia cara, sus ojos ambarinos sin pestañas parecen borrados por un ciego furor. Acompaña cada golpe con un sonido gutural, una especie de disculpa, un gruñido parecido al que los jóvenes jugadores de tenis emiten al efectuar cada saque.

—¡Bastardo, bastardo, bastardo! —dice.

Dale retrocede hasta la puerta, aguantando todavía la risa. Pero ella ha empezado a darle también patadas y esto podría ser un poco doloroso.

Cuando la puerta verde se cierra en sus narices, oye golpes y gritos de protesta de otros inquilinos del inmueble que han oído la trifulca.

Preñada otra vez. Esther golpea la cruz negra, hecha quizá de cuerno de yak coreano.

—Dime —pregunta, con la presunción de la mujer que acaba de fornicar—, ¿qué significa esto para ti?

Él no sabe si ella se refiere al coito, y está a punto de decirle que muchísimo, cuando ve con sorpresa lo que miran sus ojos y tocan sus dedos. Los mismos dedos. Los mismos dedos delgados que han dejado caer al suelo los empapados «Kleenex».

—Muchísimo —dice, vacilando todavía—. Yo no puedo seguir la doctrina en todos sus detalles como hace tu marido...

—Él cree que son graciosos —dice ella—. Para él, todos esos hombres que discuten y se matan por esas ridículas distinciones son una especie de broma pesada.

Dale tiene ganas de argüir algo en mi favor (los hombres observamos cierta lealtad entre nosotros, contra viento y marea, frente a nuestras presuntuosas y elásticas contrincantes); pero entonces percibe la franqueza de la pregunta de Esther y decide ser sincero.

—Sin esto —le dice—, me espanto demasiado. Me espanto tanto que no puedo actuar. Me vuelvo terriblemente letárgico, como si estuviese en el fondo del mar. Aquel año, en Idaho, rodeado de bosques que se extendían, por todos lados, hasta el horizonte, en los que se producían numerosos murmullos, aquello me parecía odiosamente sin Dios. No sé si me entiendes. Quiero decir que podía *sentir* el Diablo. Estaba allí *fuera*...

Los instintos maternales de ella se despiertan, tal como él esperaba a medias; le estrecha de nuevo contra su cuerpo delgado, sus cuarenta quilos de carne, venas y huesos de mujer.

—Pobre querido mío —dice.

Él vierte en el oído de ella palabras húmedas y apremiantes, tratando de explicarse.

—Sin ello, quiero decir sin fe, hay un gran vacío y, aunque parezca extraño, el vacío tiene su forma, y esta forma lo llena exactamente. Mejor dicho, Él lo llena exactamente.

Todo esto le parece a ella tan confuso, triste y desesperado que estruja la espalda encorvada y huesuda del hombre, la fría piel constelada de granos. ¿Por qué excita su sexualidad esta confesión de terror y desesperación de aquel muchacho, a quien solamente el juguete, la antigua artimaña del cristianismo, distraen y le permiten, como al resto de nosotros, vivir de un día a otro, dormir de una noche a otra?

—¿Estás siempre espantado? —pregunta ella.

—¡Oh, no! —dice Dale—. A veces, en realidad la mayoría de las veces, por ejemplo cuando paso por una calle, me siento exultante, seguro. De veras. Sólo en ciertos momentos aquello me parece frágil. Y hay que tener estos momentos de desaliento. El Nuevo Testamento está lleno de ellos; no sólo Pedro, sino también el propio Jesús, los experimentaron. Forman parte de la fe. Gracias a ellos se consigue esto. Y se superan. Aquí mismo está la prueba. Tú vienes del otro lado, y lo único que necesitas, como dice el Evangelio, es un grano de mostaza. Reza conmigo alguna vez, Esther. Hoy no. No aquí, pues sé que este lugar te parece sucio. Pero alguna vez. Sería bueno para mí.

Bajo este chorro de palabras en su oído, el alma de ella está tan embargada por el deseo que apenas puede expresarse, como si estuviese al borde de un desmayo. Por fin consigue preguntar:

—¿Puedo ahora hacer algo para que vuelvas a poseerme?

—Creo que no tendrás que esforzarte mucho —responde él, también con la voz tensa.

3

El Comité de Subvenciones suele reunirse en el «Roland L. Partch Memorial Room». El padre de Partch, su abuelo y su bisabuelo, habían sido pastores presbiterianos, y aunque el propio Partch, en vez de ceder a aquella vocación, prefirió invertir dinero en fincas urbanas (había previsto su auge antes de que nadie hablase de ello), sintió, al llegar a una edad mediana, la necesidad de realizar obras benéficas, como previendo su tristemente prematura muerte, que ocurriría al estallar una bombona de propano que alimentaba su parrilla al aire libre. Su hijo, Andy Partch, en los primeros cursos que enseñé allí, era un estudiante de mejillas coloradas; y ahora, según creo, rige una simpática parroquia en el Maryland suburbano, en la población neobíblica de Bethesda. Antiguamente, el «Partch Room» había formado parte del sótano-almacén de Hooker Hall, y mientras interrogábamos a Dale Kohler, las ventanas a nivel del suelo resplandecían sobre nuestras cabezas como una serie de pantallas de televisión por las que desfilaban los zapatos deportivos, los calcetines de lana y las raídas vueltas de los pantalones de estudiantes que pasaban por el pavimento de cemento exterior, y en las que aparecía de vez en cuando un platillo volante que cruzaba oblicuamente el blanco cielo, y es que, en el campus, se estaba jugando un partido temprano de Frisbee sobre la mezcla de hierba seca, barro y sucios restos de nieve, propia de finales de invierno.

Ya he descrito a Jesse Closson. Es un ex cuáquero de cabeza cuadrada, ecuménicamente imperturbable. Sus hombros son más anchos y sus muñecas más gruesas de lo que podría yo explicar, y huele muy mal, porque toma rapé, no por la nariz, sino frotándolo en las encías. Cuando vuelve la cabezota hacia uno, sonriendo amistosamente y mostrando los dientes amarillos, el hedor de su saliva es casi insoportable. Pero entiéndase bien, conoce perfectamente a Husserl y Heidegger, a Schleiermacher y a Harnack, a Troeltsch y a Overbeck.

Rebecca Abrams, nuestra profesora de hebreo, Antiguo Testamento y estudios intertestamentales, es delgada, alta, breve y ágil en sus movimientos, con largas ventanas nasales, centelleantes gafas de acero, cejas hombrunas y pelo negro recogido hacia atrás en un moño. Sin embargo, sus cabellos, en su ensortijada energía proyectan un halo alrededor del severo peinado, y su cara tiene ese don judío de adquirir bruscamente un calor trascendente y un encanto confiado, como el chorro de agua que hizo brotar Moisés de la roca en Horeb. Jeremy Vanderluyten, el negro del Comité de Subvenciones, de la Facultad de Ética y Logística Moral, es un hombre grave del color del hierro forjado; se mueve en su terno con cierta rígida pesadez, y sus rojos párpados inferiores forman bolsas, como si también ellos sintiesen el peso de la praxis cristiana. Y Ed Snea (dos sílabas, Sne-a) especialista en Bultmannismo y Holocáustica, es un presbiteriano de nombre, bajito, delgado y rubio, que, por uno de esos caprichos de la moda que animan a las comunidades académicas, se ha convertido en el Marrying Sam de las bodas ateas. Cuando la hija de un astrofísico checo emigrado se casa con un budista japonés graduado, estudiante de Semántica, Ed se encarga de adaptar el rito a su exacto matiz de cortés incredulidad, poniendo los ojos en blanco, en silencio, cuando una sola palabra de apelación al cielo parecería demasiado. Para aquellos a quienes incluso la más vaga mención de armonía natural o de amor eterno sonaría indebidamente a bárbaro teísmo, Ed, con su acento meridional y su bigote de color de gamuza, tiene el don de pronunciar frases vacías de manera que no sufra en absoluto la integridad de la agnóstica pareja, mientras la abuela entenada de la novia, acérrima episcopaliana (que no oye demasiado bien), sale asimismo satisfecha de la ceremonia. No se ha hecho rico con esta actividad suplementaria; pero gracias a ella ha bebido mucho champaña y comido muchos trozos de pastel con capas de vainilla. En realidad, Ed es tan conocido de los proveedores locales que a veces le llevan en su camioneta a casa y él puede ofrecer a su desatendida familia un banquete de banderillas sobrantes de hígado de pollo envuelto en tocino entreverado.

Dale no tenía muy buen aspecto el día de la entrevista. Su palidez de cera se había vuelto enfermiza. Parecía sudoroso, y se había puesto una chaqueta deportiva a cuadros encima de la camisa de leñador, produciendo un efecto discordante. Antes, me había confiado que estuvo en el *Cubo*, realizando una investigación adicional.

Me permitieron estar presente en el interrogatorio, teniendo en cuenta el interés que había demostrado; pero sin darme voz en la cuestión. Desde el lado en que me hallaba sentado, en uno de esos anticuados sillones de aula de brazo izquierdo atrofiado, mientras el derecho se ha ensanchado como una pinza de cangrejo, podía ver, medio de perfil, las caras de los tres miembros del Comité, envueltas en sombra, salvo la cima de sus cráneos, y patéticamente alterada la calva de Closson por los mechones sin cortar de las sienes. Los hombros a cuadros de Dale estaban un tanto vueltos de espalda en mi dirección. Cuando se torcía, debido a alguna pregunta inquietante, podía ver de perfil su agitada y manchada mandíbula inferior y las muchas sacudidas nerviosas de sus largas pestañas. Encima de este cuadro, pies indiferentes pasaban constantemente bajo el apagado sol de mediados de febrero.

Dale explicó al Comité, como me lo había explicado a mí, la enorme improbabilidad del tan delicado equilibrio de las fuerzas desatadas en el instante del *Big Bang*, el único equilibrio de fuerzas que había podido producir un Universo sostenido y lo bastante estable para que la vida se desarrollase en él y, en el caso de nuestro planeta, los primates, la conciencia, el pensamiento abstracto y la moral.

El Comité escuchaba en sombrío silencio, bajo el desfile de relucientes pies. Cuando Dale se perdió un poco en la relación de la fuerte energía con la producción de deuterio y, en consecuencia, con la reacción nuclear, Jeremy Vanderluyten, locuaz y compasivo, carraspeó y observó, con su grave y elegante elocuencia:

—Todo esto es sin duda muy interesante, Mr. Kohler; pero, y corríjame si me equivoco, hace ya varios años que estas cifras están sobre la mesa. La cosmología cambia, y espero que no haya cambiado por última vez. Lo que *me* choca, si puedo expresarme así, es la manera en que persisten las preocupaciones éticas y religiosas, sea cual sea la cosmología dominante. Piense en el siglo XVII y en lo convencidos que estaban sus científicos de que el materialismo mecanicista lo solucionaba todo. El Universo era como un reloj al que se hubiese dado cuerda, decían, y la física de Newton se consideraba irrebatible. Sin embargo, ¿qué ocurrió dentro de la fe judeocristiana? Pietismo, y la reavivación de Wesley, y la gran oleada misionera en todas las partes del mundo. Observe a los jóvenes de hoy, cuando se ha declarado reiteradamente la llamada muerte de Dios: es la generación más religiosa a lo largo de un siglo, y todo a consecuencia de imperativos interiores.

El negro apoyó una mano sobre la corbata de *reps*, y su férreo semblante, surcado de profundas arrugas, pareció a punto de sonreír.

—Las estrellas no son las únicas causantes. Son las estrellas, *más* algo. Más la ética. ¿Recuerda usted lo que dijo Kant?

Pude ver que Dale sacudía negativamente la despeinada cabeza. No había sido un buen corte de pelo, visto desde atrás. ¿O se lo había cortado Esther, sintiéndose Dalila en medio de un juego erótico? ¿O había sido Verna?

—*Der bestirnte Himmel über mir* —pronunció Jeremy, con voz tonante—, *und das moralische Gesetz in mir.* «El cielo estrellado encima de mí —traduje amablemente, levantando el largo dedo índice y golpeando después su corbata—, y la ley moral dentro de mí.» Las dos cosas juntas, ¿lo ve usted?

—Lo veo, desde luego —dijo el pobre Dale, impaciente en su fatiga y fuera de su campo—. Pero es que la gente debería *saber* que el Universo tiene estas cosas singulares, estos signos reveladores, para que nuestro impulso moral y nuestra voluntad de creer tenga algo a que agarrarse, si me entienden ustedes.

—Le entendemos, Mr. Kohler —dijo con acritud Rebecca Abrams—. Estamos aquí para entenderle. Y ahora, ¿a dónde más quiere llevarnos?

Él esbozó, con agitación creciente de las manos, los fallos de la teoría evolucionista, sus inevitables pegas si se observaba de cerca, desde la práctica imposibilidad de que se formase por sí sola la primera unidad con capacidad para reproducirse en la llamada sopa primordial hasta los absurdos saltos hipotéticos, inalcanzables por cualquier acumulación gradual de pequeñas mutaciones accidentales, para llegar a maravillas como el globo ocular del hombre o la cola de la ballena. A diferencia de su anterior conversación conmigo, prescindió del cuello de la jirafa y de los callos del avestruz.

Rebecca lanzó un profundo suspiro, expulsando el aire por la majestuosa nariz, la cual no tenía la forma ganchuda propia de los semitas, sino que era recta y sobresalía anormalmente de su cara, dándole un aire desafiador cuando se quitaba las gafas.

—Pero, Dale —dijo, llamándole por su nombre, inclinándose en su dirección y echándose luego atrás con tanta rapidez que su nariz dejó una mancha blanca en la sombra, o al menos así me lo pareció—, ¿cree usted realmente que la doctrina creacionista es más convincente? ¿Cómo se imagina *aquellos* acontecimientos? ¿Cree de verdad que Dios alargó una mano y moldeó y pulió la arcilla? Como usted sabe, «Adán» significa «arcilla», «tierra roja». He dicho doctrina creacionista; pero, en realidad, no es doctrina; sus defensores no intentan explicar *ningún* detalle de cómo se formó la materia, por qué se extinguieron tantas especies, o cuál fue la causa de que todo requiriese tanto *tiempo.* Lo único que nos ofrecen es el primer capítulo del *Génesis,* versículos veinte y siguientes. Pero incluso allí está escrito que Dios dijo: «Hiervan de animales las aguas y vuelen sobre la tierra aves», etcétera: «*Vayyomer elohim tose ha'ares nefesh hayyah leminah*», etcétera. Simples subjuntivos. En otras palabras: «Que *ocurra* esto y aquello.» Como si Él no pudiese evitarlo, como si, en realidad, sólo diese su permiso, o una especie de bendición. Por otra parte —y volvió a suspirar majestuosa—, si ustedes lo toman todo en sentido literal, se colocan en una posición demasiado grotesca, como argüir que las rocas no son realmente tan viejas, ya que fueron creadas el año 4004 antes de Cristo, que ni siquiera son tan viejas como los pinos cuyas anillas podemos contar, tal como hacen algunos de mis alumnos creacionistas, pobrecillos —y miró a sus colegas de Facultad, que sabían lo mucho que sufría—, que moverían a compasión si no fuesen tan exasperantes.

Entonces desafió a Dale:

—¿Es esto lo que usted nos ofrece?

Me compadecí de él, al observar su erizada nuca. Los cabellos permanecían tiesos como si acabase de quitarse el gorro de lana, y éste hubiese soltado su carga de electricidad estática. Dijo:

—Yo soy acérrimo partidario de la Ciencia, señora —e hizo una pausa, dudando de que el tratamiento fuese el adecuado para una profesora, pero incapaz de encontrar otro mejor—, sea lo que sea aquello que nos enseña. *Adoro* la Ciencia, y no he pretendido abordar —y su ademán fue tan vago que pareció desesperado, y dio la impresión de que abarcaba con él la sala, el cielo que se percibía a través de las ventanas del sótano y a nosotros cinco— esta cuestión teológica. Creo que me enseñaron la Biblia en la escuela dominical; pero, francamente, nunca le presté mucha atención desde entonces. El Dios que nos muestra es el que correspondía a la tecnología y a los conceptos sociales de la época. Ahora, nos parece bastante brutal con todos aquellos sacrificios y aniquilación de los enemigos, con aquella declaración de *Yo soy el que soy,* etcétera. No quiero criticarlo; pero no, no me imagino exactamente una mano bajando del cielo para modelar la arcilla. No sé lo que me imagino. Lo que sé es que a veces siento que *soy* tocado en mi interior y moldeado, que algo *me* toca desde lo alto; aunque, si quieren ustedes llamarle sensación subjetiva, alucinación, histerismo o de cualquier otro modo, no lo discutiré. Creo que muchas veces los nombres que damos a las cosas muestran nuestros sentimientos más que la *cosa* misma. Quiero decir que algunos dicen «visión» y otros dicen «alucinación», con lo cual expresan opiniones opuestas acerca de si algo se hallaba o no se hallaba *allí.*

Closson, creyendo tal vez que el muchacho se estaba enredando y queriendo ayudarle, dijo:

—Y como indicaron Berkeley y Husserl, y a su manera Wittgenstein, entre otros, el problema básico de si hay o no hay algo allí, y, en su caso, de cuál es su naturaleza, no es en modo alguno indiscutible, depende mucho de cómo definamos el *allí. Esse est percipi* —añadió amablemente el viejo cuáquero, echando la cabeza atrás de manera que sus arrugados párpados de reptil quedaron cubiertos por los gruesos cristales curvos de sus gafas de media luna, mientras sus encías pardas parecían esbozar una sonrisa.

—Ni siquiera digo exactamente eso —repuso Dale, rebullendo en su sillón, y excitándose a pesar de su fatiga, a pesar de los estragos hechos en su cuerpo y en el funcionamiento de su mente, por el amor y los labios absorbentes de Esther—. Me gustaría que la religión dejase de ocultarse dentro del ser humano, renunciase a esa especie de cobarde apelación a la llamada realidad subjetiva, al pensamiento ilusionado, en cierto modo. Lo que estoy tratando de ofrecerles, ya que ustedes me lo han preguntado, es lo que la Ciencia trata de decirnos objetivamente, con sus números, ya que los propios científicos no quieren hacerlo y prefieren mantenerse al margen, permanecer puros. Existen notables coincidencias numéricas —explicó.

Y habló al Comité de cómo diez elevado a la cuadragésima potencia se repite en muy variados contextos, desde el número de partículas cargadas en el Universo observable hasta la razón de la fuerza eléctrica a la gravitatoria, por no hablar de la razón entre la edad del Universo y el tiempo que tarda la luz en pasar a través de un protón. Trató de explicar la curiosa coincidencia de que la diferencia entre las masas del neutrón y del protón sea casi igual a la masa del electrón, y además, de que la velocidad de la luz al cuadrado es igual a la temperatura en que los protones y los neutrones dejan de transmutarse unos en otros y los números de ambos en el Universo quedan congelados. Igualmente maravillosa, para él, era otra ecuación que mostraba que la temperatura en que se disociaba la materia por la radiación, era igual a aquella en que la densidad energética de los protones igualaba a la de la materia, sobre todo protones. Además, el elemento carbono, tan crucial para las formas de vida, es sintetizado en las estrellas a través de una serie extraordinaria de resonancias nucleares que por lo visto sólo se producen...

Ed Snea, cuyas ceremonias eran siempre laudablemente breves, intentó interrumpirle diciendo:

—Mr. *Koh*-lur, me pregunto...

Pero Jeremy Vanderluyten intervino en seguida:

—Como dije antes, todo esto parece ser de índole repetitiva, de síntesis ecléctica. ¿Dónde está el contenido original que justificaría nuestro apoyo y ayuda financiera?

Dale sacó del bolsillo interior de su extraña chaqueta de tweed un fajo de papel de ordenador, plegado en acordeón y con perforaciones en ambos lados. Yo pude ver, desde el lugar en que me hallaba sentado, que el papel estaba lleno de columnas de números, de masas grises.

—Una de las razones de que esté tan aturdido —explicó al Comité, con un aire tan claramente suplicante y fatigado que Rebecca levantó su brillante nariz y Jeremy bajó los severos ojos— es que he pasado gran parte de esta noche pasada estudiando algunas constantes universales a través de varias transformaciones al azar, tratando de obtener algo para ustedes.

—¿Y qué podía ser ese algo? —preguntó Clossen, sacando el labio inferior ansioso de rapé.

—Algo inesperado —anunció Dale—. Algo más que casual.

Su voz se había fortalecido. Levantó la barbilla, enfrentándose con sus inquisidores. Pensé que a todos nos gusta ser desafiados. La pequeña descarga de adrenalina se lleva muchos problemas y orienta nuestra vida por el buen camino, que es donde debe estar. Vale más ponerse furioso que estar muerto. Nos gusta la pelea, porque aparta las dudas.

Dale desplegó el largo y grotesco impreso, que cayó entre sus rodillas, y dijo:

—Por ejemplo, la velocidad de la luz por la constante gravitatoria de Newton, ambas en unidades. En unidades SI, desde luego, y una de ellas un número enorme y la otra muy pequeño, nos da casi exactamente el sencillo número dos: uno coma nueve nueve nueve cinco tres dos seis.

Miró hacia arriba. Ninguno de los del Comité había pestañeado.

—Es una coincidencia increíble —explicó—. Otro resultado unitario inesperado fue que la constante de Hubble, es decir, la velocidad en que las galaxias se apartan las unas de las otras y en que se expande el universo, dividida por la carga del protón, que está naturalmente en el otro extremo de la escala de constantes cósmicas, nos da doce y medio, sin ningún resto. Estuve observando esto la noche pasada, a eso de las dos y, al cabo de un rato, advertí que, en toda la hoja, parecían destacarse estos veinticuatros. Dos, cuatro; dos, cuatro. El tiempo de Plank, por ejemplo, dividido por la constante de radiación nos da una cifra próxima a ocho veces diez, de nuevo en el negativo veinticuatro, y la permisividad de espacio libre, o constante eléctrica, en el radio de Bohr, nos da casi exactamente seis veces diez en el veinticuatro negativo. En el lado positivo, la constante de estructura fina electromagnética por el radio de Hubble, o sea, el tamaño del Universo tal como ahora lo percibimos, nos da algo muy próximo a diez elevado a veinticuatro, y la constante de fuerza fuerte por la carga del protón produce exactamente dos coma cuatro veces diez al decimoctavo negativo. Empecé a marcar con un círculo el veinticuatro siempre que aparecía en el papel —dijo mostrando su hoja de papel rayado, adornado con numerosos círculos escarlata—. Aquí pueden ver ustedes que esto es más que casual.

—Me parece que yo no *puedo* verlo —respondió Jesse Closson, mirando por encima de sus gafas de media luna.

Dale levantó más el papel y todos pudimos darnos cuenta de

que sus nudosas manazas estaban temblando. Con ellas sostenía el Universo.

—El azar, o la carencia de él, no es una clase de categoría... —empezó a decir Jeremy Vanderluyten.

—Amigo mío —intervino Ed Snea, como si llamase al orden a un parlanchín en una fiesta al aire libre—, ¿qué *significan* las interrelaciones entre esos números? ¿No está usted sumando naranjas y manzanas, como suele decirse, y dividiéndolas por pomelos?

—No son simples números, sino las constantes físicas fundamentales —le explicó Dale—. Son los términos de la Creación.

—¡Oh, esto me *gusta*! —exclamó efusivamente Rebecca.

Comprendí que era el primer aliado de Dale en el Comité, y él lo advirtió también. Volvió la cabeza para enfrentarse con ella.

—Estos números —dijo intensamente, con una seriedad casi paternal y ansiando ser comprendido, mientras desfilaban pies por la ventana sobre la cabeza de ella— son las palabras con que Dios ha querido hablar. Podía haber elegido muchas otras, señora; pero escogió éstas. Tal vez nuestras mediciones son todavía imperfectas, es posible que mis transformaciones no sean las más inteligentes... Estaba muy cansado y también nervioso pensando en esta reunión. Podría haber una ecuación diferencial que nos diese algo definitivo; no lo sé. Pero tiene que haber algo aquí, si es que lo hay en alguna parte. ¿No le gusta la manera en que la velocidad de la luz, por la constante de la gravitación, da dos como producto?

—Sí, *me* gusta —repitió Rebecca, con un énfasis diferente—; pero...

—Esto es cabalismo —gruñó Jeremy Vanderluyten—. Con un poco de habilidad, se puede hacer decir cualquier cosa a los números. Sólo para satisfacer mi curiosidad, ¿quiere ver si tiene un seis seis seis en alguna parte?

Dale, moviendo la cabeza en pequeñas sacudidas, miró su papel y declaró:

—Sí, señor, ciertamente lo tengo. Y no sólo tres seises, sino diez, en hilera. El radio de Bohr dividido por el radio de Hubble.

—Vean —dijo el negro—. Éste es el número de la Bestia, y dicen que significa que el fin del mundo está cerca.

—O que Dios está siendo dividido por tres —opinó Closson, ahora con una pizca de impaciencia en sus afables modales—. Estos cálculos, joven, tienen para mí cierto sabor de desesperación. Como podría decir Heidegger, su *Verstehen* ha sido alcanzado por su *Befindlichkeit*.

Los demás miembros del Comité rieron con disimulo.

Dale confesó en tono muy digno:

—Me siento desesperado algunas veces. Pero entonces pienso: ¿Por qué había de hacerlo Dios fácil para mí, si hasta ahora no lo ha hecho para toda la Humanidad? Hubo un momento —declaró—, la noche pasada, en el que me sentí cansado, y creo que exasperado si no desesperado. Empecé a pulsar órdenes al azar y, en medio de toda la basura que aparecía en la pantalla, resplandeció de pronto este hermoso número: uno coma cero cero cero cero cero, cero cero cero. No sé exactamente cuántos ceros, tal vez diez, y después un uno. Ahora bien, en ninguna parte de la Naturaleza va a dar un cálculo un resultado tan extraño, uno y una diez mil millonésima de lo que sea. Pero los números generados seguían pasando por la pantalla, y cuando traté de volver a aquél para imprimirlo, el cálculo había desaparecido.

Se hizo un silencio. Pensé que Dale no había mirado una sola vez en mi dirección. Esther y él debieron pasarlo en grande ayer, en el desván. Ella se había mostrado lánguida y pícara cuando yo volví a casa a las seis menos cuarto. Dale, Richie y ella estaban inclinados sobre la mesa del comedor bajo la lámpara «Tiffany», como un grabado bíblico sentimental, formando sus tres cabezas un triángulo cuyo vértice correspondía a la de Esther. Habían estado trabajando en números hexadecimales.

—¿Y dos D? —había preguntado Dale—. ¿Qué nos daría esto, Richie?

La pausa se había prolongado, mientras, en la cocina, el frigorífico se preguntaba si tenía que hacer más hielo.

—Cuarenta y cinco —dijo al fin Esther—. Es evidente.

—Tu mamá tiene razón —había reconocido Dale, confuso por ella—. Mira, Richie —había explicado—, el dos de la izquierda significa dos dieciséis, o sea treinta y dos, y la D representa... Recuerda que tenemos que asignar una letra a los números de dos dígitos por debajo de dieciséis...

Había esperado un segundo y dado después él mismo el dato:

—Trece. Treinta y dos más trece ¿hacen...?

—Cuarenta y cinco —había dicho el niño, con voz débil y turbada.

—¡Exacto! Mira, ¡lo estás consiguiendo!

—Ya era hora —había comentado Esther, con tono lánguido y pícaro.

Su boca, a pesar de la reciente aplicación del lápiz de labios, parecía escoriada, y tuve la impresión de que sus ojos verdes resplandecían con el recuerdo de lo lejos que habían despertado sus instintos naturales unas horas antes. La noche anterior, en nuestro oscuro lecho conyugal, cediendo a un impulso de concupiscencia, había tratado torpemente de ejercitar en mí algunos de sus sucios trucos. Yo había golpeado su hombro desnudo con el dorso de la mano y le había vuelto la espalda, protegiendo lo que en Ohio solían llamar, con picante intención, las joyas de la familia.

Ed formulaba ahora a Dale, con delicado disgusto, la pregunta crucial:

—¿Tiene usted alguna otra idea de cómo utilizar un ordenador en esta búsqueda de... —no podía permitir que sus labios, debajo del ínfimo y como desmitificado bigote, pronunciasen el viejo y para él torpe monosílabo— ...de lo Absoluto?

—¿O de cómo hinchar su cartera? —rió Closson, demasiado inocente, como cuáquero que era, para comprender, según creo, lo vulgar que era la frase.

Rebecca sí que lo comprendió y se inclinó hacia delante para suavizar las cosas y proteger al joven.

—Dale, ¿cómo piensa usted plasmar el resultado final de su investigación? ¿En un documento técnico o en algo más inspirador?

Se retrepó en su sillón y quitó de su larga y blanca nariz las gafas de montura de acero. Esto hizo que cambiase de aspecto. Era una mujer: Eva, *Hawwab*, «vida». Tuve la impresión de que el corazón de Dale volaba hacia ella, un foco de calor dentro de aquel juicio frío. Ella sonrió y siguió diciendo:

—Lo que pregunto es: ¿Cómo podríamos *usar* sus teorías, para justificar una subvención?

Jeremy, todavía irritado por la falta de respeto a *das moralische Gesetz,* intervino:

—¿Qué está usted tratando de demostrar al barajar todos esos números?

—Señor, intento de dar a Dios la oportunidad de *hablar* —dijo Dale con energía.

Les describió, más extensamente de cómo me lo había descrito a mí, su noción de hacer un modelo de realidad partiendo de los principios de los gráficos de ordenador. Las formas, dijo al Comité, pueden ser sustraídas unas de otras, en cuanto están representadas en la memoria maquinal como primitivas sólidas, y las secciones transversales pueden ser computadas bajo cualquier ángulo y a lo largo de cualquier corte, en cuanto se dan unas pocas órdenes. En un diseño industrial computerizado, como hacer un dado o un molde, las formas negativas tienen una importancia igual a la de las positivas; también (y aquí entraron detalladamente en juego sus expresivas manos) pueden crearse formas sólidas moviendo una figura plana a lo largo de un trayecto específico en el espacio. Haciendo actuar recíprocamente estos sistemas, introduciendo reglas locales para la evolución de estas formas y usando más algoritmos de planificación global, creía Dale que podía simular nuestro mundo real, no tanto en su contenido como en su complejidad, a un nivel que daría claves gráficas o algorítmicas de un diseño subyacente, suponiendo que existiese. Era, dijo, un poco parecido al proceso corriente en los gráficos de ordenador, mediante el cual la primera imagen «en alambre» de un objeto sólido es generada por líneas de vector y entonces, con una sencilla fórmula operando sobre la coordenada *z*, se eliminan los bordes ocultos, los bordes que en el mundo «real», es decir, el mundo que experimentamos con nuestros sentidos, serían ocultados por la opacidad del objeto. Teológicamente hablando, nos movemos en un mundo cuyos bordes ocultos han sido removidos, y lo que Dale intentaba hacer, con la ayuda indispensable del Comité, era restaurar aquellos bordes, eliminando la opacidad y devolviendo a la Creación su transparencia primitiva, en la cual, desde la Caída, sólo unos pocos místicos y locos, y tal vez algunos niños, han podido verla. O bien, si el Comité prefería una analogía con la física de las partículas, pretendería someter el macrocosmos, transpuesto en gráficos de ordenador, a un proceso parecido a la desintegración del átomo.

Sin embargo, la exposición de Dale era vacilante y, en ocasiones, su voz se extinguía en una larga pausa. Era como si, mentalmente, hubiese ensayado tanto este momento que, cuando al fin llegaba, había agotado su energía. Ya no le quedaban fuerzas. Parecía resignado al rechazo.

Con su voz áspera y opaca, Jeremy dijo en tono agresivo:

—Desde Kant y Kierkegaard hasta William James y Heidegger, la religión se ha fundado en la subjetividad. La subjetividad es el campo propio de la religión. No debemos dejarnos tentar para salir de este campo. Si empezamos a jugar con esta clase de seudociencia, volveremos directamente a una magia y a un fundamentalismo totalmente indefendibles. Adiós, imperativos morales; sé bien venido, vudú.

Rebecca intercedió:

—Pero, Jere, ¿no se muestra usted un poco antibíblico? El Dios de Abraham y de Moisés no era tan sólo un fenómeno subjetivo; los israelitas lo experimentaron con todo su ser, como Historia. Discutieron con Él, incluso lucharon con Él. *Pactaron* con Él. Uno no ha de querer decirle a Dios: «No puedes entrar en la Historia, no puedes entrar en el mundo objetivo.»

—Todos los días de la semana —dijo Closson, carraspeando a causa de la nicotina—, la oración le invita a entrar, y lo malo es que, después de tantos años, ¡nadie sabe si ha entrado o no!

—Lo que a mí me preocupa —intervino el reverendo Ed Snea, con su ceremonioso deje del Sur— es que, suponiendo que los ordenadores, tal como los ha descrito Mr. Kohler, *adquieran* algo parecido a inteligencia, ¿no significará esto que adquirirán también una subjetividad y que, si uno de ellos declara en sentido objetivo que existe un Absoluto, tendrá su testimonio más importancia que el de un devoto montañés de los bosques de Tennessee?

—O que el de la doncella azteca que creía lo bastante en Huitzilopochtli para dejar que los sacerdotes le arrancasen el corazón del pecho en vida —dijo Closson, haciendo pestañear sus ojos de reptil y entreabriendo su boca fétida en una risita silenciosa.

La religión, pensé, nunca dejaba de divertirme.

—Lo que yo quisiera hacer —dijo Ed— es dar a esos ordenadores cuerda suficiente para que se ahorcasen. Para mí, no son más que archivos de fantasía.

—En *mi* opinión, sería una malversación lamentable —declaró Jeremy— en una época en que los estudios de los negros y de las mujeres necesitan urgentemente fondos...

Rebecca le interrumpió:

—Algunas de las mujeres con quienes hablo están hartas de ser estudiadas. ¿Acaso ser mujer es *todo* lo que hacemos? ¿No podemos decir nada acerca de nosotras mismas, salvo que la sociedad patriarcal nos ha obligado a usar desodorantes? Mis dulces y pequeñas militantes diríase que nunca se han lavado los cabellos ni limpiado las uñas, como si fuesen los *hombres* quienes inventaron los baños...

Sabía que no debía continuar; pero siguió adelante con una ligera e irresistible sonrisa:

—Yo creo que es *delicioso* que ese joven quiera venir a echarnos una mano desde el fondo del departamento de Ciencias de la Universidad.

Closson carraspeó una vez más y volvió a mí su cabezota.

—Roger, ¿quiere usted comunicarnos alguna opinión o idea de que terminemos con Mr. Kohler?

Uno de sus mechones se había despegado y oscilaba en un lado de la cabeza como una antena inquisitiva.

Me chocó que quisieran sacarme de mi aislamiento, donde mi existencia era como una sombra.

—Usted ya me conoce, Jesse —dije, con una falsa jocosidad que sonó mal a mis propios oídos—. Siempre he sido barthiano. Temo que Barth habría considerado el proyecto de Dale como la clase más fútil e insolente de teología natural. También estoy de acuerdo con Jere: no hay sitio para la apologética, cuando ésta ha hecho una y otra vez que la religión parezca ridícula. Como Rebecca, no creo que Dios tenga que ser reducido a la subjetividad humana. Pero su objetividad debe ser de una clase totalmente distinta de la de esas ecuaciones físicas. Y aunque no fuese así, la posibilidad de demostración plantea problemas adicionales. Un Dios que se dejase demostrar, más exactamente, un Dios que no pudiese *ayudar* a ser probado, ¿no sería demasiado sumiso, demasiado pasivo y dependiente del ingenio humano, en una palabra, un Dios impotente y contingente? También veo un problema en la facticidad divina, tal como nos sería demostrada. Todos sabemos, como maestros, lo que ocurre con los hechos: se pasan por alto, se olvidan. Los hechos son aburridos. Los hechos son inertes, impersonales. Un Dios que fuese meramente un hecho permanecería sobre la mesa con todos los demás hechos: podríamos tomarlo o dejarlo. Tal como están las cosas, siempre nos encontramos en movimiento *hacia* el Dios que huye, el *Deus absconditus*; Él, con su ausencia aparente, está siempre con nosotros. Lo que hoy se nos pide que financiemos, lamento decirlo, me parece una especie de fisgoneo cosmológico obsceno que poco tiene que ver con la religión tal como yo la entiendo. Como dice el propio Barth en alguna parte, no puedo darles la referencia exacta, «¿Qué clase de Dios es el que tiene que ser demostrado?»

Después de este beso de Judas, Dale me miró por primera vez, y tuve la impresión visual de que su acné se estaba curando, gracias a los cuidados de Esther. Sus ojos azules estaban pasmados, nublados. No comprendía el favor que acababa de hacerle.

Jesse, desde luego, es un tillichiano ecumenista y sentimental, y Ed, un bultmannita profesional, y Rebecca, sensible al fondo de reprimido sentimiento antisemita presente en el declarado filosemitismo de Barth (1), y Jeremy, un activista social y un lógico ético. Al introducir tan estruendosamente en la discusión a Barth, desdeñoso enemigo de los humanistas religiosos y acomodaticio, y viejo enemigo de Tillich y Bultmann, habían hecho que el Comité se volviese contra mí, es decir, en favor de Dale.

Jesse vaciló un poco y trató de resumir:

—Bueno, sí, supongo que el Fundamento del Todo Ser debe *tener* un sentido superior. No puede tratarse simplemente de un

(1) Véase (y no habrá más notas de pie de página) la carta de Barth de 5 de setiembre de 1967, dirigida al doctor Friedrich-Wilhelm Marquardt: «...en mis encuentros personales con judíos actuales (incluso con cristianos judíos) siempre, hasta donde alcanza mi recuerdo, he tenido que disimular una aversión irracional, reprimiéndola naturalmente, y en seguida, basada en todas mis presuposiciones, y ocultándolo por completo en mis declaraciones; pero teniendo que reprimirla y disimularla.»

ser más. Pero esto plantea una serie de cuestiones interesantes, si el ser *esse, sein,* es un simple esto o esto otro, una condición binaria, en el lenguaje de Mr. Kohler, o si hay grados, intensidades..., en realidad, *todo* esto es muy interesante. Nos ha dado usted que pensar, joven, lo cual no es fácil en los círculos académicos. ¡Ja, ja! Tendrá usted noticias nuestras dentro de dos semanas.

Cuando, diez días después, dije a Esther que Closson me había comunicado que el Comité había acordado conceder a Dale una subvención provisional de dos mil quinientos dólares, renovable en setiembre próximo, si él lo solicitaba y presentaba el primero de junio una comunicación de cuarenta páginas, resumiendo los primeros resultados concretos, ella me dijo:

—Mala cosa. En realidad, es terrible.

—¿Por qué?

—Ahora tendrá la impresión de que ha alcanzado algo, y lo que trata de hacer es imposible.

—Mujer de poca fe.

—Es él quien está perdiendo su fe. Y esto hará que acabe de perderla.

—¿Cómo sabes que está perdiendo su fe? —le pregunté.

Giró sobre sus ruidosos tacones y se alejó por el pasillo ofreciéndome esa visión desde atrás en que incluso la mujer más menuda parece algo grande, un pedazo de la Tierra. Llevaba pantalón caqui ceñido. Había estado en el jardín, haciendo una poda de invierno, preguntándose cuándo habría que quitar el pajote, al ver que los primeros lirios de nieve asomaban sus corolas sobre el extremo caldeado por el sol de nuestra valla junto al cobertizo donde guardaban los Ellicott sus herramientas.

—¿No la estamos perdiendo todos? —me gritó, antes de desaparecer en la cocina.

Yo nunca había creído que Esther tuviese fe; lo cual formaba parte de su encanto, la suculenta libertad de que hacía gala.

Le había pedido que llevase a Verna a la clínica para abortar, y ella se había negado, diciendo que era mi sobrina y que, en todo caso, Verna le había tomado antipatía, pues se mostraba muy ruda en la guardería. Y a propósito, llevaba allí a Paula cada vez con menos frecuencia y, cuando lo hacía, la pobre criatura no podía hallarse más sucia. Las cosas se estaban deteriorando en *aquel* frente, dijo. Como si hubiese varios frentes, y ella y yo nos encontrásemos en el cuartel general.

Verna había dicho por teléfono, con toda claridad, que no quería ir sola. Manifestó que, a fin de cuentas, la idea había sido mía.

Entonces le dije que la llevaría yo. Mejor esto que dejar que se escabullese. Estaba resuelto a conducir este asunto a buen fin. La tarde señalada, una canguro del barrio, se desdijo típicamente del trato en el último minuto. Por consiguiente, la pequeña Paula tuvo que venir con nosotros. Era muy avanzada la tarde, una hora en la que, hasta hacía poco, había sido ya noche cerrada y que ahora nos sorprendió con su luz, demorándose la claridad del día en las hileras de casas de tres pisos, en las tiendas con grandes escaparates de las esquinas, en los sicómoros y algarrobos sin hojas, en los doblados rótulos de «Prohibido aparcar» pintados con spray. La luz me molestaba al llevar a aquella mujer de diecinueve años y a aquella niña de uno y medio en mi sólido, pulcro y un tanto aerodinámico «Audi», a lo largo de aquellas calles flanqueadas de herrumbrosas glorias de Detroit, coches petrificados como montones de lava. Yo no tenía nada que hacer allí. Pero lo hacía. Estaba matando a un niño por nacer, tratando de salvar a otro que había nacido. A dos que habían nacido. La clínica era un edificio bajo de ladrillos blancos, no precisamente nuevo y con los ladrillos sólo bastante blancos para que el mortero pareciese oscuro. Estaba a varias manzanas de la residencia de Verna, más en el interior de aquella parte de la ciudad a la que nunca solía yo ir.

También me molestaba entrar en la oficina de la clínica con la pequeña mulata y la joven de lengua procaz, tez cetrina y ligeramente entrada en carnes. Para este acontecimiento, se había puesto Verna su atuendo más barato, un conjunto de falda ancha de lana verde, jersey amarillo canario con cuello de tortuga y chaquetón de cuero de color naranja, debajo de una especie de sarape a cuadros. Parecía una pelandusca ingenua. Y se había peinado con aquellos rizos oleosos, húmedos y serpentinos, que vemos cada vez más a menudo incluso en las secretarias de la Escuela de Teología.

Las luces fluorescentes del interior de la clínica, que zumbaban un poco, no podían hacer mucho contra el lúgubre ambiente. Había dos mesas en la antesala, y en ellas, una enfermera y una secretaria. La enfermera levantó la cabeza y me lanzó una mirada que parecía acusadora. Para llenar los impresos, Verna tuvo que poner a Paula en mis brazos, y me pareció que la niña pesaba más que la última vez que la había levantado, no sólo por la ropa de invierno, sino también porque había crecido, porque sus músculos eran más exigentes. Aunque era muy pequeña, estaba llena de vida, con el valor unitario de la personalidad. Se estaba volviendo patilarga. Ahora, su cara tenía una expresión más compleja, más pensativa. Se sentía inquieta en mis brazos, contraía suavemente los músculos, sin saber todavía si tenía que hacer, o no, un esfuerzo supremo para liberarse. Desde unos centímetros de distancia, me miró muy fija a los ojos, sin sonreír, como valorándome.

—No caer suelo —dijo con sonsonete.

Sus ojos, que antes me habían parecido de un color azul marino, se habían vuelto castaños, un poco más oscuros que los de Verna.

—Paula no caer —le dije—. Hombre sostener fuerte.

Me pregunté de qué sería aquel débil olor que brotaba de ella al calentarse entre mis brazos. Recordé que Esther había dicho «sucia»; pero no era de excrementos, sino un olor rancio y agradable que guardaba yo en lo más profundo de mi memoria, de cuando saboreaba los espacios encantados detrás de cómodas o de armarios con los estantes forrados de hule. Recordé a la abuela de esta niña en el desván de techo abuhardillado, aquel día, y las motas de polvo, y el triste blanco grisáceo del babero, al hurgar Edna debajo de su jersey para abrirlo. Recordé el afán con que nuestras pobres mentes se aprietan contra los cuerpos de otros, como el agua contra los nadadores.

—Nunc, ¿te importa que te ponga aquí como mi pariente más próximo? —preguntó Verna, con su voz estridente y llamativa.

Varias caras se volvieron hacia mí. Había una hilera de sillas en aquella habitación, de cuyo techo titilaba la luz fluorescente. Las persianas ocultaban la vista de la calle y las paredes estaban pintadas del color pastel tradicional. Un extraño y pesado silencio interior diluía el ruido del tráfico exterior. Las sillas de plástico, de diferentes colores primarios como en una escuela elemental, se hallaban ocupadas en un tercio por mujeres jóvenes, en su mayoría negras, y algunos acompañantes de variado aspecto. Una madre en ciernes mascaba chicle y, con virtuosa indiferencia, formaba perfectas esferas de color rosa delante de sus labios, hinchándolas hasta que reventaban, y empezaba de nuevo. Otra llevaba un «Walkman» y tenía los ojos cerrados para amortiguar el estrépito que llenaba su cabeza. Un muchacho negro, que parecía poco mayor que el chiquillo que había guardado mi coche, murmuraba ansiosamente algo al oído de una muchacha y le ofrecía de vez en cuando su cigarrillo para que lo chupase. Ella tenía las mejillas húmedas, pero, por lo demás, permanecía impasible, como una máscara africana, de labios y mentón majestuosamente prominentes.

—Es que no lo soy —dije en voz baja, acercándome más.

—Hombre malo —murmuró Paula junto a mi cara, insinuante, coqueta.

Sus dedos elásticos y mojados tocaron mi boca y tiraron de mi labio inferior. Las uñas diminutas rascaban.

—No quiero poner a mamá ni a papá —dijo Verna, en voz despreocupadamente alta—. Ellos dicen que me jòda, y yo digo que se jodan ellos.

Estalló otra pompa. Un coche, con el silenciador roto, pasó por la calle armando un ruido infernal. La enfermera, con un gastado jersey azul sobre el almidonado uniforme blanco, condujo a Verna a otra habitación más iluminada. Paula y yo pudimos ver, a través de la puerta entreabierta, que la sentaban en una silla para tomar la presión de la sangre en su brazo desnudo. Un termómetro se irguió desafiador en la boca de Verna. La niña se puso inquieta, temerosa de que le hiciesen daño a su madre. La saqué de allí.

En la calle, vimos que era ya de noche. Desde el lejano corazón de la ciudad, donde una cúpula de luz teñía el cielo y centelleaban las señales para los aviones en las cimas de los rascacielos, llegaba un ruido apagado, un rumor oceánico, como si la atascada corriente del tráfico hubiese adquirido un significado eterno. Aquel barrio parecía casi suburbano. Una tienda de comestibles resplandecía en una esquina, y transeúntes sin rostro pasaban arriba y abajo por la calle, intercambiando breves palabras de saludo. Paula se agitaba en mis brazos. Estaba aprensiva, hambrienta, y cada vez pensaba más. No paraba de dar pataditas a mi chaquetón de piel de cordero y de rascar con curiosidad mi labio inferior. Antes que aventurarme de nuevo en aquella mal iluminada sala de espera, preferí refugiarme con Paula en el «Audi», y una vez allí, traté de encontrar en la radio una canción que le gustase. Busqué aquella canción tan animada, pero, dada la proliferación de nuevas piezas y de nuevas estrellas, no pude dar con *Cyndi Lauper*, aunque hice girar en todas direcciones el suavemente resplandeciente disco.

—Música —dijo Paula.

—Música bonita —dije.

—Terrible —dijo ella, en el tono exacto de su madre, como ligeramente pasmada.

—Y que lo digas.

Moví el disco, tratando de encontrar música en vez de las noticias y las llamadas telefónicas tan abundantes a aquella hora de la tarde. La mitad de los que llamaban estaban borrachos y todos se sentían incitados a hablar demasiado por el milagro de estar en la radio. Me asombró la rudeza con que les interrumpían los locutores. «Está bien, Joe, todos tenemos derecho a sostener nuestra opinión... Lo siento, Kathleen, tiene usted que hablar con más sensatez... Tenga cuidado, Dave, y muchas gracias por llamarnos.» Paula se quedó dormida. La coloqué en el asiento de al lado y me di cuenta de que había mojado mis rodillas. Apagué la radio, aquella Torre de Babel.

Me embargó una fatiga espiritual, un reconocimiento de que mi vida, pasados los cincuenta y tres años, requería cuidados, supervisar mi cuerpo como el de estos pobres inválidos que son mantenidos vivos gracias a tubos e inyecciones en las codiciosas clínicas, y de que siempre había sido así, que los focos de ambición y de deseo que habían iluminado mi camino cuando era más joven y dado a mi vida un carácter de drama teatral o de sueño cargado de símbolos, habían sido mecanismos químicos, ilusiones con que la carne y el cerebro me habían engañado. Como sabían los santos, hay una satisfacción en esta fatiga, como si al hundirnos más allá de la desesperación y la acedía nos acercásemos a la condición abismal que llevó a Dios a decir tímidamente en su vacío: *Júntense en un lugar las aguas, y aparezca lo seco.*

Empujé hacia abajo la manija de la portezuela y escuché para ver si el ruido despertaba a Paula. Su respiración se interrumpió un instante; pero recobró en seguida su confiado ritmo. Entonces, salí de nuevo al aire libre, a la calle. Se había materializado una fina y fría llovizna que oscurecía el asfalto y me cosquilleaba la cara. Nos gusta que nos toquen desde arriba, sea la lluvia, sea la nieve. Pensé en Esther, trajinando en nuestra cocina, con los movimientos retrasados por el vino y la reflexión; y en Richie, llevándose mecánicamente la comida a la boca mientras sus ojos devoraban la temblorosa y pequeña pantalla, y me alegré de no estar allí por una vez, de hallarme envuelto por el aire fresco de aquella parte extraña de la ciudad, tan extraña para mí y tan llena de promesas de lo desconocido como Tientsin o como Ouagadougou. Me pregunté si había dejado entreabierta una de las ventanillas del «Audi» para que entrase un poco de aire, como habría hecho si hubiese dejado un perro allí, y volví atrás para comprobarlo. Paula, dormida, no habría atraído a ningún ladrón; no era más que un montón de harapos. Vista a la luz de la farola, su cara y sus pequeños y fláccidos miembros eran tan incoloros como una fotografía de periódico.

La enfermera había abandonado su mesa y la secretaria me dijo que mi sobrina tardaría todavía un rato. Sólo había un médico y por esto se hacía todo con retraso. De las tres jóvenes negras que había visto antes, sólo quedaba la máscara africana. Su acompañante se había marchado; se habían secado sus lágrimas y tenía el aire regio e impasible de la princesa de una raza que viaja desde la cuna hasta la tumba a expensas del Estado, como los aristócratas de antaño. Me pregunté cuántas horas habría necesitado para peinar sus cabellos en tantas trenzas finas, adornadas con abalorios de colores y diminutos aros de oro falso.

Cuando salió al fin Verna de las cámaras ocultas de la clínica, diez minutos antes de las ocho, también ella parecía impasible. Se movía con cuidado, como si caminase sobre unos pies insensibilizados. Bajo la luz lechosa y vacilante, vi que traía varias hojas de papel, unas grandes (impresos oficiales) y otras pequeñas (prescripciones para cumplir). Y también un paquete pequeño, algo blando envuelto en papel de seda. Cuando terminó los breves trámites con la secretaria, le ofrecí el brazo. Pero ella hizo caso omiso de mi codo solícitamente doblado. Tal vez no lo vio. Sus ojeras, de un delicado color malva, aparecían abultadas, como si le hubiesen hinchado la cara y, al desinflarse, la piel no se hubiese adaptado del todo a los huesos.

—¿Qué hay en ese paquetito? —le pregunté.

—Compresas —dijo.

Y con la voz fuerte e irónica de una niña entusiasmada, añadió:

—Me han dado un cinturón monísimo color rosa. ¡De balde!

En la calle, la lluvia se había reducido a una neblina. Sin embargo, yo quería todavía protegerla, ser un toldo para ella mientras se dirigía al coche a paso lento. Como un vuelo de mariposas alrededor de una estatua, mi solicitud aleteaba inútilmente en torno a su estoica y erguida figura. Su dignidad me pareció alarmante, afirmada ahora contra una historia personal de indignidad, y envolviendo una determinación de ser vengada. Permaneció de pie delante de la portezuela mientras yo, a tientas, introducía con torpeza la llave en la rendija del curvo tirador. Esperando pacientemente, miró al interior del coche y vio a través del oscuro cristal el cuerpo dormido de Paula.

—Bueno, Nunc —dijo, con aquella voz amortiguada que parecía salir de una garganta demasiado estrecha—, uno se acabó, y la otra sigue.

CAPÍTULO IV

1

Al anochecer de este primer viernes de abril, Dale, con un bocadillo caliente de pastrami, que se está enfriando en una bolsa de papel manchada de grasa; con un pequeño cartón de leche completa y un par de galletas rotas de harina de avena en una envoltura de plástico, se dirige hacia el edificio, construido en 1978, que alberga los copiosos elementos para la investigación y el desarrollo de la informática. Un cubo de hormigón, con nueve veces nueve ventanas en cada lado, se eleva sobre las maltrechas y tristes hileras de viviendas que se encuentran en esta parte de la ciudad, fincas poseídas todas ellas por la Universidad y que esperan lo que les depare el destino. La mera vida diaria parece mezquina a la sombra del gran edificio, con sus muchas ventanas colocadas de forma idéntica en el fondo de huecos biselados abiertos en la pared como troneras de un búnker a prueba de balas. Esta tarde, el cielo es de color turquesa, y las nubes pequeñas y nerviosas de la primavera han sustituido a la sólida capa nubosa del invierno. De pronto, todo, desde las verdeantes puntas de las ramas de los árboles hasta el barro del suelo, lucha por ser algo diferente de lo que es. Dale siente un nudo en el estómago, irritadas sus paredes desde dentro por una aprensión culpable. Ha aceptado dinero para su proyecto; ha querido abarcar demasiado.

Aunque las horas normales de trabajo han terminado y el gran vestíbulo de mármol rosa del *Cubo* se halla desierto, salvo el guarda indolente que comprueba el pase laminado de Dale, en algunos pisos superiores está sólo empezando la verdadera actividad creadora, habiendo cedido las horas del día a proyectos seguramente más provechosos que el suyo. Dale entra en uno de los ascensores azules. Pulsa el botón número 7.

La primera planta del *Cubo* se encuentra ocupada por la recepción, las oficinas del personal de relaciones públicas y una biblioteca técnica de ciencia informática y de los grandes lenguajes de programación (LISP, FORTRAN, LP/1, Pascal, Algol, con su antepasado Blankalkül y su descendiente JOVIAL), más un pequeño y divertido museo donde se exhiben ábacos, equipos incas, una regla de cálculo del siglo XVII, diagramas de las ruedas de cálculo dentadas y de trinquete de Pascal y de las ruedas escalonadas de Leibniz, una ampliación, que ocupa toda una pared, de algunas especulaciones mecánicas para el Aparato Analítico periódico de Charles Babbage, con sus tarjetas Jacquard y mil ruedas de almacenaje de dígitos, reproducciones de páginas selectas de libretas matemáticas de la Condesa Lovelace y también uno de sus verdaderos pañuelos de lino bordados, muestras de las tarjetas perforadas Hollerith empleadas en el censo de 1890 de los Estados Unidos, piezas significativas de la Calculadora Controlada de Secuencia Automática puesta en funcionamiento en Harvard en 1944, y un acumulador desmontado consistente en diez contadores, que comprendían a su vez diez tubos al vacío, de ENIAC, la primera verdadera computadora electrónica, inventada en Filadelfia para calcular las trayectorias de extrañas y anticuadas bombas y granadas.

En la segunda y tercera plantas, están las oficinas de los administradores del *Cubo*. Hay también salas de conferencia y una pequeña cocina, toda de acero inoxidable, en la que pueden prepararse almuerzos y copiosos entremeses para visitantes importantes. A disposición de los trabajadores del *Cubo*, hay un gimnasio (con equipo *Nautilus* y una pista rodante), un salón de meditación (equipado solamente con esterillas y «zafus»), una enfermería con tres camas, y un espacio para guardar bicicletas y ciclomotores, que deben meterse en el edificio para que no los roben fuera.

El botón de la cuarta planta ha sido inutilizado en la mayoría de los ascensores, e incluso en aquellos donde funciona sólo lo hace si se marca en un paqueño panel un número en clave que se cambia cada semana. El trabajo que se realiza en la cuarta planta es secreto. Sin embargo, proceden de él todos los fondos de que se alimenta el *Cubo*. Los hombres que trabajan en la cuarta planta no lo reconocen nunca; pero pueden ser identificados por su indumento relativamente formal, traje y corbata, mientras que el jefe de toda la sección de investigación y desarrollo, un algre italoamericano llamado Benedetto Ferrari, anda por ahí con un jersey de cuello de tortuga o una camisa de seda desabrochada, que permite ver una gruesa cadena de oro o unas viejas cuentas de cedro que perdió su aroma. Antaño brillante matemático, con su fino instinto italiano para atajar con elegancia las cosas, Ferrari deslumbra a los administradores e incluso encanta por teléfono a los cansados hombres de Washington que gustan de que los viejos carboneros deban sacar a paladas su cupo diario del inagotable tesoso nacional.

La quinta planta está dedicada, casi por completo, al proyecto predilecto de Ferrari, el desarrollo de chips de silicio adaptables, de manera parecida al cerebro, para crear una inteligencia artificial, aunque el beneficio que puede representar para la Humanidad, la fabricación mecánica de más inteligencias desastrosas, cuando ya posee tantas, está todavía menos claro que la inmaculada y feroz sonrisa de aprobación y ánimo que prodiga el jefe cuando visita su departamento favorito. Tal vez su dicha es la de Pigmalión, la del Dr. Frankenstein, la de todos los que pueden usurpar la prerrogativa divina de infundir vida al barro con su aliento.

La sexta planta contiene las entrañas del lugar, las apretadas filas de CPU-VAX 785, máquinas Symbolics 3600 LISP y el propio invento del *Cubo*, los MU, revolviendo y triturando cálculos las veinticuatro horas del día. Estruendosos ventiladores impiden que se calienten en exceso. Un suelo de segmentos amovibles protege y al mismo tiempo hace accesibles los quilómetros de cable energético que conectan sus miles de millones de bytes no solamente con las plantas de unidades de exposición-proceso de arriba y de abajo, sino también, a través de módems de alta velocidad y satélites, con terminales tan remota y estratégicamente situadas como Palo Alto, Hawai, Berlín Oeste e Israel. A Dale, para refrescar su mente, le gusta pasear a veces sobre el tembloroso suelo y recorrer los pasillos de circuitos encerrados y ruidosas bobinas de cinta magnética, entre el enorme zumbido de algo que es como una actividad espiritual; mezclada sin embargo con el goteo y las vibraciones familiares de la sala de máquinas de un barco, a lo que se las tranquilizadoras y humanas maldiciones de los mecánicos de manos mugrientas que luchan con los cables y las conexiones apretadas a mano.

En la séptima y la octava plantas, están los cubículos de personajes menos importantes del *Cubo*. Y la novena contiene el equipo de acondicionamiento de aire. Sus ventanas son ficticias, instadas para satisfacer el posmoderno afán de insinceridad y de simetría vacía del arquitecto. Dale se apea del ascensor en la planta séptima, donde está también la cafetería, cerrada después de las cinco, aunque queda un pasillo de máquinas bastante gastadas que, a las horas más intempestivas, aceptan monedas y sirven café, té, caldo de pollo o de vaca, bastones de caramelo, patatas fritas, latas de bebidas sin alcohol e incluso emparedados triangulares y mal envueltos. Todo con su número en clave. Soldados activos en la revolución de los ordenadores, estas grandes y melladas cajas operan a un nivel de ciega fiabilidad, interrumpida por súbitos accesos de rebeldía, como el café que no deja de manar del blanco e inerte grifo, el rótulo rojo iluminado de «VACÍO», cuando la deseada bolsa de «Fritos» puede verse claramente detrás de la lámina de plástico.

Esta séptima planta es también un reino de los desperdicios, de vasos de papel y envoltorios desechados, de carteles fijados unos encima de otros, como placas de cinemascope que, extrañamente, no pueden cambiarse apretando un botón, sino que requieren el empleo de las uñas para soltarlas y una presión para guardarlas de nuevo. En los tablones de anuncios y en las puertas de los despachos de aquellos brujos de séptimo grado de la información, hay una población atávica de animales de historieta, de *Snoopy*, el manchado perro blanco, de *Garfield*, el fornido gato rayado, y de los *bull terriers* de Booth, de los alegres y peludos antropomorfos de Koren, como si cierto paro emocional hubiese sido el precio de la precocidad de estas jóvenes mentes. Pocos colegas de Dale están en sus puestos a esta hora intermedia. Además, la primavera y sus vacaciones han llamado a muchos de ellos a sus casas. Allston Valentine, roboticista australiano, puede verse a través de dos puertas abiertas, como si fuese una imagen recortada, entre los restos de un desmontado brazo de muchos codos, mientras sus esquemas brillan pacientemente en un croquis vectorial sobre la pantalla terminal. Isaac Spiegel, que ha estado luchando desde su primer año en MIT con las inalcanzables estructuras profundas de la traducción computerizada, se encuentra sentado con una lata de *Michelob* en un cubículo lleno de diccionarios, de gramáticas y de gráficos de Chomsky, ramificados como inútiles cornamentas. El lenguaje, que fluye de todas las bocas con la misma naturalidad que la saliva, resulta ser incluso más resistente al análisis que las enzimas. Spiegel se está volviendo calvo al servicio de su especialidad. Es muy velludo; pero tiene en la parte posterior del cráneo una calva del tamaño de uno de esos gorros que llevan los judíos. Está muy gordo; la camisa tirante deja ver la piel entre cada dos botones. Al aparecer en la puerta, lo mira súbitamente y dice:

—No me asustes. Pareces un fantasma. ¿Dónde diablos has estado?

—Por ahí —responde Dale.

—Tú no sueles andar por ahí. ¿Cuál es la diversión? ¿Dónde está la antigua dedicación? ¿Las fronteras de la realidad y todo eso?

Dale abre la boca buscando la respuesta; pero Ike se anticipa:

—Tiene que ser un coño. O un ojete; pero no creo que seas de ésos.

En verdad, el deseo de Dale de poseer por completo, con la complicidad de ella, el cuerpo ligero y perecedero de Esther, les ha llevado últimamente, en sus expansiones amorosas, hasta el más pequeño y apretado de sus orificios. Dale recuerda la presión del frío y engrasado esfínter y la visión de la nuca de ella en el otro extremo de su espina dorsal. Se pone colorado y se asombra de la tranquila clarividencia del gordo Spiegel, de su impavidez ante la Naturaleza, su *tocar con los pies en el suelo*. Un ungido de Dios. Los negros y los judíos son los hechiceros de América, y nuestra raza blanquecina, gentil y protestante, su peso muerto el antiguo, desgaste, la llaga crónica producida por la silla de montar.

—Algo así —confiesa.

—Vuelve luego; tengo algunos chistes para ti.

Spiegel hace girar su sillón para volver a su colmada mesa. Los indefinibles morfemas que nadan en su mar de ambigüedad humana, de múltiples significaciones.

Dale pasa a su propio cubículo, que comparte con una estudiante graduada, rubia y de pecho lamentablemente liso, llamada Amy Eubank. Su proyecto en gráficos de ordenador se refiere a un enfoque cuantitativo de las pautas de reconocimiento, desde las marcas de los pájaros y los insectos hasta la chocante individualidad de los seres humanos, cada uno de los cuales puede ser reconocido por sus familiares y amigos desde distancias en las que habrían tenido que desaparecer todas las señales y proporciones cuantificables. Podemos identificar a un conocido desde atrás y a una manzana de distancia, aunque vaya muy abrigado. ¿Cómo? Dale ha aprendido de Amy que los insectos ven más que nosotros en el extremo ultravioleta del espectro y que las flores están marcadas con guías de néctar que los humanos no podemos ver, como tampoco podemos ver las señales que, para el apareamiento, hacen las alas de las mariposas nocturnas; toda una conversación anélica transpira invisiblemente a nuestro alrededor. Esta revelación le inquieta... irracionalmente, pues desde luego hay lenguajes que Dale no puede hablar, y uno de los principios de la fe cristiana es que hay reinos de conocimientos inasequibles para el hombre, que los caminos de Dios no son los mismos. Los perros huelen y oyen muchísimas más cosas que nosotros: Las aves migratorias leen de algún modo las líneas magnéticas de la Tierra. Sin embago, la idea de presentar esquemas que sólo los insectos pueden ver constituye un insulto para él. El ojo en la ventana del alma, y confiamos, de un modo atávico, en que su información sea completa. *Percipi est esse.* Como Dale con sus gráficos de animación, Amy necesita utilizar la Venus, la VAX 8600, que cuesta cuatrocientos mil dólares. Para tener acceso a la máquina, por separado, ella y él se ven obligados a fijar horarios distintos, por períodos de cuatro horas, de manera que raras veces están juntos en el cubículo. Esto conviene a Dale, ya que la frágil femineidad de Amy, aunque es quince centímetros más alta que Esther, le recuerda a su amante, especialmente por las muñecas y por la súbita y ansiosa manera de inclinar la cabeza como escuchando sonidos que él no puede oír. Le agita tanto por el parecido como por la posibilidad que éste le sugiere de otras mujeres que no tengan diez años más que él y no estén, por desgracia, casadas, con un profesor de Teología. Incluso Amy, despojada de su blusa a la una de la mañana, en el tranquilo séptimo piso, podría mostrar algo que acariciar, aunque no fueran los sorprendentes, firmes y cónicos senos de Esther, con sus salientes pezones de color de barro, el izquierdo de los cuales tiene a su alrededor unos cuantos pelos innecesarios. A Esther le gusta acercar alternativamente los pechos a la boca de su joven amante, mientras sus húmedos labios se dilatan alrededor del miembro de él. Con Esther, todo es cuestión de bocas, aberturas entrelazadas y retorcidas como las aberturas e intersecciones del hiperespacio, superficies propias del Veronés plasmadas en más colores de los que tiene normalmente la Naturaleza y que ni siquiera los insectos podrían ver. A veces, cuando está con ella, Dale se siente atrapado en una geometría anormal, distendido el cuerpo en una red envolvente de apetito. Si en vez de a ella, le hiciese el amor a Amy (tímidamente inmóvil el cuerpo de ella debajo del suyo, en la posición convencional llamada de misionero), podrían discutir luego con tranquilidad acerca de tecnicismos tan inocentes como los algoritmos de línea oculta y tiempos de refresco de compensadores, perspectivas lineales frente a perspectivas caballeras, así como las formas curvas cúbicas paramétricas de Hermite contra las de Bezier, en vez de estar ella tumbada fumando, como hace Esther, con el aire agotado de una tragedia prevista y, más allá de la tragedia, del aburrimiento, ese aburrimiento de privilegiada esposa de profesor. Amy le parecería después como una hermana, un poco despeinada y sudorosa como si hubiera corrido, y Dale no experimentaría la turbadora impresión de ser (su cuerpo huesudo y joven, su obediente y pasmado ardor) un objeto de lujo deliberadamente disfrutado en el borde de la muerte, en el borde de un largo deslizamiento hacia la muerte.

El cielo, visto desde su ventana, es ahora añil. Una sola estrella brilla en él como sobre el fieltro de un joyero. Planos biselados de los grandes guijarros grises de la textura del *Cubo* enmarcan la vista. Abajo, secciones de otros edificios de uso científico y de viviendas propiedad de la Universidad, proyectan hacia lo alto oscuros rectángulos ligeramente cargados de perspectiva. Hay terrados enarenados, depósitos de agua, tuberías y ventiladores que giran lentamente. El aserradero donde trabaja a veces sería un agujero negro, de no ser por las débiles luces nocturnas de la oficina y del cobertizo de la sierra. A media distancia, un golfo mellado, un retazo de Sumner Boulevard, brilla con los rótulos de neón, como flores tiernamente llamativas, de un restaurante chino, de una bolera y de un cine para adultos.

El pastrami del bocadillo está ahora tan tibio, tan grasiento, que Dale pierde el apetito. En vez de comérselo, abre el cartón de leche y moja en ella las galletas de avena. Marca su nombre y el santo y seña, seguidos de una llamada a su programa DEUS. Toca las llaves que conjuran el menú de transformación, cada una con su pequeño símbolo y visor a lo largo del borde izquierdo de la pantalla, para el brillante cursor triangular controlado por el dispositivo electroóptico bajo su mano derecha. Otra frase en el teclado hace aparecer, con una rápida aunque no imperceptible vibración electrónica, una lista de objetos: ÁRBOL, SILLÓN, TEJEDOR, MOLÉCULA DE CARBONO, que él u otros estudiantes de gráficos de ordenador, han modelado en alambre, vector por vector, ángulo por ángulo. Algunos son puras redes poligonales, compuestas de puntos y líneas rectas, mientras que en otros, superficies curvas en 3-D son enlazadas con ecuaciones polinómicas cuyas transformaciones en espacio de 2-D representan cálculos muy grandes incluso en relación con la capacidad oceánica del CPU. En todo caso, una representación completa y matemáticamente especificada, un sólido dependiente de la aplicación, es almacenada en un espacio ideal que sólo existe físicamente como una enorme hilera de ceros y unos, pasos abiertos o cerrados, llena o vacía de bolsas electrónicas, dentro del gigantesco RAM al que Dale accede, merced a pulsar las teclas necesarias y dar las oportunas órdenes al procesador.

El mundo, en forma estilizada y simbólica, existe en las puntas de sus dedos. Siente asombro, o miedo, y sus manos vacilan. No tiene una intención precisa, ningún programa de manipulaciones para producir el resultado final que anuncia el título prometeico de su programa. Se guía por la fe, confiando en que su intuición orante le haga profundizar en este laberinto fabricado para duplicar, en lo esencial, la realidad creada (¿o pudo ser increada?). Sabe que los procedimientos gráficos asequibles para su programa representan un número ínfimo de objetos contra los que existen en la

Tierra, por no hablar del Universo. Pero su esperanzada impresión es que el número de bits implicados en sus representaciones y sus transformaciones alcanzan ya una cifra muy alta, aunque (desde luego) infinitamente lejos de la infinidad, que sin embargo no puede considerarse como un caso especial. Las probabilidades indican, aunque de modo infinitesimal, que una conclusión verdadera para un ejemplo tan amplio, puede no serlo para el gran plan, para el plan que todo lo abarca y todo lo incluye, establecido por la divinidad.

Para calentarse, Dale dirige su cursor triangular, luminoso y nerviosamente sensible a MOLÉCULA DE CARBONO, y fijando su volumen visual en 10,0 × 10,0 × 10,0, lo hace girar paralelamente al eje y de la pantalla, a través de $x = 100$. Escribe:

```
(girar
    (molécula      (proteína 293))
    (ángulos
        (de        alfa)
        (a         delta)
        (pasos     (** 0,001      (— delta alfa))))
    (sombra   S3)
```

Muy despacio, calculando cada treintavo de segundo, la zancuda molécula luminosa gira como una araña sobre el invisible filamento del eje *y*. Dale, con crueldad, pide una proyección en perspectiva y acerca el visor, de manera que los cálculos, los rápida y ordenadamente aproximados senos y cosenos, llegados tortuosamente a través de lazos sucesivos, empiezan a superar el tiempo de refresco de la imagen y a impartir un movimiento de sacudidas, perceptiblemente forzado, a las cambiantes líneas vectoriales: las patas de araña crujen, los átomos que componen el carbono, representados como vértices, se espacian a través de la dócil pantalla gris como si fuesen estrellas... Estrellas, esas desparramadas y furiosas pruebas de la locura cósmica, ¡esas chispas en el vacío aterciopelado de un cerebro que todo lo alcanza!

Después, para meterse en el programa y en su blasfemo (digo yo) intento, Dale pide a la Memoria el modelo titulado ÁRBOL, generado en parte, es decir, «cultivado» según ciertos principios implantados de subdivisión casual adaptados lo más posible a los principios de crecimiento arbóreo orgánico. Con unos pocos ajustes rudimentarios de parámetros, puede hacerse ciertamente que el modelo ramificado del ÁRBOL se parezca a un olmo, a un álamo esbelto, a un alicaído sauce, a un roble, a un cornejo o a una haya majestuosamente inclinados hacia un lado. Un árbol, como una montaña escarpada o una catedral gótica, exhibe una calidad de «escalada»: sus partes tienden a repetir las mismas formas en sus diversas escalas. Por un ingenioso algoritmo que el propio Dale aportó en una época pasada y más tranquila (¡antes de Lamberta y de Esther!), el tronco y las ramas inferiores se hacen más gruesos, mientras las ramas se multiplican, trazando las finas líneas de sus bifurcaciones. Este ÁRBOL, una vez terminado su crecimiento y almacenadas sus especificaciones matemáticas, puede ser conjurado desde cualquier ángulo, en parte o (con muchos detalles perdidos en la pantalla) como un todo, y sometido a otras rapidísimas ingeniosidades provocadas en las profundidades del ordenador. Dale inclina el ÁRBOL perpendicularmente al plano de la pantalla, a lo largo del eje z, y lo corta transversalmente con un plano, colocando simplemente los planos cortantes anterior y posterior a la misma profundidad. En $z = 300$, aparece un charco redondeado de puntos: las ramas superiores en sección transversal. Moviendo a más altura el emplazamiento de z, Dale baja por el ÁRBOL hasta que aparecen círculos y óvalos (ramas más gruesas cortadas en diversos ángulos), y después hasta el sitio donde las ramas más pequeñas (puntos, negro sobre gris, y segmentos de líneas donde éstas se extienden exactamente sobre el plano de exposición) se retiran hacia el borde de la pantalla, cuyo centro está ahora ocupado por gotas que aumentan y se confunden al encontrarse, y su perfil copulativo es impasiblemente enviado al CRT. Por fin queda nada más que el tronco único e irregular para ser cortado transversalmente.

Dale, en su teclado de plástico, cuyo tamborileo alimentado eléctricamente es tan delicado como pisadas de ratón, vuelve al espacio visual, lejos del plano de la pantalla, y sube de nuevo por el ÁRBOL, donde puntos y pequeños óvalos indican la altura hasta la que podrían trepar sin peligro los niños pequeños, si fuesen proyectados dentro de los bosques matemáticos. Cada elemento de la formación tiene su ecuación, que la máquina puede ser obligada a vomitar en forma hexadecimal y que el impresor de puntos situado en el otro lado del cubículo (donde se sienta Amy Eubank cuando Dale está ausente y donde deja sus tazas de café manchadas de lápiz de labios como cartas de amor en otro sistema de notación) imprimirá sumisamente, en lo que es llamado un *dump*. Dale toma lecturas a $z = 24{,}0$, $z = 12{,}4$, $z = 3{,}0$ y $z = 1{,}1$, y la máquina (otra carrera de ratones, un terrible, aterrorizado y estridente parloteo) arroja líneas y más líneas de cifras, a un ritmo sincopado e irritante de rápida rotación, Dale las examina, buscando una pauta anormal, sobrenatural, de recurrencia. Contempla a las largas hojas plegadas en acordeón en busca, especialmente, del 24 o de cualquier chocante incidencia de 2 o 4, los cuales ha medio decidido que son los números sagrados en que Dios le hablará, por encima de los toscos 0 y 1 de la máquina, asaltándose la tradicional y enojosa trinidad, y sin llegar por un punto al ominoso 5, que encontramos inserto en nuestras manos y nuestros pies.

Marca con un círculo rojo los 24 que aparecen en los cientos de polinomios y coordenadas que ha suministrado el ordenador. No puede decidir si la actividad danzante de las marcas rojas (el sentido de un mensaje subliminal activando misteriosas corrientes conectivas) en la periferia de su visión es fruto de una anomalía estadística no fortuita o de su propia fatiga. Empieza a sudar, pensando en la probable futilidad de todo aquello. Desde que recibió su subvención, ha dormido muy poco. Alguna falta profunda pugna por revelarse a él en la oscuridad. En la aventura con Esther, ésta se muestra cada vez más exigente y, al mismo tiempo, sus modales son cada día menos corteses. Ha introducido una impaciencia quejumbrosa e irritada en el cálido torbellino de su mutua pasión, y él ha respondido varias veces con la impotencia a este desagradable elemento. Ella parece empeñada, sexualmente, en realizar proezas, en batir plusmarcas, y el cuerpo de él ha protestado por su papel mecánico en tales hazañas. Su negativa también le ha sorprendido a él. Pues, aparte de sus aspiraciones intelectuales y espirituales, Dale ha cultivado desde su adolescencia un disimulado orgullo genital: cree que su pene erecto es hermoso, con su palidez marmórea, las nobles venas azules y el rosado y bulboso glande, y la manera en que se encorva ligeramente hacia atrás, como para esconder su cubierta cabeza de un solo ojo en el ombligo. En estado de erección, se siente dividido en dos criaturas, de las cuales la que es mucho más pequeña posee la mayor parte de la vitalidad e incluso de la espiritualidad. El poder de Esther sobre él se afirma sobre todo con su espontáneo y frecuente descubrimiento de una belleza fálica que hasta ahora no había admirado nadie más que él, con un sentimiento de vergüenza, en particular por el tacto, debajo de la sábana y al borde del sueño. Esther ha sacado a la luz aquella furtiva belleza y ha hecho que él se plante delante del espejo que es ella.

En estos asuntos heterosexuales surge siempre la pregunta que ahora se hace Dale: ¿qué saca *ella* de esto? Tiene la impresión de que le necesita para que la salve del austero y tosco villano que se cierne como una nube oscura, con sus tiránicas cejas y sus ojos acuosos, sobre cada luminoso y acrobático encuentro, un amenazador cúmulo-nimbo que puede descargar un helado aguacero en el momento menos pensado. Aunque tiene una gran necesidad de salvar a alguien de algo (prueba de ello es su extravagante plan de redimir a la Humanidad de la posibilidad intelectual de que Dios no exista y su tonta manera de desviarse por la pobre y atribulada Verna), Dale se pregunta, en relación con Esther, si esta misión redentora particular no es demasiado engorrosa, si no tiene demasiadas aristas cortantes para él. No puede dejar de observar que ella, por mucho que haya menguado su amor por el cornudo de su marido, sigue firmemente apegada al papel social y a la vida doméstica propios del ama de casa. Después de unos cuantos experimentos en él, ha tendido a evitar el mezquino apartamento de Dale, que huele a Kim, a zapatos de *joggins* y a salsa de soja, e insiste de nuevo en recibirle en el ático de su casa de Malvin Lane, donde las señales frondosas y los trinos de los pájaros al empezar la primavera se filtran a través de las ventanas de la tercera planta, dejadas entreabiertas como para simular las estimulantes ráfagas del invierno. En la luminosa altura de su ático, los amantes, en sus furiosas arremetidas, son apaciguados por los vacilantes gorjeos de la adorable Miriam Kriegman que, en bikini, hace prácticas de flauta en el terrado de nuestros vecinos. El elegante vecindario, con sus vallas y sus jardines verdeantes, murmura y tose debajo, como el asombrado público de un circo, mientras hacen ellos sus acrobacias. Dale a veces ha tenido la impresión de que las apasionadas contorsiones de su amante tienen algo de desafío exhibicionista, de «demostración» a un tercero invisible, de efectuar un balance en el que intervienen factores que precedieron a su entrada en escena. Se imagina, dicho en pocas palabras, que forma parte de una transacción en curso. Esto le molesta; pero, ¿podría (por ejemplo) la pálida Amy Eubank elevarle tanto en las entrelazadas sendas en espiral del sexo, en la vertiginosa doble hélice que está en el centro de las cosas carnales? ¿Podrían ser tan ávidos sus ojos y su boca, y su trasero tan paradójicamente apretado y sin embargo sumiso y penetrable?

Como $z = 2{,}5$ constituye un plano, al hacer que z sea igual a las coordenadas transformadas del modelo de átomos de la molécula de carbono, Dale crea una serie de intersecciones más complejas, una disposición de trazos sobre la pantalla gris que se desvía al desviarse el ángulo del ÁRBOL y modificarse el visor y su escala. Observa atento la pantalla, esperando que surja algún dibujo: un copo de nieve, una cara. Los puntos negros saltan de un borde de la pantalla al otro como moscas enanas sobre una charca de verano; pero Dale no puede ver ningún mensaje, ninguna confirmación indicativa, en su entrecortado balanceo.

Su idea (tal como yo la intuyo desde el otro lado de la divisoria Ciencias/Humanidades) tiene la sencillez de la desesperación, dado que las primitivas tridimensionales acumuladas en esta memoria de ordenador represetan suficientemente la serie de cosas creadas, al juntarlas de golpe (empleando un juego de poliedros fantasma para sujetar a otro con sus planos de costado definidos), está dando a Dios la oportunidad de insertar su versión de la forma, el talismán, debajo de todas las formas. Matemáticamente, como todos estos poliedros y modelos fraccionados (al igual que en el ÁRBOL) son almacenados como series de números binarios, se alcanzará cierto límite en aquel revoltillo que constituirá, para Dios, una oportunidad de manifestarse con más claridad que se ha manifestado en las absurdas probabilidades de la Creación, en la milagrosa disposición de las constantes físicas, en las imposibilidades de la evolución y en la conciencia que revolotea sobre los circuitos de nuestras neuronas. El abogado del diablo que Dale lleva dentro, la conciencia intelectual, podría argüir que las oportunidades de Dios son ya lo bastante abundantes en el vocabulario colosal de forma y de información que se extiende desde aquí hasta los quasars, y que incluso sobre nuestro planeta, cómicamente insignificante, existe como una virtual infinidad de entidades declaradas y acabadas. Es decir, si Dios no habló claramente en la lluvia y en la hierba, o a través del Hipopótamo y el Leviatán, ¿por qué habría de darle voz la plenitud de puertas lógicas de un ordenador? Porque en la pantalla del ordenador, podría responder Dale, los números se convierten en puntos y vectores de luz y se ofrecen a nuestra comprensión con la pureza de los silogismos. Las líneas de vector son potencialmente los huesos brillantes de lo que es el caso, como dijo Wittgenstein. En realidad, el razonamiento de Dale se reduce, ni más ni menos, a una creación, una manera de hacerse vulnerable a las visiones: los santos bizantinos y los indios de las llanuras buscaban el mismo fin con sus noches en vela, sus flagelaciones y sus cilicios. En el proyecto nocturno de Dale hay algo de mortificación, una ordalía que tiene que compartir el ordenador.

El archivo contiene imágenes pregeneradas de aviones y cubos, dodecaedros y estrellas de mar, letras tridimensionales empleadas en el lenguaje animado de la televisión e incluso un hombrecillo capaz de animación, con piernas de tubos de chimenea, hombros en forma de B y una cara compuesta de más de cien planos diminutos de colores y manchas bicúbicas sujetas a ecuaciones de diferencia cuyas variables pueden ser manipuladas para producir expresiones de alegría o de enojo, de dolor o de concentración, y dar a la boca, a los músculos de las mejillas y a los ojos, la forma adecuada para pronunciar sílabas habladas. El efecto, cuando se rodea de sombreado Girour e ilumina desde un solo punto por los mismos algoritmos que eliminan superficies ocultas, es fantásticamente real, aunque el hombre se mueve en relación con la manera en que lo hacemos nosotros igual que el mercurio se mueve en relación con el agua, en rápidas sacudidas y con una tensión más pronunciada cuando está estática. Al pasar la medianoche de puntillas, Dale junta de golpe aquellos volúmenes, ora haciendo surgir los puntos y planos de intersección; ora, sustrayendo un volumen de otro y barriendo el resto en un arco a lo largo de una curva cúbica, produciendo maravillosas molduras como las que decorarían una mansión en Pandemónium o una pérgola en el lado oculto de Marte. Acciona ahora el control del color, y pide al ordenador anfitrión (instalado en el piso de abajo, donde un ventilador refrescaba su frente), que cargue el camión de los datos con cantidades prodigiosas de información visual, veinticuatro bits por pixel, 1.024 × 1.024 pixels en la llantalla, refrescados cada uno de ellos cada treintésima de segundo. En crepitantes y chillones colores, las extrañas formas giran y giran en silenciosos espasmos que insinúan tormentas de computación detrás de cada tirón visual. Descontento incluso con las rayadas maravillas imitadoras de la dimensión que ha conjurado, Dale teclea en el mecanismo estrechamientos y permutaciones adicionales. Las órdenes que da en breve y rígido lenguaje (SETG... DEFUN... MAPCAR... EQ... PROG) hacen que la electricidad pase dócilmente por los circuitos, los alternadores, los sumadores y semisumadores, las interminables e infalibles puertas de transistor, cada una de las cuales tiene una dimensión de sólo veinte micras, menos que el pelo más fino del pecho de Esther.

Las imágenes se juntan y extienden sobre la pantalla ligeramente curva; él las hace girar, en obediencia a una persistente sensación de miedo de que algo acecha detrás de los chillones objetos que ha creado, alguna araña o moneda oculta en el espacio ilusorio donde incluso es posible conjurar las sombras y los reflejos con las órdenes adecuadas. Los cómputos no pueden poner el alterado punto de vista en su sitio con bastante rapidez, y Dale trata de burlar a su adversario invisible pidiendo que se coloque un espejo inclinado detrás de las imágenes ocultas, un procedimiento relativamente sencillo en los gráficos de ordenador donde, al ser considerado cada pixel como una mirilla diminuta, se ordena a la línea visual que pasa a través de todos los valores no ocultos de x e y que SALTE a cierto valor de z (un valor corredizo, ya que el espejo está inclinado). Esta orden SALTO, ligado a un ángulo específico de «reflexión» (12° en este caso), recoge del almacén de gráficos de la memoria, pixel a pixel, la información que define la superficie posterior del objeto que se oculta, convertida a la velocidad media de 160 nanosegundos por pixel. El lado de atrás se parece mucho al de delante. Dale no puede todavía encontrar aquella moneda de oro perdida, aquella araña que teje su tela, aquel secreto hostil que guarda el ordenador.

Las imágenes fundidas, a medida que se acumulan las transformaciones que les son impuestas, semejan, cada vez más, ovillos de hilo policromo y pegajoso. Parecen orgánicas, como si cierto proceso de ampliación y refinamiento sacase a la luz una fibrosidad en el núcleo de las cosas. Dale supone que, a semejanza del mundo real, existe un nivel cristalino debajo de estas fibras; pero la fuerza de los gráficos de ordenador, a diferencia de los del microscopio electrónico, no es aún lo bastante poderosa para alcanzarlo. Sin embargo, razona Dale, el mundo de la informática, como hecho por el hombre, tiene que tener su análoga estructura profunda a un nivel más tosco que el mundo que tejió Dios a base de los *quarks*. Él ha concebido un programa que aplica un momento de torsión a sus caóticas acumulaciones, las estruja como pudiera una máquina gigante comprimir capas de esquisto para formar una gota, una gota brillante, de un principio subyacente. Y cree que esta gota se mostrará ella misma, como gotea el aceite de un motor defectuoso, extendiendo su brillo tornasolado entre los herrumbrosos y empapados montones de escombros. Esta iridiscencia estadística es lo que está buscando, una alineación como la de los bastoncitos en el ojo de los antiguos trilobites. De vez en cuando, se interrumpe para tomar nota de las ecuaciones visualmente expresadas, o copiar el dibujo en el impresor láser. Lleva varias semanas haciendo estos experimentos y acumulando estas ingeniosas y caóticas pruebas, a lo largo de toda la cuaresma. Pero esta noche siente que se acerca a un punto culminante, una crisis y una expiación. Expiación en el sentido etimológico. Al cabo de unas horas, siente un hormigueo en los dedos que pulsan las teclas, como si una corriente eléctrica fluyese dentro *de él*: sus nervios y la majestuosa arquitectura electrónica del CPU y su memoria funcionan al unísono.

En algún momento de la tarde debió de comer su poco apetitoso bocadillo de pastrami, pues la arrugada y grasienta bolsa está encima de la mesa terminal, junto al vacío cartón de leche y el gris aparato de control. Y, en alguna ocasión debió de levantarse para ir al lavabo del fondo del pasillo, más allá de las distribuidoras automáticas, y hablar de pasada con Ike Spiegel, pues encuentra en su cabeza sucias huellas de haberlo hecho así, frases ingeniosas de otros tantos chistes. «Dos: una para llamar al electricista y una para mezclar los martinis.» «*No*, no te preocupes, me *gusta* estar sentado aquí a oscuras.» «Para que los chicos les hablen.» Spiegel se había reído. Las partes de piel visibles entre los botones de su camisa, encuadradas por dobles arcos elípticos, habían temblado regocijadas. Incluso cuando estaba sentado, tenía Ike la actitud vivaz, pero desprovista de alegría, del comediante profesional. Lo tomas o lo dejas; ahí va otro. Ahora recuerda Dale la pregunta correspondiente al tercer chiste: «¿Por qué tienen vagina las muchachas?» Y él se había reído, como si le hubiesen apretado un botón; pero, más que un chiste, parecía una triste verdad.

Sus dedos prosiguen la carrera ratonil sobre el teclado de plástico ligero como una pluma, juntando dos aglomeraciones más de vértices y curvas cúbicas paramétricas. De aquella mezcla iónica instantánea surge una cara que parece mirarle con fijeza, una cara lúgubre. Una cara fantasmal, surgida en milésimas de segundo. A fin de cuentas, se necesita muy poco para hacer una cara. Unos pocos puntos sobre una hoja de papel blanco hacen que un niño sonría y tienda la mano al reconocerla. Los estudios de Amy Eubank demuestran que podemos distinguir un amigo de un desconocido a casi setecientos metros de distancia. Hilos policromos y pegajosos que llenan la pantalla han sustituido a la imagen que parecía estar mirando desde ella, con los ojos dolientes de una vida inmortal. Dale trata de encontrar la manera de volver a ejecutar la computación (polígonos recortados por polígonos); pero su mente está en blanco y sólo aparece en ella la primera mitad de otro chiste de Spiegel: ¿Cuántas AVISPAS (1) se necesitan para cambiar una bombilla? Pide un *dump* a la máquina y, en el otro lado del cubículo, el aparato impresor mastica con sus frenéticos y afilados dientes. Dale, muy agitado, se levanta del pegajoso y caliente sillón basculante y se dirige al pasillo en busca de una «Coca-Cola» dietética. La máquina extrae de sus entrañas el deseado cilindro rojo y blanco y, al cabo de un segundo, lo arroja sobre la bandeja. Después, como pensándolo mejor, devuelve ruidosamente las monedas. Algún chico listo ha encontrado la manera de recuperarlas. Esas máquinas torpes son constantemente burladas por los hábiles muchachos de la planta. ¿Y cuántas madres judías? Tal vez hay que ser judío para comprender el chiste.

Dale parece recordar que la cara tenía los cabellos largos pero no llevaba barba. La iconografía tradicional está evidentemente equivocada. Todos los hombres del Medio Este que vemos en las entrevistas televisadas parecen llevar una barba de tres días. ¿Cómo consiguen que esté siempre igual? Es como si se afeitasen con una segadora de césped.

(1) Juego de palabras intraducible. Wasp significa avispa, pero también, escrito en mayúsculas, *White Anglo-Saxon Protestant*, americano descendiente de protestantes ingleses. *(N. del T.)*

El largo pasillo pintado de color crema, con sus *Snoopys* y dibujos infantiles prendidos en las paredes, permanece en silencio. En el cráneo de Dale resuena el ruido, producido tal vez media hora antes, de Spiegel recogiendo sus cosas y marchándose. El analista lingüístico aplastó una lata de cerveza sobre el suelo junto a la papelera y gritó las buenas noches. Dale tiene todo el brillantemente iluminado sector de la séptima planta del *Cubo* para él solo. De nuevo en su cubículo, se hinca de rodillas entre el sillón basculante y la pantalla terminal. Reza pidiendo una iluminación que le libere de esta tensión, de esta culpa, de la tensión y la culpa de ser un animal pensante. Hay un vacío rojizo y vertiginoso detrás de sus párpados; un vacío que late vagamente y tiene alguna estructura, un grano microscópico que se mueve hacia abajo, con rapidez como la lluvia sobre una lámina de cristal. Apoya la frente sobre la pantalla ligeramente convexa. Está más fresca que él y, sin embargo, un poco caliente. Radiación. Puede producir cáncer en el cerebro. Echa la cabeza atrás y se pone rígidamente en pie, resolviendo continuar una hora más con su trabajo. Siente que está al borde de un logro decisivo. Sin embargo, aplaza el momento de sentarse de nuevo ante la terminal.

Se acerca a la ventana. Desde ella, se ve la ciudad apagándose lentamente, como el rescoldo de una fogata. En el cielo, pasada la medianoche, una luna despierta, en más del cuarto creciente, se desliza entre copos de cirrocúmulos, que se extienden como un lago de olitas luminosas. Siete plantas más abajo, el pequeño parque trapezoidal, con su estatuilla de bronce representando a Lady Lovelace, muestra unos árboles de aspecto más suave, de ramas no más largas que en invierno, simples y lineales; pero ahora difuminadas con abundantes brotes, que son como gotitas que pugnan por desplegarse en hojas y poner de nuevo en marcha el ciclo fotosintético. Dale siente escozor en los ojos. Su cuerpo, demasiado tiempo doblado en posición sedentaria, ansía estirarse, yacer en una cama, al lado de Esther, la de los ojos verdes sedientos de sus viscosas, delgadas, interrogadoras y temblorosas manos. Como muchos de los amantes clásicos, no han tenido nunca una cama decente; sólo un sucio colchón en un ático o un estrecho jergón de estudiante bajo una cruz de asta, o de plástico.

Vuelve a la terminal e intenta encontrar de nuevo aquella huella, aquella pista divina. Toma la impresión numérica que ha producido el fantasma de aquella cara y hace que el ordenador cuente los 2 y los 4 en busca de una periodicidad casual. Ciertamente, encuentra un pequeño margen estadístico sobre el estricto '200, que indicaría la probabilidad para dos dígitos: '208673, el '0086; aunque consistentemente generado, no lo suficiente para fundar en ello una teología. Más prometedora es la desviación del '01, que representaría la incidencia estadística de la configuración 24 en pares enteros desde 00 hasta 99. En vez de '0100, los cálculos mostraron una incidencia de '013824, un poco menos que inexplicable casi cuatro por mil más de lo que el azar habría generado por sí solo. ¡Y terminaba en 24! Los mismos tests estadísticos, realizados con primitivos no biológicos (mesas, sillas, alas de avión, poliedros, curvas de Koch, viejos elementos empleados para la textura) nos dan frecuencias dentro de '001 de la norma de azar previsible, lo cual indica a Dale, virtualmente más allá de toda duda, que su estudio estadístico de los modelos biológicamente derivados, ha revelado, si no una de las huellas dactilares de Dios, sí una o dos de sus espirales. Allí *hay* algo.

Pero más allá de todas estas sutilezas numéricas, Dale todavía espera (espiritualmente codicioso, está subiendo a su Torre de Babel) una confrontación gráfica, una cara cuya mirada puede ser fijada e impresa. Refrescado con otra «Coca-Cola», con sus incrementos de cafeína y carbohidrato, trata de reproducir los pasos que le llevaron a su obsesionante visión. Intenta ascender, puerta a puerta, a través del inmenso laberinto binario que la simple pulsación de un botón puede mezclar de nuevo y doblar. Altera ángulos, acerca imágenes, cambia parámetros. Pierde la noción del tiempo. Las horas de la madrugada se parecen mucho unas a otras. Sonidos vagos de otras partes del edificio (puertas de ascensor que se abren y cierran, cables que vibran en el negro hueco, zumbidos intermitentes en el piso inferior) indican la presencia de otros trabajadores nocturnos o el funcionamiento de aparatos automáticos, de relojes y termostatos que envían inflexiblemente sus señales. Ahora hace más frío, fuera y dentro del edificio. Un frío que, empezando en las puntas de los dedos y los dorsos de las manos, ha subido por las muñecas y los antebrazos hasta la caja torácica, y que Dale toma como inspiración del cielo. En el laberinto microscópico donde una sola mota de polvo cerraría un paso como una roca y el cabello más fino caería con la fuerza de una viga de catedral, se está acercando al dragón, al secreto que vomita fuego. Siente algo parecido a lo que experimentaba de pequeño cuando bajaba temeroso al sótano donde su padre, en aquella casa de Akron de delgadas paredes, había montado el tren de Navidad, cuyos obedientes cambios de agujas e inversiones de marcha representaban para el muchacho una fascinación y un misterio, como si yaciese allí una especie de cadáver que esperase ser reanimado, un cuerpo largo de metal con una cabeza estrecha y pesada, viva, la locomotora, que tenía un solo ojo reluciente. Y, cuando tocaba las vías, sus ruedas empezaban a girar con furia. Trabajando solo, dominando su miedo y su sentimiento de intrusión, Dale se aficionó todavía más que su padre a los misterios del Lionel y empezó a comprar nuevo equipo (más raíles, un transformador con más posibilidades) con el dinero de su asignación. Había encontrado su camino.

Cada vez con más frecuencia, observa en la pantalla la protesta MEMORIA INSUFICIENTE o bien ¿ESTÁS SEGURO? Siguiendo sus órdenes, los niveles de jerarquía operacional, el lenguaje reduciendo al lenguaje al vocabulario binario elemental, se deslizan uno dentro de otro como esferas de cristal al ofrecer la pantalla a los ojos de Dale superficies toroidales rayadas, desplazadas por otras en un centelleo mellado. Ha cargado el simulador con una función transformadora que sujeta cada choque sucesivo a nuevos parámetros derivados de los polinomios de la fase anterior: una clase de espiral que debería estrecharse, razona Dale, hacia la esencia cósmica. Sin embargo, las configuraciones mostradas no simplifican, sino que más bien fragmentan y complican. Estallan.

Él espera de nuevo la cara y, al mismo tiempo, la teme. Tal vez el frío que invade su cuerpo es de miedo. En estas horas tempranas y vacías, aumenta su impresión de que la presencia que se encoge dentro de los laberínticos callejones electrónicos del ordenador es enemiga, que aborrece que Dale la busque, y se vengará si él la encuentra. ¿Y si, al buscar a Dios por estos caminos, sigue una dirección equivocada y se encuentra con un dios falso, uno entre los miles que han atormentado a los hombres, Moloch o Mitra o Siva; un Osiris o un Lucifer transformado, o aquel Huitzilopochtli que exige y come corazones vivos? A pesar de todo, nuestro joven pulsa de nuevo las teclas que dicen REPITE, y los rayados colores y células de la pantalla se estremecen como el agua jaspeada de grasa en la que se arroja una china. La nueva imagen se parece a la anterior, salvo que sus manchas son más finas y han sido sometidas a una torsión que ha originado torbellinos, la intensificación concéntrica de capas de color que parecen horadar hacia abajo, como dedos de un guante de goma. Entornando ligeramente los párpados y ajustando (¿cómo?, ¿quién golpea aquel teclado?) las células del cerebro que interpretan la visión, aquellas mismas imágenes parecen ser conos que se elevan hacia él. En los desmenuzados estratos, entre dos de aquellos conos, parece que está incrustada una cosa anómala, de varios colores. Dale amplía la imagen, acercando el visor y abriendo más la ventana. La anomalía, en tonos verdes mezclados con naranja, parece ilegible por hallarse en escorzo. Dale refleja su imagen en un plano inclinado, primero 85° sobre un eje vertical, y después, más cuidadosamente, 72°, y obtiene de esta manera una imagen que puede leer. Es una mano. Una mano con manchas de colores, como salpicada con pintura de camuflaje, pero mostrando en relieve incluso las rayas de las palmas: una mano relajada sobre el dorso, con los dedos doblados, juntos y no del todo distinguibles; pero es inconfundible la forma nudosa del pulgar. Una relajación curiosa. ¿Está relajada porque está muerta, clavada inerte en la cruz? ¿O es más bien como la mano de Sansón dormido, reposando en los pliegues de la falda de Dalila, mientras ésta cierra las debilitadoras tijeras? ¿O es la flaccidez de la mano de Adán antes de serle infundida la vida, o la propia del agotamiento, de una desesperada rendición final? Dale observa la imagen y no puede ver ninguna señal de clavo o estigma en la palma. La configuración anatómica de aquel miembro fantasma, adaptada a las ambiguas tres dimensiones de la imagen torturada, abstracta, parece completa a Dale. Cree que, con una potencia más alta que la que puede suministrar el VAX 8600, aparecerían los nudillos e incluso las uñas y las cutículas, de la misma manera que pueden realzarse hasta el infinito los enredados gráficos de un Mandelbrot. La observación de aquella mano le traslada a otro plano y le apacigua. Una sensación de arrobo fluye en su interior, como si el frío sentido durante horas le hubiese despejado el camino, menguando su propia y egoísta vitalidad a medida que transcurría la noche. Heladas las venas, casi sin atreverse a respirar para no perder un electrón esencial, pulsa los mandos para registrar la imagen. En el otro lado del cubículo, cerca de las tazas de plástico manchadas por la pintura labial de Amy Eubank, suena el inhumano y estridente castañeteo del aparato impresor. ¡Imaginaos, ser devorado vivo por aquellos ávidos e implacables dientes! Dale está entregando a Dios, aquella tierna sombra en el fondo de nuestras mentes, para que aquellos dientes se lo coman.

La imagen es desconcertante. Parece descolorida. Las franjas de color tienen que ser remplazadas. La mano apenas si se ve: un vago fantasma moteado aparece plano sobre el papel, siendo así que los puntos brillantes proyectados desde dentro a la pantalla se presentaban a los ojos con viva intensidad. Sin embargo, ahora tiene una prueba, una especie de prueba. Sus propias manos, pálidas y con pelos dispersos entre los nudillos, vacilan sobre las teclas, para repetir una vez más la función transformadora. El próximo cambio podría solucionar definitivamente la cuestión, ofreciéndole un cuerpo completo... o una tumba vacía. Siente frío en lo más hondo de su ser. Su estómago es presa de un temblor irreprimible. El zumbido mismo del ordenador le parece un grito lastimero, como de un cobarde suplicando silencio mientras la pistola electrónica corre de un lado a otro refrescando la pantalla estática, escrutando, en atracción alternante, los dos campos magnéticos, mientras el electrodo de control modifica sin descanso y reiteradamente el rayo de electrones liberados por el calor del revestimiento de óxidos de bario y de estroncio del cátodo. Todo esto se realiza con una precisión y una rapidez que parecen milagrosas hasta que se ha aprendido (como Dal en Case Western, hace años) que estas partículas subatómicas, así como las ondas, se comportan de esta manera invariable, porque no pueden evitarlo, porque no hay otro camino. Por esto, un mecanismo que sería adorado por un salvaje de Nueva Guinea, cuyos únicos atisbos de la civilización son esos aviones que vuelan como dioses sobre su cabeza, no es más que un medio para Dale. Éste es (según lo imagino yo) como un murciélago en esta noche, un murciélago monstruosamente desarrollado, de modo que las membranas que le permiten elevarse y aletear se estiran entre sus enormes dedos alargados.

Marca REPITE. La pantalla hace ondulaciones. Pasan segundos mientras se realiza la necesaria trituración. Las franjas y los túneles concéntricos de la anterior imagen han sido subdivididos en geométricas escamas de pez. La mano se ha doblado, se ha desvanecido, a menos que su forma haya sido reducida y transformada en una sola escama verde en el ángulo inferior derecho de la pantalla, en el sitio destinado a la firma del artista. En todo el resto, domina el color rojo anaranjado; las escamas tienen cierta alineación óptica que invita a la mirada a penetrar en ellas, aunque siguen siendo superficie, siguen siendo puntos excitados en una película fosforescente respaldada por otra película de aluminio reflectante y superfina. La máquina sigue negándose a revelarle sus secretos. Ávidamente, con gran impaciencia, las puntas de sus dedos piden al VAX 8600 que repita una vez más su gigantesca operación.

La pantalla adquiere un frío color gris, y dice en rotundos caracteres negros: ALMACENAJE DE DATOS INSUFICIENTE.

Dale se siente agotado. Se echa atrás, apartándose de la terminal. Le escuecen los ojos, por dentro, en la cara interna donde la visión se encuentra con la luz. El frío del lugar y de la hora ha penetrado en sus huesos. Rígido y cojeando, se acerca a la ventana. Los jirones de nubes se han juntado para formar una capa continua cuyo color de estaño adquiere un tono amarillento de las siempre despiertas farolas de la ciudad. En todas las siluetas rectangulares de la Universidad y de los edificios de la urbe, sólo unas pocas ventanas permanecen iluminadas: brillantes aberturas que pronuncian aquí y allá una palabra en código binario. Pero, desde luego, también hablan las hileras de ventanas muertas, de aberturas vacías. El cero es también información.

2

—¿Nunc? ¿Eres tú?

Eran casi las diez de la noche. Me había sentado en mi estudio con una obra algo farragosa del viejo Tillich *(La decisión socialista),* mientras Esther terminaba una botella de vermut dulce y una grabación de *La Bohème* en el cuarto de estar. Y había sonado el teléfono.

—¿Qué te pasa, Verna?

—¡Oh, Dios mío! —dijo, en tono infantil—. ¡Algo terrible!

Sin embargo, no era dolor ni indignación, sino miedo, lo que dominaba su voz cascada.

—Escucha —suplicó, llorosa, con su acostumbrada marrullería—, ¿podrías mover el culo y venir aquí?

Un débil chasquido me indicó que Esther había levantado el teléfono del cuarto de estar. Para que se enterase, dije a Verna:

—¿Quiéres que vaya *ahora*?

—Oh, *por favor, tienes* que hacerlo.

Hablaba en pequeños jadeos, casi hipando; el miedo había expulsado el aire de sus pulmones.

—No se trata de mí; es Poopsie, Paula.

—¿Qué le ocurre?

Mi propia voz me pareció extraña.

—No puede andar, lo juro. Y, si puede, la pequeña zorra no quiere hacerlo. Ya no chilla, pero no quiere que yo la toque.

Ese entumecimiento que se apodera de nosotros cuando una realidad es demasiado intensa estaba retrasando mi mente y mi lengua.

—¿Cuándo ha empezado eso?

—No lo sé; tal vez hace un cuarto de hora, me refiero a lo peor. Pero la cosa empezó después de la cena. Hemos estado poniendo las cosas en claro.

—¿Poniendo las cosas en claro?

—Ya sabes, discutiendo. De mujer a mujer.

—¿Con una niña de un año?

—Tiene casi dos, recuérdalo. Y escucha, no me pongas las

cosas difíciles. Mi primera idea no fue telefonearte a ti. Traté primero de llamar a Dale; pero su teléfono no contesta.

—¿Dices que no quiere andar? —repetí, no tanto en consideración a Esther, como para formarme una mejor idea de la situación.

—Es como... —la voz aflautada vaciló, jadeó y después prosiguió rápidamente como en son de confesión, de pronunciar algo terrible para liberarse de ello— ...como si tuviese un mal interno. *No puede* andar. La he puesto un par de veces en pie, y se ha caído al suelo, chillando.

Se hizo una débil luz en mi cerebro.

—¿No será que le has pegado?

Hubo una pausa, seguida de una excusa infantil.

—Le di un pequeño empujón. Me estaba incordiando. La culpa ha sido de aquella pequeña librería que compré cuando pensé graduarme en el Instituto. Poopsie tropezó con una esquina y tal vez se dio un golpe en la pierna con uno de los cantos. No lo sé, no presté mucha atención. —Otra pausa—. ¿Crees que la Policía se meterá conmigo?

Sentí que la mente de ella luchaba contra algo resistente, algún producto químico que se agolpaba en oleadas en su interior, reduciéndose después lo suficiente para dejarle la espantosa realidad antes de surgir en nuevas oleadas.

—Espera un momento, Verna —dije.

Con cuidado, para que ella no supiese que me alejaba, dejé el receptor sobre el brazo del sillón, junto a *La decisión socialista* abierta boca abajo con la hermosa e inquieta cara de Tillich resplandeciendo en la contraportada, salí rápidamente al pasillo y me dirigí al cuarto de estar.

—¿Qué crees que debo hacer? —pregunté a Esther en voz baja.

Ella cubrió con la mano el aparato a través del cual había estado escuchando, en un ademán que me pareció lento y extrañamente gracioso, como de un buceador atrapando una pieza debajo del agua. Cuando me miró, el blanco de sus ojos me pareció enorme, inyectado en sangre. Sus labios formaron una pequeña «o» oscura, como si fuese a silbar.

—Debes ir —dijo suavemente, con los ojos muy abiertos—. Tienes que hacerlo.

¿Visitar a Verna a media noche? Pero tenía la aprobación de Esther. Como excusándome, sin necesidad, dije:

—Probablemente, mucho ruido y pocas nueces. Pero...

Sosteniendo con gracia el teléfono que cubría con la otra mano, Esther tenía un aire de gran serenidad, tal vez debida a embriaguez. Llevaba su cardigan de casimir de color gamuza (comprado en Trimingham's el mismo día que mi jersey de pelo de camello) sobre un suéter amarillo con cuello de tortuga, y estaba sentada sobre el borde del sofá de seda roja, con las rodillas desnudas apretadas contra el borde de la mesa de cristal. A través de éste podía yo ver refractada la huella blanca de la presión sobre sus rótulas. Su cara parecía brillante, tal vez por el calor del fuego a punto de extinguirse; y tuve la impresión de que estaba menos sorprendida que yo por aquel incidente. Había bajado el volumen de la cassette; pero la lucecita roja y la cinta que seguía moviéndose detrás de las ventanitas de plástico me dijeron que la ópera no había terminado aún. ¡Pobre Mimí! ¡Pobre Rodolfo!

Volví corriendo al teléfono de la biblioteca para decirle a Verna que iría en seguida. El aparato zumbó. Ella había colgado. En el vestíbulo, me puse mi «Burberry» forrado de tela a cuadros, mi bufanda de lana gris y mi sombrero irlandés. Aunque habíamos tenido un par de días de sol, abril es un mes todavía frío y húmedo en nuestra parte del mundo.

Esther se reunió conmigo en el vestíbulo. Parecía que le costaba andar, aunque no llevaba tacones altos. En realidad, iba descalza. Cuando cuida del jardín, se pone «Wellingtons» de goma o un par de gastados, fangosos y viejos zapatos de tenis, sin calcetines. Sus pies se han ensanchado y afeado en estos catorce años de matrimonio; pero como ha adquirido sus uñas torcidas y sus callos amarillos en mi servicio, en la realización de las tareas de nuestro hogar común, tienen para mí cierta belleza afectiva. Nuestros huesos se aflojan, el tejido de nuestra carne se ablanda, a pesar de la dieta. Ella estaba sudorosa, como si sus amores con Dale, todas aquellas tardes de desvergonzado y vengativo adulterio en el desván, su conversión en una reina porno, su revolcarse en el semen y el calor inocente de un joven, la hubiesen empapado de algo débilmente acre que ahora exudaba a través de sus poros. Como todas las pecadoras, se estaba cociendo en su propia salsa. Había peinado hacia atrás sus húmedos cabellos, y brillaba su frente abombada.

—¿Cuánto tardarás? —preguntó.

¿Le impulsaría su ebrio corazón a concertar una rápida cita, una electrónicamente rápida cópula con nuestro mago de la informática?

—No sé lo que está pasando —dije—. Podría tardar un buen rato, si la niña necesita asistencia médica.

—¿La niña...?

—Paula. O tal vez Verna. Vete a la cama. Tenías razón en lo

referente a esa chica. Hubiésemos debido dejar que se apañase sola.

—Sólo trataste de ser un buen hermano para Edna —dijo Esther, no sé si irónicamente.

Mi corazón latía tan fuerte que embotaba mis sentidos. Cediendo a un raro impulso, me incliné y la besé. Ella, sorprendida, suavizó la expresión de su boca al alejarme yo. En todo caso, ¡qué bonito era, es, inclinarse ante una mujer! Con Lillian, mi sensación al besar había sido como la de saludar ceremoniosamente a otro hombre, a un político amigo. Tillich tenía razón: como criaturas, no sólo somos incorregiblemente religiosos, sino también incorregiblemente sociales. Al salir para rescatar a otra mujer, deseé a mi esposa, por hundida que estuviese en el fango con otro hombre.

¿Y ella? La expresión del rostro de Esther me recordó la que solía mostrar catorce años antes (en realidad, pronto serían quince) cuando, después de una sesión de amor ilícito en su apartamento, me enviaba de vuelta a casa para enfrentarme con Lillian y con la turbulencia y culpabilidad de deshacer mi hogar. *Si nunca vuelvo a verte*, parecían decir sus saltones ojos verdes, al cerrar yo la puerta, *que nos quiten lo bailado*. Pensaba como un contable.

El «Audi» se hallaba aparcado junto al bordillo de enfrente. Subí a él y arranqué. Nuestra ciudad está dividida en zonas que, confusas durante el día, adquieren cierta nitidez por la noche. Los habitantes de una zona no pasan inadvertidos en otra, aunque sólo sea para estar un momento ante el mostrador de platos preparados de un restaurante chino. Sutiles detalles de indumentaria, de maquillaje, de voz e incluso de porte personal, se manifiestan bajo las luces de la ciudad y delatan al intruso. Por eso experimenté una ligera sensación de peligro y los latidos de mi corazón se aceleraron un poco, cuando conduje el coche por Malvin Lane, fuera de nuestro barrio universitario y en dirección al reino de hileras de casas de tres pisos, de tiendas cerradas, de gasolineras automáticas iluminadas de azul, y de grupitos de jóvenes y de brutos reunidos, con nerviosa vigilancia animal, en el pavimento, delante de los bares y debajo de los rótulos de neón. Aquellos bares rezumaban música. Podía oírla vagamente a través de las ventanillas de mi coche. Los neumáticos del «Audi» rebotaron sobre el gastado asfalto lleno de hoyos del Boulevard. En el borde de los móviles conos de mis faros, formas alargadas se escabullían o permanecían plantadas en la acera; formas sin rostro, espectrales, *od ombra od omo certo*. Las luces altas del alto centro de la ciudad brillaban lejos, a mi derecha, más allá del río; luces rojas y blancas, como las de los aviones que descendían en diagonal sobre el aeropuerto, todavía más lejano. ¿Hacia dónde bajaban y subían los aviones, y con qué fin se formaban aquellos oscuros grupos en esta cruda noche de primavera? Sin duda les empujaba la misma fuerza que me había impulsado a mí hacia esta ciudad llena de baches, que a pesar de todo su asfalto, olía a fragante y fértil primavera.

Como yo había aprendido que Prospect Street era una calle de dirección única, torcí una manzana antes del bar incendiado y subí por otra calle parecida y también medio abandonada, cuyas ventanas estaban a oscuras o débilmente iluminadas por los destellos fluorescentes de la Televisión. Aparcar cerca de la casa de Verna era más difícil que durante el día. Los pájaros volvían al nido a pasar la noche. Di la vuelta a la manzana y, por último, me introduje ilegalmente en un espacio cerca de una boca de riego en Prospect, desde donde podía ver el ginkgo que ahora volvía a brotar. Los árboles jóvenes de las aceras, arces larguiruchos y atados algarrobos, estaban aún sin hojas. Cerré el coche y eché a andar, evitando no hacerlo demasiado de prisa para que no pareciese que corría. Pasé por debajo de algunas farolas rotas, en dirección a la casa sulforosamente iluminada.

Aunque a veces me había alcanzado la oscuridad en mis visitas a Verna las tardes de invierno, nunca había estado allí de noche. Los niños negros solían usar el parque infantil equipado con neumáticos de camión y tubos de hormigón, habían sido sustituidos por muchachos mayores que, aunque hacía frío y el ambiente estaba húmedo con la brisa del puerto y una niebla luminosa se espesaba entre los edificios, se habían reunido en los bancos y en los peldaños que conducían a las puertas de hierro del 606. El veloz hombre blanco, con su impermeable de moda, se acercó tan rápidamente a ellos que tuvieron el tiempo justo de abrirme paso al deslizarme vivamente entre la sorprendida masa de pantalones vaqueros, chaquetas acolchadas y matas de pelo redondeadas, que brillaban con gotas de la niebla nocturna. Entre aquellos jóvenes, había muchachas, gordas, de redondos y negros brazos africanos y gruesas y falsas perlas rojas, y esto mitigó mi impresión de peligro. Tontamente o no, asociamos las hembras con la seguridad, aunque todas las historias sobre madres asesinas, furiosas bacantes y automutiladas amazonas, digan lo contrario. A fin de cuentas, lo único que se necesita para matar es percibir como enemigo a otro, cuya destrucción será buena para uno, y estas percepciones no son, desde luego, exclusivas de los varones. En todo caso, el sadismo es... una protesta filosófica. La capacidad de indignación por la naturaleza de la cosas, ese gusano que ha contribuido a inspirar a los hombres tan prodigiosas fiestas de tortura, sólo está latente en los corazones de la hijas de la amable Eva. Las mujeres se enfurecen con la frustración e intrigan por despecho; pero, según parece, no les gusta mostrar al universo su escandalosa tolerancia del dolor.

Con estos pensamientos, o con su breve repaso mental, pues había pisado ya mentalmente este terreno, incluso en mi aula y en mi interrumpido seminario sobre la blasfemia (lecturas de Villon, Rabelais, Sade, Verlaine, Batailles y otros [el francés no es necesario pero sí deseable]), llegué a la entrada y empecé a subir la escalera de metal y hormigón. En los descansillos, los alardes amorosos de Tex y Marjorie habían sido borrados con capas de pintura, sobre las cuales aparecían ahora algunas inscripciones tan enrevesadas que no pude leerlas; el mensaje y la firma parecían garrapateados en caracteres que podían ser tailandeses o japoneses. Escuché, por si oía pasos en persecución de mi cartera; pero no percibí nada. Sin embargo, al llegar al rellano de la tercera planta, asaltaron mi mente el origen y el fin de mi misión. El miedo me hizo un nudo en el estómago y volví a sentir aquel entumecimiento ocasionado por una realidad excesiva. Aquellas mohosas y pastosas mujeres de mi hogar: habían sido demasiado para mí, y si había conseguido huir de ellas, ¿por qué buscaba ahora un nuevo desastre?

Caminé por el desnudo pasillo hasta la puerta marcada con las huellas del número 311. Llamé con suavidad, esperando que nadie respondiese. Pero Verna, envuelta en su tosco albornoz, con los rizados cabellos parcialmente decolorados, crecidas varias pulgadas las raíces del color castaño natural, abrió al instante la puerta, tirando de ella con tanta fuerza que se dio un golpe y la cadena osciló ruidosamente. Su cara plana y ancha parecía hinchada y había sido manchada de surcos rosados por las lágrimas. El rímel se había corrido hacia abajo en líneas oscuras, que partían de las comisuras exteriores de los párpados. Pensé en una máscara japonesa. Para dejarme entrar, se apartó a un lado con una remilgada y ceremoniosa rigidez que discordaba de su aspecto desaliñado y del desorden que reinaba en la estancia, como si todo lo que había en ella hubiese sido volcado y enderezado rápidamente. Nada, ni siquiera la ventana, parecía estar como yo lo recordaba.

Pero a pesar de su lamentable condición, sus primeras palabras fueron de reproche:

—¡Caramba, Nunc! Has tardado mucho.

—Tuve dificultades para aparcar —le dije—. ¿Dónde está la niña?

Me sorprendió la extremada calma de mi propia voz. Largo tiempo intimidado por Verna, por su carne luminosa en la que no se notaban los huesos, ahora podía desquitarme.

Ella agachó la cabeza y dijo con voz opaca.

—Ahí dentro.

Aparté la cortina marrón delante de ella y entré en la horrible y pequeña habitación que contenía la cuna de la niña y un camastro sin hacer. Percibí un débil olor dulzón a animales hembras. El aparato de cassette estaba en el suelo delante de la puerta del cuarto de baño. Pero no sonaba. En el silencio, llegaban ecos de otros apartamentos: el tirar de la cadena de un wáter, una pelea lejana que podía ser de la Televisión. Paula yacía inmóvil en su cuna, envuelta en un pañal de papel cuyo color blanco contrastaba con la oscuridad. Sus ojos húmedos y vivaces estaban abiertos y me miraron fijamente. Sin duda había estado debatiendo algún problema interior, y enfocó lentamente su mirada en mi cara blanca de gigante al inclinarme sobre ella.

—Da *mala* —dijo Paula solemnemente, y después sonrió, torciendo el largo labio superior y mostrando dos pequeños dientes espaciados.

Tenía una moradura debajo de un ojo.

—¿Cómo se hizo eso?

—Le pegué —dijo Verna a mi lado.

Sentí su piel a pocos centímetros de la mía, a través de nuestra ropa.

—Estuvo todo el día haciendo lo contrario de lo que yo le mandaba. Le dije que metiese sus juguetes en el cesto y sacó los que ya había en él. Le puse los zapatos para salir a la calle y se los quitó y los arrojó detrás de la cama. Cuando le di de cenar, escupió la comida y se rió de mí.

Daba la impresión de que había preparado una lista de cargos para defenderse ante un tribunal que hubiese de juzgarla.

Después no quiso ir a la cama, no quiso, no quiso...

Su voz aflautada se hizo ronca y se quebró.

Los bracitos de color de miel de Paula estaban inertes sobre el colchón desnudo de su cuna, y una de sus piernas se encontraba doblada como la de un comediante a punto de dar un paso de baile hacia un lado.

—La pequeña zorra... —siguió diciendo Verna.

A través de las paredes de la habitación se filtraban pequeños ruidos. Se oyó una risa inconfundiblemente televisada, una de esas risas en conserva que no pueden tomarse por reales.

—Le había leído un cuento del Little Golden Book, sobre el hombre de mazapán, un cuento que yo aborrecía cuando era pequeña y mamá me lo leía, pues se lo iban comiendo a pequeños bocados. Ahora lo han cambiado, de manera que el hombre echa a correr; pero también esto es fastidioso.

Suspiró profundamente y sentía la capacidad de sus pulmones, su solidez y fuerza de amazona.

Por fin pude meterla en la cama y pensé que se había dormido; pero, mientras tomaba tranquilamente mi baño, se levantó en su cuna y tiró su oso de trapo y sus *Pilly* y *Blanky* y todo lo demás, Nunc. Incluso tiró del hule travesero. ¡Y se necesita fuerza para esto! Por consiguiente, le aticé —confesó Verna—, y entonces armó tal griterío y me hizo sentir tan culpable que la levanté y la llevé a la otra habitación y traté de calmarla, a pesar de que todavía estaba mojada del baño y no llevaba nada encima.

Parecía que, a pesar de su aflicción, quería incitarme con aquel detalle.

—¿Por qué tuviste que tomar un baño? —le pregunté.

—¿Es que una persona no puede bañarse cuando se le antoje?

—Desde luego —dije—; pero me preguntaba si no pensarías salir cuando Paula se hubiese dormido, cosa que explicaría tu impaciencia al empeñarse ella en seguir despierta. Querías que se durmiese para poder salir. Sospecho que haces esto muy a menudo.

La niña se mantenía extrañamente callada ante nosotros, mirando fijamente, como si llevara un walkman sonando en sus oídos.

—No estaba impaciente, Nunc. Habrías tenido que verme. Era toda una *Madre del Año*. Pero ella no quería callarse, no quería calmarse, y se estaba haciendo tarde...

—Tenías una cita —le dije.

—Está bien, *Culo Listo*, la tenía. Un buen asunto. Y en todo caso, ¿qué representas tú? ¿Un cinturón de castidad o algo parecido?

Suspiré, realmente cansado de aquella jovencita a medio formar, y de esa cosa a medio formar y torpe a la que llamamos vida.

—¿Por qué colgaste? —pregunté.

—¿Cuándo?

—Cuando estabas hablando conmigo. Llamaste por teléfono, te dije que esperases un momento, y cuando volví, habías colgado.

—No me gustó que fueses a consultar a tu engreída esposa y a hablarle de mi caso. Sabía que era eso lo que estabas haciendo, lo que hacíais los dos.

Suspiré de nuevo, y Paula se agitó delante de mis ojos. Movió la pierna sana. Estaba esperando que yo hiciese algo para acallar su música interior. Levantando la cortina, volví a la otra habitación y Verna me siguió, parpadeando a causa de la luz.

—Bueno, ¿en qué momento descubriste que Paula no podía andar? —le pregunté.

Ella se puso tiesa, hinchando el pecho bajo el flojo albornoz.

—Cuando la bajé de mi falda y fue a chocar contra la pequeña librería que compré cuando tú y el imbécil de Dale os empeñasteis en que consiguiese aquel jodido e inútil certificado de estudios —dijo señalando el mueble, como si fuese el problema, el culpable de todo—. Yo estaba aquí —empezó a llorar, compadeciéndose de sí misma, fluyéndole copiosas lágrimas de los irritados lagrimales—, mostrándome *buena* y paciente, aunque tú digas lo contrario, y la pequeña zorra, que había sido realmente una zorra todo el día, se agitó en mis brazos, alargó una mano y tiró mi bebida sobre la acuarel que estaba a punto de terminar, y que había dejado sobre la mesa para que se secase.

—No puedo imaginármelo del todo —dije—. ¿Estabas bebiendo?

—Sí, y acababa de fumarme un porro en la bañera. Tal vez por esto estaba tan tierna al principio, tratando de ser la mamaíta de libro infantil que tú y todos los demás imbéciles quisierais que fuese.

—No creo que sea eso lo que queremos. Queremos que seas lo mejor posible.

—¡Ya!

—¿Y fue entonces cuando no pudo andar?

Verna asintió con la cabeza y sus lágrimas se secaron con la misma rapidez con que habían aparecido.

—Cayó de un modo extraño, quedando un segundo como encajada en el mueble y yaciendo después en el suelo, aullando de una manera nueva en ella, como asustada, ¿sabes?, como si ahora llorase *de veras*. Por consiguiente, la levanté y la sostuve; pero no le gustó y por esto traté de ponerla de nuevo en pie. Pero volvía a dejarse caer en el suelo cada vez que la levantaba. Por eso yo...

—¿Qué, Verna?

—Le aticé de nuevo. Había sido *demasiado* blanda, Nunc, demasiado dulce y razonable, todavía desnuda, sosteniéndola y cantándole, ya sabes. Y los mulatos hacen siempre lo mismo; una se ablanda y ellos se aprovechan, sacan el aguijón o derraman tu bebida o hacen cualquier otra cosa para darte a entender que eres una mierda blanca. Yo había trabajado de firme en aquella acuarela y estaba muy satisfecha de ella, ¿sabes? Al estropearla ella, vi lo triste e inútil que era todo, no sólo entonces, sino siempre. ¿Y quieres saber otra cosa?

Su voz se había convertido en un murmullo.

—¿Qué otra cosa?

Mi corazón latía con fuerza, como si acabase de subir la escalera, y me pregunté si había dejado de hacerlo desde el momento en que el teléfono había interrumpido mi lectura de Tillich.

—Me gustó. Me gustó pegarle aquella última vez, cuando ella estaba en el suelo. Pegar con todas mis fuerzas a esa pobre niña de color que todavía no tiene dos años. ¿No es extraño?

—Muy extraño —convine, incapaz de decidir si el tono teatral y como drogado de su voz era una comedia irónica, encaminada a buscar en mí una reacción, o si era lo mejor que ella podía hacer, encerrada como estaba detrás de aquella mirada inexpresiva y ambarina, que parecía enfocar un punto más allá de mi cabeza, donde se representase el pasado reciente.

—¿Cómo volvió a la cuna? —pregunté.

—La arrojé en ella.

—¿Lloró cuando la levantaste?

—Como te he dicho, no ha parado de aullar durante todo el tiempo. Y los vecinos empezaron a golpear el techo y a gritar desde el otro lado de las paredes. Una señora de la puerta de enfrente chilló diciendo que iba a llamar a la Policía. Siempre dice lo mismo. Es una borracha.

—Quiero decir si Paula actuó como si tuviese algo roto o dolorido.

Su expresión cambió al volver lentamente la mirada en mi dirección.

—¡Oh, Dios mío! Crees que le hecho mucho daño.

—¿No lo crees tú?

En la otra habitación, Paula, al oírnos hablar, gimoteó sin mucha fuerza, como el zumbido de un motor que no arranca por haberse gastado la batería. Entramos a verla. Yo la toqué, palpando suavemente. ¡El milagroso tejido sedoso de la piel de los niños pequeños! Mi tacto la hipnotizó y la hizo callar hasta que llegué a la pierna izquierda. Entonces lanzó un breve chillido que era tanto de dolor como de protesta, y sus redondos ojos oscuros parecieron profundamente indignados y asombrados. Aquellos ojos ya no parecían azules. Los genes de su padre se manifestaban también claramente en las enrojecidas ventanas de la nariz de la niña, en su labio superior saliente, en las orejas casi cuadradas y lindamente pegadas al cráneo.

—Una pequeña fisura —supuse—. O tal vez sólo una distensión. No hay dislocación visible.

—¡Oh, Dios mío! —gimió de nuevo Verna.

—Es mejor esto que una lesión interna. Un desgarrón en el bazo y podría morir de la hemorragia. Pero no se queja del abdomen. Debemos llevarla a un hospital. Dame una manta. Dos mantas, la suya, que está en el suelo, y la de tu cama.

Mi mente tenía esa curiosa claridad que le da la fatiga, al enfocar su visión como a través de un túnel.

Verna se apartó, pero no para cumplir mi orden, sino para ir al cuarto de baño. Yo le grité:

—Ya que estás ahí, ¡lávate la cara! ¡Pareces un payaso de circo!

Oí que tenía arcadas, mientras yo arropaba a Paula. He advertido que las mujeres vomitan con mucha facilidad, como si esta función fuese en ellas más natural.

—Paula —expliqué a la niña—, sé que esto duele, pero tendré mucho cuidado. Vamos a viajar-viajar en el coche-cochecito.

Era una frase que recordaba de cuando Richie era pequeño. Ella me miró solemne desde dentro de las mantas.

—Vete a casa —dijo claramente.

Era una orden.

—Iré en cuanto pueda —le prometí.

Ahora me preguntaba si hubiese tenido que comprobar su pañal. No me había parecido que estuviese mojado; pero estos pañales modernos de papel y plástico son engañosos.

Verna volvió junto a nosotros con la cara limpia, menos luminosa, menos blanca.

—Yukky —dijo—. Creo que estoy un poco mejor de la cabeza. Dios mío, Nunc, soy una calamidad. Tendrías que encerrarme.

—Vístete —le dije—. Y haz el favor de ver si hay que cambiar los pañales de Paula.

Pasé a la otra habitación, me arreglé un poco y miré las luces de la ciudad a través de la ventana. Paula gimoteó. Verna le cantó con voz cascada: «Tooooda la noche...» Por fin aparecieron las dos; la niña, envuelta en mantas y llevando un gorro de estilo sherpa con orejeras; Verna, con una blusa de gitana, una falda ancha a cuadros y su sarape. Pensé que era un atuendo un poco inadecuado para la ocasión, pero no hice comentarios.

La ciudad tiene muchos hospitales, todos ellos en plena expansión, reclamando una manzana tras otra de los barrios circundantes, como si el arte de curar se hubiese convertido a su vez en un cáncer. El hospital que yo conozco mejor (debido a una apendicectomía de Richie cuando tenía nueve años y a un susto ginecológico de Esther que acabó en nada) está al otro lado del río y es una serie de rascacielos clínicos entre los que el primer templo de granito de la Medicina, con su cúpula verde de cobre, está oculto como un huevo de Pascua. Para llegar a la entrada de urgencias, hay que subir por una rampa de hormigón hasta un nuevo anexo semicircular, que lleva el nombre de la primera esposa, fallecida en la flor de su juventud, de un magnate local de la alta tecnología.

En el interior, resplandecía todo. Mientras Paula, sorprendida y olvidando sus males, se retorcía sobre mis rodillas, en su capullo de mantas, Verna se enfrentaba con la oficina de admisión. Sus tratos con el sistema de auxilio social le habían dado cierto sentido audaz de sus derechos. Mientras cruzábamos el viejo y adornado puente, en el silencioso «Audi» sus lágrimas de miedo y de culpa habían empezado a fluir de nuevo, marcando en sus mejillas surcos que brillaban bajo la luz de los faroles de historiados postes. Estas lágrimas tendrían que haber facilitado el proceso de admisión; pero las burócratas de turno en la puerta del hospital consideraban el dolor y la desgracia como cosas corrientes y no se impresionaban por ello. Sentían el estirado desprecio de los casi pobres por los realmente pobres, por los indigentes y los inútiles. Aunque estábamos en las primeras horas de la noche, el bajo mundo había enviado ya algunos delegados al hospital; el joven vagabundo desdentado y de piel amoratada, la pelandusca quejumbrosa y de frente sangrante, la familia haitiana agrupada alrededor de uno de sus miembros herido durante la noche... Todos ellos esperaban su turno bajo aquella luz implacable. Sólo cuando me levanté, presenté mis credenciales e hice valer mi autoridad, se abrieron las puertas y empezó la cosa a funcionar. Aparecieron personas de blanco uniforme y se encargaron de la dolorida Paula.

Como primera medida, despojaron a la niña de las mantas. Pero Paula protestó cuando iban a quitarle su peluda manta infantil, con osos azules sobre fondo blanco, y le permitieron quedarse con ella. Después, la tendieron en una camilla con ruedas de caucho y la llevaron por unos pasillos, para ser reconocida por los internos y examinada por rayos X. Durante todas estas sorprendentes experiencias, permaneció con los oscuros y vivarachos ojos fijos en la cara de su madre. Verna parecía la más pasiva e impotente de las dos, rodando como una pelota detrás de la niña, atrapada en el campo magnético de la necesidad de la pequeña. En cuanto a mí, sostenía el gorro de sherpa y la manta desechada, cuya áspera y doblada masa pesaba sobre mi brazo con una adherencia de pesadilla, como un fragmento físico del apartamento real de Verna, de aquellas habitaciones que olían a cerrado y que con tanta frecuencia había visitado en mis sueños eróticos.

El joven interno que habló con nosotros era bajito y rubio, con un bigote de bandido muy poco convincente y unas gafas parecidas a las de los aviadores, pero de color rosa. Solía hablar con la cara medio de perfil, como haciéndolo consigo mismo.

—Sí —nos dijo, un poco confuso—. Tiene una fractura. De las que llamamos conminutas. Esto quiere decir que la fractura no es limpia. Podremos curarla, pero..., ¿pueden decirme ustedes cómo sucedió?

Los pálidos y apretados labios de Verna se entreabrieron y los párpados inferiores se levantaron sobre sus ojos oblicuos, al esforzarse ella en responder a la pregunta. Me di cuenta de que estaba demasiado asustada para mentir y declaré, en tono autoritario e irrebatible:

—La niña se cayó. En el patio de juego, de un columpio.

Él me miró y miró después a Verna. Las coloreadas gafas ponían una fina nube, como de sangre diluida, sobre sus ojos.

—Y esa contusión en la cara, ¿se la produjo en la misma caída?

—Sí —respondió débilmente Verna.

—Soltó las cadenas del columpio y cayó de bruces —dije yo.

El joven era de esos que, aunque vacilantes, tímidos e incapaces de mirar a la cara, son tercos y voluntariosos. Dijo, con voz insegura:

—La fractura no es de las que solemos observar en esta clase de caídas. Casi siempre se producen fracturas de brazo. Y no observé granos de arena en la contusión facial. Parece más bien que...

Le interrumpí:

—Le lavamos la cara. Naturalmente. Y además, ¿qué significa este interrogatorio? Hemos traído a una niña lesionada y hemos tenido que esperar media hora en recepción, y ahora nos viene con ésas. ¿Es esto un hospital, o un tribunal de justicia?

—...parece más bien que le hubiesen pegado —siguió diciendo el joven, y pestañeó—. Y hemos advertido unas pequeñas moraduras en la parte posterior. Tenemos que denunciar los casos de presuntos malos tratos a los niños. Vemos cosas terribles: quemaduras hechas con cigarrillos, niños con las piernas descoyuntadas y la pelvis rota... Nadie lo creería si no lo viese.

Parecía estar hablando consigo mismo. Después cambió de tono:

—Señor, ¿estaba usted en el campo de juego cuando Polly se cayó?

—Paula —dije vivamente, ganando una fracción de segundo con la corrección; pero incapaz de encontrar una alternativa plausible—. No —proseguí—. Ella me telefoneó en cuanto se produjo el accidente.

—¿A qué hora fue esto?

—No miré el reloj.

—Pero debía ser muy tarde para estar en un parque infantil.

—Eso no es asunto suyo —le dijo Verna—. La tengo levantada hasta muy tarde; de esta manera duerme más por la mañana.

Me di cuenta de que estaba tratando de sacarme del atolladero. Pero yo había tratado de burlar al interno y éste no estaba dispuesto a soltarme tan fácilmente.

—Es curioso —me dijo, prescindiendo de Verna— que ella no nos trajese en seguida la niña. O la llevase a Saint Stan's, un hospital que está a dos manzanas de donde ella vive, a juzgar por lo que dice aquí.

Tenía una copia azul de los datos que Verna había consignado en la solicitud de ingreso.

—No tiene coche. Y es nueva en el barrio.

Una respuesta habría bastado, aunque las dos eran verdad.

Él se volvió a Verna, mirando el impreso.

—Mrs. Ekelof... —empezó a decir.

—Miss —dijo ella—. Muchas gracias —también estaba tratando de burlarle—. Me casaré cuando esté dispuesta a hacerlo.

Él nos miró de reojo a los dos y, sin añadir palabras, salió de la habitación y volvió al cabo de un minuto con un hombre mayor, un negro bastante calvo, con andares de bailarín y una expresión severa en el semblante, que tenía el color de una hoja seca de tabaco. Llevaba un estetoscopio en el bolsillo lateral de su chaqueta blanca y saltaba a la vista que era el superior del interno. Conferenciaron en voz baja, a poca distancia de nosotros y, después, el negro se dirigió a mí y me preguntó:

—Señor, ¿cuál es su relación con esa señorita?

—Soy su tío.

Él sonrió.

—Ya. Está muy bien.

Tenía una voz perezosa y cansada; pero confiada, muy buena para cantar un *blues* con acompañamiento de una guitarra de doce cuerdas.

—Señor —continuó—, apreciamos su ayuda; pero como la madre fue la única que presenció este lamentable accidente, nos gustaría mucho oír su relato.

—Fue exactamente lo que ha dicho mi tío —dijo Verna—. Yo siempre le digo que se agarre fuerte, pero la muy..., pero la niña me desobedece. Últimamente se ha vuelto muy rebelde. Mi asistenta social dice que es cosa de la edad, de los terribles dos años.

—Mi compañero y yo nos preguntábamos si la niña no es demasiado pequeña para subir a un columpio.

Mientras hablaba suave y cortésmente, las manos del doctor, delicadas y de pálidas uñas, tocaron los dedos de los pies de Paula que sobresalían de su manta. Con aire distraído, los golpeó ligeramente.

Sus ojos cansados y enrojecidos, que parecía que se los hubiese estado frotando, por blancos amarillentos e inyectados en sangre, se fijaron en Verna, y el instinto le dijo a ésta que había llegado su ocasión de escabullirse.

—Tal vez sí —dijo, con aquella voz infantil y gemebunda que parecía brotar de un canuto—. No volverá a hacerlo. No habrá más columpio hasta que sea lo bastante mayor para agarrarse bien.

Una expresión melosa y paternal había iluminado las arrugadas facciones del doctor.

—¿Lo promete?

Fue como si fluyese una corriente eléctrica, y Verna, desgreñada y agotada como estaba, se dejó llevar por ella, echando la cabeza atrás de manera que su cuello formó una curva blanca y sus senos se levantaron debajo del fino algodón de su blusa de gitana.

—Lo prometo.

Y sollozó de pronto al pronunciar esta palabra.

—Porque —siguió diciendo el médico, en tono musical de predicador— una criatura pequeña es un don precioso que se pone en nuestras manos y, naturalmente, no queremos que le ocurra nada malo, ¿verdad?

Verna sacudió la cabeza despacio, una vez, dos veces.

—Por muy nerviosos y desesperados que estemos, ¿verdad?

Verna repitió aquel movimiento, como hipnotizada.

El joven interno y yo observábamos fascinados aquella transacción. Ahora, el médico negro, rompiendo el hechizo, frunció bruscamente el ceño y dijo:

—Vamos a componer esa pierna.

Apareció una enfermera que puso una inyección sedante a Paula, aunque la niña, completamente agotada, se había dormido a pesar de nuestras voces y de la fractura conminuta y de todo lo demás. Su cuerpecito dormido parecía patéticamente pequeño sobre la camilla. La aguja penetró exactamente por debajo del borde del pañal de papel. Paula no se despertó. Nos permitieron seguirles a una pequeña habitación iluminada, donde la niña fue trasladada de la camilla a una mesa de operaciones. Mientras el médico más viejo observaba, el interno envolvió la piernecita morena con tiras de gasa empapadas en yeso, de una blancura que hería nuestros ojos bajo la cruel luz azul de las lámparas. Los dedos de sus pies, una hilera de dígitos redondos, parecían un fragmento abandonado de alguna colisión o sustracción visual.

La escayola, una vez terminada la operación, iba desde el pie de Paula hasta la mitad del muslo. Hubo un momento, durante el proceso, en que los ojos de la niña se abrieron de nuevo, asombrados. Escrutaron nuestras caras y se fijaron en la del doctor. Éste alargó un dedo índice coloreado por el tabaco, y la rolliza manita lo agarró. El médico le dijo:

—Apuesto a que eras una buena andarina, querida. Apuesto a que andabas muy bien.

Ella sonrió, asintiendo a sus palabras o por el simple placer de oírle hablar. El hueco entre sus dos dientes redondos se puso de manifiesto.

—¿Te acuerdas de gatear?

Esto pareció tan divertido a la pequeña que acentuó su sonrisa y emitió una risa gutural.

—Porque ahora tendrás que volver a andar a gatas durante un tiempo.

El interno se quitó los guantes blancos de goma transparente. Los dedos gordezuelos y de sucias uñas de Verna juguetearon con un rizo enroscado sobre la sien. El reloj de la pared marcaba las once y cuarenta y dos minutos. Era absolutamente redondo, blanco y negro, y sus claros números eran barridos cada minuto por una segundera roja. Su perfección institucional me recordó a Esther, con sus cuarenta kilos exactos. Tendría que telefonearle. Pero esta llamada interrumpiría el breve período de libertad que yo había conseguido en medio de la noche, donde el embrollo parecía a punto de adquirir un nuevo significado.

La confusión sumisa de Verna se estaba extinguiendo, y ella, en su papel de madre, preguntó al doctor:

—¿Tengo que darle alguna píldora o algún medicamento esta noche?

La respuesta, pronunciada en tono apaciguador, estuvo acompañada por una forzada sonrisa:

—Quisiéramos que la pequeña Paula se quedara esta noche aquí con nosotros —dijo el doctor—. Con el permiso de su madre, desde luego.

Verna pestañeó, sin oler todavía el peligro.

—¿Por qué? ¿No la han apañado ya del todo?

—Podríamos decir que la pierna sí; pero la niña puede necesitar algunos cuidados médicos. Quisiéramos tenerla bajo observación. Creo que aquí descansará muy bien. ¿Verdad, querida?

El tono de su voz no cambió mucho al dirigirse a Paula.

—¿Quiere usted decir que puede haber alguna lesión interna? Estoy segura de que no la tiene. Todos estamos seguros, ¿no? —Verna llevó su mirada del médico al interno y, luego a la enfermera, una enfermera que, según advertí por primera vez, era una mujer muy alta y de cabellos grises, tan alta como Lillian y con el mismo aire tenso, estéril, de mujer afectadamente buena. Mi sobrina vio ahora que estaba atrapada—. ¡No irá usted a llamar al DSS! —exclamó.

Yo tenía que intervenir.

—Soy profesor de Teología en la Universidad —dije al médico—, y respondo personalmente de la seguridad de esa pequeña.

El médico sonrió con aire cansado y dijo:

—No lo dudo, profesor. Pero no pudo hacerlo hace unas horas. Sólo queremos retenerla aquí hasta que podamos comprobar unas cuantas cosas —añadió luego, amablemente.

—¡No se atreva a llamar a esos malditos imbéciles del DSS! —dijo Verna—. No saben nada de *nada*, son un puñado de animales que viven a costa de los contribuyentes. ¡No podrían obtener un verdadero empleo si lo intentasen!

—Si la madre quiere que la paciente sea dada de alta... —sugerí.

—Entonces —dijo el médico—, tendremos que llamar a un policía y a un representante del Departamento de Servicios Sociales para librarnos de toda responsabilidad. A nuestro entender, esta lesión no ha podido producirse de la manera descrita.

—¡Es la *verdad*! —protestó Verna—. Fue un accidente fortuito. Le di una pequeña palmada y ella se arrojó contra aquella estúpida librería que me obligaron a comprar. Todo fue por su culpa.

Se había olvidado completamente del columpio.

Ahora lo recordó, y prosiguió furiosamente:

—Ustedes, idiotas, no pueden retenerla aquí sin mi consentimiento. Conozco mis derechos. Quiero a mi hija, y mi hija me necesita.

Recordé que también Edna sabía representar este papel: la dama ofendida, la *grande dame* suburbana, la matrona de Chagrin Falls, indignada por los problemas de la servidumbre. Edna lo había aprendido de su madre, después de que Veronica, habiendo pescado a mi padre con sabe Dios qué sucios trucos, había aumentado de peso y se había introducido en círculos eclesiásticos y distinguidos. A los ojos de Edna, su madre había nacido así. Pero ahora, aquel papel, transmitido a lo largo de dos generaciones, se había vuelto completamente gastado y vano.

—¿Da malo? —preguntó una voz inquisitiva desde la mesa de operaciones.

La pequeña Paula estaba mirando a su madre. Sus iris oscuros aparecían teñidos de azul por la luz del hospital, y sus pupilas no eran más grandes que puntas de lápiz. Tenía la boca torcida hacia abajo; empezaba a gemir de miedo. Yo alargué un dedo índice y ella lo agarró suavemente con su manita pegajosa. Advertí que mi uña parecía sucia y un poco torcida.

—Deja que se quede, Verna —dije—. Aquí estará en buenas manos.

—Sólo si me prometen no llamar al DSS. Esos desgraciados ya me han causado bastantes disgustos.

Tal vez les llamó «desgraciados» para mitigar el anterior calificativo de «idiotas».

Nadie dijo nada.

Yo suspiré y declaré:

—Estoy seguro de que sólo harán lo que sea mejor para Paula.

—No firmaré nada —manifestó Verna.

El médico, cansado de mostrarse seductor, dijo:

—No hace falta que lo haga, señorita. Lo único que tiene que hacer es venir a recepción mañana a las nueve y media y, si todo ha sido aclarado satisfactoriamente, la niña podrá volver a casa con su mamaíta.

Verna pensó un rato y dijo:

—En realidad, tengo una clase de arte y he de discutir algunas cosas con el maestro. ¿No podría venir a eso del mediodía?

—No hay el menor inconveniente —dijo el doctor, sin sonreír—. Desde luego, yo no estaré de servicio a esa hora; pero informaré del caso al responsable. Habrá que comprobar la escayola dentro de dos semanas y se la podremos quitar dentro de tres o cuatro, como máximo. Los huesos se sueldan pronto a su edad.

Los huesos, no las almas, pareció dar a entender. Se volvió a mí y dijo:

—Encantado de conocerle, profesor. Soy gran admirador de los que hacen posible que los demás conservemos la fe. Mi padre fue pastor.

—No me sorprende —le dije.

La enfermera y el interno habían colocado de nuevo a Paula en la camilla. Verna se acercó para dar las buenas noches a su hija. Al inclinar su ancha y pálida cara sobre la más pequeña y morena de la niña, sus pesados senos oscilaron debajo de la escotada blusa de algodón. Arropó a Paula con su mantita y se agachó más para besar ligeramente los dedos del pie que sobresalía de la escayola. Desde donde me hallaba, podía ver sus dos tetas. Me pregunté si ella se daba cuenta.

—Estas buenas personas van a llevarte a la cama, Poopsie. Mamá vendrá a buscarte por la mañana. Sé buena.

La niña arrugó la afilada barbilla y empezó a llorar, con la fuerza del pánico. El personal del hospital acudió al oír aquel ruido y rodeó a la pequeña, como una serie de cojines blancos protectores. Yo saqué a Verna de la habitación y, mientras la conducía a través de las estancias y a lo largo de los corredores curvos hacia la entrada, también ella estaba llorando. Su barbilla se había arrugado igual que la de Paula.

En el «Audi», mientras rodábamos por las calles, prosiguió su llanto, ora fuerte, ora inaudible. Y habló con dificultad:

—Cuando me incliné sobre ella, Nunc..., pude sentir todo aquel yeso duro en mi estómago, como una especie de piedra. Pude leer en sus ojos que no sabía qué demonios estaba pasando.

—Bueno, casi ninguno de nosotros lo sabe exactamente.

—Van a quitármela, ¿verdad? Ese viejo petimetre va a llamar al DSS, aunque ha prometido no hacerlo.

—Yo no oí que lo prometiese —dije—. Guardó silencio para no prometer nada. Como él explicó, Verna, el hospital tiene que protegerse, no sólo de que le acusen de quebrantar la ley, sino también de que le metan en procedimientos legales.

Las luces de neón y de sodio centellearon en el parabrisas. Seguimos la corriente del tráfico, remontamos una rampa ondulada y nos encontramos en el puente, con sus farolas Art Nouveau y sus viejas torres de piedra arenisca.

—Y esos cabrones seguirán incordiándome —siguió diciendo Verna— y me pedirán que me arrastre y coma cincuenta y siete variedades de mierda, y si no lo hago van a... ¡van a quitarme a mi pequeña!

Esta última frase fue acompañada de un chillido. Verna levantó el sarape y lo apretó contra sus ojos y su boca, como para ahogar otro grito.

Sigue representando un papel, me dije. Y no muy bien por cierto. Las occidentales han perdido octavas enteras de pasión. Las mujeres del tercer mundo todavía saben arrancar del fondo de su alma gritos de dolor estridentes e inhumanos, como se puede ver y oír en los reportajes televisados del Líbano y de Etiopía.

—No lo creo —comenté en voz alta—. Puede que hagan algunas preguntas; pero recuerda que para ellos es un engorro quitarle un hijo a su madre. ¿Qué tienen que hacer entonces? El Estado no desea convertirse en un orfelinato masivo. Si escuchas lo que dicen Reagan y los demás, verás que suplican que renazca la familia, que ésta les libre de algunas responsabilidades.

Pero ella dio rienda suelta a su visión histérica:

—Primero hacéis que mate a aquella criatura ¡y ahora queréis quitarme a ésta!

Se me ocurrió pensar que, como muchas visiones, ésta respondía a un deseo: ella quería que le quitasen a la pequeña Paula.

—Si te aferras a nuestra historia... —proseguí, razonablemente.

—No fue *nuestra* historia, sino *tu* historia. Y una historia muy *estúpida*.

—Fue mejor que no ofrecer *ninguna*, que es lo que parecía que *tú* ibas a hacer, con tu fabulosa inteligencia.

Edna y yo solíamos discutir interminablemente, durante las cálidas tardes de Ohio: *Tú lo hiciste. No lo hice. Sé que lo hiciste. Sé que sabes que no lo hice.* Era una especie de pelea, cuando éramos demasiado jóvenes para tocarnos, y hermanos por añadidura.

Verna seguía apretando el sarape sobre su cara y frotándose los ojos con su tosca lana. Por primera vez, al considerar su pérdida, Paula pareció haberse convertido para ella en un ser real.

—Ha sido muy... muy valiente. ¿No es verdad, Nunc? Casi no lloró desde que vio que hacíamos algo por ella y que poníamos en movimiento a toda aquella gente.

—Ha estado magnífica —me apresuré a asentir.

Nos hallábamos a pocas manzanas de Prospect Street. Cruzábamos aquella garganta de luz chillona que Dale había visto, al comenzar el mes de abril, desde su ventana de la séptima planta. Yo deseaba librarme de Verna y volver a casa a toda prisa. Esther se encontraría levantada, fumando y bebiendo, con la mente fluctuando entre la irritación y la inquietud. Conocía su manera de pensar, estaba seguro de que ella examinaba todas las posibilidades. Mucho después de que se extinga el amor, permanece todavía el hábito. Esther era mi hábito.

—En realidad es muy dulce —seguía diciendo Verna, luchando por recobrar el aliento—. *Quiere* ser muy dulce, a veces nos divertimos mucho las dos, escuchando música. Tendrías que ver a la pobrecilla... observándome, tratando de imaginarse... cómo es un ser humano. Yo soy el único que ella tiene. Y no es sólo esto... *Yo estoy* tan sola que pienso que es porque *ella*... se siente también muy sola.

Pensé que estaba orquestando deliberadamente sus sollozos y dije con irritación:

—No exageres. Paula no está peor que muchos niños de esta ciudad y, en muchos aspectos, está mejor que ellos.

Ella dejó de sollozar, con altivez.

—Quieres decir porque está relacionada, en cierto modo, con gente bien, como tú y tu engreída esposa y el tonto de tu hijo. Perdona, no debí decir esto. En realidad, se portó muy bien el Día de Acción de Gracias; se esforzó en ser amable con una desconocida. Además, sabe que los dos pensáis que es tonto.

Esto me dolió. Si era verdad, era una verdad muy desagradable. Pero no podía serlo. Nosotros queríamos a Richie. Verna siguió farfullando:

—Pero, ¿no ves que esto lo hace peor, para ella y para mí? Hasta que te presentaste tú, con tu elegante abrigo y tus guantes y tu curioso sombrero y todo eso, no se me ocurrió pensar que había algo más, aparte de mis horribles padres, y me sentía feliz de haberme librado de ellos. Sí, era feliz. Algunos días me levantaba y empezaba a cantar con mi niña en aquellas pequeñas habitaciones. La casa no vale gran cosa, sé que a ti te parece horrible; pero aquello era vida. Si no sabías que podía haber otro mejor y no venían otras personas a decirte lo mísera que era.

Detuvo el «Audi» delante de la casa, aparcando en doble fila. Entonces pensé que dejarla allí, en aquel odioso apartamento y sin su hija, era algo cruel, incluso según mi transigente criterio.

—¿Preferirías venir a mi casa y pasar la noche con nosotros? —le pregunté—. Tenemos una habitación sobrante. Toda la tercera planta está desocupada. Y sé que Esther se encontrará todavía levantada.

Recé para que la chica no aceptase. La sordidez de aquella noche me afectaba. El ruidoso dolor y la confusa autodefensa de Verna me recordaban la razón de que yo, a mi vez, me hubiese alegrado de salir de Cleveland: aquella gente de una zona vital tiene un don inagotable e incansable para exaltar el *yo*: autodefensa, autoengaño, dramatización de la propia personalidad, autoexamen y acrobacias morales durante todo el día; cada dormitorio, cada cocina, es un foro apologético habitado por fantasmas de prototipos bíblicos que se restriegan las manos, viejos judíos de narices peludas que nunca serían admitidos en ningún club de campo; pero que participan en todos los sucesos, desde las hipotecas hasta la masturbación. Nuestra herencia puritana. ¿Cómo pudieron aquellos viejos israelitas agarrarnos con tanta fuerza, sujetarnos con su terrible Biblia negra y sus imprecraciones, mientras los modernos consideran el asunto como una broma familiar, llenando sus propias vidas con música de violín y clara ciencia atea? *L'Chaim!* Comparados con los judíos, nosotros, los protestantes, moramos realmente en el valle de la muerte.

La voz de Verna, en la sombra del «Audi», era tan baja que apenas si podía oírla entre las sordas explosiones del motor en reposo.

—No, no quiero hacer eso, Nunc. Pero, ¿no podrías subir tú un momento?

La luz de la calle iluminó el borde de una nube de revueltos cabellos. Sin embargo, su cara era un óvalo sin facciones del que brotaba aquella vocecilla ronca como de un agujero gris.

—Por favor, todavía no puedo soportar la soledad. Me siento fatal y estoy asustada. Sé que he sido un ser humano malísimo.

Un olor rancio y cálido, como de desván, había penetrado en el coche desde el radiador. El reloj del tablero marcaba las doce y dieciocho. *Muy tarde para estar en un parque infantil.* La visita al hospital me había llevado dos horas; igual habría podido llevarme tres. La sigilosa mano de la Providencia sacó una carta de la manga: al pie de la farola, arrancó un coche precisamente delante de nosotros, dejando un espacio libre. Pregunté a Verna, en tono ligeramente regañón:

—¿Por qué habrías de sentirte menos mala si subiese?

Lo dije como si estuviese hablando una vez más con una de esas estudiantes atrasadas que, terminada la hora de clase, siguen aferrándose a la presencia del profesor con la vana esperanza de que su proximidad consiga mágicamente lo que en realidad sólo podían conseguir ellas solas, con estudio y trabajo.

Su voz había cambiado. Desapareció de ella el histerismo, sustituido por una frialdad suave, por una tranquilidad deliberada. Se había convertido en la maestra. Como si hubiésemos entrado en un terreno árido y calcinado, donde solamente ella sabía cómo se podía vivir.

—Creo que tú quieres subir —dijo, casi cantando—. Me parece que también te sentirías menos malo; y esto me serviría de ayuda.

—¿Quién dice que me siento malo?

—Todo el mundo puede verlo. Basta con mirar tu cara hosca algunas veces, Nunc. Esas cejas. La manera en que te miras continuamente las manos. Vamos, sube —su voz había adquirido autoridad—. Da algo a alguien, para cambiar.

Su voz, y no mis manos y mis pies, pareció guiar el automóvil hacia el espacio vacío al pie de la farola, un espacio tan amplio que ni siquiera tuve que maniobrar.

La casa parecía abandonada. La presencia humana sobre la Tierra había quedado reducida a vestigios: unas bombillas encendidas, viejas inscripciones en las paredes, peldaños gastados en la escalera. En el apartamento, nos saludó la extraña ausencia de Paula; que la niña no estaba allí, durmiendo detrás de la cortina marrón, podía percibirse en el aire, con su peculiar olor a cáscaras de cacahuete tan tranquilo como el agua de una charca cuando se ha posado el limo.

Prescindiendo de mí, con los hombros encorvados a la manera de las viejas, Verna pasó detrás de la cortina y desapareció. Pude oír que abría grifos, cerraba una puerta, sorbía por la nariz, tosía y empezaba de nuevo a llorar: un ruido sofocado y furtivo, como el de sus arcadas unas horas antes. Permanecí de pie en el cuarto de estar, mirando hacia el centro alto y cristalino de la ciudad, sorprendido de las muchas ventanas iluminadas que había en los rascacielos. Un derroche. Me sentía entumecido, hinchado el cuerpo por golpes que no recordaba haber recibido.

—¿Nunc? —oí que decía su voz llorosa—. ¿No vas a entrar?

—Creí que tú ibas a salir —dije, y pasé cuidadosamente al otro lado de la cortina.

Aquella habitación tenía una sola ventana, sobre el sitio donde estaba la cocina, más allá de los negros bordes de un armario y de un pequeño frigorífico, y tardé algunos segundos en acomodar la visión y descubrir dónde estaba ella. Se hallaba en el suelo, en su cama, en su jergón. Toda ella, salvo la cara ancha y pálida, estaba debajo de la colcha; como una niña pequeña que esperase a que la arropasen bien, rezasen una oración y le diesen un beso. Tuve que ponerme en cuclillas a su lado, y mis rodillas crujieron.

—¿No vas a quitarte un poco de ropa?

—No, claro que no —dije—. Tengo que marcharme en seguida. Al dilatarse mis pupilas, pude ver un brillo en su cara. Tal vez más lágrimas, o las huellas de una toalla mojada. El olor a moho era allí más fuerte y tranquilizador. Tal vez era del relleno del jergón.

—Quisiera que te tumbases aquí y me abrazaras un momento —dijo ella.

—Me arrugaría la camisa y los pantalones —dije, pronunciando estas palabras con la energía con que se afirma un hecho dudoso en una conferencia (*v. gr.*, Pelagio nació en Escocia).

—Por eso debes quitártelos.

Era una observación sensata. Obedecí, conservando la ropa interior y los calcetines. Me tendí sobre la colcha y pasé un brazo sobre su arropado cuerpo. También ella parecía hinchada, como yo. Su aliento, tan próximo a mi cara, tenía la inocencia de la hierbabuena, un olor a dentífrico antiséptico. Recordé que la había oído escupir como un gato mientras, en la otra habitación, observaba cómo un avión descendía tan suavemente que hubiérase dicho que era una estrella fugaz. Ahora podía ver el blanco de sus ojos al mirar ella al techo. Al cabo de un minuto de yacer inmóviles los dos, me preguntó:

—¿No te parece que soy una mierda?

—En absoluto —mentí—. Sólo un poco alocada. Pienso en la manera en que las tribus primitivas solían designar a personas para criar a los niños, después de parirlos la madre. Era un programa global y todo el mundo participaba en él. Ahora no existen tribus. No hay un programa global. Es triste.

—Sí, pero otras personas no arman tanto follón como he armado yo.

—¿Quién puede decir lo que es un follón? —le pregunté—. Cuando me separé de mi primera esposa, por Esther, pareció que era un follón; pero fue muy clarificador. A los ojos de Dios —y corregí—, según la Biblia, lo que parece injusto puede ser justo en realidad, y los que parecen buenos, dulces y brillantes por fuera, son realmente los que se pierden.

Un taburete puede ser lo bastante alto, y la escalera más larga, demasiado corta.

—Me gusta cuando hablas de Dios —dijo ella.

—Dejé de hacerlo hace años.

—¿A causa de Esther?

—Ella fue un efecto, no la causa.

—Pareces muy natural cuando hablas de estos disparates.

—La verdad es que me admiraban mucho en mis tiempos de predicador. Suscita dudas y, después, da seguridades. La gente no tiene idea de lo que está oyendo; sólo quiere un poco de música verbal. Tono alto, tono bajo, vuelta al alto, y bendito seas y que lo pases bien, y sal por la puerta y vete a almorzar.

Ella cerró los ojos, y los blancos curvos se eclipsaron.

—Suena bien.

Cambié de tema:

—Siento que no te guste Esther.

—No, no lo sientes —fue la llana respuesta.

Volví a cambiar de tema.

—Aquí hace frío; estoy tan ligero de ropa.

—Eres muy cuco, Nunc. Métete debajo de la colcha.

—No; creo que ya me has incitado bastante y es hora de que vuelva a casa.

—¿Yo te incito? —La idea pareció despertarla, sacarla de su entumecimiento—. Tal vez eres tú quien me incita a mí. Quítate esos calzones de boxeador y hagamos el amor.

—Tengo miedo —dije.

—¿De qué, pequeño?

—De pillar una enfermedad venérea. Parece que han aparecido muchas clases nuevas, desde que yo era muchacho.

—Chico, no es ninguna broma. ¿Crees que el SIDA nos va a infectar a todos? Pues yo sí que lo creo.

—Bueno, si no es eso, podría ser otra cosa.

—Si es eso realmente lo que temes, podría sólo soplarte.

Antaño me había encantado descubrir, en mis días de seminario, cuando el latín y el griego eran frescos retoños en mi desierto de ignorancia, que, lejos de tomar su significado de alguna inexacta y desagradable analogía con instrumentos de viento, «soplar» es etimológicamente pariente del *flare* latino y del φαλλος griego. Verna había sacado los rollizos y desnudos brazos de debajo de la colcha y estaba tirando de mis pobres calzoncillos, tratando torpemente de desnudarme, mientras oscilaban sus pechos descubiertos. Ante su ataque, la deliciosa ambigüedad batió sus alas, necesariamente dos, a través de todo mi súbitamente afeminado ser. No o/o, sino y/y, yacen en el corazón del cosmos.

—Esto no está bien —me atreví a decir, fláccido en algunas partes y rígido en otras.

—Esto no tiene importancia, Nunc —me tranquilizó mi infantil seductora—. Quiero decir para mí. Para ti sí que la tiene. Tú quisiste acostarte con mi madre durante muchos años. Hazlo conmigo. Soy mejor que ella en la cama, palabra.

—¿Cómo lo sabes?

—Esto ha progresado mucho con el tiempo. Vamos. Hoy necesito hacer una buena obra a alguien; de no ser así, tendría una imagen asquerosa de mí misma.

—Pero —dije vivamente, y sus atareadas manos se inmovilizaron sobre mi viejo cuerpo—, me gustaría que tú lo quisieras también.

Su cara volvía a ser la mancha de sombra luminosa y sin facciones que había sido en el coche.

—Sí, lo quiero —murmuró.

Me pregunté si le había forzado a hacer esta declaración; pero la idea de que el universo es visiblemente imperfecto en otros muchos aspectos, borró de mi conciencia los escrúpulos.

Lo que siguió está menos claro en mi mente refractaria que las muchas imaginadas infidelidades de mi flexible esposa con Dale. En el oscuro y cálido espacio debajo de la sábana, el olor a cerrado del desván donde jugaba al póquer de pequeño resurgió del pasado bruscamente y con más fuerza. ¿O fue más bien el olor del jergón o el de mi carne de cincuenta y tres años, sudorosa en espera de un placer tanto tiempo aplazado? La desnudez de Verna era suave y amplia. En mi obstruida memoria, permanece alojada una sensación de hinchazón, de complicado desdoblamiento, de algo como una carta timbrada y doblada adaptándose perfectamente a su cremoso, forrado y humedecido sobre, aunque el sexo de ella (si puedo arriesgarme a ofender la modestia en mi deseo de decir la verdad) parecía tener la estrechez de la juventud y la sequedad de la resistencia, como si su complacencia fuese distraída y su invitación hubiese sido un tanto formal. En el momento de la cópula, recordé la sensación de aquella vagina de plástico en la que, mucho tiempo atrás, había eyaculado (con el estímulo de *Hot Pants Schoolmarm*), para que la causa de la esterilidad de mi unión con Lillian pudiese ser analizada en sus componentes aislados.

Cuando terminamos, yacimos juntos sobre un duro suelo del espíritu, cómplices en el incesto, el adulterio y la corrupción de una menor. Queríamos librarnos el uno del otro, destruir la prueba, pero permanecíamos perversamente unidos como amantes a muchas millas debajo del techo, con el único consuelo de que no podíamos caer más bajo. Yaciendo allí con Verna, mirando hacia arriba, vi que el hecho de que sigamos amando y honrando a Dios, por muchos golpes que nos dé, es tan glorioso como el silencio que Él mantiene para que podamos explorar y gozar de nuestra libertad humana. Ésta era *mi* prueba de Su existencia; veía la distancia hasta el techo impalpable, la enorme distancia que daba la medida de nuestra degradación. Una caída tan grande demuestra que existen grandes alturas. Me invadió una dulce certidumbre.

—Bendita seas —fue lo único que pude decir.

—Ahora resulta que eres un viejo muy potente —dijo ella, correspondiendo a mi cumplido.

—¿Cómo te sientes?

—Mejor.

—¿Crees que podrás dormir?

—Sí —dijo ella—. Estoy molida.

Mientras me alzaba del suelo con trabajo, y me vestía, su lasitud y pasividad infantiles me irritaron.

—¿No deberías hacer algo para no tener otra criatura? ¿Darte una ducha vaginal o ponerte un espermatizida o algo parecido?

—Tranquilízate, Nunc. Sólo hace un par de días que tuve mi período. Y en todo caso, podría abortar otra vez, ahora que tú me has enseñado cómo se hace.

Vi que estaba tratando de incordiarme con la posibilidad de su embarazo y presumí que tenía derecho a hacerlo. Salí del apartamento. Me chocó que el pasillo estuviese iluminado, como si su brillante vacuidad, flanqueada de puertas cerradas, hubiese estado escuchando todo el tiempo.

Nos sorprende el poco tiempo que requiere el acto sexual. Las saetas de mi «Omega» estaban separadas en el apogeo de la esfera: la una menos cinco. Considerablemente aligerado, bajé saltando la vibrante escalera y me metí en el «Audi», descolorida su pintura por la luz azulada de la farola, a cuyo pie estaba aparcado. Me acomodé en él y arranqué. Sumner Boulevard, a esta hora, aunque todavía se veía a alguien (cazadores aislados, apostados en los portales, altos y delgados como esculturas de Giacometti) y pasaba algún automóvil, tenía un esplendor ondulante y vacío, y parecía ancho como un campo de trigo al mediodía. Los semáforos habían pasado automáticamente al ámbar intermitente. Un borracho trató de detenerme, como si fuese un taxi, y una pieza de Scarlatti, interpretada con instrumentos auténticos de la época, llegó tintineando alegremente a mis oídos. Era la emisora de radio de la Universidad. Es como prefiero yo la música, al borde de lo inaudible. ¡Adelante, Scarlatti, adelante! ¡Sigue contando tu historia a esos angelitos! Si hubiese sido algo de Wagner o de Brahms. La realidad tal vez me habría aplastado.

Las dos manecillas fosforescentes de mi «Omega» se habían juntado (la una y cinco) al subir yo los peldaños del portal para enfrentarme con Esther. Todavía estaba levantada, como yo había previsto; su cara parecía hinchada, y sus ojos verdes e inquisitivos se veían saltones. Sus alborotados cabellos mostraban una pulcritud extraña, como si se los hubiese soltado y peinado de nuevo.

—Estaba terriblemente inquieta —dijo, y me di cuenta de que, si bien mi presencia no la complacía, mi ausencia le causaba congoja.

Le conté minuciosamente lo ocurrido, dejando en blanco treinta y cinco minutos, que atribuí a los enojosos trámites del hospital.

—Por lo visto, la pobre Paula es retenida en el hospital para protegerla de su propia madre.

—Es una manera de expresarlo.

—Pero, ¿cómo lo ha tomado Verna? Yo estaría desesperada. Cualquier madre, buena o mala, lo estaría.

—Lloró bastante —asentí precavidamente, pues la parte no contada de la historia era para mí como una trampa cubierta de hojarasca—. Pero creo que espera recobrar la niña por la mañana y que todo siga como antes. Yo no estoy tan seguro de que la suelten.

Esther no me escuchaba. Me estaba mirando a la cara.

—Ha sucedido, ¿verdad?

—¿Qué? ¿Qué es lo que ha sucedido?

—Lo que se ha estado fraguando entre Verna y tú desde que fuiste a verla por primera vez el otoño pasado. Era muy impropio de ti, Rog, que representases el papel de tío. Tú odias a aquella gente de Cleveland. Ni siquiera podías soportar que Lillian te lo recordase. Al menos es esto lo que solías decirme.

Como si su impresión de que yo estaba mintiendo ahora, me convirtiese en un embustero de entonces y de siempre, contraataqué ciegamente.

—Fue aquel maldito Dale Kohler —dije—. Acudió a mí con su lúgubre semblante y me dijo que debía tratar de ayudarla. Esto es lo malo de esos santurrones, que siempre enredan las cosas.

—No cambies de tema, como haces siempre. No estamos hablando de Dale, sino de Verna. ¿No hiciste más que dejarla delante de su casa?

—En realidad —dije, y esta vez era verdad, confiando en que mi cara, esa traidora sutil, me respaldase—, le sugerí que viniese aquí a dormir en alguna parte. Tal vez en el tercer piso.

Esther frunció un poco los párpados, y también los labios.

—No hay nada en el tercer piso —dijo—. Sólo aquellos viejos cuadros en los que he dejado de trabajar.

—Deberías pintar de nuevo. Estabas progresando de verdad. Me *gustaban* aquellas grandes y furiosas abstracciones que hacías el verano pasado. Verna está ahora tomando lecciones de arte. Mañana tiene una, y ésta fue la razón que me dio para no venir aquí. Por consiguiente —suspiré, realmente agotado—, sólo la llevé hasta allí.

—¿No la acompañaste? ¿Dejaste que entrase sola en aquel espantoso lugar?

—Nena —¿de dónde sacaría lo de «nena»?—, ella *vive* allí, es la gran reina blanca. Se encuentra en aquella casa como el pez en el agua, como el conejo *Br'er* en su zarzal.

No dije que incluso yo me encontraba más cómodo allí; como cualquier refugio ecológico, era más acogedor de lo que parecía a primera vista. Jactancioso, atrevido, forcé mi suerte:

—En cuanto a lo del tercer piso, creo recordar que hay allí un viejo colchón. A ella no le habría importado; duerme en lo que llaman un jergón. Ahora los jóvenes creen que es más espiritual que una cama.

Los ojos de Esther echaron chispas, estableciendo indecibles conexiones.

—No quiero a esa mujerzuela en mi casa —dijo—. No quiero que Richie tenga con ella más trato que el absolutamente imprescindible.

Se volvió airadamente, ofreciéndome mi vista favorita, la imagen de una mujer contemplada de espaldas.

Entré en mi estudio y rescaté al pobre Tillich, otro tonto en el amor, de su indigna posición boca abajo sobre el brazo del sillón y debajo de la lámpara de sobremesa, todavía encendida. Esther y yo tenemos territorios diferentes dentro de la casa, y nuestro distanciamiento es tal que ella había dejado la biblioteca con su desorden evidente, sin tratar de remediarlo. Como podría pasar un siglo antes de que volviese a mirar aquel volumen, eché un vistazo a las últimas páginas, que concluían con esta rotunda frase en cursiva: *La salvación de la sociedad europea, para que no vuelva a la barbarie, está en manos del socialismo.* Esto había sido escrito en 1933, cuando Hitler subió al poder y yo empezaba a hacer pinitos. Como muchas cosas de las que dice Tillich, parecía al mismo tiempo verdadero y falso. La barbarie había vuelto, y parte de ella se había dado el nombre de socialismo.

En la cama, las manos delgadas y atrevidas de Esther me buscaron, para inspeccionarme y probarme. Pero, aunque sentí por ella un deseo que no había experimentado desde hacía años, no confié en mi viejo cuerpo y fingí una somnolencia que se convirtió insensiblemente en verdadero sueño, cargado de atroces pesadillas de cuerpos infantiles mutilados y rajados, extendidos sobre superficies planas, bajo una luz cegadora.

CAPÍTULO V

1

En una sociedad estable, las tradiciones se acumulan. Esther y yo habíamos adquirido la costumbre de ofrecer un cóctel en la segunda semana de mayo, cuando, terminadas las clases, empieza el trabajo menos rígido de los exámenes finales. Ella insistió en invitar a Dale. Yo no pedí que se incluyese también a Verna. Ella no era una universitaria (en realidad, ni siquiera se había graduado en segunda enseñanza, a pesar de mis consejos) y se habría sentido incómoda en nuestra brillante compañía. Su comportamiento el Día de Acción de Gracias no me había parecido muy discreto, y ahora teníamos que guardar los dos un pequeño secreto.

Desde nuestra inmersión conjunta en la desesperación, después de depositar a la pequeña y doliente Paula en el hospital, nuestras comunicaciones habían sido superficiales, restringidas principalmente por la creciente sombra del Departamento de Servicios Sociales sobre nuestras vidas tenuemente enlazadas. El Departamento había sido informado, a la mañana siguiente, de la curiosa naturaleza de la fractura conminuta de Paula, y cuando la diligente estudiante de Arte se presentó en el hospital (más cerca de las dos que de las prometidas doce) para recoger a su hija, encontró allí a su asistenta social, que me había sido descrita como una negra alta, muy elegante y engreída, y que lamentaba ahora haberse perdido el almuerzo mientras Verna disfrutaba del suyo. Temerosa de ver cerrado el camino hasta su hija, Verna invocó mi respetable nombre, cosa que no le agradecí. Se habían abierto bajo mis pies terribles abismos donde se confundían la pobreza y el gobierno. Te acuestas con alguien en un momento de confianza y las obligaciones empiezan a amontonarse como en una pesadilla.

Esther, bendita sea, me acompañó a nuestra conferencia en el gran edificio de ladrillos de delante de la pastelería, y fue ella quien, desacostumbradamente animada y autoritaria, propuso una transacción aceptable a los dos agentes presentes del Departamento: la rolliza pero musculosa asistenta social de Verna, con sus lujosas gafas de media luna sujetas a un cordón de terciopelo que pendía majestuoso de las orejas, y un hombre blanco, irritable y demacrado, con la piel tan sucia como una hoja de papel tiznada. El hombre nos informó de que el hospital había rellenado un impreso 51A, y que éste no podía archivarse sin más ni más.

Esther había trabajado para un abogado, y ellos, desde luego, como los asistentes sociales y los clérigos, vivían en ese claroscuro donde nuestro incorregible egoísmo se entrelaza con la torpe disciplina de la sociedad. El tribunal, que estaba sentado detrás de la asistente social de Verna, de manera parecida a como se había sentado el Concilio de Nicea detrás del cura de pueblo descalzo y bebedor en *aquellos* siglos imperfectos, había recomendado que Verna buscase un consejero psiquiátrico y también la ayuda de sus padres. Esther hizo observar que sus padres estaban a muchos Estados de distancia y que el padre, como ferviente cristiano, había vuelto la espalda a su hija.

Yo reí entre dientes al oír esto, pero los demás ni siquiera sonrieron; no vieron la paradoja. Tampoco la consideró tal nuestro Salvador: *El que ame a su hijo o a su hija más que a mí, no es digno de mí.*

También existía el inconveniente, desde el punto de vista del orden social, de que (como señaló además Esther) nadie había confesado ni podía probar que Verna hubiese lesionado a su hija. La propia Paula, pieza de prueba número 1, estaba sentada en el regazo de su madre, que, en la escayola de la pierna había pintado a la acuarela unas flores realistas y unos corazones idealizados. Tal vez aquellos corazones ablandaron a los asistentes sociales, o tal vez fue la aparentemente firme promesa de Esther de que Verna aceptaría de buen grado un consejero. Y nosotros, ella y yo, ofreció inesperadamente, nos comprometeríamos a compartir la custodia de Paula con su madre; la guardería tenía ya *de facto* la custodia de Paula durante el día, casi toda la semana, y nosotros estábamos dispuestos a encargarnos de la niña durante todas las noches que Verna creyese necesitar para recobrar su aplomo y orientar definitivamente su vida. Estas últimas y bellas frases nos conmovieron a todos y pusieron una especie de marco digno a lo que había parecido un cuadro bastante lastimoso.

Por fin, cautelosa y cansadamente, fueron aceptadas las garantías dadas por Esther, debidamente anotadas en el impreso 51A, como el mejor trato que el sistema podía concertar hasta que la otra pierna de Paula fuese fracturada y pudiese el Estado iniciar el procedimiento legal para asumir su custodia e ingresarla en una institución benéfica oficial. Esta amenaza fue formulada por el asistente oficial varón, cuyas churretosas facciones eran tan fantásticamente móviles que no cesaba de proyectar hacia fuera el labio inferior, con una especie de pavoneo viscoso, mientras masticaba sus melancólicas y amonestadoras palabras.

Yo observé, para ver si Verna y Esther establecían contacto visual en algún momento de las negociaciones. La química entre dos mujeres con las que nos hemos acostado nos fascina, tal vez con la esperanza de que se produzca una colusión que acabe de una vez con nuestras continuas preocupaciones. Pero, aunque Esther, con sus vivos ademanes, alargó varias veces la mano para tocar a Verna, como pieza de prueba número 2, no vi que se produjese ningún contacto verdadero; antes bien, los dedos de largas uñas de Esther se inmovilizaban a dos centímetros de la piel del antebrazo de Verna, cuyo fino vello reaccionaba erizándose. La joven sostenía a Paula sobre la falda, con la aturdida obstinación de los que se resisten a que les arranquen una muela aunque les duela. Sus ojos ligeramente oblicuos y de cortas pestañas, enrojecían y se llenaban de lágrimas de vez en cuando, y se secaban después, al vaciarse sobre las mejillas, las cuales se enjugaba inútilmente con el dorso de la mano. En su regazo, Paula, de color bastante más claro que la asistenta social de Verna, pero con la nariz igual de chata, balbuceaba, hacía gorgoritos, miraba solemnemente, imitando nuestras solemnes miradas de adultos, y daba cariñosas palmadas en la rodilla de la escayola, donde el tallo de un lirio purpúreo, plasmado con bastante habilidad, seguía la curva del yeso. Las lecciones que tomaba Verna estaban dando resultado.

Y también merecían la pena algunas tardes y noches en que Paula se quedaba con nosotros en Malvin Lane, mientras Verna ejercía en otra parte su derecho constitucional a buscar la felicidad. Mis celos sexuales sólo despertaban después de la medianoche, en aquella hora, pasadas las doce, en que ella y yo habíamos copulado. Esther, drogada por su dosis de maternidad sintética y forzada a una ruidosa respiración bucal por el aire cargado de polen de este mes de mayo, roncaba tranquilamente a mi lado. Incluso entonces recordaba yo el cuerpo blanco, gordezuelo pero firme, de mi sobrina con más temor que deseo. Habían pasado dos semanas, y cada noche y cada mañana me había observado a la fuerte luz del cuarto de baño, por si advertía alguna señal de esas nuevas enfermedades venéreas que, por decirlo así, han cortado de raíz la revolución sexual. Ningún grano sospechoso, ni escozor al orinar, se habían manifestado aún; pero yo no me sentía seguro, no me sentiría nunca seguro. Había sido contaminado, si no por herpes o el SIDA, por el DSS; desde mi ornado recinto académico de piedra caliza, había sido arrastrado a aquella fuliginosa parroquia de ladrillos, de una suciedad y un infortunio irremediables, de la que había escapado ya dos veces con anterioridad, al abandonar Cleveland y al renunciar a mi ministerio. Ahora tenía una hija mulata ilegítima debajo de mi techo, junto con una mujer adúltera y un hijo que no servía para el estudio. Por lo que uses, serás usado, *per carnem*. He registrado como un simple dato psicológico el sublime optimismo, el gozo de la liberación que había sentido al volver de la casa de Verna aquella noche de niebla y sin luna, a través del campo de trigo de oscilantes esqueletos, mientras el difunto Scarlatti exultaba de alegría.

Se me ocurrió pensar que, en mi sensación de paz *post coitus*, de satisfecha certidumbre teísta debajo del remoto y vago techo, por tener una *prueba*.viva al lado de Verna, era culpable de herejía, la herejía de que fueron acusados hace mucho tiempo los cátaros y los fraticelli entre truenos de anatema: cometer abominaciones deliberadas para ampliar y profundizar el campo en que puede manifestarse magníficamente la misericordia de Dios. *Más, más.* Pero *no tentarás al Señor tu Dios.*

2

A la fiesta acudieron Closson, con su encogida, pequeña y bonita esposa, Prudence, de claros ojos azules tan duros e intensos como cuentas esmaltadas cocidas en toda una vida de comidas de régimen, agua de manantial, pacifismo militante y bondad sin ilusiones. Los Vanderluyten, que dieron a nuestra reunión el aire de artificial alegría racial de un anuncio de «Coca-Cola» en la televisión; y Ed Snea, que estaba aquellos días «solucionando las cosas» con Mrs. Snea, y trajo en su lugar una estudiante graduada en problemática, de cabellos rubios, ojos brillantes y caderas completamente lisas, con la que mantenía una relación que a todas luces había dejado de ser puramente consultiva. Rebecca Abrams trajo una amante, una inglesa fornida y de rosadas mejillas que lo sabía todo sobre los restos de alfarería mochica y nazca, y Mrs. Ellicott, un hijo de mediana edad fruto de uno de sus muchos matrimonios desgraciados, un hombre alto y calvo, que pestañeaba continuamente y tenía un tic que hacía que su boca se torciese cada minuto en dirección a una oreja. Hablaba correctamente; pero tenía el aire extraño del hombre que no se ha vestido él mismo y que ha dejado que otras manos le abrochen los botones. En cuanto a la acompañante de Rebecca, saltaba a la vista que se ponía todos los días el mismo traje impermeable a cuadros escoceses, que era tan adecuado para una excavación como para una fiesta, y de una lana tan gruesa y tupida que causaba envidia a quien vistiese de tweed como yo.

Algunos de mis alumnos graduados acudieron también; pero nadie habría podido imaginar que yo tuviese una aventura con Corliss Henderson, la cual se dirigió inmediatamente a la inglesa para preguntarle si la alfarería, en las culturas precolombinas, habían sido producto de manos masculinas (como sostenía la doctrina patriarcal) o femeninas (como ella creía firmemente). La inglesa, con su gruesa falda y sus zapatos planos del color del barro, declaró con visible regocijo, que la mujer inca era pura y simplemente una bestia de carga. La esposa de un importante economista, famoso por su afición a aparecer en entrevistas televisadas, discrepó de ello, fundándose en una excursión al Machu Picchu realizada en el invierno anterior. El marido de una poetisa boliviana, *persona non grata* al régimen actual, tenía su propia opinión al respecto y suscitó la cuestión feminista latinoamericana. ¿Había tenido Norteamérica, con todas sus famosas sufragistas, un personaje como Eva Perón o como Gabriela Mistral? Y así continuó la cosa. La fiesta estaba rebosante de invitados que permanecerán anónimos en esta narración; pero todoś los cuales tenían derecho, por su belleza, su inteligencia o su cuna, a ser considerados excepcionales, a figurar entre los que, en la antigua Nueva Inglaterra, habrían sido llamados los elegidos.

Mientras yo recibía y saludaba a los invitados, riendo como un tonto y tratando de recordar, por decir algo, los nombres de sus hijos y sus favoritos, y Esther se atrafagaba y repiqueteaba los tacones en la cocina, donde se hacían las remolonas las dos muchachas irlandesas, patológicamente tímidas, contratadas para servir los entremeses, surgieron en todas partes estridentes y unánimes comentarios deplorando la última plancha del presidente, más que una plancha, la terrible atrocidad de ofrecer una corona en un cementerio alemán. Los reunidos se cebaron en el cuerpo ausente de Reagan. Y es que el personal universitario tiene la firme pero gratuita convicción de que podría gobernar el país mejor que el presidente elegido, sea el que sea. Sin embargo, yo tenía la impresión de que todos existíamos dentro de la plácida y despejada cabeza de Reagan como dentro de una burbuja gigantesca, y que podía llegar un día en que estallase la burbuja. Entonces, quienes sobreviviesen, considerarían que la América actual había sido un paraíso.

Yo quería que Dale conociese a los Kriegman y, afortunadamente, llegaron todos juntos: Dale, pálido y demacrado, con su traje gris y su chillona corbata, mientras los cinco Kriegman irradiaban salud y cordialidad. Myron y Sue siempre dan un toque singular a las fiestas. Las forsitias y las magnolias habían sido sucedidas, en nuestros jardines adyacentes, por los cornejos y las azaleas, y los divertidos Kriegman habían cortado sus azaleas rojas *en fleur* y tejido girnaldas gemelas para sus cabezas. Las tres hijas se habían contentado con sendos capullos prendidos en sus peinados semipunk. Estas *jeunes filles* tenían, respectivamente, diecinueve, diecisiete y quince años, y sus nombres, Florence, Miriam y Cora, podían ser fácilmente recordados por su feliz consonancia con Flopsy, Mopsy y Cottontail. Las presenté a Dale y dije al muchacho:

—Tiene usted que hablar de sus teorías a Myron. A diferencia de mí, es un verdadero científico y puede darle alguna información inteligente.

—¿Qué teorías? —preguntó en seguida Myron con gran interés.

Su apetito intelectual es tan intenso como su sed de buenos vinos y su glotonería de buenos ratos. Con los años, su constante ingurgitación ha acortado la distancia entre su cabeza y su pecho, de manera que su grande y atezada cara parece arraigada debajo de los hombros, y su papada oculta el nudo de la corbata. Sus tres hijas, cada una de ellas deliciosa a su manera, luciendo blusas de color pastel y estampadas, y pantalones bombachos de pintor, se fijaron en Dale y decidieron participar activamente en la fiesta. En realidad, él parecía terrible por dentro: el gusano interior estaba royendo a más y mejor.

—Volveré en seguida, joven amigo —le prometió Myron—. No puedo absorber teorías sin un vaso en la mano.

Los Kriegman cruzaron el vestíbulo para recibir los teatrales abrazos de Esther y, aunque los ojos azules de Dale (un tanto mejorada su fría serenidad desde el día en que nos habíamos conocido) miraron por encima de mi hombro para captar la imagen de su amante en su afecado papel de esposa. La retuve un momento, fingiendo solicitud, junto al banco cargado de libros teológicos que la marea de una fe inquieta deposita a mi puerta.

—¿Cómo va la cosa? —le pregunté, en el apremiante y misterioso murmullo con que solemos hablar a los enfermos.

—¿A qué se refiere?

Sus ojos se nublaron y, sin volver la cabeza, pude ver, como en un espejo retrovisor, que Esther salía de su campo visual.

—Al proyecto —aclaré.

—Oh, muy bien. Están apareciendo algunas cosas interesantes. Todavía no he conseguido perfeccionar al ciento por ciento la metodología de los gráficos de animación; pero tal vez lo logre dentro de una o dos semanas, cuando mengüe la presión del trabajo diurno.

—Esperan que traiga algo positivo antes de junio —le recordé—. Para que pueda renovarse la subvención.

Dale apartó la mirada de los sitios donde podía reaparecer Esther y trató de centrarla en mi persona, en su amigo y enemigo. Sentí que, forzando un poco su voluntad, quería ser sincero.

—Tal vez no deberían renovarla, profesor Lambert. Es posible que la empresa sea demasiado grande para mí.

—Tonterías —le dije—. A *mí* me convenció, y he sido acérrimo fideísta desde que tenía quince años. A propósito, ¿qué le parecen las señoritas Kriegman? Un poco jóvenes... Pero tengo la intuición de que a usted le gustan jóvenes.

Era una vulgaridad, pero las fiestas nos obligan a ser muchas personas, ninguna de ellas agradable del todo.

—No me he fijado mucho en ellas. Me parecieron bastante típicas —respondió Dale, que de nuevo decidió ser franco conmigo—. No tengo muchas ganas de discutir mis teorías con su padre, dicho sea de pasada. Incluso a mí me parecen ahora un poco extrañas.

Vi con sorpresa que habían aparecido unos cuantos cabellos blancos en la descuidada y rizada mata de pelo, que caía sobre su frente tal vez para ocultar las entradas sobre las sienes. Lo más chocante era que fuesen tan pocos.

—Tonterías —dije de nuevo, en mi papel de profesor anfitrión que no temía las repeticiones—. Kriegman tiene una mentalidad muy abierta. Usted le desconcertará.

¡Pobre Dale! Se halla marcado. Se sienta en un sofá de seda roja. El gusano interior está royendo la boca de su estómago, donde desemboca el esófago y empieza la úlcera. La vista de Esther, taconeando y yendo de un lado a otro entre el vocinglero y abigarrado jardín de su fiesta, le aturde como un mal tan arraigado en el fondo de las cosas que nunca podrá reconciliarlo con su propio *Gesetz* interior. Para esta ocasión, mi esposa se ha puesto, no el suave e iridiscente traje de terciopelo verde del Día de Acción de Gracias, sino un vestido alegre de color amarillo polen, con volantes en las mangas y en el borde de la falda, y con franjas negras horizontales en las caderas de manera que parece un abejorro gigante. Que esta hembra atildada, animada, casi oficial, haya podido yacer desnuda en la estrecha cama de él, en una habitación oliendo a zapatos deportivos y a salsa de soja; que esas caderas envueltas en franjas negras hayan podido separarse para él en las contorsiones del amor, para revelar el ano pardo y rosado, y que aquella boca pintada y charlatana haya podido dilatarse para absorber su inflamada virilidad, parece ahora un sueño, una visión del Bosco plasmada en una tela agrietada, una antigua e inestimable imagen del Infierno en las paredes de un museo a prueba de ladrones. Mi pobre Dale experimenta un fútil y furioso afán de posesión, un desesperado deseo de reclamar, de arrancar a Esther de la sólida y animada matriz social en que yo la he introducido, y extender a toda una vida aquellas pocas horas de éxtasis que ella le ha brindado licenciosamente, por sus propias razones que, como todo lo de este mundo sublunar, no son inmutables. En las dos semanas en que Paula ha sido una inquilina a horas, los amantes han tenido que prescindir de sus citas en el ático. La última vez se despidieron sin concertar el encuentro siguiente. Él se enfrenta con un vacío sin Esther, y ahora las miradas de ella sólo expresan irritación porque él sigue mirándola con tanto amor, en un lugar donde la flor y nata de nuestra academia local puede observar y tomar nota.

Richie percibe que es otro huérfano y se sienta a su lado, junto a la mesa de cristal. Las cenizas de la chimenea han sido barridas con el invierno y un gran jarrón de peonías ocupa ahora la negra cavidad. Unos cuantos pétalos han caído sobre los ladrillos del hogar y se están volviendo pardos en los bordes.

Dale pregunta con tono amigable:

—¿Cómo te va, Rich? ¿Cómo marchan las bases?

Sus sesiones docentes no se han reanudado desde las vacaciones de Pascua, otra señal de que la pasión de su amante se ha mitigado.

—Suspendí los dos últimos exámenes —confiesa el muchacho, demasiado afectado todavía por el fracaso para adoptar un tono de disculpa—. Creí que dominaba la teoría; pero me parece que no era así. Se multiplicaba algo por otra cosa. No recordé lo que era. Fue como si todo se revolviese en mi cabeza. Mi madre cree que soy disléxico.

—¿De veras?

—¿Dónde está tu novia?

—¿Mi novia?

—Ya sabes, Verna, la que aparca a su niña en nuestra casa algunas veces. Me gusta. Es muy graciosa.

—¿Qué hace que sea gracioso?

—Pincha a papá. Pero muchas veces parece que él no se dé cuenta.

—Nunca ha sido mi novia. Es sólo una amiga. Quizá no ha sido invitada porque pincha demasiado a tu papá.

—No; ha sido porque mamá no le tiene simpatía.

—¿Ah, no?

La simple introducción de Esther en la conversación hace que el corazón de Dale se agite. El amor latente en cada una de sus células transpira a través de su piel, como cuando una lámina perforada recorre la pantalla, de izquierda a derecha, de arriba abajo.

—¿Por qué crees que no le tiene simpatía?

—Dice que es una mujerzuela. No quiere que yo le hable; pero lo hago de todos modos, cuando viene a dejar o a llevarse a Paula. Una vez le mostré mis *Clubs* y se echó a reír. Dijo que aquellas chicas no eran tan sensuales como aparentaban. Que todo era simulado por pura propaganda.

Dale se hace preguntas acerca de la simulación, sobre las mujeres que simulan. ¿Había estado simulando Esther? *Imposible*, piensa. Pero la idea hace que su cuerpo se ponga colorado de vergüenza debajo de la ropa. Le gustaría preguntar mil cosas al muchacho acerca de su madre (qué aspecto tiene por la mañana, qué come para desayunar); pero decide que sería un abuso y cambia de tema:

—¿Te gusta tener a Paula aquí?

—Es un incordio —declara mi hijo—; pero me parece que no puede evitarlo. Además, tiene un color muy raro, aunque creo que tampoco es culpa de ella. Yo le enseño cosas. Por ejemplo, cómo usar el control remoto en el VCR. Y es lista, sabe hacerlo.

Dale se pregunta si Richie, que nunca llegará a ser un matemático, podría ser en cambio maestro o clérigo. El chico tiene sus defectos, pero parece bueno. Hay personas persona y personas cosa, piensa Dale. Y considera que él mismo fue una persona cosa, desde un error tan grande como materializar las personas. Desde luego, algo había andado mal.

Esther se acerca al sofá donde se encuentran los dos. Las franjas de su vestido se convierten, de pronto, en rayas brillantes a los ojos de Dale, que no se atreve a levantar los ojos para mirarle la cara, el agresivo y gordezuelo labio superior y la fina barbilla que tiene la flojedad de la madurez. La voz de ella desciende, para hablar a Richie en tono maternal:

—Querido, ¿quieres hacerme el *favor* de ayudar a las muchachas a servir los entremeses? Lo único que hacen es esconderse y zangolotear en la cocina, y si los hígados de pollo envuelto en tocino no se sirven calientes, se vuelven grasientos y harinosos.

Estas últimas observaciones parecen ir dirigidas a un adulto, y Dale levanta los ojos, esperanzado. La cara de ella, allá arriba, mirando hacia abajo, tiene una expresión interrogadora y neutra, como si él no fuese más que una muestra de tejido en un portaobjetos, cuya patología no hubiese sido aún determinada del todo.

—No lo está pasando muy bien —observa Esther.

—Sí. Muy bien. Es una fiesta magnífica. Es bonito ver una casa tan llena de gente.

Lo ha dicho recordando las veces que la han tenido para ellos solos, como Adán y Eva tuvieron el paraíso.

La boca de ella se comprime en un círculo, un capullo abultado de carne.

—Yo la prefiero con una compañía más selecta —dice, todavía en tono de conversación; pero en una voz tan baja que sólo él puede oírla.

Todavía le ama, todavía lo desea. Esta renovada fe interior hace que Dale se ponga en pie. Pero comete un error; su altura la asusta, y su complexión huesuda y desmesurada hace que formen una pareja que llama demasiado la atención.

—Richie me ha dicho que le han suspendido de nuevo —comenta Dale—. Tal vez le convendrían algunas lecciones particulares. No me vendría mal... el dinero.

Esther parece distraída, mirando a un lado y a otro para ver si hay alguien junto a ellos. Está fumando un cigarrillo.

—El fin de curso se halla tan cerca —dice— que no sé si vale la pena. La verdad es que Roger y yo no sabemos qué hacer con Richie. Pilgrim es tal vez demasiado académica para él. Con tantos niños judíos inteligentes y, ahora, esos orientales terriblemente motivados.

Exhala el humo con irritación, aplasta el cigarrillo en nuestro cenicero de plata, mira distraídamente la pitillera, ve que está vacía; sólo hay unas hebras de tabaco. Cierra la tapa de golpe.

—Usted manda —dice Dale.

Su sentimiento de incapacidad le parece, en medio de mi fiesta, un disfraz de degradación, unos harapos de mendigo manchados de estiércol. ¡Si al menos estuviesen desnudos! Ella no podría dejar de venerar su hermoso pene erecto. La incitaría con él, la torturaría, y cuando ella se abriese sobre el manchado colchón del ático para que la penetrase, él se arrodillaría junto a su carita, le frotaría los labios, haría que lo besase, y sus tensas y distraídas facciones mostrarían sumisión y gratitud en el relajado ensueño de la concupiscencia.

—Tiene mi número de teléfono —sugiere él.

A través de la imagen mental de su juego amoroso, percibe la posibilidad de que las mujeres sean incitadas a estos festines de amor por la sensación de su propio poder, por el gozo del poder, y que, después de demostrado éste, pierdan su interés. Pero la representación del papel de anfitriona en una fiesta como ésta, en una casa tan seria y correcta, demuestra un poder de otra clase y proporciona otra agradable sensación.

—Lo tengo —asiente Esther y, al volverse, choca con Myron Kriegman, que se inclina, con el vaso de vino en la mano y su guirnalda en la cabeza.

—¡Huy. Lo siento, Es.

—Myron, todos estáis divinos.

—Fue idea de Sue. Yo me siento como un maldito bufón.

—*Tengo* que ir a la cocina. Están ocurriendo allí cosas espantosas.

—Ve, querida. Muy bien, joven amigo, pásmeme con sus teorías.

En este momento, tales teorías son tan odiosamente irrelevantes y oscuras para Dale como las palabras exactas que se intercambian en la alegre cacofonía de mis muchas habitaciones, donde el vocablo *Bitburg* suena continuamente como un gorjeo de pájaro. La proximidad de Esther y la ambigüedad de su conversación le han tentado. Al renovarse la visión y el aroma de la amante, del radiante animal que espera agazapado en lo alto de la escalera, al final de todos estos retorcidos, ruidosos y obstruidos corredores sociales, se ha quedado aturdido. La mente le duele como un cuerpo que ha realizado un ejercicio excesivo. Sin embargo, presenta cortésmente los argumentos cósmicos del mismo modo que, en el otro lado del mundo, venden velas los curas entre el clamor de los viejos santos lugares. La enorme, infinita improbabilidad de que el *Big Bang* diese por sí solo tan buen resultado; los problemas del horizonte y la lisura; la increíble y necesaria precisión de las constantes de fuerza débil y fuerza fuerte, por no hablar de la constante de conexión gravitatoria y de la masa del neutrón, que, si en cualquiera de ellos hubiese sido una diezmilésima diferente de lo que es, el universo habría sido demasiado explosivo o difuso, demasiado efímero o demasiado homogéneo para contener galaxias, estrellas, planetas, vida, y el hombre.

Kriegman escucha todo esto con rápidos movimientos de asentimiento, que hacen rebotar su papada sobre el nudo de la corbata, al tiempo que oscila la guirnalda de azaleas que sigue luciendo. Como para entenderlo mejor, se ha calado sus grandes gafas trifocales de cuadrada montura de concha. Detrás de aquellas lentes, mientras toma, de su vaso de plástico flexible, sorbos de vino blanco «Almaden Mountain Rhine», 8,87 dólares la jarra de tres litros en Boulevard Bottle), sus ojillos saltan y cambian de tamaño al pasar por cada uno de los tres niveles de longitud focal.

—Bueno —dice al fin, sonriendo como el hombre que incluso cuando habla está escuchando una música de fondo con implicaciones sentimentales—; nadie niega que el *Big Bang* tiene unos cuantos aspectos que todavía no comprendemos y que tal vez nunca comprenderemos. Por ejemplo, el otro día estuve leyendo que incluso los enjambres de estrellas más viejos muestran señales de elementos pesados, lo cual es muy extraño, porque no existe una anterior generación de estrellas que las haya cocido y, como usted sabe, la mecánica de partículas del *Big Bang* sólo habría podido proporcionar helio e hidrógeno, ¿no es verdad?

Dale se pregunta si debe decir que es verdad. Presiente que no tendrá ocasión de explicar gran cosa.

—Escuche, siempre habrá lagunas —sigue diciendo Kriegman, con brusquedad paternal—. Esa bola de fuego primigenia etcétera, y toda esa teoría de campos en las primeras fracciones de un segundo, son sucesos virtualmente incomprensibles, ridículamente lejanos. Esos astrofísicos están silbando *Dixie* la mayor parte del tiempo.

—Es verdad —reconoce Dale—. Es lo que yo digo.

—Sí; pero tampoco hay necesidad de ser oscurantista. Permita. Deje que le indique un trabajo para hacer en casa. ¿Quiere que se lo diga?

Dale asiente con la cabeza, sintiéndose débil, con la agradable debilidad del niño a quien le dicen que está enfermo y tiene que quedarse en la cama.

—Busque en *Sky and Telescope*, creo que fue en uno de los números del último verano, un artículo muy curioso relativo a esto y que copiaron de algún libro. En él, un puñado de rotíferos, sabe usted lo que son los rotíferos, ¿verdad?, unos bichitos acuáticos microscópicos con un disco retráctil anterior de cilios, que hace que parezca que sus cabezas están girando; aunque en realidad no es así, no pueden hacerlo, como no puede un búho volver en redondo la cabeza, sino sólo dar esta impresión... Bueno, como iba diciendo, el autor describe a unos cuantos de estos rotíferos en culta conversación sobre por qué su charca tenía que ser exactamente como era: temperatura, alcalinidad, el barro del fondo albergando bacterias productoras de metano etcétera; algo, como le dije, terriblemente ingenioso. Se ponía de relieve el hecho de que, si cualquiera de estas cosas fuese un poco diferente, por ejemplo si el calor no alcanzase el grado necesario para vaporizar el agua o la temperatura de congelación de ésta fuese ligeramente más alta, ellos no estarían allí. Esta Pequeña Sociedad Filosófica de la Charca, creo que se llamaba así pero puede usted comprobarlo cuando lo lea, deduce que toda la operación fue providencial y que, evidentemente, ¡el universo fue creado para producir su pequeña charca y *ellos*! Esto es más o menos lo que está usted tratando de decirme, joven amigo; con la única diferencia de que usted no es un rotífero.

La constante y benévola sonrisa de Kriegman se transforma en una risita audible. Sus labios tienen la rara cualidad de ser exactamente del mismo color que su cara morena, como los músculos en una estampa de anatomía en sepia. Cuando acerca el vaso a aquellos labios singulares, Dale interviene diciendo:

—Yo creo, señor...

—Al diablo lo de «señor». Me llamo Myron. No Ron, fíjese bien. *My*ron.

—Quiero decir que creo que hay algo más que esto. La analogía de la charca es como si el principio antrópico fuese argüido desde la Tierra como opuesto a los otros planetas, los cuales sabemos ahora, si alguna vez lo hemos dudado, que no reúnen condiciones para la vida. En este sentido, sí, estamos aquí porque estamos aquí. Pero en el caso del universo, que sólo es uno, ¿por qué, pongo por caso, la velocidad de retroceso es tan exactamente igual a la necesaria velocidad de fuga?

—¿Y cómo sabe usted que sólo hay un universo? Podría haber miles de millones. No existe una razón lógica para afirmar que el universo que podemos observar es único.

—Sé que no hay una razón *lógica*...

—¿Acaso no hablamos lógicamente? No me venga con cosas intuitivas y subjetivas, amigo mío, porque soy bastante pragmático en algunos aspectos. Si le gusta creer durante la noche que la Luna es un queso...

—Yo no...

—¿No lo cree? Me alegro. Tampoco yo. Las piedras que trajeron de allí no eran de queso. Pero mi hija Florence sí que lo cree; algún punk chiflado de cabellos rojos se lo dice cuando ella está tan drogada como él. Florence piensa que es budista tibetana, salvo en los fines de semana. Su hermana Miriam habla de ingresar en cierta comuna sufí en el Estado de Nueva York. Yo no me meto en ello, pues se trata de sus vidas. Pero usted, si no me equivoco, joven amigo, me está tomando el pelo.

—Yo...

—En realidad, a usted le importa un bledo la cosmología. Le diré dónde se está realizando precisamente ahora el trabajo interesante: la explicación de cómo salieron las cosas de la nada. El cuadro se está llenando desde muchas direcciones, esto está clarísimo.

Echó la cabeza hacia atrás para ver mejor a Dale, y sus ojos parecieron multiplicarse en las trifocales.

—Como usted sabe —dijo—, dentro de la longitud de Planck y la duración de Planck tenemos esa espuma espacio-tiempo donde las fluctuaciones quantum de materia a no materia tienen realmente muy poca importancia, matemáticamente hablando. Tenemos un campo de Higgs abriéndose paso en una fluctuación quantum a través de la barrera de energía en un estado seudovacío, y obtenemos esta burbuja de simetría rota que, por presión negativa, se expande exponencialmente; y, en un par de microsegundos, podemos tener algo que va desde casi nada a la dimensión y masa del universo observable actual. ¿Tomamos un trago? Parece usted muy seco, plantado ahí.

Kriegman toma otro vaso de vino blanco de la bandeja que está pasando de mala gana una de las chicas irlandesas, y Dale sacude la cabeza, rehusando. Su estómago ha estado nervioso durante toda esta primavera. El pastrami y la leche no combinan bien.

Mi querido amigo y vecino Myron Kriegman echa un largo trago, se relame los labios sonrientes y prosigue, con su voz rápida y ronca:

—Está bien. Sin embargo, tenemos que empezar con *algo* antes de tener un campo de Hitts. ¿Cómo se obtiene casi nada de *absolutamente* nada? Bueno, la respuesta está en la sencilla, vieja y buena geometría. Usted es matemático y profundizará en esto. Pero, ¿qué sabemos de las estructuras más simples, de los *quarks*? Sabemos... Vamos, amigo, *piense*.

Dale busca a tientas la respuesta. El ruido de la fiesta ha aumentado y le duele la boca del estómago. Esther está riendo al otro lado del cuarto de estar, debajo de la historiada moldura del arco, exhalando una bocanada de humo, mientras echa garbosamente atrás su cabecita.

—Se manifiestan en colores y aromas —dice—, y llevan cargas positivas o negativas en incrementos de un tercero.

—¡Ya lo tiene! —le interrumpe Kriegman—. Se presentan invariablemente en tríos, y no pueden separarse. Y ahora, ¿qué le sugiere esto? Piense. Tres cosas inseparables.

Padre, Hijo y Espíritu Santo, cruza el campo visual interior de

Dale, pero no lo expresa con palabras. Tampoco Ello, Ego y Superego. Ni las tres hijas de Kriegman.

—¡Las tres dimensiones del espacio! —proclama Kriegman—. Tampoco pueden separarse. Y ahora preguntémonos: ¿por qué han de ser siempre tres dimensiones? ¿Por qué no vivimos en dos o en cuatro o en veinticuatro?

Es raro que el hombre haya mencionado estos números casi mágicos, casi reveladores, que Dale solía marcar minuciosamente con un círculo rojo. Ahora ve que han sido ilusiones, ondas en la nada como diría poéticamente Kriegman.

—No está usted pensando. Porque —responde él mismo alegremente— no se necesitan ni más ni menos que tres dimensiones para hacer un *nudo,* un nudo que se estrecha por sí solo y no podrá deshacerse. Y esto es lo que son las partículas últimas: nudos en el espacio-tiempo. No se puede hacer un nudo en dos dimensiones porque en ellas no hay encima o debajo; y, a ver si puede imaginarlo ya que es lo más fascinador, es posible hacer una maraña en cuatro dimensiones; pero no será un nudo, no aguantará, se deshará, no *persistirá.* Sé que va a preguntarme, puedo verlo en su cara, qué es este concepto, la persistencia. Para ella se necesita tiempo, ¿no es cierto? Y aquí está la clave: sin tiempo, no se tiene nada, y si el tiempo fuese bidimensional en vez de unidimensional, tampoco se tendría nada, y no se podría dar la vuelta en él y no habría causalidad. Sin causalidad no habría universo, ésta se invertiría. Sé que estas materias deben resultarle bastante elementales; lo deduzco de su manera de mirar por encima de mi hombro.

—No; sólo...

—Si ha cambiado de idea en lo de tomar una bebida, no será Esther quien vaya a buscársela; tendrá que pedirla a una de las chicas.

Dale se pone colorado y trata de centrar la atención en la prolija exposición, aunque se siente como un nudo de cuatro dimensiones, deshaciéndose.

—Discúlpeme —pide—, ¿cómo ha dicho usted que pasamos de la nada a algo?

Kriegman se toca ligeramente la cabeza para asegurarse de que la guirnalda sigue en su sitio.

—Muy bien. Es una pregunta oportuna. Precisamente, iba a apelar a la geometría para que usted vea la necesidad de que el espacio-tiempo sea como es y no me venga con toda esa teología. Tal como son las cosas, un número menor de dimensiones espaciales no podía ofrecer yuxtaposiciones suficientes para obtener moléculas de cualquier complejidad, por no hablar, digamos, de las células del cerebro. Con más de cuatro, que son las que tenemos con el espacio-tiempo, la complejidad aumenta; pero no de modo significativo: cuatro es mucho, suficiente. ¿De acuerdo?

Dale asiente con la cabeza, pensando en Esther y yo; en él y Verna. Yuxtaposiciones.

—Bien —dice Kriegman—. Imagínese nada, un vacío total. ¡Pero espere! ¡Hay algo en él! Puntos, geometría *potencial.* Una especie de polvo de puntos sin estructura. O, si esto le parece demasiado vago, imagine «una serie de puntos de Borel todavía no reunidos en una multiplicidad de cualquier dimensionalidad particular». Piense que este polvo gira en remolinos. Como todavía no existe dimensión, no hay proximidad ni lejanía, no gira exactamente como usted y yo concebimos un remolino; pero, sea como sea, algunos de ellos salen disparados en línea recta y se desvanecen, porque no hay nada que sostenga la estructura. Lo mismo ocurriría si, por casualidad... Todo esto es casualidad, tiene que ser casualidad ciega, Jesús...

Kriegman se está encogiendo, encorvando; su papada se adhiere más sólidamente a su pecho; y mueve la cabeza como si le diesen repetidos golpes en la nuca.

—Si por casualidad —continúa—, se configurasen en dos dimensiones, en tres o incluso en cuatro; pero, no siendo el tiempo la cuarta, todos se desvanecerían, serían meros accidentes en esta polvareda de puntos; no se podría decir que existiese algo hasta, incluso la palabra «hasta» es engañosa pues implica una duración que todavía no existe, hasta que... ¡bingo! El espacio-tiempo. Tres dimensiones espaciales, más el tiempo. Liga. Se solidifica. Ha nacido la semilla del universo. De la nada. De la nada y de la geometría en bruto, leyes que no pueden ser de otra manera, que nadie dio a Moisés, porque nadie tenía que hacerlo. Y una vez se ha obtenido esta semilla, este pequeño grano de mostaza, *¡bum!* El *Big Bang* está a la vuelta de la esquina.

—Pero...

Más que por lo que dice aquel hombre, Dale está impresionado por su fervor, por la fe que brilla en sus pequeñas gafas trifocales, por el monótono color tostado de su cara y por los pliegues de su papada; por sus cabellos erizados y con entradas, por sus gruesas cejas proyectadas hacia fuera y hacia arriba, como pequeños cuernos de rinoceronte. Este hombre vive, está en la plenitud de su vida. La vida no es una carga para él. Dale se siente aplastado bajo su viva, móvil, alegre y despreocupada mirada.

—Pero —arguye débilmente— «polvo de puntos», «solidificación», «semilla», todo esto son metáforas.

—¿Hay algo que no lo sea? —responde Kriegman—. Como dice Platón, sombras en el fondo de la cueva. Sin embargo, no se puede prescindir de la razón. Si lo hiciésemos, pronto vendría alguien como Hitler o el amigo de Bonzo a dirigir las cosas. Mire, usted, que entiende de ordenadores, piense en binario. Cuando la materia se encuentra con la antimateria, ambas se desvanecen en pura energía. Pero las dos han existido; quiero decir que hubo una condición a la que llamaremos «existencia». Piense en uno y menos uno. Juntos suman cero, *nothing, nada niente.* ¿De acuerdo? Imagínelos juntos e imagine después que *se separan.*

Tiende su vaso a Dale y le hace una demostración juntando las palmas de las manos, levantándolas y separándolas.

—¿Lo entiende? —pregunta cerrando los puños a la altura de sus hombros—. Ahora tiene algo, tiene *dos* algo, donde antes no tenía nada.

—Pero, en el sistema binario —observa Dale, devolviendo el vaso de plástico—, la alternativa de uno no es menos uno, es cero. Esto es lo que tiene de bello, mecánicamente hablando.

—Está bien. Comprendo. Me está preguntando qué es este menos uno. Se lo diré. Es *un más uno moviéndose hacia atrás en el tiempo.* Todo esto se encuentra en la espuma espacio-tiempo, dentro de la duración de Planck, no lo olvide. La polvareda de puntos da origen el tiempo, y el tiempo da origen a la polvareda de puntos. Elegante, ¿eh? *Tiene* que serlo. Es la casualidad ciega, más las puras matemáticas. Lo están probando todos los días. La astronomía, la física de las partículas, todo se relaciona. Piénselo y descanse, joven amigo. Es estupendo. La espuma espacio-tiempo.

Kriegman bromea. Dale lo prefiere cuando está cargado de celo, evangelizando en pro de la incredulidad. Esther ha desaparecido del arco. Van llegando nuevos invitados: Noreen Davis, la recepcionista negra que hace siete meses le dio sonriente aquellos impresos, con su calvo colaborador en la oficina principal de la Escuela de Teología, y alguien que se parece a Amy Eubank; pero no puede serlo; su aparato de reconocimiento debe de estar estropeado. Con cierto sentimiento masoquista, pregunta a Kriegman:

—¿Y qué me dice del origen de la vida? Sus probabilidades son también prácticamente nulas. Me refiero a un organismo que se reproduzca por su propio sistema de energía.

Kriegman resopla; agacha la cabeza como en un súbito ataque de timidez. Debajo de la guirnalda, todo su cuerpo parece encogerse dentro de la sucia chaqueta de pana, de codos remendados, y erguirse de nuevo en una actitud casi militar.

—Se da el caso de que ésta es precisamente mi especialidad —dice a Dale—. Todo aquello no era más que una gilipollez adornada fuera de mi cuerpo; no sé qué diablos es una serie de puntos de Borel. Pero, en cambio, sé *exactamente* cómo surgió la vida; es una noticia de última hora, al menos para los legos como usted. Arcilla. La arcilla es la solución. Una formación cristalina en finas capas proporcionó la plantilla, el andamiaje para los compuestos orgánicos y las formas de vida primitivas. Lo único que hizo la vida, compréndalo, fue apoderarse del fenotipo que había desarrollado por su cuenta la arcilla cristalina, siendo el factor transmisor genético enteramente controlado por el crecimiento y la epitaxia del cristal, y derivándose el factor de mutación de los defectos del cristal, que proporcionan, no hace falta que se le diga, las configuraciones alternativas estables que se necesitan para el almacenamiento de la información. Entonces, me preguntará: ¿Dónde está la evolución? Imagínese, joven amigo, el espacio poroso de una piedra arenisca. Con cada temporal de lluvia, se filtran a través de él toda clase de soluciones minerales. Se hallan presentes varios tipos de cristales que se duplicarán, reproduciendo cada uno de ellos sus defectos característicos. Algunos se adoptan con tal fuerza que forman un conjunto impenetrable. Éstos no sirven. Otros están tan flojos que son arrastrados cuando llueve. Tampoco sirven. Pero hay un tercer tipo que permanece allí y deja que las soluciones geoquímicas, que podemos llamar incluso nutritivas, pasen a través de ellos. Esto es bueno. Este tipo de cristal se multiplica y crece. *Crece.* Ahora tenemos en aquel poro de piedra arenisca una pasta pegajosa y permeable que se duplica. Tenemos un prototipo de la vida.

Kriegman echa un largo trago de mi Almaden y chasca los labios. Un vaso medio lleno está abandonado sobre la mesa de nogal que hay, junto al rojo sofá, y mi querido vecino lo cambia hábilmente por el suyo vacío.

—Pero... —dice Dale, esperando que su interlocutor le interrumpa.

—Va a decirme usted: pero ¿y nosotros? ¿Cómo se formaron las moléculas orgánicas? ¿Y por qué? Bueno, para no ser demasiado técnico, le diré que algunos aminoácidos, los ácidos bicarboxílico y tricarboxílico, hacen más solubles algunos iones de metales, como el aluminio. Esto nos da una protoenzima. Otros, como los polifosfatos, son muy adhesivos, lo cual, como yo digo, tiene un valor de supervivencia en el mundo prezoico que estamos tratando de imaginar. Las bases heterocíclicas, como la adenina, tienden a pegarse *entre* las capas de arcilla; muy pronto, relativamente hablando, tendremos algún polímero parecido al ARN, con carga negativa, accionando recíprocamente con los bordes de las partículas de arcilla, que tienden a tener una carga positiva. *Entonces...*, Escuche, sé que le estoy aburriendo; puedo ver en sus ojos que se está muriendo de ganas de ligar con alguien a quien mira por encima de mi hombro, tal vez una de mis chicas. Quizá le tomaría cariño a Miriam, si es capaz de soportar un poco de propaganda sufí; el aspecto antialcohólico de su doctrina es lo que no puedo sufrir. Entonces, como le iba diciendo, cuando se ha obtenido algo como el ARN, esta vez *no* en la sopa primordial (nadie se ha sentido hasta ahora demasiado satisfecho con esta loca teoría; es demasiado..., ¿cómo diría?, caldosa), sino en una buena y fresca pasta de genes de arcilla, la duplicación orgánica está a la vuelta de la esquina, primero como subsistema, una especie de paralelo extra opcional con el crecimiento del cristal, y después tomando el mando con aquel cambio genético que mencioné antes, y desapareciendo los genes de arcilla, ya que las moléculas orgánicas, compuestas principalmente de carbono, pueden hacer mejor el trabajo, una vez establecidas. Créame, amigo, esto llena muchas lagunas teoréticas. De la nada a la materia, de la materia a la vida, todo va como una seda. ¿Dios? Olvide las viejas patrañas.

Esther ha vuelto al cuarto de estar, en el otro lado del cual ha empezado a hablar con un joven a quien Dale no conoce, un estudiante graduado, del séquito de algún profesor, un guapo chico de harén, con unos revueltos cabellos lacios que no para de echarse atrás con los dedos. La cabecita de Esther, de ancha y reluciente frente y recogidos aladares rojos, está inclinada con aire divertido, como lo estaba con Dale el Día de Acción de Gracias del año pasado.

—¿Y qué me dice del paso de la vida a la mente? —pregunta Dale a Kriegman.

Su propia voz resuena muy lejana dentro de los huesos de su cráneo.

Kriegman resopla.

—No insulte a mi inteligencia —dice.

Su sonrisa se ha secado. De pronto, le fastidia todo aquello.

—La mente no es más que una manera de hablar —sentencia—. Es lo que hace el cerebro. El cerebro es lo que evolucionó, principalmente para regir nuestras manos. Si lo que me ha dicho es todo lo que hay en sus teorías, mi joven amigo, tiene aún mucho camino por recorrer.

—Lo sé —dice Dale con humildad.

A su morbosa manera cristiana, disfruta con el sabor a ceniza que tiene en la boca, con la sensación de haber sido intelectualmente aplastado.

—¿Tiene usted una amiga?

La brusca e impertinente pregunta deja pesmado a Dale.

—Será mejor que busque una —le aconseja Kriegman—. Para que le limpie las telarañas.

Viendo que Kriegman vuelve los encorvados hombros y se sumerge entre el grueso de los concurrentes a la fiesta, Dale da instintivamente un paso para seguirle, para prolongar aquel embrollo, para aprender más. El viejo se tambalea achispado, como un Minotauro que ha comido demasiado, con su cabeza sin cuello luciendo todavía la guirnalda que empieza a marchitarse. Dale se queda solo. Ve a todos los demás enzarzados alegremente entre sí, como una pasta filtrante de genes. Incluso la más joven de las chicas Kriegman, la quinceañera Cora, con un aparato corrector en los dientes y los cabellos peinados en cola de caballo, está departiendo animadamente con un círculo de admiradores: Jeremy Vanderluyten, que viste un terno completo, con leontina y todo, y que asiente solemnemente con la cabeza; el hijo tonto de Mrs. Ellicott, sonriendo con vaga cortesía, y Richie Lambert, observando con una mezcla de asombro y disgusto los esfuerzos inexpertos, pero confiados de Cora por mostrarse como una mujer hecha y derecha. Esther se ha desvanecido de nuevo. Todo lo que ha preocupado a Dale durante el invierno y el comienzo de la primavera, inflando tiernamente su cerebro, ha resultado ilusorio. Echa en falta a Verna, otra perdedora. Se pregunta por qué no ha venido. Pero aquí llega un hombre que lo sabrá: un anfitrión, de ojos grises, de cabellos grises, opaco como la piedra caliza. Irónicamente, exuda falsa solicitud.

—¡Pobre diablo! —le digo—. ¿Ha estado Kriegman apretándole las clavijas?

—Tiene muchas cosas que decir.

—Sobre cualquier tema. No le preste atención a ese viejo farolero. Parece usted afligido.

—Me preguntaba dónde está Verna.

—Esther y yo pensamos que era mejor no mezclarla en esto.

—Pero, ¿cómo está? Hace algún tiempo que no la veo.

—Está bien. Luchando contra el Departamento de Servicios Sociales, que quiere quitarle a Paula.

Conté a Dale la historia, omitiendo lo mejor, nuestra fornicación. Él pareció aliviado al desviar su atención de los problemas cósmicos.

—Necesita ayuda —dijo—. Tendría que ponerme en contacto con ella.

—Creo que debería hacerlo —le corroboré.

Esther se acercó a nosotros. Pero no me prestó atención.

—Dale —dijo, en tono acusador—, *no* se divierte usted. Venga a comer un poco de chile y charlaremos.

Le tiró de la manga. Su labio superior, ligeramente peludo, estaba sudoroso. Pude verlo desde mi ventajosa posición, a un lado y un poco por encima de su cara, y pude ver también la protuberancia de sus córneas, con sus iris de un verde pálido; y sentí que el pobre Dale creía que aquellos ojos húmedos querían transmitirle algún mensaje íntimo, algún secreto celular crucial, como que ella se estaba muriendo de leucemia o se hallaba embarazada.

—Lo ha pasado *muy* bien —repliqué—. Ha estado discutiendo su proyecto teológico con Kriegman.

—Ha sido una crueldad tuya —dijo Esther, para que Dale lo oyese— dejarle a merced de ese aburridísimo Myron. Habría sido mejor que conociese a sus hijas.

—Ya me las han presentado —informó Dale—. Flopsy, Mopsy y Cottontail.

Los tres nos echamos a reír, apreciándonos mutuamente, a nuestra triste manera.

3

Al día siguiente, como en compensación de no haberla traído a nuestra fiesta, telefoneé a Verna y la invité a almorzar. Sabía que le repugnaba verse atrapada de nuevo conmigo en su apartamento. Una extraña ética del amor dice a la mujer que, cuando se ha roto el hielo, una negativa es demasiado ofensiva para el hombre; sus sentimientos maternales y protectores comprometen ahora sus propios deseos sexuales. Sentí que Verna no quería enfrentarse con el problema de aceptarme o rechazarme, igual que yo no quería tomarme la molestia (el *trabajo*, como solían decir en el texto de Física del Instituto, refiriéndose a subir pesados cubos imaginarios por una rampa sin fricción) de plantearle la pregunta. Pues, si fracasaba al hacerle mi proposición, también esto resultaría doloroso. Nos habíamos convertido en obligaciones recíprocas.

La llevé al ostentoso restaurante llamado «360» porque, situado en la cima del rascacielos más alto de la ciudad, gira lenta y silenciosamente y da una vuelta completa cada hora y media, lo cual es una forma cortés de decirle a uno lo que debería tardar en comer.

Aquella mañana, leí en el periódico (la cara de Esther parecía abotagada y enojada al otro lado de la mesa de la cocina, sobre la cual había dejado Richie su pequeño «Sony» y su montón de estridentes y gastadas historietas) que se calculaba que trescientos mil niños americanos intervenían en la producción de pornografía infantil. La cifra parecía absurdamente elevada, como la estadística extrañamente similar que había leído unos días antes en el mismo periódico (una pomposa publicación liberal que trata de sazonar su soso elitismo con lágrimas de cocodrilo sobre la «decadencia» de los «barrios»): el cálculo de que más de cien hectáreas de bosque son consumidas para la producción de una sola edición dominical de un importante periódico metropolitano. ¿Pueden ser exactas tan enormes cifras, o será que un chiflado redactor jefe se ha enamorado de esos números? Desde luego, la mayoría de los números parecen más elevados de lo estrictamente necesario, incluido el setenta. Por lo que atañe a la reserva de genes, hacemos nuestras entregas ahora mucho más temprana de lo que quisiéramos.

Verna esperaba sentada bajo el sol casi veraniego en un banco de la zona infantil. Los árboles se habían cubierto súbitamente de hojas y el sector parecía más sombrío y dividido en partes, delimitada cada zona por las paredes de follaje, en pobre imitación de las bien cuidadas «estancias» de los jardines de Versalles. Esta sensación de estar a un tiempo dentro y fuera de casa debió bullir en la mente del violador de la hija de Ellicott cuando la llevó detrás de los rododendros y después la estranguló como si retorciese una servilleta sucia. Cuando Verna se levantó y caminó en dirección a mi «Audi» de color ambiguo, varios jóvenes y ociosos negros silbaron con admiración. Tacones altos, traje de lino blanco marfil. Los rebeldes cabellos sujetos hacia atrás con horquillas de concha. Unos rubios mechones, sobresaliendo de su peinado como cohetes peludos, y un exceso de brazaletes de pasta en las muñecas, eran lo único que quedaba de la rebelde vestida de harapos.

De repente, y con gran sorpresa, me di cuenta de que la amaba. Su cara grande y obstinada, su pecho opulento bajo las solapas de lino y la severa blusa beige, sus anchas caderas y la silueta que se afinaba hasta las pantorrillas y los tobillos envueltos en reluciente nilón, y los afilados tacones de dos tonos: toda una joven mujer. Mi cita del mediodía. Paula estaba en la guardería, y habíamos convenido que Esther la llevaría hoy directamente a nuestra casa, donde pasaba más tiempo cada día. Verna, con su paso vivo y su taconeo, se había despojado de los arneses de la maternidad.

—Una dama cabal —dije, al acomodarse ella sobre el asiento tapizado de terciopelo.

—Un pijo total —dijo ella a su vez.

Me sentí realmente ofendido.

—¿Por qué has dicho eso?

—Por nada, Nunc. Me pareció que rimaba. Consonancia, o aquella otra cosa.

Se quedó mirando fijamente a través del parabrisas, demorando nuestra inevitable pelea. Su nariz, tal vez lo he explicado ya, parece no formada del todo, un poco granulosa y tosca; pero de perfil es bastante recta. Una nariz recta es un don de Dios para una mujer; casi todo lo demás puede ser falsificado.

Nos dirigimos hacia el centro de la ciudad, cruzando el río por el viejo puente de piedra parda; a través de los viejos barrios de casas de ladrillos, donde el perpetuo atasco del tráfico y sus gases envuelven en una neblina los antaño graciosos inmuebles de cuatro plantas que hace tiempo fueron convertidos en apartamentos para estudiantes, y ahora están siendo implacablemente divididos en propiedad horizontal. Las ventanas superiores vertían yeso y trozos de paneles viejos, que caían, por rampas de madera, a los herrumbrosos contenedores emplazados en la calle, los cuales dificultaban aún más el tráfico. Tal vez aquella neblina brotaba también de los árboles de las aceras (sicómoros, castaños de Indias, olmos provistos de verdes cajas de transfusión en sus troncos, como pacientes de transplantes de corazón encaminándose hacia la muerte), así como de los automóviles inmovilizados. En el mes de mayo, una terrible fiebre de polinización, de candelillas filamentosas y polvillo flotante y fertilizante, ataca al mundo arbóreo. Como señaló una vez nuestro enjundioso presidente, siendo injustamente criticado por ello, la Naturaleza es su propio y peor contaminador. Los credos sustituyen a los credos; nuestros liberales ateos no permiten blasfemias contra la Naturaleza y hacen interpelaciones y derriban senadores para salvar la charca más contaminada de la cristiandad.

Saliendo de este maldito y antaño rico distrito, nos dirigimos a trompicones, a través de monóxido de carbono y de la tortura óptica del brillante sol incidiendo en metal curvo, al centro de la ciudad propiamente dicho, donde una plaga de insolentes aparcamientos en doble fila reduce las calles a callejones de un solo carril. En un intento de resolver el constante embotellamiento, la Policía ha resuelto recurrir a los caballos, grandes, incongruentes y arcaicos animales que pasan con sigilo entre los vehículos paralizados, mientras jinetes de uniforme azul, varones y hembras a menudo más negros que sus monturas y tan nerviosos como éstas, miran de arriba abajo con imperiosa ineficacia. Imponentes edificios de cristal, hectáreas de reflexión y transparencia, parecen flotar sobre tiendas que ofrecen artículos extrañamente modestos, donuts, objetos de adorno, tarjetas de felicitación, discos de fonógrafo (aquí el aparcamiento en doble fila era particularmente insolente), como si toda aquella grandeza arquitectónica y económica dependiese de nuestro deseo de comprar extravagantes y a veces un poco lascivas felicitaciones de cumpleaños.

Verna y yo bajamos en nuestro vehículo por una rampa curva (*trabajo* realizado a la inversa; pero las rampas, en los libros de Física nunca eran curvas) y aparcamos en el garaje subterráneo del rascacielos, donde un débil olor a humedad me recordó una granja donde había un manantial que mi padre, Veronica, Edna y yo solíamos visitar no lejos de Chagrin Falls. El granjero vendía huevos y maíz dulce, cuando era la temporada, y siempre nos invitaba (como el encargado de una bodega invita a probar un raro vino añejo a los entendidos) a beber agua de su manantial, sorbiéndola de un viejo cucharón metálico cuyo frágil aroma estaba también presente aquí, en este depósito subterráneo de automóviles, grandes conchas vacías y pintadas, abandonadas momentáneamente como engorrosos gabanes. Había muchas plantas en este garaje, numeradas y marcadas con colores diferentes, sostenidas todas ellas por columnas de hormigón en forma de conos invertidos. En un húmedo rincón, adornado con charcos de orina y latas vacías de bebidas, se abría una sencilla puerta que daba a un ascensor forrado de vinilo que nos subió suavemente y a gran velocidad. Una orquesta incorpórea tocaba en pizzicato una antigua pieza de los Beatles. El ascensor se detuvo para recoger a otros pasajeros en la planta baja (turistas que, con calzado deportivo cargados de guías y de cámaras, se dirigían a la plataforma observatorio; hombres de negocios que ya vestían trajes de verano de tonos grises o beige, en busca de un almuerzo a cargar en la nota de gastos) y ascendió después con tal rapidez que las puntas de nuestros dedos se congestionaron y las rodillas amenazaron con doblarse. Los números de las plantas se encendían y apagaban sobre nuestras cabezas en dígitos electrónicos compuestos de bombillas diminutas como bacilos alargados, cada vez más de prisa, y después de nuevo más despacio hasta que nos detuvimos. Los turistas se encaminaron hacia el Observatorio, con sus tiendas de souvenirs y la grabación constantemente repetida de la historia de la ciudad, como entonada por un maestro de ceremonias en un funeral. Nosotros fuimos en dirección opuesta, sobre la mullida alfombra azul del «Restaurante 360», con sus cordones de terciopelo, sus helechos salvajes, su tintineo de cubiertos y sus altos ventanales dominando las manzanas de casas y los parques sesenta pisos más abajo. Nuestra vieja ciudad, contemplada desde arriba, es predominantemente roja, y la vista es impresionante, como un vasto quirófano o un matadero.

Al ser conducidos a nuestra mesa por el *maître* de cuadrada mandíbula inferior, caminamos sobre la alfombra como sobre una nube en deslumbrantes volúmenes de atmósfera, y tuve la impresión de que Verna y yo quedábamos expuestos tan vivamente como en una fotografía. Varios ojos nos contemplaron, y algunos de ellos demoraron sus miradas. Años atrás, habrían supuesto que éramos un padre y una hija o, como era el caso, un tío y una sobrina. Ahora, las miradas registraban una jovencita y su canoso y maduro amante, como en cierto modo, era también el caso. En contraste con la juventud fresca, brillante y como de pez, de Verna, yo debía parecer, bajo aquella cruda luz, un rudo y viejo pescador, con todas las huellas que la lujuria y el rencor habían estampado, durante medio siglo de egoísmo más o menos recordado en la fláccida y arrugada textura de mi astuto y cauteloso semblante. Sin embargo, sentía una extraña despreocupación de ser visto con Verna. A ninguno de mis conocidos de la Escuela de Teología o de sus aledaños se le habría ocurrido venir a esta trampa celestial de turistas. Modestos pero preciosos restaurantes (siete mesas y un patio fuliginoso embutidos entre una lavandería y una tienda de comestibles de régimen; un cocinero que había sido estudiante, y el menú escrito en una sencilla pizarra) estaban más de acuerdo con nuestro estilo académico. Verna se movía con naturalidad entre las mesas de los curiosos, con aire de simpática indiferencia (su joven vida, mísera en muchos aspectos, había sido rica en invitaciones a comer en público), y, dejando aparte los brazaletes de pasta y los llamativos pendientes, su atuendo no era inadecuado. Pensé, por primera vez, que no era un desdoro para su/nuestra familia, sino un miembro más de ella, con la misma redondeada, casi encorvada y paciente espalda que había tenido Edna, y Veronica antes que ella, cuando la arpía había engordado. Cada generación es como un palo metido en el agua y sólo aparentemente torcido.

Nuestra mesa estaba en la circunferencia móvil, desde la que se apreciaba toda la vista. Sentado allí, podía sentir cómo el suelo nos trasladaba lentamente de una arista de acero de las altas ventanas a la siguiente, mientras se confundían los tejados angulados y los panoramas que se alejaban, y se desplegaba nuestra ciudad hacia el brumoso e indescifrable horizonte.

Ella debió de instruir la causa de que la hubiese llevado allá arriba para hablar, pues pasó en seguida al ataque.

—¿Qué le has hecho a Dale, Nunc? —me preguntó, inclinándose sobre el plato vacío, el vaso lleno de agua, la servilleta plegada y los tenedores y cuchillos con sus diminutos y brillantes arañazos—. Está fatal.

Advertí, bajo la viva luz, que habían aparecido unas cuantas pecas en su frente y en su nariz, y recordé que a Edna también le salían pecas después de jugar al tenis, nadar y gandulear en el club, durante aquellos monótonos e inestimables veranos.

—¿Cómo es eso?

—Dice que ha perdido su fe. Un tipo al que conoció en aquella fiesta a la que no me invitaste le hizo ver lo tonto que era todo aquello. Además, creo que el asunto de su ordenador no funciona muy bien. Es como si él hubiera estado esperando un milagro que no se ha producido.

—Tú no te habrías divertido en aquella fiesta. Es algo que celebramos todos los años sólo para cumplir nuestros deberes sociales. En cuanto al asunto del ordenador, como tú le llamas, era conseguir una prueba de la existencia de Dios. Si la hubiese obtenido, el mundo habría tenido que acabarse forzosamente. El muy bastardo estaba tratando de traernos el fin del mundo. Le conviene presentar algo mejor el primero de junio, o no le renovarán la subvención.

—No creo que quiera que se la renueven. A juzgar por lo que dice, desea marcharse de aquí y volver a su tierra. Cree que hay personas que no pueden soportar el Este, y piensa que él es una de ellas. Y que yo soy otra.

En aquel momento, mirábamos hacia el Este, hacia el puerto: los detalles de los viejos muelles, los largos almacenes de granito con sus abovedados techos de pesada pizarra perfilados con destellos de un verde pálido de cobre, algunas casas de apartamentos del barrio marítimo, de esquinas redondeadas como de naipes, y a sus pies unos viejos y deteriorados edificios comerciales de ladrillos y alquitrán, y una estropeada autopista en vías de ser ensanchada. Los nuevos carriles eran un margen rebosante de hombres y de máquinas diminutos, de tierra arañada de color naranja. ¿Quién diría que una ciudad está tan poco separada de la tierra y de la roca? Más allá de los muelles había agua, a franjas azules y grises, con unos cuantos barcos de juguete y algunos islotes de aspecto lastimoso, bancos de arena que dijéranse pintados a brochazos. En uno de ellos, estaba instalado un reformatorio; y en otro, una fábrica de fertilizantes. La larga nube baja y azul de una península, más pálida cuanto más se alejaba, estaba rematada por un faro. El borde sur de nuestra vista mostraba un trozo llano de aeropuerto, con una pista escorzada y, sobre dos pilotes blancos, la torre de control, con sus verdes ventanas como pequeñas esmeraldas. Y sobre todo ello, más alto de lo que solemos verlo, el sereno horizonte que parece despedirse con un beso, liso como el oscilógrafo que revela la muerte del cerebro. Se acercó el camarero de esmoquin. Pedí un martini, y Verna, un «ruso negro».

—¿De que otra manera le afecta —preguntó— esta presunta pérdida de fe?

—No digas «presunta». Está sufriendo una verdadera depresión.

Era una exageración femenina, que no hay que confundir con infantil.

—Los hombres tratan siempre de que les compadezcan —observé.

—Dice que ahora no puede dormir, porque siempre solía rezar al acostarse y entonces le entraba el sueño. Me ha contado que se pone a trabajar en sus gráficos fantásticos y que esto le marea, porque es una estupidez. Explica —y su voz adquirió aquel tono aflautado, aquel timbre de un pequeño instrumento que se adapta mal a la palabra— que a veces, cuando trabaja delante de la pantalla, le entran náuseas y cree que va a vomitar.

—¿Y vomita?

—Bueno, eso no me lo ha dicho.

—Muy bien. Caso resuelto. Sobrevivirá. Hay varias clases de fe y, en realidad, lo que creemos que creemos es una parte ínfima de lo que creemos.

—Pareces satisfecho. ¿Qué te ha hecho Dale?

Me apresuré a responder con sinceridad:

—Me fastidió. Entró en mi despacho vociferando sobre poner a Dios entre la espada y la pared, y me hizo perder el tiempo. Cuando tengas mi edad, Verna, comprenderás que el tiempo es lo que menos puede perderse. Y no sólo me intimidó a mí, sino que pensé que trataba de intimidar a Dios. La mayoría de las «buenas» personas, según mi limitada experiencia, son unos incordios.

El martini empezaba a hacerme efecto. Todo me parecía ligeramente pulido. El suelo circular tiraba de nosotros y de nuestra mesa. Había aparecido el hoyuelo en la suave mejilla de Verna.

—Por eso debo de gustarte. Porque soy mala —observó.

—Sólo en el sentido negativo: *Baad.* Es decir, *good* —aclaré—. Me gustas en este simpático ambiente conservador —me atreví a decirle—; encajas muy bien aquí.

—Trato de hacer lo que los demás quieren que haga, Nunc —dijo—. Pero...

—*Pero las chicas quieren divertirse* —terminé por ella.

Un joven camarero de chaqueta blanca nos trajo el primer plato: consomé de vaca para mí y cóctel de gambas para Verna, sobre hielo picado. Las gambas estaban enganchadas sobre el borde de la copa, como criaturas vivas y sin rostro que hubiesen trepado hasta allí con la esperanza de beber en la charca de salsa rosa. Mi consomé estaba demasiado caliente todavía. Mientras mi compañera inclinaba la ancha cara sobre su comida, me volví para contemplar de nuevo el panorama. Ahora era el del sur. Un rascacielos vecino, una reja acristalada, llena, como un crucigrama, de empleados de oficina, unos de pie, otros sentados y otros inclinados, se alzaba muy cerca de nosotros. Por encima del hombro de Verna, podía verse un barrio de casas bajas de ladrillos, bellamente concebido hace muchos años, con parques ovalados y calles en media luna y una o dos iglesias de blanco campanario, que luchaba por recobrar su distinción después de un siglo en el exilio. Más allá, barrios demasiado alejados del centro de la ciudad, para ser igualmente distinguidos, se empequeñecían en tonos ahumados de rosa, gris y verde hacia una mancha blanca de depósitos de gas, allende los altos arcos herrumbrosos de un puente de ferrocarril. Los edificios de un gran complejo de viviendas se destacaban como tocones desmesurados sobre las desnudas colinas que, en los mapas, marcaban los límites de la ciudad; pero, en realidad, ésta se extendía, siguiendo la autopista y la línea costera sur, absorbiendo en su órbita pueblos y tierras labrantías, de manera que podía decirse que sólo terminaba donde empezaba el borde suburbano de la próxima ciudad costera.

—Está pasada de moda, Nunc —respondió Verna, limpiando un poco de salsa de cóctel de la comisura de sus labios, con la punta de un dedo infantil y de uña roma—. Me refiero a Cyndi Lauper.

—¿Tan pronto?

—Ahora todas las chicas se visten como Madonna. Mira —dijo extendiendo un brazo y haciendo sonar sus brazaletes—. Esto es Madonna. Y esto —añadió adelantando la cara y, llevando un dedo índice debajo del lóbulo de cada oreja para mostrarme las cruces de oro falso que pendían de ellas—. Muchas chicas están furiosas por haberse hecho afeitar los lados de la cabeza cuando Cyndi era *in* —me explicó—. Y de haberse puesto mechones purpúreos y todas aquellas cosas estrafalarias que son, en realidad, una automutilación. Estuve hablando de ello con mi consejera. Mira, Cyndi es un prototipo de víctima. ¿Viste, cuando no le dieron todos aquellos premios a que tenía derecho en el Granmys, cómo sonreía durante toda la sesión? En cambio, Madonna es dura. Sabe lo que quiere y va por ello.

—¿Y tú? ¿Sabes ya lo que quieres?

Era una manera de dar a la conversación el rumbo que yo quería; pero tal vez me había precipitado.

—Mi consejera dice que sólo quiero ser normal —dijo Verna—. Por eso la tenía tomada con Poopsie. Me recordaba que no lo era, con sólo mirarla. Me refiero a todas las tonterías que he hecho con los negros, probablemente sólo para fastidiar a mi padre...

—¿Qué es lo normal para ti?

Recordé algo que había dicho ella, y repetí:

—¿Menear el trasero en los cócteles de Shaker Heights?

—Eso podría ser parte de ello. Pero sólo una parte. Yo quiero *estructura,* Nunc.

El barthiano que yo llevaba dentro protestó: ¿Qué derecho tenemos las criaturas caídas, que nos hemos entregado al caos por nuestro libre albedrío, a exigir estructura? ¿Quién es el garante de este orden puramente humano?

—Háblame de tu consejera —le pedí.

—Está muy bien. La quiero mucho.

Sentí una punzada de celos.

—¿Es joven?

—Vieja. Incluso más vieja que tú. Pero creo que no tengo que hablar demasiado de esto.

Bajó la mirada hacia la copa vacía del cóctel de gambas, hacia el hielo picado que se fundía en un cuenco de plata. Había llegado el camarero para llevarse todo aquello; pero yo tuve la impresión de que ella se habría callado de todos modos. Después, sin duda debido a una asociación de ideas, inició un nuevo tema, o un tema que parecía nuevo.

—Otra cosa que inquieta a Dale —me dijo—, ya que hablamos de menear el trasero, es que ha tenido amores con una mujer mayor que él, una casada que supongo debe ser muy ardiente.

—¿Eh? —dije, sintiendo que el suelo nos llevaba en el sentido de las agujas del reloj.

—Sí, y esto le reconcome de veras, en primer lugar porque sabe que no deberían hacerlo y sin embargo sigue haciéndolo, y en segundo lugar porque él no quiere que termine, y está terminando.

—¿Cómo sabe él que está terminando?

—Supongo que la dama le ha dado señales. Ésta es otra razón de que quiera volver a Ohio, para alejarse de ella. Una noche, él y yo nos despedimos a las seis en mi casa; ahora ya no es tan rígido como antes en lo que se refiere a la bebida, y me explicó el tipo de cosas que solían hacer. Debo decir que parece que ella no se andaba con chiquitas. Era capaz de todo. Como si *quisiera* volverle loco. Dale me ha dicho que vive en una casa muy grande y lujosa. Me dio la impresión de que estaba en alguna parte de tu barrio.

—Es un barrio muy extenso —le dije—. Y cuando se llega a la edad de esa dama, hay muy pocas razones para contenerse. En cambio a *tu* edad —le aconsejé, compitiendo con mi desconocida rival consejera—, tienes que tener mucho cuidado con lo que haces.

—¿Qué edad crees que tengo?

—¿Diecinueve?

—He de darte una noticia, Nunc. Cumplí veinte la semana pasada.

Por su tono, parecía que la noticia era una derrota para mí. Sin embargo, yo sentí como si el suelo me diese un tirón de alivio. A esta edad, ella parecía estar un poco menos a mi merced, a la merced de todos.

—Feliz cumpleaños, querida Verna.

El camarero me trajo un filete de lenguado y a ella un escalope de cordero. No pareció sorprendido cuando pedí una botella de champaña. Llevaba el pelo muy corto y bien peinado, como solía llevarlo todo el mundo cuando yo era joven; pero que ahora sirve para distinguir a los homosexuales, y a los militares (otra casta marginal, considerada con desconfianza, como posible causa de desastres).

La vista, hacia el Oeste, mostraba cómo se había desarrollado la ciudad a principios de siglo, cuando el suelo era barato. Había adquirido sus establecimientos cívicos: la biblioteca pública y el museo de Bellas Artes, ambos de estilo italiano, con patios y con rojos tejados; el irregular y profundo cuenco verde que contenía nuestro campo de béisbol de primera división, bordeado de hileras de luces como luciérnagas gigantes y flanqueado de asientos de color de cereza o de arándano; la larga y reflectante piscina, y la cúpula de mazapán de la catedral de la Ciencia Cristiana (¡Ciencia Cristiana! Como si pudiese existir una cosa semejante). Muchas de las antiguas mansiones con sus jardines y vallas de hierro habían sido derribadas no hacía mucho, levantándose en su lugar nuevas construcciones: garajes públicos, cuyos terrados mostraban alegres dibujos de flechas, y una combinación de hotel y galería comercial vertical, cuyas formas geométricas irregulares, vistas desde arriba,. sugerían Lego. Las perspectivas de esta novísima estructura conducían caprichosamente a unas entradas cuyos toldos, de un azul brillante, no parecían más grandes que las pestañas de clasificación en un armario archivador. A la altura en que nos hallábamos y a través del grueso cristal, llegó hasta nosotros la única voz de la ciudad anestesiada, el hipo apremiante de una sirena de la Policía.

Llegó el champaña y, con su chispeante acidez, brindé por mi acompañante.

—¿Qué tal tu carne? —le pregunté.

—Muy buena. Ha sido una comida magnífica y cara. Nunc...

—¿Qué, Verna?

—¿Estabas tratando de decirme que te arrepentías de haberte acostado conmigo?

—De ninguna manera, mi querida niña. Me alegro mucho. Fue delicioso. Y, como tú dijiste, representó también un alivio para mí. Me ayudó a prepararme para la muerte. —Había llegado el momento, ella lo había querido—. Pero tal vez no debemos repetirlo, y hay algo que *no* me gusta...

—Paula.

—No, Paula no será ningún problema en cuanto le quiten la escayola y deje de rascar todos los suelos. Lo que *no* me gusta es toda esa actuación del Departamento de Servicios Sociales. Dada mi posición en la Escuela de Teología...

—Debes tener las manos limpias.

—Limpias en cierto modo, o mejor dicho, no sucias de una manera que pueda parecer absurda a mis colegas. Nosotros somos capaces de tolerar allí la obscenidad, lo que llamamos «naturaleza humana falible», pero tiene que tomar ciertas formas tradicionales. Lo de la lesión de Paula, etcétera, es peor que malo, es *torpe*.

Ella dijo bruscamente:

—Dale quiere que vuelva a Cleveland con él. Tal vez ya te lo he dicho.

—No. No creo que me lo hayas dicho. ¿Cuándo fue eso? ¿Después de una trompa de cerveza?

—Sigues teniendo una idea equivocada acerca de él y de mí. Sólo piensa que debería tratar al fin de hacer las paces con mamá. Y dice que podría obtener mi certificado, pues en Case Western dan unos cursos nocturnos magníficos.

—No vuelvas allá, Verna —le dije, contra mi propio interés—. Allí hay personas horribles.

—Mi consejera afirma que son las únicas personas por quienes me intereso de verdad.

—Bueno, supongo que se ha inspirado en Freud —suspiré en alegre rendición—. ¿Te gustaría que te comprase el billete?

—¡Oh, claro que sí! Si lo hicieses, sería estupendo.

Sus ojos, con frecuencia bastante apagados bajo los párpados un tanto oblicuos, brillaban ahora. Tal vez debido al champaña, o quizás a la luz que había allá arriba y que hacía que brillasen hasta los mínimos arañazos en la plata. Cuando sonrió, mostró unos dientes menudos y redondos como perlas.

—Iba a pedirte otro favor —dijo.

—¿Cuál, querida?

Estaba tratando de decidir por qué encontraba repulsivas las cruces que ella lucía en las orejas. ¿Era porque simbolizaban una religión cruenta de expiación por la sangre, o por algún escrúpulo supersticioso atávico al ver que las llevaba de una manera tan frívola? Sin embargo, hacía siglos que las cruces saltaban en la suave hendidura entre los senos de las mujeres. ¿Quién hizo el cuerpo de la mujer? Dios, no debemos olvidarlo.

—Me gustaría que telefoneases a mamá y averiguases lo que piensa sobre mi vuelta a casa. Yo no tengo valor para hacerlo.

—Yo tampoco.

—¿Por qué no, Nunc? Es tu hermana. Tu medio hermana. ¡Oh! Ya sé lo que es. —Aparecieron los hoyuelos en sus mejillas—. Tienes miedo de que lo perciba en tu voz.

Mi lenguado estaba ligeramente seco y se demoraba en mi boca. Lo tragué de prisa y me hizo daño en la garganta.

—Que oiga ¿qué?

—Que te acostaste conmigo —dijo claramente, después de carraspear.

En las mesas vecinas, varias caras impecables y exangües se volvieron en dirección a nosotros.

—No grites —le supliqué.

Sus ojos, ambarinos y llenos de polvo de oro bajo la viva luz, se fruncieron con la satisfacción de una percepción imaginada.

—Por eso quieres librarte de mí, viejo truhán. Soy una prueba ambulante. Podría empezar a ponerme tonta y dar al traste con todo lo que te interesa, no solamente tu empleo sino también esa mierda de mujercita tuya. Ella es la que tiene el dinero que os ha permitido comprar todas las cosas bonitas que hay en vuestra casa, ¿verdad? Tú no habrías podido hacerlo con tu sueldo de profesor. Dale me dijo que su padre es una especie de personaje.

—Esther es parte de mi vida —expliqué sincera y pausadamente—. Antaño, tuve que pasar por grandes dificultades para que formase parte de ella; y ahora soy demasiado viejo para hacer nuevos arreglos.

Para postre, Verna pidió *baba au rhum* con café irlandés, y yo, sintiéndome satisfecho con el champaña, sólo una espesa taza de *espresso*. Un montón de opúsculos sobre los herejes me esperaba en mi despacho.

Ahora la vista correspondía al Norte. Desde nuestra altura, el río parecía mucho más ancho, más grande, más primigenio, que cuando uno pasaba en coche por uno de sus puentes. La Universidad, que parecía tan grande en mi mente y en mi vida, casi se desvanecía en la vista aérea de esta parte de la metrópoli; los edificios rematados por cúpulas de la Facultad de Ciencias, el *Cubo* y los varios sectores dedicados a Humanidades y a residencia de los estudiantes, sobresalían menos que algunas fábricas de la orilla del río que antes me habían pasado inadvertidas, con sus hectáreas de terrados planos y sus admonitorias chimeneas. Sobre esta parte de la ciudad, flotaba como sobre una charca al amanecer, una niebla pegadiza, una neblina que me impedía localizar los edificios de piedra caliza de la Escuela de Teología. En cambio, podía reseguir con la mirada la línea recta del Sumner Boulevard, desde el río, y encontrar el verde intenso, las hayas y los robles ya con hojas de mi barrio. Pensé que incluso podía distinguir la verdeante mancha del Dorothea Ellicott Memorial Park y el tejado de mi propia casa y hasta las ventanas del tercer piso. Allí, en aquel trozo espumoso de la nebulosa charca, tenía yo mi vida; allí había luchado con éxito por esta vida. Si Verna se iba de la ciudad, yo tendría más espacio, y los hechos acaecidos en la oscuridad tendrían tiempo de borrarse por sí solos. Sin embargo, mi corazón se encogió al imaginarme a Verna dirigiéndose a aquella tierra fangosa, a aquella maraña de olores corporales y rancia piedad, de maldiciones paternas y mediocridad complaciente. Su vida, tan vívida ante mí en su momento de insolente floración, parcía yerma, tanto si la pasaba en Cleveland con Edna y Paul, que tratarían de atarla de nuevo a la podrida estaca de las viejas prohibiciones, como si se quedaba aquí con nosotros, en nuestras libertades sin Dios que habían llegado a ser, con el uso diario, extrañamente triviales. No podía evitar que mi ánimo se hundiese más y más, como si hubiese sido yo quien condenó a esta criatura a la vida.

—Hagas lo que hagas —dije, de nuevo en tono suplicante, debes conseguir tu certificado.

—Es lo que dice también ella, mi consejera. Pero, ¿por qué? ¿Para que me convierta en una boba como todos vosotros?

En la lejanía, mirando hacia el Norte, la ciudad con sus tejados en punta perfilados en cobre y asfalto, se confundía en una especie de bosque, verdes lomas salpicadas, cada vez más escasamente, de ladrillos y que, al ascender se convertían en montes azules, cerro tras cerro, pasando del verde al azul y a un gris insustancial como la niebla. Esta ciudad se extendía tan ancha y multiforme a nuestro alrededor y debajo de nosotros que era más de lo que la mente y los ojos podían abarcar. Sin embargo, ¿era esto todo? ¿Era suficiente? No parecía serlo.

Abajo, en el gran vestíbulo neo-Art Deco de ónice de imitación, tratamos de calcular lo que costaría un billete de ida.

—Además —dijo taimadamente ella—, están los gastos de viaje.

—¿Por qué tengo siempre que sobornarte para que hagas lo que más te conviene?

—Porque crees que soy estupenda. ¿No te acuerdas?

Yo le había dado trescientos dólares para el aborto que seguramente costaba menos. Ella pensaba que costaba más, porque la cosa tenía más alcance, en cierto modo, y la afectaba directamente a ella y no a algo no nacido y tan pequeño como una sardina. Por suerte, mi importante Banco había instalado una caja automática en el vestíbulo del rascacielos, y la cantidad límite que se podía percibir en efectivo era de trescientos dólares. Convinimos en esta cifra. La máquina, con un zumbido y algunos chasquidos, aceptó mi tarjeta, reconoció mi palabra clave (AGNUS) y contó, con ruido sordo y rítmico, los billetes necesarios. ¿DESEA USTED MÁS TRANSACCIONES? Apreté el botón de NO.

—Algún día —dije a Verna, entregándole el dinero (unos billetes tan nuevos que parecían abrasivos, como de un finísimo papel de lija)—, tendrás que apañarte sin un tío amable que te hace regalos.

Mientras tomaba ella el dinero, advertí que tenía ganas de reír, tan alegre le parecía aquello (los pulcros y frescos billetes salidos de la máquina, un maná que hasta ahora se había librado del contacto humano); pero que, después, dominaba una reacción elemental, inmadura.

—Pareces deprimido, Nunc —me pinchó—. ¿Qué te pasa? ¿No te sale todo como esperabas?

—Prométeme una cosa —farfullé, sin poder contenerme—. Que no te acostarás con Dale.

—¿Con Bozo?

Se echó a reír. Su risa rebotó en las paredes de ónice y su ancha cara tuvo destellos maliciosos entre las dos cruces.

—Eres demasiado fantasioso —me dijo—. Tú sabes la clase de tipos que me atraen. Dale no es atractivo. Ni siquiera es malo, como tú.

Como espontánea prueba de gratitud, me dio un beso en la mejilla. Lo sentí como una gota de lluvia en el desierto.

4

Durante casi cuatro semanas, me ha despertado en mi casa el ruido de la escayola de la pequeña Paula rascando y golpeando el suelo cuando la niña iba intrépidamente de un lado a otro. Muchas veces, sentado en mi estudio tratando de forzar mi mente a través de las prevaricaciones y las engreídas sinuosidades de la Teología, nuestra pequeña invitada me había dado la impresión de un guijarro rodando por la escalera, y sólo su parloteo me había indicado que no se había producido ninguna catástrofe digna de este nombre. Ahora ya le han quitado la escayola en el hospital (donde me había acompañado la fría y correcta Esther, en vez de la frenética y desvergonzada Verna, y todo el personal era diferente). La inocente criatura anda gimoteando por ahí, con la impresión de que ha perdido una parte de sí misma.

Esta mañana ha estado lloriqueando a mi lado en la cama, donde Esther la había colocado, diríase que irónicamente, en sustitución de su propio cuerpo. Paula, con sus iris oscuros y brillantes y el blanco de los ojos de un intenso azul, estaba resiguiendo mi cara sin afeitar con sus deditos mojados de baba y sus afiladas y diminutas uñas.

—¿Da?

En las superficies perfectamente convexas de sus córneas había pequeñas y encuadradas imágenes de la ventana junto a mi cama, con sus cristales de colores.

—¿Da despierto?

Era domingo. La luz de las mañanas de domingo tiene una calidad siniestra, y reina en ellas un silencio acusador, con la falta del tráfico acostumbrado. Suenan en los árboles gorjeos en clave. Campanas de iglesia repican patéticamente.

—Da levanta —ordenó Paula.

Un leve dolor estaba como clavado en los lóbulos frontales de mi cerebro. La noche anterior habíamos estado en una pequeña fiesta hasta muy tarde. Ed Snea celebraba, en su piso de soltero, que su mujer hubiese accedido al fin a concederle el divorcio. La muchacha de caderas lisas y cabellos Rapunzel que había traído a nuestra fiesta estaba también presente ayer, como una especie de *fiancée* informal. ¿Quién les casaría? Yo había bebido demasiado y me enzarcé en agrias discusiones con Ed sobre la desmitificación; y, con un nigeriano, sobre la eficacia del despojo sudafricano. Recordaba que, en medio del tumulto químico del alcohol asimilado por mi torrente sanguíneo, había gritado que todos los movimientos de protesta en América no son más que excusas para que jóvenes blancos de la clase media se reúnan, fumen porros y se sientan moralmente superiores a sus padres. ¿De dónde me vendrán estas furiosas opiniones? Cuando las expongo, parecen completamente sinceras.

Paula exhalaba un delicado olor a polvos mientras calentaba la cama a mi lado. Alargué una mano sobre su pierna, flexible y pequeña, envuelta ahora en un vendaje de color de carne, y la apreté ligeramente, para recordarle que ya no llevaba la escayola. Su rostro sufrió una convulsión ansiosa, torciendo la boca y sacando el labio inferior, de modo que mostró su cara interna violeta. Empezó a gimotear. La saqué de la cama. Mi pijama gris estaba surcado de grandes arrugas a causa de mi sueño inquieto. Era hora de cambiar la colcha por una de verano. Tomé en brazos a la angustiada criatura y la llevé a la habitación sobrante, destinada antaño a la doncella y convertida ahora en cuarto de la niña. Le cambié el pañal. Su piel era deliciosa al tacto, fina e inmaculada, como de seda pero una seda en la que no hubiesen intervenido los gusanos. Yo nunca había visto unos órganos genitales femeninos tan jóvenes. Eran suaves, como un panecillo ligeramente tostado y recién sacado del horno. La vestí con un mono de pana que tenía bordada en el peto una cara de conejito. Esther había encontrado cajas de ropa infantil de Richie en el tercer piso, detrás de sus olvidadas pinturas.

¿Dónde estaba Esther? Su ausencia se dejaba sentir como una presencia, como una carga eléctrica en el silencio de la casa.

Oí el ruido de la ducha detrás de la puerta del cuarto de baño. Bajé la escalera y empleé el lavabo que había justo debajo. Senté a Paula en un rincón, donde se dedicó a desenrollar hábilmente el papel higiénico. Richie estaba en la cocina, viendo dibujos animados, absorto bajo la luz vacilante. Senté a Paula en sus rodillas y puse medio donut azucarado en la mano de la niña. Inmediatamente, la mitad inferior de su cara quedó blanqueada, y el azúcar en polvo se derramó sobre la pana del mono.

Richie la aceptó sobre sus piernas sin quejarse. Desde su llegada, se había vuelto más varonil, protector y tutelar. Ya no era el pequeño de la casa. Las dos caras se volvieron hacia la pantalla del televisor, como flores hacia el sol. Tres caras, contando la del peto.

A través de la ventana de la cocina, pude ver a los Kriegman haciendo aerobic en su terraza de madera de secoya. Myron dirigía el rito, al parecer en calzoncillos; Sue y sus hijas llevaban atuendos como de payaso, con calentadores de piernas y leotardos de colores chillones. Estaban realizando pasos de danza y rotaciones de pelvis a la sombra primaveral, siguiendo el compás de una de las fugas más conocidas de Bach. Conque esto era la civilización y la salud. Sin embargo, la panza y las seudotetas de Kriegman oscilaban fláccidas. No presentaba buen aspecto. Creo que tiene encorvada la espina dorsal, de tanto inclinarse sobre el microscopio. Vio que la observaba y se apresuró a saludarme con la mano, lo que le hizo perder el ritmo.

¿Qué sintió Esther al sacar la ropa infantil de la tercera planta? ¿Cuándo hicieron el amor, por última vez, Dale y ella? ¿Qué se dijeron al despedirse? Sin duda se encargó ella de aliviar la situación, pues, al ser mayor, estaba más acostumbrada a poner fin a las cosas; y trató de incitarle para sacarle de la terrible pesadez de la derrota. Su cuerpo desnudo reluce en aquellos puntos donde los huesos comprimen la carne desde dentro. Su lengua y sus manos buscan el ligero contacto dentro del horrible ardor claustral de su desesperado abrazo. Él no quiere soltarla. Ella ve sus propios pies descalzos sobre el sucio colchón; sus venas son más visibles, más amarillas y azules que deben serlo las de las niñas Kriegman (o de Amy Eubank); no puede dejar de fijarse en su propio cuerpo, que es como un traje frágil y complejo que habrá que desechar dolorosamente un día, mientras observa el de él, su robustez, su piel como de cera, el vello de sus nalgas y muslos y parte inferior de la espalda indefensa como la panza de un cachorro, el enlace tendinoso de sus brazos con los hombros, el acné a lo largo de su mandíbula inferior y que es como una herida a medio cicatrizar, su cabeza sobre el largo cuello doblado en sumisión a este decreto. Ella acaricia con la mano derecha la larga y recta línea de su cuello, y con la izquierda la hermosa y perecedora dureza y longitud inferiores, mientras su cara sonríe detrás de un velo de lágrimas, implicando en su sonrisa una promesa imposible... No podía imaginármelo del todo.

Además, me deprimía tratar de imaginarlo.

Uno de estos días, Edna tendrá que visitarnos para discutir las cosas. Su hija, su nieta. Yo le he enviado a Verna como un mensaje que ella debe contestar. Su voz será más ronca después de tantos años; pero no habrá cambiado en esencia: vulgar, satisfecha, trivial, sexy. Agradablemente picante, como el olor del propio cuerpo. De un sabor soso pero extrañamente delicioso, como las comidas que me servía mi madre, la Alma avarienta de amor, en nuestra soledad. La certidumbre de este contacto, entre el momento presente y la certidumbre de la muerte, era para mí como dinero en el Banco, devengaba intereses. Edna debía venir y se llevaría a Paula. Ciertamente, las cosas se habían desarrollado muy bien. Alguien me había dicho esto recientemente. ¿Quién?

Me serví un segundo zumo de naranja y traté de decidir, qué tomaría después, si *Total* o un huevo. Los Kriegman se estaban retirando de su galería, en fila india, las damas con su chillón atuendo, como loros. En el jardín de Esther, las azaleas se estaban marchitando, vertiendo pétalos colorados sobre el césped, y los lirios empezaban a brotar. Ella se ha mostrado irritable y abstraída en los últimos días, cena tarde y duerme más que de costumbre. Lo más extraño es que ha dejado de observar su peso. Estoy seguro de que ahora pesa más de cuarenta quilos. Entró en la cocina vistiendo un severo traje oscuro, con encaje en el cuello. Llevaba el cabello muy bien peinado, con un aire en cierto modo triunfal.

—¿A dónde diablos vas? —le pregunté.

—Salta a la vista —dijo ella—. A la iglesia.

—¿Para qué tienes que hacer semejante ridiculez?

—¡Oh...!

Me calibró con sus pálidos ojos verdes. Fuesen cuales fueren las emociones que hubiese experimentado, le habían dejado un destello divertido, un matiz o una semilla de ironía. Con su voz sonora y plena de mujer, dijo sonriendo:

—Para fastidiarte.

Impreso en HUROPE, S. A.
Recaredo, 2
Barcelona